中国古代文学理论专题探究

王立教 ◎ 著

中国戏剧出版社
CHINA THEATRE PRESS

图书在版编目（CIP）数据

中国古代文学理论专题探究 / 王立教著. -- 北京：中国戏剧出版社，2024.3
ISBN 978-7-104-05467-2

Ⅰ. ①中… Ⅱ. ①王… Ⅲ. ①古典文学－文学研究－中国 Ⅳ. ①I206.2

中国国家版本馆CIP数据核字（2024）第058447号

中国古代文学理论专题探究

责任编辑：周忠建
责任印制：冯志强

出版发行：	中国戏剧出版社
出 版 人：	樊国宾
社　　址：	北京市西城区天宁寺前街2号国家音乐产业基地L座
邮　　编：	100055
网　　址：	www.theatrebook.cn
电　　话：	010-63385980（总编室）　010-63381560（发行部）
传　　真：	010-63381560

读者服务：010-63381560
邮购地址：北京市西城区天宁寺前街2号国家音乐产业基地L座

印　　刷：	天津和萱印刷有限公司
开　　本：	787mm×1092mm　1/16
印　　张：	17.75
字　　数：	320千字
版　　次：	2024年3月　北京第1版第1次印刷
书　　号：	ISBN 978-7-104-05467-2
定　　价：	88.00元

版权专有，违者必究；如有质量问题，请与出版社联系调换。

前言

中国古代文学的产生可以追溯到文字产生以前的远古时期，神话和歌谣是人类文学的最早形式，直到文字产生以后才得以记载、传播。早期文学呈现出诗、乐、舞一体的特征，之后产生了以《诗经》为代表的写实主义和以《离骚》为代表的浪漫主义两种风格不同却具有独特魅力的文学代表。中国古代文学早期呈现文、史、哲不分家的特点，随着经济的发展与进步，文学开始有所侧重。如汉代的经学、唐宋文学中的禅学、宋明文学中的理学，以及各个朝代的文学代表汉赋、唐诗、宋词、元曲、明清小说等都在历史的各个阶段绽放出绚丽的色彩。

中国古代文学是中华文明的重要组成部分，它的历史悠久，其起源，略同中华文明的起源。漫长的历史上曾经产生出一代又一代的杰出作家和数不清的优秀作品，出现了多姿多彩的体裁、题材风格、流派，形成了各种各样的文学现象、文学潮流和文学理论，内容极其丰富。这是一笔无比宝贵的文化遗产。在世界民族文学之林，我国古代文学以自己无比辉煌的成就和无比鲜明的独特风貌，占有重要的地位。一直以来，我国都高度重视对传统文化的传承和弘扬，因此，如何挖掘古代文学文化的当代价值也成为相关研究者重点关注的问题，并且部分研究者针对古代文学文化价值进行了适当探究，为有效传承和弘扬传统文化、继承中华民族优秀文化精神创造了条件。在当下，为了传承优秀传统文化，更好地发挥中国古代文学文化价值，就要对中国古代文学理论与主题进行分析，促进优秀传统文化在当代社会的传承和发展。

文学理论是根据一定的立场和观点，对于文学创作（作家作品）、文学批评、文学思潮等文学现象加以总结，概括出一定的规律性，从而形成一定的有内在联系的原理原则。不同时代、不同阶级的文学理论家，都根据自己的世界观总结出了自成体系的文学理论，留下了自己的文学理论著作。中国古代文学理论是古代作家创作经验的总结和升华，是古人从事文学写作的艺术宝鉴和指针，与我国历代优秀的文学遗产血肉相连、密不可分，对我们现实的文艺创作和美学研究，对我们当代的文学教育，都有不可低估的借鉴价值和启迪作用。因此，研究人文科学的人，尤其是研究文学的人，无论从事创作、研究或教学，都不可忽视对这方面丰富的理论遗产的学习和探究。

在漫长的历史过程当中，很多文学理论家对我国的古代文学进行了剖析和研究，形成了丰富的文学理论。从先秦时代开始我国的文学就走上了一条独特的发展之路，从百家争鸣的春秋战国时代到封建大一统的清王朝，中国文学随着政权的变化、经济的发展体现出了极为丰富的时代特征，想要对中国古代文学进行透彻的分析和总结是一件极其困难的工作，但无数学者对中国古代文学理论的研究和概括从来没有停止过。改革开放初期我国古代文学研究者着重对中国文学的特色和理论体系进行梳理，然而由于中国文学在数千年的发展过程中包罗万象，各界至今仍然对中国文学理论难以达成统一的认识。中国古代文学的创作技巧和语言特点决定了现代文学理论和创作逻辑在古代文学的研究中的适用性大打折扣。

本书主要参考了《中国古代文学的发展》《中国古代文学》《中国古代文学研究方法导论》等书籍，重点从中国古代各体裁的文学研究入手，阐述了中国古代文学的理论，并详细论述了中国古代文学的典型主题。基于此，本书将主要划分为三个部分：第一部分以中国古代文学观念入手，论述中国古代文学的研究方法，并对中国古代文学的当代性意义进行探讨；第二部分是中国基本文学理论的概述，从诗、词、散文、小说、戏曲这五种文学体裁入手，对中国古代文学各体裁的具体理论进行专题论述；第三部分以典型的创作主题为纽带，对中国文学的基本创作事实进行分析和概括，包括守望主题、浪漫主题、惜时主题和怀古主题。

在撰写本书的过程中，笔者得到了许多专家学者的帮助和指导，参考了大量的学术文献，在此表示真诚的感谢！

由于笔者水平有限，加之时间仓促，本书难免存在一些疏漏，在此，恳请同行专家和读者朋友批评指正！

王立教

2023 年 4 月

目　录

前言 ··· 1

第一讲　中国古代文学几个基本问题 ··· 1
　　专题一　中国古代文学观念 ··· 1
　　专题二　中国古代文学的研究方法 ······································ 12
　　专题三　中国古代文学的当代性意义 ·································· 26

第二讲　诗论 ·· 41
　　专题一　儒家的诗论 ··· 41
　　专题二　白居易和新乐府运动 ·· 49
　　专题三　严羽与《沧浪诗话》 ··· 57
　　专题四　王士禛与神韵说 ··· 76

第三讲　词论 ·· 90
　　专题一　苏轼词论 ··· 90
　　专题二　李清照词论 ·· 100
　　专题三　浙派词论 ··· 103
　　专题四　常州派词论 ·· 106

第四讲　散文论 ··· 111
　　专题一　先秦散文理论 ··· 111
　　专题二　两汉赋论 ··· 116

  专题三 韩愈与古文运动…………………………………………122
  专题四 明代的唐宋派……………………………………………128
  专题五 清代的桐城文派…………………………………………133

第五讲 小说论………………………………………………………144
  专题一 先秦两汉小说理论………………………………………144
  专题二 唐宋小说理论……………………………………………146
  专题三 明代小说理论……………………………………………152
  专题四 清代小说理论……………………………………………174

第六讲 戏曲论………………………………………………………178
  专题一 钟嗣成与《录鬼簿》……………………………………178
  专题二 徐渭戏曲论………………………………………………184
  专题三 王骥德戏曲论……………………………………………191
  专题四 李渔戏曲论………………………………………………200

第七讲 中国古代文学的浪漫与守望主题………………………………213
  专题一 中国古代文学的浪漫主题…………………………………213
  专题二 中国古代文学的守望主题…………………………………226

第八讲 中国古代文学的惜时与怀古主题………………………………240
  专题一 中国古代文学的惜时主题…………………………………240
  专题二 中国古代文学的怀古主题…………………………………254

参考文献………………………………………………………………271

第一讲　中国古代文学几个基本问题

中华民族文化的历史源远流长,甲骨文的发现证明了中国在几千年以前已存在着有文字记载的历史文献。中国文学在数千年的发展进程中,取得了光辉灿烂的成就。本讲主要介绍中国古代文学几个基本问题,分别从中国古代文学观念、中国古代文学的研究方法、中国古代文学的当代性意义三个方面的内容来讲解。

专题一　中国古代文学观念

一、中国古代文学概念的文化渊源

中国古代的文学为文字著作,具有以文字为文的特征。文,甲骨文、金文都写作交错的图纹笔画。许慎在《说文解字》中解释:"文,错画也,象交文。"[①] 成功解释了文本身的构造特征。在后世高度抽象了文的写法。八卦文字是最早的文字之一。《周易·系辞》指出八卦是圣人做出的,因而有卦象、卦画之称。成熟的汉字分独体字、合体字。独体字依类象形,合体字是由独体字复合而成。

文字著作可称文。天上的云彩是天文,地上的纹理是地文,人间的礼仪是人文,色彩的交织是形文,声音的交错是声文,文字的参差组合是文章。然而只有作为文学、文章的文,才代表一种文学概念。

---

① 许慎:《说文解字》,转引自刘德润:《中国文化十六讲》,上海世界图书出版公司2019年版,第1页。

二、中国古代各学派的文学观念

（一）孔子思想与儒家文学观念

1.孔子思想的文学渊源

教育家孔子文学思想中的文化渊源，可以追溯到文学思想的萌发时期。中国古代文学批评萌芽于先秦时期，在这一时期，人们对文学的看法仅有寥寥数笔的记载。这些见解大都是零散地分布在各类学术论著中，并没有专门针对文学创作的专论。但在周朝，文化和学术得到了长足的发展。据传孔子所编六经，多出于周代，而《诗经》亦皆为周诗。随着诗歌创作的不断发展，从西周至东周春秋时期，人们对诗歌的功能有了一定的理解和看法，即通过写诗能抒发个人的悲欢离合之情，借诗歌讽刺或赞美周围的人或事；通过采诗、观诗，可以感受到人们的心境、体察民情、了解当地风俗习惯。人们对诗歌的这种认识在后来演变为"美刺""言志""观风"等较为完备的诗歌理论。

在春秋战国时期，社会动荡不安，发生了巨大的变革。随着社会生产力的发展以及阶级矛盾的加剧，旧有的奴隶制逐渐瓦解，逐渐形成新的封建制度。在当时的社会巨变中，出现了一批思想家，他们站在不同的阶级立场，提出了各种有关经济、政治、哲学等方面的主张，出现了百家争鸣、文学作品空前繁荣的历史性大局面。

在他们的著作中，有许多关于文学的见解，虽未形成一篇完整的文章，但已有许多比较有原则性且论述深刻的观点，对后人的文学批评颇有启迪作用。其中，儒家的文学思想在我国文学批评中具有举足轻重的作用。这一时期，"文学"一词的内涵是相当广泛的。文化学术统称为"文"或者"文学"，具体来说，指的是《诗》《书》《礼》《乐》等，但真正能被称为文学作品的，屈指可数。"言""言辞"也是那个时代最常用的一种与文学相关的词语。它是指口头上的表达，即人们日常的口舌之谈、政治外交语言等；呈现在书面语言上就是指学术著作、政治文告、法令等。它意义也更为广泛，因而，那时人们对文学的看法，大多是在对文化学术的看法范围内。在那个时代，思想家们经常谈到对诗的看法，这才是纯粹的文学见解，而《诗》三百篇，绝大部分被用于音乐创作，诗与乐紧密融合在一起，难以分割。因此，想要把这一段历史时期中的文学批评内容与学术思想、美学思想划清界限是非常不容易的。但是，孔子作为儒学的奠基者，对各种文学作品非常重视，这为孔子文学思想的发展奠定了基础。

孔子处于礼崩乐坏的春秋末期，他崇尚礼乐文明，在春秋时期礼乐文化剧变的背景下，他以"仁"释礼，援"仁"入乐，试图从根本上撼动礼乐文化的精神基础，从而扭转礼崩乐坏的社会状况，他的目的是重现周朝"礼乐文明"的文化理念。礼是一种举止文雅崇高的艺术，脱胎于原宗教祭仪的周代礼乐文化，其"礼乐相须以为用"①的表现形式，当它发展到一定程度，就会和艺术中的"乐"与文学中的"诗"融合在一起，周朝时期礼乐文化的呈现形式，实质上代表着一种文学和艺术的存在方式。在此意义上，孔子的文学思想来源和文化背景是建立在周代礼乐文明的基础之上的。对于孔子的文学思想而言，周代的礼乐文明既是其文学思想形成的重要历史背景，也是其文学思想不可分割的文化资源，也正是由于这一历史渊源，才使孔子的儒家文学思想以礼乐文化为价值取向。所以，研究孔子的文学思想，就不能以此为起点。

（1）礼乐溯源

虽然人们普遍认为对周代文化的特定称谓是礼乐文明，但礼乐并不是从周代开始，它有更久远的源头。至于源头究竟从何而起，众说纷纭。孔子曾经感叹说："礼云礼云，玉帛云乎哉？乐云乐云，钟鼓云乎哉？"（《论语·阳货》）这些或多或少地反映了古代礼仪活动可能就是用玉帛、钟鼓为代表物的。从字源上看，古时的"礼"，指的是行礼之器，后来推而广之，凡"奉神人之事通谓之礼"，这样"礼"与祭祀就有着不可分割的关系。《礼记·礼运》中记载："夫礼之初，始诸饮食，其燔黍捭豚，污尊而抔饮，蒉桴而土鼓，犹若可以致其敬于鬼神。"这里认为礼始诸饮食，上古时候，人们"污尊而抔饮，蒉桴而土鼓"，礼乐并用，这样似乎可以致敬鬼神，可见"礼"的终极目的与祭祀密切相关。

我们虽不能确切考证礼、乐起源于什么时候，什么地方，但可以肯定的是，在人类文明的发展历程中，礼、乐曾经都是与原始祭祀相联系的，是原始祭祀活动中不可缺少的一部分。礼原为祭祀所用的器皿，乐是指祭祀时所用的乐舞。礼器用于表达敬意，乐舞用于娱神，而在远古的祭祀活动中，礼与乐表现出相互补充的文化功能，这种文化功能是礼乐后来被用于政治，并逐步变成一种文化形态的主要原因。

---

① 王洪臣：《诗经概览》，黑龙江人民出版社2007年版，第72页。

礼的思想在周初就已显现，周王朝的文化体系是以继承前代文化批判为基础发展形成的，《论语·为政》就记载说："殷因于夏礼，所损益，可知也；周因于殷礼，所损益，可知也。"在周代礼已经不仅仅是仪式、仪节，而是与道德伦理和礼典相互融合，对社会生活和意识形态的方方面面都有很大的影响，是周代政治、文化的核心。在周人看来，"乐"并不是单纯用来娱神的，它还是"礼"的外化，被广泛运用到贵族的各种典礼仪式之中，一方面，通过"乐"的不同，体现等级之分；另一方面，它也被用来巩固权力、规范贵族的生活。所谓"礼乐教化"，不仅是孔子文学思想产生的文化、历史背景，而且是其文学思想的组成元素。其文学思想体现了礼乐思想这一文化艺术精神，而礼乐思想又决定了其文学思想的伦理道德品格以及政治思想特征。孔子的这一系列的文化教育理念，对于我们今天所倡导的道德与美学文化，仍有很大的启示意义。

（2）礼乐文化的文学意义

在周人的礼乐文化中，一方面，"礼"作为周代文化的核心，用于区分社会行为规范、等级秩序；另一方面，又使在原始祭祀中与礼并立、用于娱神的"乐"，转向治人，形成了礼本乐用、乐以礼制的文化格局。"乐之为乐，有歌有舞"[①]，古时的乐是诗（祷辞）、乐、舞三位一体的综合艺术。

从这个意义上说，周公时期，制礼作乐的过程，既是一次政治体制、社会秩序的建立和规范的过程，也是一次文学思想、文学观念的强化过程，因而有着重要而深远的文学意义。西周时期，作为礼制载体的乐被称为"雅乐"。但"礼乐相须以为用"[②]的文化格局并非就意味着"礼"与"乐"在文化地位上是一致的，"乐"的作用是为辅"礼"，周代的雅乐除了作为礼制象征之外，还承担着德育教化的政教功能。

中国古代文体学是一门很有研究价值的学科，它涵盖了风格学、文类学以及相关审美形式等概念，具有很强的综合性。文学是一项特殊的活动，是人类社会所具有的独特现象。许多角色也是通过直接或间接的方式被描绘出来的。文学是对人的直接或间接描写，而且常常是为人所需。因此，在相当大的范围内，人无疑是文学活动的起点和终点。文学是通过活动的方式而存在的，它属于具有更高级的特殊精神的人类活动，所以，文学活动的发生，也就是文学思想的出现，与人类的活动有着密切的联系。

---

① 欧阳祯：《先秦儒家性情思想研究》，武汉大学出版社2005年版，第445页。
② 王洪臣：《诗经概览》，黑龙江人民出版社2007年版，第72页。

2. 儒家文学观念

（1）中庸的文学追求

"中庸"是儒家重要的思想范畴，孔子将其概括为"过犹不及"，这也成为儒家哲学的最高准则，中庸之道表现在文学上，形成了以"中和为美"的文学观。在《论语·八佾》中，孔子评价《关雎》"乐而不淫，哀而不伤"，是因为它恰如其分地表现了人的情感。快乐而不至于毫无节制，悲伤而不至于伤害身心，情感与理智达到了完美的统一。《论语·八佾》还记载："子谓《韶》：'尽美矣，又尽善也。'谓《武》：'尽美矣，未尽善也。'"《论语·雍也》中又载："质胜文则野，文胜质则史。文质彬彬，然后君子。"这些都是儒家"中庸"思想的表现，这一思想直接影响后世文学理论的发展。

《礼记·经解》引孔子语云："其为人也，温柔敦厚，诗教也。"《礼记·中庸》云："喜怒哀乐之未发，谓之中，发而皆中节，谓之和。"提出"致中和"的主张。《毛诗序》论述诗歌的言情特点时，提倡"发乎情，止乎礼义"。汉代董仲舒出于维护封建专制统治的需要，在文学思想上将孔子的"思无邪"申发为"中和之美"。唐代古文运动的代表韩愈和柳宗元都极力推崇"文以明道"。受中庸、中和的儒家思想的影响，中国文学崇尚美在其中而简朴于外，平淡而有实理，简约而有文采，温和而有条理，含蓄写意的美学风格，主张在文学作品中要有节制地宣泄情感，以"远而不怒""婉而多讽"的方式来批判现实。强调文学所抒之情，要"以理节情"，这使中国文学艺术中形成了一个含蓄内敛的整体审美形象，并塑造了中国文学艺术的民族个性。在创作上，并不以抒发情感的文学作品为上品，常常是情理兼具，文质兼备，崇尚沉稳、优雅、富于婉约，却少了豪放、热情、洒脱。在文学表达上，"中庸"的儒学思想，似乎就是要寻求一种表达感情和表达理智的平衡，营造出一种情理合一的美学境界，从而使文学作品更好地发挥其陶冶和净化人类心灵的功能。

（2）天人合一的文学理念

中国古代天人合一的思想传统，有一个逐渐演化的过程。中国人习惯把自然天地与人的道德精神结合起来，比如孔子的"知①者乐水，仁者乐山"的说法。在他看来，智者和仁者各有不同的思想品格，他们从山水之中直观他们各自的德性，从而产生审美的愉悦感。儒家的自然山水之美，乃是一种德行之美，是一种自然美景与人的美德的统一，二者联系在一起，必将天人合

---

① 知：古时同"智"，即智慧的人。

一的观念贯穿到艺术创作和审美理想的追求中，所以天人合一亦即天人合德，也就转化为艺术创作和欣赏中的情景合一，有此情乃有此景，有此景乃有此情，情和景缺一不可，并且情景相互交融，才能产生充满道德精神润泽的圣贤意境。

天人合一的思想发展到了汉代，演变成董仲舒的天人感应论，董仲舒认为人是天的副本，人的一切都是效法于天的，包括人的生理结构。这里显然有滥用的成分，并且从某些方面来说很消极，但其中心意思是，人与宇宙是一个和谐的整体，一个系统，人的活动应遵从宇宙的规律。天人合一是儒家从先秦到宋明以至现代一个重要理论特点。天人合一并不是说要人类征服他们所生活栖息的自然界，也不是完全依附自然界无所作为。在儒家思想中，人与人之间的和谐才是天人合一的核心理念。儒家思想中的三纲五常，实际上是对社会等级制度的认可，认为人的位分是不同的，协调人与人的关系。宋明理学重视人的位分，处于不同地位的人，其承担的责任和履行的义务也是不同的，但是每个人都可以有理想人格，都可以在自己所处的位分上实践道德。

根据以上论述可知，中国文学受到儒家思想非常大的影响，儒家思想潜移默化地存在于中国人的生活、文化中，恰恰是儒学中最本质的内涵影响着中国文学。

（二）老庄哲学与道家的文学观念

1. 老庄的思想渊源

（1）老子的思想渊源

老子，即李耳，被唐代皇帝追认为李姓的始祖，是古代中国哲学家兼文化名人，是道家学派的创始人。他的代表作是《道德经》，书中主张"无为而治"，强调追求自然与道的合一。老子的思想对于中国文化和哲学产生了深远影响，被誉为中国古代思想的瑰宝之一。其思想对中国哲学的发展有着深远的影响。

老子尚柔守雌，其思想渊源于商朝的《归藏（坤乾）》。老子在《道德经》中提出的关于"道生一，一生二，二生三，三生万物"的宇宙论体系。

（2）庄子的思想渊源

庄子是战国时期道家学派的代表人物，是我国古代伟大的思想家、哲家和文学家,是道家学说的创始人之一。庄子祖上系出楚国公族,后迁至宋国蒙地。他曾担任过地方漆园吏,他曾拒绝了楚威王之聘,因为他崇尚自由。庄子对老子思想进行了继承和发展,后人将他与老子合称为"老庄"。他的主要著作是《庄子》,其中著名的篇章有《逍遥游》和《齐物论》等。老子和庄子的思想被学术界尊为"老庄哲学",对中国思想文化产生了深远影响。

庄子的思想主要受到老子和《易经》的影响。《易经》始终未体现阴阳二字,可庄子洞察到《易经》的本质即为阴阳。庄子的天籁、地籁、人籁"三籁"思想就是《易经》"三才"思想的别称。庄子尊重天道,主张"天地与我并生,而万物与我为一"①,强调"天人合一"。

庄子善作儒家的反命题。儒家主张"天人有分",庄子在《庄子·山木》篇中则说"无始而非卒也,人与天一也"。李学勤先生指出:庄子《山木》这一章在天人关系认识上正好与孔子"天人有分"思想相反,这"正是庄子一派习用的手法"。②

2.道家的文学观念

(1)老子的文学观念

在老子生活的时期,文学成为奴隶主和贵族用于满足欲望和展示权威的工具,而普通百姓则生活在水深火热之中。因此,老子对当时的文学持一种"全盘否定"的态度。老子认为,这样的文学被礼乐文明扭曲了,使人们变得虚伪和狡诈,丧失了原本纯真的人性。为了摆脱欲望的束缚,在文学方面老子提倡"绝圣弃智""绝仁弃义""绝学无忧",追求精神上的"无知无欲"。他在《道德经》中也指出:"五色令人目盲,五音令人耳聋。"这里的"五色"和"五音"指的是各种文学艺术形式,它们刺激人的欲望,让人陷入疯狂,导致人失去孝悌之心,失去自我。因此,才会出现《道德经》所描述的"圣人为腹不为目"的情况。文学艺术与社会实用的标准相违背,对人心有害,应该被剔除。老子也评价了"言"和"辩","美言不信"表明他对文学的形式美持有否定态度;"善者不辩"表明他对文学的思想内涵也持有否定态度。因此,老子认为,"文学"应该从人的生存出发,追求人的精神纯洁无欲,而对文化教育和文学艺术持有无为态度就是最好的实现方式。

---

① 张希峰:《走近庄子》,济南出版社2020年版,第25页。
② 郑万耕:《中国传统哲学新论:朱伯崑教授七十五寿辰纪念文集》,九州图书出版社1999年版,第239—245页。

老子的文学观以道为本，道是自然的，是虚无缥缈、不可言说的，是无限与有限、混沌与差别的统一。自然之道是可以应用于一切事物的，无论是用于政治还是用于文学都一样，老子的自然之道强调无为，即文学应合乎自然规律，言语修辞要顺应自然，不强求、不泛滥。在这种认知的基础上，老子在《道德经》中提出了一种新型的文学大美境界："大音希声，大象无形。"有声有象的部分的美不是全美，全美是道的体现，想要感受自然的这种完美深厚、多变圆融之道，老子认为要在心境上做到"涤除玄览"。道是玄妙莫测、无中生有的，所以要排除外部干扰，达到致虚守静的状态，从而使精神集中来体察全美的道，只有满足以上条件的文学，才是符合自然之道的文学。

老子的思想强调了道法自然，反对当时充满情感泛滥的文学。尽管他对文学设定了一种无法言说的境界，但他确实给出了文学应具备的一些特质。例如，他提倡在心境上要追求"致虚极，守静笃"，尽管这是为了感悟道的手段，但也可以引申为文学创作和赏析所需要的状态和前提，甚至可以被视为一种审美标准。这一思想后来被后世吸收，并广泛地应用于文学观念中。这表明老子的思想对于塑造文学的创作态度和审美标准具有一定的影响力。

（2）庄子的文学观念

庄子对礼乐文明的见解与老子一致，并继承了他的观点，认为文学中的文化知识是社会混乱的主要原因，毁灭了人的本性并扰乱社会秩序。他主张"灭文章，散五彩"[①]，消除所有的文学文化，使社会回归原始的自然状态。庄子还指出文化典籍的弊端，认为文献只是一种文字记录，使学问知识固化僵硬，学术中的文化内涵包罗万象，仅靠文字是无法完全展现的，对于文字背后的真正含义人是无法理解的，因此文学缺乏存在的意义。

庄子主张追求"自然无为"，在文学审美上体现为追求自然之美。他对人所创作的文学形式予以反对，并将自然作为文学创作和审美的要求。庄子强调真正的美是"天籁"，而人所创造的丝竹音乐是最低级的，更不要说束缚于礼乐之中的文学了。他消除了文学中人为的创作和人为的修饰，在文学创作中反对出现繁复雕琢的言辞，讽刺礼乐文明以道德仁义为标准的美。

庄子崇尚自然，在《庄子》中通过一系列小故事，如庖丁解牛、轮扁斫轮等，探讨文学应顺应自然的法则。他希望文学能在精神上与自然同化，使之达到浑然天成的境地。

---

① 郎擎霄:《庄子哲学》，北京理工大学出版社2020年版，第49页。

庄子提出了追求道中自然之美的方法，包括虚静和物化。他认为道生于万物，要观道，就需心灵虚静、摒弃欲望，天地与我并生，实现与万物同一的状态。当主体精神与外在事物同化，观察到道的美时，人就有了表达的欲望。庄子强调言和意的关系。言是表达意的工具，言是手段，意才是目的，二者不可混淆。庄子提出了几种言的方式：寓言、重言、卮言。当这些手法也表达不出意的时候，可以借助"象圈"来实现。庄子的言、象、意渗透到文学观念中，扩大了文学的范畴，文学成为具象与抽象、有限与无限、经验与超验的统一。

（三）法家的文学观念

1. 法家的思想渊源

法家是中国历史上重要的学派之一，它在战国时期兴盛起来，致力于研究国家治理方式和社会管理。法家主张以法治国，法家的理念也在中国古代的国家治理中扮演了重要角色，对后世的政治制度和法律体系产生了深远的影响。

在《汉书·艺文志》中，法家被归为"九流"之中。法家思想源头可以追溯到春秋时期的管仲、子产等人。战国时吴起、商鞅、慎到、申不害等人予以大力发展，遂成为一个学派。战国末期韩非对他们的学说加以总结、综合，集法家之大成。法家强调"不别亲疏，不殊贵贱，一断于法"[①]。在诸子百家之中唯有法家是最重视法律的学派，并且提出了完整的理论和方法体系。这为后来建立的中央集权的秦朝提供了一种行之有效的理论基础，之后汉朝对秦朝的法律体系以及集权体制加以继承，形成了中国古代封建社会的法制主体和政治主体。法家是一个重要的思想学派，法家提出的以法治国的主张和理念在今天仍有广泛影响，由此可以看出他们对法治的重视程度，并将法律看作是一种强制性工具，对统治社会极为有效，这些反映法治思想在当时也得到了广泛应用，并成了统治者实现社会稳定的重要手段。当代中国的法律就是在法家的影响下产生的，它在政治上、文化上、道德上都有很大的制约作用，它对现代法治的影响也是非常深刻的。

在中国传统法治文化中，被称为齐法家的齐国的法治思想独具特色，被认为是道家学派的一个分支。齐国是姜太公的封国，姜太公是西周王朝的开

---

① 陈柱：《诸子概论》，吉林出版集团有限责任公司2016年版，第48页。

国功臣。伯夷是姜太公的祖先，他在辅佐虞舜时，就制定了礼法并行的制度，后来其传承至齐国。在管仲辅佐齐桓公治理齐国期间，齐国提出"礼义廉耻，国之四维"，将其作为维系国家的重要支柱，强调礼义廉耻道德教化是非常重要的。同时，齐国也强调以法治国，君臣上下皆遵循法律。在中国历史上，管仲是首个提出以法治国的人物。到了战国时期，齐国成为中国历史上首次百家争鸣和思想解放运动的发源地，一批稷下先生继承和发扬了管仲思想，这标志着管仲学派的形成。齐国的法治思想对中国古代的法律制度和国家治理产生了重要影响，其强调以法治国和礼法并行的原则为后世所推崇。齐法家的思想在中国的法治传统中占据着重要的地位，是中国古代政治思想发展的重要组成部分。

战国时期是一个变革频发的时代。随着铁制工具的广泛使用，生产效率得到显著提高，个体家庭生产形式由此成为生产的基本单位。在这个时期，法家学派的先贤如李悝、乐毅、吴起、申不害、商鞅、剧辛等人在各国开始变法，将贵族特有的世袭权废除，平民百姓也可以利用其他途径成为土地的新拥有者，平民百姓也有了进入官场的机会。这种变革动摇了周朝以血缘纽带为基础的贵族政权，瓦解了等级制度。

法家在法理学方面有重大贡献，对于法律的起源、本质、作用以及法律同社会经济、时代要求、国家政权、伦理道德、风俗习惯、自然环境以及人口、人性的关系等基本问题都做了探讨，而且卓有成效。

不过，法家也有缺点。如对法律的功能的过分夸张；对法律和刑罚的重视程度较高，但对道德的重视不够。在他们看来，人的天性就是追逐利益，从不在意道德标准，因此必须用利益和荣誉来诱惑人们。就拿打仗来说，只要有战功，就可以得到重赏，甚至可以得到一个官职，这样才能鼓励将士们奋勇杀敌，这是秦国军队如此厉害的原因。这也产生了这样一个问题：一位君主，若能为臣民谋福利，臣民自然会拥护他，假如这位君主又精于"术"，则其国极易兴旺；但是，假如这位君主没有上述两种才能，这样的话，这个国家就会衰败，甚至灭亡。因此，法家主张最大的缺陷之一，就是过分依靠君主的个人才能。但是，秦朝能够消灭六国，一统中国，法家在其中所起的作用不容忽视。

2. 法家的文学观念

法家学派是新崛起的封建地主阶级利益的代表，而韩非作为法家学派的代表人物，他的文论思想具有鲜明的反儒性。法家的政治理念和哲学思想与墨家类似，他们都注重实用的利益和实用的效果，这就是法家对儒家提出的文学具有积极的劝导作用这一观点不认同的原因。法家从法治入手，法治就代表着限制，在劝说的过程中可能会出错，但通过法令的方式，其作用是唯一的，因此，法家提倡将所有的文化和学术都排除在外，废除所有的文献制度，实行文化专制。

韩非的老师是荀子，他承袭了荀子人性本恶的思想，而法家的文学观念则是建立在人性本是趋利避害的基础上。韩非认为，人和人的关系，与其说是伦理关系，不如说是利益关系。因此，文学的教育功能无法通过人与人之间的关系来实现，这就是文学的社会同化功能无从发挥的原因。韩非认为，如果采用儒学的方法来培养人学知识，会让人产生自己的思想，导致人私底下议论政事，公然违抗政令，不利于国家的稳固统治，也不利于政令的顺利执行。假如统治阶级允许文学干政，那必将造成社会混乱。韩非正是看到了"文学者非所用，用之则乱法"（《韩非子·五蠹》）的严重后果，对于学者和文学的排斥才会如此激烈。此外，韩非还主张要控制百姓的思想和言论，对百姓的言行要有明确的规定，用法律条文来约束百姓的不当行为和言论。任何文学创作活动都要尊崇"以法为本"，甚至连修辞手法以及言辞表达都应"以法为本"，一切不符合法令且矫揉造作的文章和其他文学形式都应被明确禁止。

韩非在《五蠹》中认为，当时社会有"今修文学，习言谈，则无耕之劳而有富之实，无战之危而有贵之尊"的不良风气，人们向往学术文化不利于耕战的推行。他主张"不期修古，不法常可"的"变易"发展观，反对学习古代的文化制度，应以现实为根据变新。所以韩非在《五蠹》里对理想社会有这样的设想：国家的强大只需要农民、战士、管理者，其他的职业是不必要的，"学者"对发展国家实力没有帮助，所以学者是应该被消灭的蠹虫，学者掌握的"文学"自然也应该被消灭。韩非在政治上否定文学，因为"儒以文乱法"，明确要求"息文学而明法度"，坚持"以法为教""以吏为师"，并提倡文学中不应该有典籍学术、文化制度。法家排斥文学所带来的"思想自由"，认为其不利于统一，认为文学不应宣扬所谓的仁义道德。法家所要的，是一种纯粹用来进行政治统治的耕战文学，文学不需要华丽堆砌的语言，不需要曲折隐晦的思考，也不需要独立自由的思想，文学只是用来歌颂君王、控制百姓的一种方式。

法家的文学观是建立在"以功用为之的彀"的基础上的，一切评判标准都以政治统治为最终目标，文学作为精神文明的组成部分是不利于实现国家物质繁荣的，法家需要的"文学"是法令文书。所以，法家的文学观反对一切文学的内容和形式，认为文学不仅不利于耕战，更不利于统治，企图通过文化专制的法律政令来取代文学所代表的意识形态。

专题二　中国古代文学的研究方法

一、文献研究法

文献是研究文学的主要依据，文献包括佛道文献以及经史子集四部。只有掌握了第一手文献，才能顺利展开文学研究工作，否则手中如果没有文献资料，何谈文学研究。只有在厘清文献资料之后提出问题，才能采取正确的方法，从而得出正确的结论。可见，文献对于成功实现文学研究是至关重要的。在收集了大量的文献资料后，考辨会成为一项更加重要的工作。因为时间太久远，或者是作伪等因素的存在，不是所有的一手文献资料都是可信的，也有一些是虚假的资料，这时候，就应该先把那些虚假的资料排除掉，然后在真正可靠的文献上展开研究，不然的话，无法得到客观合理的结论。例如，《周礼》虽为儒学中的经典著作，但它的最后完成时间却是在汉代，这里面有很多内容都不是周代的，如果没有经过考辨，只根据这些内容去研究周代的礼制，就会出现偏差。又比如，《尚书》被文人奉为经典，深受学者推崇，在宋朝，朱熹就曾对《古文尚书》提出过质疑，但并无定论，直到明清时期，阎若璩所写的《尚书古文疏证》，才终于断定，梅赜所献的《古文尚书》与孔安国的《尚书传》，都是伪作。

现代学术史上也有这样的事情发生。《二十四诗品》是中国古代文学批评史、诗歌史和美学史上的一部经典之作，虽然有关它的论著很多，但是关于它的作者及其创作年代，却一直存在着争议。

1994年在第七届中国唐代文学学会上，陈尚君、汪涌豪提出了一篇名为《司空图〈二十四诗品〉辨伪》的文章，此篇文章认为《二十四诗品》的真正作者并不是司空图，这篇文章一出，引发了一场激烈的争论，如果这篇文章证明《二十四诗品》是伪书，那么，它的写作时间就会从唐朝改为元明时期，这就意味着,之前的许多研究都会被推翻,与之有关的研究历史也会被重写。《二十四诗品》的真实性自被质疑以来,众说纷纭,有赞同的也有反对的,至今已有二十余年,时有论及,但从两方提供的证据来看,都很难让另一方充分信服,故至今仍存有疑议。

不过,这个问题能被提出来本身就意义非凡,那就是再一次强调了文献对于文学研究是非常重要的。真实可靠是文献研究的第一要义,但并非一旦被证明是伪书就毫无价值可言。有时伪材料与真材料的研究价值是同等重要的,比如说一些伪材料,若径认为其所依托之时代及作者之真产物,固不可也。但是,如果能找到伪造的年代和作者,就可以证明这个年代和作者的思想,那就是真资料了。如儒家及诸子等经典,皆非一时代一作者之产物。昔人笼统认为一人一时之作,其误固不俟论。今人能知其非一人一时之所作,而不知以纵贯之眼光,视为一种学术之丛书,或一宗传灯之语录,而断断致辩于其横切方面。此亦缺乏史学之通识所致。所以,我们不能忽视文献的真实性,但也不能一味追求真实性,完全抛弃虚假资料。

辨别伪书是有一套方法的,明代胡应麟在《四部正讹》中提到辨伪八法,梁启超在此基础上于《中国历史研究法》中总结出辨伪十二法:①其书前代从未著录或绝无人征引而忽然出现者,十有九皆伪;②其书虽前代有著录,然久经散逸,乃忽有一异本突出,篇数及内容等与旧本完全不同者,十有九皆伪;③其书不问有无旧本,但是今本来历不明者,即不可轻信;④其书流传之绪从他方面可以考见,而因以证明今本题某人旧撰为不确者;⑤真书原本经过前人称引,确有佐证,而今本与之歧义者,则今本必伪;⑥其书题某人撰而书中所载事迹在本人后者,则其书或者全伪或一部分伪;⑦其书虽真,然一部分经后人窜乱之迹既确凿有据,则对于其书之全体须慎加鉴别;⑧书中所言确与事实相反者,则其书必伪;⑨两书同载一事绝对矛盾者,则必有一伪或两俱伪;⑩各时代之文体盖有天然界画,多读书者自能知之,故后人伪作之书有不必从字句求枝叶之反证,但一望文体即能断其伪者;⑪各时代之社会状态,吾侪据各方面之资料总可以推见崖略,若某书中所言其时代之状态与情理相去悬绝者,即可断为伪;⑫各时代之思想,其进化阶段,自有一定,若某书中所表现之思想与其时代不相衔接者,即可断为伪。前人总结的方法对当今的学术研究很有借鉴意义,除了研究方法的启示,他们严谨治学的精神也时刻提醒着当今的学者。

另一种文献研究法是年谱编纂，年谱编纂是以孟子"知人论世"为理论基础。用年谱来展示一个人的生活经历以及他所生活的时代，并且将文学作品按时间顺序进行编年，这样就可以对特定作品的创作背景有一个清晰的认识，从而根据历史基础来对作品进行解读。但是，在实际操作过程中，因为资料有限，不能完全落实人物的事迹，又或者因为考订有误，导致人物事迹出现了错误，由于作品编年有时也会存在着同样的问题。所以，使用年谱—作品的方法进行研究，比较容易出现穿凿附会的问题。对于这样的问题，相关的研究学者不应强作解人，而是要多闻阙疑。这样做并非要忽视历史的准确性，而是为了追求真实而已。在研究方面，知人论世的方法是非常成功的，出现了大量的著名作品，如张采田《玉溪生年谱会笺》、邓广铭《辛稼轩年谱》、夏承焘《唐宋词人年谱》等。作品编年也是文学研究不可缺少的一项内容，与年谱关系紧密，许多作品集都涉及编年整理工作，而在实践研究中，更是无处不在。

实证研究所用文献多以传世文献为主，但伴随着考古发现的不断增加，人们对地下出土的文献的关注也越来越多。在唐代文史研究领域，发掘的墓志成为近年来文史研究的一个热门话题。原因有两个：一是大量的墓志被挖掘出来，使得可利用的文献范围变大了，弥补了传世文献数量不足的缺点；二是这些墓志都是深埋在土里的，没有经过后世的篡改，所以它们的真实性比较高，能够与流传下来的传世文献进行对比，有助于我们更好地了解历史的真相。但仔细想想，这个研究实际上是很危险的。这是因为，如果过于重视发掘出来的新材料，并把它视为秘籍，就会忽视旧材料，从而使研究成为新材料的一种展示，而缺乏深度。

二、意象分析法

意象分析法是以意象作为分析的创作方法，作为创作的基础之一，必须是建立在对于文本中的意象做出层层深入的分析，尤其是对文本中的核心意象必须做出深刻而又全面的处理，并且，这些核心意象共同构筑出一篇文章的基点，完成整个文本最坚实的部分。除此之外，重要的意象和细节式的意象也是需要分析的。也就是说，我们需要对文本中的意象不断按照重要性分析，然后，将所有的意象串联成一个完整的文本，从而建构出一个内涵更为宏大的作品。

意象分析法，对于文学作品的意象尤其是诗歌这类作品，可以起到对其内涵的深层次挖掘和了解，并且，将这些意象串联起来为我们读者进入作者那个看不见的文学作品带来一个非常重要的角度，从而深刻、全面地挖掘出一些更为细节的东西。但是，作为写作的过程则不同，如果我们准备了大量的意象并且挖掘意象当中内涵，然后将其构筑成一篇文章的意象底色，那么这篇文章的内在领域会极为丰富。

意象分析法中的意象，不应该仅仅是某一个词语、某一个短语或某一个句子，而可能是几个词语、几个短语、几个句子甚至一段话或者一篇文章成为意象，这样能带给我们读者或者作者更为丰富的分析和思考。因此，考虑意象的过程，必须是将数量和联系这两个基本的特点结合在一起，而不是单纯地以为意象只有一个或者潜意识习惯以为意象只有一个，从而造成了一叶障目的片面处理过程。所以，在使用意向分析法的过程中必须注意到意象不只是一个而是通篇文章都可能是有的，所以，要从全文出发分析文章的意象，并且串联起来建构出整篇文章的意象。

（一）意象分析法与注释之间的比较

意象分析法主要是对于语言所包含的内在情感和思想等诸多要素的挖掘，更像是对于语言所包含的延伸意的探索，而注释主要是对于其本义的解释和说明，是语言的基础义项表现。所以，这两者进行比较，注释更为初始和基本，意向分析则是在注释的基础上形成更重要的功能和特点，为作品带来无限广阔的内在内容。

（二）意象分析法与象征之间的比较

意象与象征都有一个共同点在于是对于本象内涵的开掘，意象更为侧重情感，而象征更为侧重象征客体与象征意义之间的联系，因此相比较而言，一个更为侧重内在特质，另一个更为侧重外在特质。

（三）意象分析法对于意象群的分析

不应该将意象彼此之间看成一个个独立的存在，而更应该看成一篇文章的作品下的意象，所以，文章中的意象关系必然是群关系，因此意象分析法分析过程必须考虑全面和联系。

例如，写景文中的意象群，观赏者、风景和心理活动等要素可以作为一系列意象群建构出一幅心情舒畅的赏景图，包含了作者愉悦欢畅的游玩过程。

再具体举个例子：《天净沙·秋思》："枯藤老树昏鸦，小桥流水人家，古道西风瘦马。夕阳西下，断肠人在天涯。"第一句的意象包含了枯藤、老树、昏鸦三个意象，但是这三个意象充满了凋零和结束的情绪，很是让人产生一种悲愁之绪，并且，是一种由近及远的层层递加的过程，充分展现出了天地皆失色、自然全沧桑的状态，很难不勾起读者无限的怅惘和痛楚。而第二句小桥、流水、人家三个意象展现出了由近及远的视觉观察，与第一句结合在一起，前后之间的空间拼组成一幅完整而又不朽的流动画卷，这幅画卷仅仅是诗人移动了一下目光，整个世界尽揽其中，令人在有限之下观到了无限想象之处，而这幅画卷上画着一道隐隐约约的线，这条线正是人们千百年来用脚一步步踏走出来的痕迹，并且，这条痕迹充满了一阵阵冷飕飕的西风，还有一匹饱经苦劳的瘦马依旧行走着。"夕阳西下"这句话，不同于前面的恰似静态描写，尤其是夕阳西下的运动轨迹带来的是更为深入黑夜的前奏，一切的一切一旦随着夕阳真的消失时，犹如人生无限感慨后最终的落寞悲剧一样，令人痛苦非凡，这个意境恰好衔接了后面第四句的"断肠人在天涯"感受，恰如一个风烛残年的时刻，那种生离死别的难受是人无法面对的，即便是游走在那些风景闲适的地方依旧是无法减除半点伤痛。

因此，这首小令中所提的副标题秋思中的秋，可以令人无限联想出，某一个人的一生是如此萧瑟和悲伤，也可能是特定环境下造就的某种情绪，但无论怎么说，想要切合"断肠"一词，必然不是简单的伤痛，而是一种无法泯灭到贯穿在一个人一生全部的信念之上的破碎，方能激发出无法抑制的情绪。因此，此曲看似简单，但我们必须关注这首小令里面唯一个作为虚词的存在，即"在"字，这个字强调的是此时此刻在做某事，并且是这种某事必须高度参与的，而且是呈现在众人面前的一个活动，很难想象这种表现情绪和前面那种孤独萧索的氛围相比较，因此，这个"在"展现出了一个更为令人惊讶的力量在于你必须身临其境地感受作者那种命运的悲怆，方才能体会此曲所拥有的魅力，即与诗人同呼吸共命运感受这人间看不见的真境世界，体会着作者内心深处所追求理想破碎的悲剧痛苦，感受他那一生与志向斗争的最高理想，向这位伟大先行者投以最高敬意，所以，我们读这首小令的第五句的时候，感受到了一种命运对人的捉弄，感受到了一种切肤不可抗拒之下的痛苦，而一个"在"字全然表述得完满自然。

全曲里大量的意象出现和反复单一性围绕着主题表现出了浓重的情绪氛围力量,因此,作为研究意象分析法中的意象群是非常不错的案例,再加上它属于经典名篇,其中所蕴含的历史厚重和古今情绪的变化,会带给读者更为丰富的人生关照式的体验。

三、定量分析法

华罗庚说:"'量'是贯穿到一切科学领域之内的。因此,数学的用处也就渗透到一切科学领域之中。"[①] 随着科学实证主义在中国的发展,中国文学研究中引进了理性主义方法论,如数量分析和数学语言。然而,这遭到了部分学者的质疑,认为数量分析与中国文学自身的特征相背离,无法兼顾作家与读者在创作与接受过程中的主观性、随机性与不确定性。

对于中国古代文学来说,采用定量研究,运用的是数理统计的方法,是把自然科学的运作方式用于自己的领域,因此必须根据文学的特点,采用相应的方式进行。中国古代文学作品所牵涉的各种事物是非常多的,有些事物是可以量化的,有些事物是不能量化。对于能量化的客体,要在分类的基础上,按类别进行统计。在此基础上,再进行类别之间的比较。也就是说,首先划分出类别,然后再进行量化处理,是中国古代文学定量研究的必由之路。如果没有类别划分,那么,量化处理所得出的结果就不伦不类,各种统计数字没有可比性。这样一来,量化处理不是使所研究的问题越来越清晰,而是更加混乱。以类划分进行统计,是定量研究必须遵循的基本规则。如果能按照这种方式进行操作,那么,定量研究的优势就会充分显示出来。

以类别划分为基础的定量分析,是发现问题的开始。

在采用这种方法进行统计时,所得到的数字往往会显示出这种结果:有的事象在文学作品中出现的频率很高,有的则很低,对比非常明显,以空间方位为例,《诗经》出现最多的城门是东门,以东门名篇者有《郑风》的《东门之墠》《出其东门》;《陈风》的《东门之枌》《东门之池》《东门之杨》。相反,《诗经》中其他方位的城门出现得极少,只有《邶风》有《北门》一诗。至于西门、南门则一次也没有出现,为什么会出现这种情况呢?《诗经》中屡次出现东门,而其他城门出现的机会很少,这种现象是否具有普遍性呢?再进

[①] 华罗庚:《大哉数学之为用》,《数学教学》1959年第6期,第1页。

一步翻阅《左传》《国语》等典籍，仍然可以发现相同的规律，东门出现的频率最高。至此，就可以得出结论：先秦时期城东门是主要通道，先民的许多活动都安排在东门附近，因此文学作品中和东门相关的事象也就特别多。数量统计使我们得出立论坚牢的判断，它的正确性是毋庸置疑的，也许这个结论本身并没有太大的学术价值，至多是揭示了古代城市交通的一个侧面。但是，如果对于这个结论做追本溯源的探究，就会在更广阔的文化背景上显示出东门景观所包含的历史积淀所具有的丰富内涵。东门作为城市居民主要的通道，这种习俗源于古代东夷族，他们不但城门东开，而且房门也是东开。而门户东向的习俗又直接源于东夷族的太阳崇拜，源于清晨拜日习俗。这样一来，我们就由定量分析东门事象而引出一系列与民族学、民俗学相关的问题，使研究范围大为拓展，问题的价值也越来越大，为探寻中国古代空间方位观念的生成提供了有力的证据。

这里对《诗经》的东门事象采用的是分类统计的方法，只把东门和其他方位的门相对比，而不把东门和东山、南山等属于山系列事象混在一起，因为二者不属于同类。当然，单独对和山相关事象加以统计，也同样可以发现问题，即南山出现的频率远远高于其他方位的山。如果进一步寻找原因，就追溯到中原先民坐北面南的房屋走向，涉及人对自然界光和热的利用问题。如果在进行统计时把东门系列和南山系列混在一起，甚至再加上南亩等事象，那就会越理越乱，根本无法理出头绪。

以类别划分为基础的定量研究，可以使问题由模糊变得明朗。

在古代文学各种事象当中，以对神话事象的解说最为混乱庞杂，同时又隐晦不明，造成很大的认知障碍。采用分类处理、定量分析的方法，可以从纷乱的神话事象中梳理出比较明晰的线索，从无序走向有序。夸父逐日是中国古代著名神话，在《山海经》《列子》等著作中都有记载。夸父究竟是什么性质的神灵？这个形象的文化内涵是什么？历来众说纷纭，没有达成共识。夸父是位带蛇之神，他是和蛇有密切关联的神灵。根据他的这种特征，我们把《山海经》中的带蛇之神作为一个系列加以分析，问题就比较清楚了。带蛇之神有东海之神禺虢、南海之神不廷胡余、西海之神弇兹、北海之神禺强，是四位海神。带蛇之神还有游于江渊的于儿，是江神。带蛇之神还有女丑、巫咸、雨师妾，是巫师，其中女丑和雨师妾都是专门求雨的巫师。带蛇之神还有奢比尸，在他前面是十日并出神话，他就生活在太阳树附近。纳入这个系列的神灵，或者本身就是水神，或者是求雨之神，或者是神灵本身处在酷暑炎热的环境中。夸父属于这个系列的神灵，由此推断，夸父形象和自然界的干旱和水涝相关，况且他本身就是因供水不足干渴而死。把夸父放在水文化背景下加以观照就可以大体明确它的文化内涵，它的基本指向。虽然仅仅根据这个系列的统计还不能得出确切的答案，但问题已经比较明朗，为进一步定性奠定基础。

以类别划分为基础的定量分析，可以使已有的正确结论得到进一步的证实。

在中国古代文学研究领域，有许多结论是正确的，但由于缺少充分的证据，难以得到广泛的认同，或是无法用有力的证据加以落实。按类别对文学事象进行定量分析，可以弥补这方面的不足，使已有的正确结论更加坚实。在研究神话时，比较一致的看法是，黄帝和帝俊这两位祖先神的地位明显高于其他神灵，对他们应该给予特殊的关注。那么，他们的重要性究竟体现在哪里呢？分类统计可以作出明确的答案。神话的谱系是纷乱杂沓的，但是如果进行分类，大体上可以归入两个系统，一个是血缘系统，一个是发明系统。在血缘系统，黄帝占有绝对优势。仅据《山海经》的记载，北海神禺强、东海神禺貌、楚族始祖颛顼、夏族始祖鲧，以及犬戎、北狄这些周边少数民族，都是黄帝的后裔。黄帝的子孙广布于陆地海洋和各个地方，把他描绘成各族先民血缘上的始祖。在发明谱系中，帝俊占有明显的优势，他的后裔叔均发明牛耕，淫梁发明舟船，晏龙发明琴瑟，巧倕发明各种手工艺制作。至于他的两个嫔妃更非寻常，一个发明十日纪时法，一个发明以十二个月纪年的历法。这样看来，黄帝是血缘之祖，帝俊是发明之祖，他们在神话世界的地位更加明朗，有力地证实先前结论的正确性。

在中国古代历史发展过程中，由少数民族建立的王朝，其文学的走势和汉族建立的王朝明显不同，这已是学界的共识。那么，具体差异体现在何处呢？分类统计能够描述出二者的许多区别。比如，把南北朝至唐宋时期的复古派文人的籍贯加以统计，会发现复古派文人绝大多数是北方人，十九位当中占了十六位[①]，由此可以得出结论，民族融合是导致文学复古的重要契机，北方少数民族入主中原，在导致社会发展缓慢甚至停滞倒退的同时，文学也带有明显的复古倾向。在少数民族统治的封建王朝，通常都是俗文学得到发展，

---

① 李炳海：《民族融合与中国古代文学》，东北师范大学出版社1997年版，第150—158页。

这已是不争的事实。如果对历朝乐官的品阶加以统计，会从行政建制上进一步确认上面的论断。在主体民族建立的王朝，教坊长官的等级普遍低于太乐长官，只有汉代的太乐令和乐府令是同一等级。由少数民族建立的王朝则不同，教坊长官的阶位全都高于太乐长官，至少高出一品，元代最多甚至高出三品。太乐长官掌雅乐，教坊长官掌俗乐，雅和俗的消长在少数民族王朝和主体民族王朝走势正好相反。这样一来，少数民族王朝俗文学的繁荣就又找到了有力的证据。按类别划分进行定量分析，是一种行之有效的研究方法。这种方法运用得好，可以养成扎实严谨的学风，真正做到无证不立、孤证不信。这对于匡正当前学界的浮躁虚夸风气大有裨益，值得大力提倡。

对文学现象划分类别，是一项颇具匠心的工作。同样的一些文学现象，可以有许多分类方式，各种分类之间往往是交叉的。究竟采取哪一种分类方式，要根据研究的实际需要而定。这种分类必须便于统计，能够得到可靠的量化结果，而对于分类系统以外的各种现象，则暂时可以忽略不计。分类方式的确定在很大程度上制约定量研究的成败，这里归根结底是一个视角问题，是学术眼光和思维方式在发挥作用。

四、定性研究法

对于中国古代文学的研究者来说，定性研究可以说是一种传统的方法，从古到今一直普遍运用。定性研究法必须兼顾研究对象结构形态和功能效应两个方面。

结构形态主要指文本内部的诸种因素，而功能效应则是指文本在客观上所起的作用，更多地指向文本以外。在运用定性研究的方法时，必须对二者同时兼顾，不能偏废。我们还是以神话中的带蛇之神为例，通过定量分析已经确认，带蛇之神与水、与气候的旱涝有直接关系，那么，带蛇之神的属性是否完全相同呢？这就要对它们的结构形态、功能效应方面进行综合考察。带蛇之神和蛇发生联系的方式主要有五种：蛇在头顶，称为戴蛇；蛇悬在两耳，称为珥蛇；蛇缠在胸部，称为膺蛇；蛇持在两手，称为操蛇；蛇踩在脚下，称为践蛇。这五种带蛇之神有一个共同的特点，即所带的蛇或是呈左右对称形态，或是以上下对称的形态出现。显然，这种上下左右的对称是在发挥平衡功能。再看所带之蛇的色彩，共有五种，即青、黑、黄、白、赤。从《山海经》的叙述可以看出，青蛇、黑蛇有降雨发水功能，赤蛇、白蛇则是造成干旱燥热，至于黄蛇，显然处于二者之间，是保证风调雨顺，不会出现旱涝。通过这样的分析，对于各类带蛇之神的角色功能也就不难认定了，各种带蛇之神本身的结构形态和它们所具有的功能效应是紧密联系在一起的，任何一方面都不能忽略。

汉代辞赋以铺张扬厉著称，赋家在对四方空间进行排列时，出现两种情况：一种是无固定顺序，如司马相如的《上林赋》、扬雄的《甘泉赋》、班固的《东都赋》、张衡的《西京赋》。另一种是整齐划一的排列方式，都是按东南西北的顺序推移，如司马相如的《大人赋》、扬雄的《蜀都赋》、张衡的《思玄赋》、王逸的《荔枝赋》。由于这两个系列的辞赋在空间方位的排列上存在着无序与有序之分，因此作品的结构形态及功能效应也就明显不同。无序排列体现的是一种随意性，创作主体的兴致起决定作用，他只是要把自己的表现对象显示出来，没有哲学方面的思索，因此，作品本身也没有把天地人三者完全沟通，作品的次序与自然界的节律处于疏离状态。而在后一种情况下，则是按照五行说的框架来安排作品的结构。空间方位按东南西北顺序排列，为的是配合一年四季、春夏秋冬推移的先后次第，体现的是时空协调的原则、是天地的同构。文学作品采用这种排列方式，则是人的精神产品与天地同构，实现了天地人三者的同构。这样一来，汉代辞赋两种方式的空间方位排列，就从内在属性和外部功能两个方面区别开来，而不至于混淆在一起。

定性研究要避免一般化的概括，而要揭示研究对象的特征，以及它和相近对象的区别。

也许是受社会风气和历史传统的双重影响，古代文学研究中套话太多，一般性的论断太多，而具体深入地揭示研究对象本质特征的精辟见解则往往太少。解读古代文学作品遇到障碍时要翻阅辞书，这是完全必要的，可是，辞书对词语所作的解释往往是一般性的，而缺少更细致的剖析，这是由辞书本身的体例决定的。古人的注解也往往是以辞书为依据，所下的都是好也、美也、敬也、和也之类的断语。至于究竟美在何处，这一事物的美与另一事物的美有什么不同，则往往缺少必要的辨析。至于当代所作的评论，则多是情节生动、语言精练、形象鲜明一类套话，放在任何一篇作品都适用。为了克服上述局限，对各类文学事象给予准确的定性，就必须从一般走向特殊，从普遍走向具体，通过深入细致的分析，揭示出研究对象的本质属性和固有特征。

要做到这一点，仅靠传统的辞书和古人的注解已经远远不够，必须借鉴最新的研究成果，尤其是古汉语、古文字方面的最新进展。《诗经·周南》有《桃夭》一诗，每章均以"桃之夭夭"开头。对"夭夭"，毛传称"夭夭，其少壮也"，大意得之，但总觉得不够充分，还没有说透彻。现代学者的甲骨文研究揭示了夭字的本义。夭，甲骨文是将人的两条手臂反向曲折，像人奔跑之形，人奔跑必屈身，故夭有屈义。由此看来，"桃之夭夭"中的"夭夭"，显示的是充满生命张力的曲线美、动态美，用它来形容出嫁的新婚女子，自然是再恰当不过了。类似情况还有很多，都需要我们做定性分析时能在前人注释解说的基础上再深入一步。

定性研究要超越一般化的概括，做深入具体的判断，还要对某些理论的运用情况加以思索，看这种理论与所针对的文学事象是否符合。尤其对于从西方引进的文学理论，更是要采取审慎的态度。司空图《二十四诗品·含蓄》有如下一段文字："不著一字，尽得风流。语不涉难，已不堪忧。是有真宰，与之沈浮。如渌满酒，花时返秋。悠悠空尘，忽忽海沤。浅深聚散，万取一收。"

这段话前四句比较容易理解，误读都出现在后面八句。对于司空图所说的"万取一收"，当代学者大多把它说成是文学创作典型化的过程，这和对文字的误解有关。"如渌满酒"通常都把渌（古同漉）解释成过滤，使浊酒变成清酒。酒的过滤确实和文学创作的典型化过程有相似之处，很容易把二者联系起来。可是，这里的渌字不是指过滤，而是指使之干涸。"如渌满酒，花时返秋"，都是收缩、敛啬之象，这和文学创作的含蓄风格在形态、趋向上是一致的。所以，司空图用了这两个事象巧妙地加以暗示。由此看来，套用现成理论，定性不准确，往往是由误读所造成，二者经常是互为因果。

中国古代文学的研究对象往往具有隐晦含蓄的特点，再加上汉语的多义性，使某些作品、论断的内涵比较复杂，这就要求我们在进行定性时，不能总是一次完成、一步到位，而要逐层地加以分析，最后得出比较周全的结论，即以《诗经》首篇《周南·关雎》为例，其中的"窈窕"二字在定性时就属于这种情况。窈窕二字从穴，有幽深义。窕字从兆，兆是龟甲裂纹，引申有闲旷义。《毛传》释窈窕为幽闲，合乎词的本义。可是，窈窕的含义又不止于此。窈从幼，有幼小之义，窕字从兆，有初始之义。这样一来，窈窕在诗中所修饰的对象又有年轻妙龄的特征，窈窕在《关雎》诗中是具有复合意义的修饰语。

因此，对于它修饰对象的定性不能一次实现，而是要经历几次才能完成，最后得出的是包含多重意蕴的动人形象，她既幽静又大方，而且正当妙龄。想要用一个词语和窈窕实行直接的对译，操作起来难度很大，甚至可以说没有可操作性。

颜延年和谢灵运都是南朝刘宋时期的著名诗人，世称颜谢。他们的创作风格差异很大。《南史》卷三十四曾有记载，鲍照曾对颜延年说过："谢五言如初发芙蓉，自然可爱；君诗若铺锦列绣，亦雕绘满眼。"另外，钟嵘《诗品》卷中也记载了汤惠休类似的评论和颜延年的反应："汤惠休曰：'谢诗如出水芙蓉，颜诗如错彩镂金。'颜终身病之。"对于这两个人的评论，学者通常都是从崇尚自然还是注重人为雕饰方面加以解释无疑是正确的。可是，对于谢灵运来讲，说他的诗如芙蓉出水除了指清丽自然之外，还有一层潜在的意义，那就是鲜洁澄净。谢灵运和佛教净土一派的联系很密切，慧远在庐山结莲社，他就和慧远之间多有交往。芙蓉就是莲花，佛教净土信仰特别崇拜莲花，把它作为洁净不染的象征，由此看来，称赞谢灵运的诗如芙蓉出水，一方面是肯定其自然真纯，同时又暗含鲜洁澄净之义。汤惠休本是僧人，后来还俗，他用"出水芙蓉"给谢灵运的诗定性不能不带有佛教色彩，而这后一层意义，以往都是被忽略的。

五、定位研究法

对中国古代文学进行定位研究，自古就已有之，并且一直延续到如今。不过，通常所作的定位，限于在文学史上有影响的大作家、名篇佳作，而对于一般文人和普通作品，定位一事通常和他们无缘。所谓定位，就是确认某些文人、作品在文学史上的地位，在一般人看来，这是在给古代作家、作品排座次，于是，那些二流、三流作家作品也就被排斥在外，由此造成了文学史教材和著作的单薄，无法显示出中国古代文学的丰富性。

首先给一流作家作品做历史定位是必要的，但是，历史定位并不把作家、作品层次的高低作为唯一标准，关键是把握住他（它）们在文学史上所处的地位，是否具有奠基和开创之功。这和寻找最佳观测日出、日食地点相似，某一地点被选中，并不因为这个地方多么富饶、幽美或奇特，而是因为在星球运行的某一时段，恰好这个地方成为最佳位置，因此，那里不论是荒漠还是海岛，在某一确定时刻就成为令人注目的对象。中国古代文学的定位研究也是如此。那些具有开创性奠基意义的作家作品，尽管有的本身并没有太高的品位，但在文学发展的历史上却成为一种原型在后代产生深远影响。对于这些作家、作品，应该确认他（它）们在文学史上的地位，否则，一部中国古代文学史，给予定位的只是为数有限的一流作家、一流作品，那文学史也就未免太贫乏了，真的变成英雄创造的历史。

以发现原型为宗旨的定位研究，首先还是从题材上进行定位。就以《诗经》为例，相当多的作品都在文学题材上具有奠基意义，应该给予应有的重视，确认它们在文学史上的首创地位。比如，《召南·鹊巢》《陈风·防有鹊巢》是古代文学喜鹊意象的原型；《唐风·山有枢》《唐风·蟋蟀》《秦风·车邻》《小雅·小弁》是古代及时行乐主题的原型；《邶风·匏有苦叶》是最早的船夫谣；《卫风·考槃》《陈风·衡门》《小雅·鹤鸣》是最早的隐逸诗；《魏风·伐檀》《小雅·伐木》是最早的樵夫词。这些作品在中国古代文学史上都具有开创意义，应该给予历史定位。可是，除了其中的《伐檀》具有鲜明的反剥削、反压迫色彩而经常被提到外，其余诗篇基本是遭冷落的，文学史教材、著作中很少有它们的位置，这是很不公平的。

作家的创作受自身各方面因素的制约，同时创作的题材也往往影响他们的创作风格。大体说来，某一类题材的作品在历史上有比较一致或相近的风格。既然我们根据题材是否有首创性而对作品加以定位，那么，与此相关的作品风格也随之进入定位的程序中。《邶风·匏有苦叶》作为最早的船夫谣，写得轻松诙谐，有时还带几分调侃，在任意吟唱中显示出船夫的豁达、智慧，后代的船夫题材作品在风格上基本也是如此，作品主人公形象始终保持《匏有苦叶》诗中船夫的特点。《魏风·伐檀》是一首樵夫词，写得直率坦白，毫无掩饰，后代樵夫词对此也是一脉相承。《词话丛编》所载李佳《左庵词话》很欣赏樵夫的哭母词："哭一声，叫一声，儿的声音娘惯听，如何娘不应。"李佳称赞这几句哭母词"发于天籁，自然佳妙，不假功强为"。如果追溯这种风格的由来，自然联想到最早的樵夫诗。这样一来，我们对中国古代文学的定位，就由题材延伸到风格。

对古代文学作品进行历史定位，还要特别关注那些在体式上有创新意义的作品，肯定它们在文体生成过程中的原型作用。张衡的《定情赋》现只存残篇，见于《文选》卷十九曹植《洛神赋》李善注所引："思在面为铅华兮，患离尘而无光。"虽然只流传下来短短的两句，但在进行文体的历史定位时，它却具有宝贵的价值。后来陶渊明作《闲情赋》，采用的就是张衡《定情赋》的句式，只是把句式加以扩展，每段由两句变成四句。到了后来明代伍瑞隆作《惜士不遇赋》，更是把这种体式推向极致。其实，在陶渊明之前，就有不少文人模仿张衡《定情赋》的体式，王粲有《闲邪赋》，陈琳有《止欲赋》，蔡邕有《静情赋》，应场有《正情赋》，都是对这种体式一脉相承。这样看来，尽管张衡的《定情赋》已经大部分散佚，只能见到残句，但是，他所创立的这种作品体式，却成为一种原始基因，活跃在后代同类作品中，《定情赋》在作品体式的生成上是一个原型。

由张衡《定情赋》所引出的话题，自然联想到作家的历史定位。对于张衡在文学史上的地位，各类文学史论著都给予充分的肯定，他的《二京赋》是汉代京都大赋的极轨，而《归田赋》又是抒情小赋的先声；他的《同声歌》是民歌风味极浓的文人五言诗，《四愁诗》则是独立的文人七言诗的雏形。这些定位无疑是正确的，但还不够全面。他的《定情赋》在作品体式上的奠基意义还没有涉及，而《四愁诗》的原型意义也不仅限于七言诗的形式方面，还有体式上的开创之功，后来欧阳修的《病暑赋》明显是继承《四愁诗》空间方位依次排列而又难以遂愿的写法，刘基的《秋山图歌》也可以见到《四愁诗》的影子。这样看来，以往对张衡所作的历史定位未能全面审视他在作品体式创新方面的贡献，是不全面的，需要加以补充。历史上许多著名的文人，对于他们的定位不能专注于某一方面，而必须多维审视，从各个方面发现他们在原型生成过程中的奠基作用，比如屈原，人们通常对他的定位是创立了骚体这种文学样式，这固然并无不当之处，但却是远未能显示出屈原的特殊贡献。即以《离骚》为例，其中包含多种文学原型，开始一段自述家世、志向，是自传体的原型，又是自励型作品的原型。其中以夫妇比喻君臣，也是一个重要原型，至于以香草美人喻君子，恶禽臭物比奸谗，以自然界的花草修饰自身，这些都是重要的原型。从屈原和张衡这里可以看到，对许多作家的历史定位同样不能一次完成，一次终结，而是要反复进行多次。

对古代作家的历史定位不但存在偏与全的差异，还有拿什么来定位的问题。比如对于董仲舒，通常文学史提到的是他的制策文，是回答汉武帝所提问题的试卷。其实，这些制策文并没有太大的文学价值，董仲舒在文学史上的贡献是他的《士不遇赋》，随后，司马迁又有《悲士不遇赋》，陶渊明有《感士不遇赋》，伍瑞隆有《惜士不遇赋》，在这个系列的作品中，董仲舒有首创之功，应当根据这篇作品给他定位。而以前所作的并不是文学定位，没有坚持文学本位，显示不出董仲舒在文学史上应有的地位。

专题三　中国古代文学的当代性意义

若将所有的历史皆归为当代史，则古代的文学思想因其具有当代性，应归入当代文学之列。问题是：无论在什么时代、什么文化背景下，中国古典文学的"当代性"都不会得到特殊的凸显，但它的凸显却是有其深刻的现实和理论根源的。本节提出了"当代性"这个问题，并且把"当代性"看作是古代文学的一种特质，因为这个问题关系到对古代文学、传统学术的活力和它的当代表现的基本评价，关系到在中国文学的研究背景下，西方文学、西方科学在中国的发展前景。因此，从现实和理论出发，各位学者应该广泛关注和深入研究中国古代文学中"当代性"这一问题。

一、中国古代文学理论范畴在当代的价值

我国古代的文学理论范畴极其丰富，其范畴具有多种层次的特点，比如艺术想象范畴、艺术风格范畴以及论作内容的范畴等。范畴的丰富在一定程度上代表其文学属性以及特征的丰富，能够在较大程度上揭示文学的本质规律，这一点是当代文学理论所不完善的地方，因此对于古代文学理论范畴需要进行深刻的了解，挖掘其价值，供后世文学学习。例如，当代论著作中常常借鉴古代文论范畴中的意境、风格、虚实、豪放、含蓄以及自然等，这些范畴在当代的文学活动中也较常运用，因为其古代的范畴在一定程度上揭示了文学的本质属性及其发展规律，值得被后世借鉴。

（一）我国古代文学理论范畴对于当代文学的经验性

我国古代文学理论范畴是整合所有思维方式的集合体，对文学理论进行高度的审美经验以及文学经验概括，对于当代的文学作品具有较强的实用性。同时，中国古代文学范畴的经验性具有思辨的特征，主要表现在其文学方式注重直观表达，可操作性强，并且夹杂感悟式的体验，其文学方式注重感悟

的直观与语义的模糊,其感悟与直觉的运用,构成了一个民族的思维特性。首先,古代的文学理论范畴大多是借鉴古典哲学,因此其文学理论中具有哲学性质,形成了丰富的语言文学体系,在一般的论著中常常运用多种修辞手段进行渲染,导致文章主题接近形而上之道的范畴,展现了其特有的思辨特质。其次,思辨与学理是共同发挥作用的,对于当代的文学创作提供了行之有效的思辨结构。国内有部分的学者认为我国古代的文学逻辑思辨借鉴国外的文化思想体系,为此,有学者进行研究,表明其文学理论重视经验感悟,在自身的体系结构中具有系统性的特征,因此不同于西方的文学理论。当代文学价值的发展离不开古代文学理论范畴的经验性。

(二)我国古代理论范畴所具备的当代价值

1. 古代文学理论范畴内涵组成当代文学理论重要部分

我国古代文学理论具有较为悠久的历史,部分学者认为其已经过时,基于当代文学的发展变化,古代文学理论已经不适应其发展的变化,主张抛弃古代文学的研究,或者将其研究仅作为历史研究。其实不然,文学理论具有其真理性,其真理性并不会随着时间的推移而湮灭,因此,在当代文学理论研究中,其本质规律仍然值得借鉴利用。当今随着社会的发展,文学逐渐偏离了其原始的轨道,文学作品创作者面临着较大的危机,主要表现在文学语言的低俗化以及娱乐化,比如诗歌,作为古代文学的主要文学形式,如今已经逐渐地没落,文学作品对于表达情感以及展现理想的内涵逐渐丧失,因此重塑当代文学的内涵对文学的发展有着不可忽视的作用,其古代文学范畴中的言志与缘情都应当被重新拾起。

2. 古代文学理论范畴对于矫正当代文学不切实际的现象有着重要作用

当代文学理论大多充斥着抽象以及不切实际的言论,导致当下的文学创作出现不和谐的现象,引起了读者的反感,这对于当代文学的发展有着极为不利的影响。在文学理论中,只有解决的具体问题给人以启发才能算是真正有价值的理论,古代的文学理论范畴,一般是针对当时具体的时势进行议论,具有实际意义,然而当代文学内容的空洞以及虚无,造成其理论内容空乏,缺少实际意义。在古代文学理论的观念中,创作过程是人与社会感应的一种联系,通过文学的表达方式抒发情感。这种理论创作的形式都是值得当代文学借鉴的,并且能够从本质上改变其现状。

3. 古代文学理论范畴对于构建文化传统有积极意义

我国古代文学范畴较为复杂，不同时期有着不同的表现，因此需要加大力度挖掘其不同时期的意义以及变化，为当代的文学创作做出有益的文学阐述。同时，当代文学创作不能照搬照套，应当对古代文学创作手法进行适当的运用，综合古代当代的文学体系，构建我国的文化特色传统。

我国古代文学理论范畴的理论表述与理论内涵都有其独特的地方，古代文学运用最为形象的语言表达丰富的思想内涵，对于民族的原创性上有着长久的意义。当代文学理论要想取得良好的发展，必须对其古代的文学理论范畴进行深刻的探索。

二、中国古代文学对当代学生的教育价值

中国历史悠久，文化底蕴深厚，中国古代文学的发展有其悠久的历史并且具有鲜明的传承性、民族性和时代特色。中国古代文学既以汉民族文学为主体，同时也兼容并蓄，涵盖了一些少数民族的文学，形成了一个博大精深的古代文学体系。中国古代的散文、诗词、小说、戏剧都有一个清晰的可追溯的历史，并在创作与理论方面表现出了不断发展、充实、日趋完善的规律。每一种体裁的演变都是一段历史，其发展的脉络清楚明了，充分反映和展示了其丰富的历史和文化内涵。由此可以看出，中国古代文学内容之丰富，而其所具有的巨大张力也是不言而喻的。这些优秀的民族文化对当代大学生来说，是一笔宝贵的财富，它能在一定范围内极大地提高当代大学生的综合素质。现在笔者从以下几个方面来谈谈古代文学对当代大学生的价值影响。

（一）人文素质方面

人文素质，是指人应具备的内在品质和人生的定位、在学识上的积累、获取和应用知识的能力，即关于人的情感、态度和价值观等人文精神以及个人能力，包括人的理智、能力、情感和意志这几个内在因素。它追求人生和社会的美好境界，推崇人的感性和情感，是完美人格的体现。当前，部分大学生民族精神淡化，理想信念模糊，心理素质欠缺，总的来说就是人文素质不足。

这样的现状令人担忧，因此我们可以向古代文学寻求帮助。人文素质教育的重要主题包含民族精神和理想信念，进行人文素质教育的重要文化阵地

就是古代文学。经年累月的风浪冲刷而留存至今的古代文学作品，是先贤们生命信仰和人文情怀的艺术表现。欣赏文学作品，能引导学生体味到中华民族的伟大精神。古代文学作品大都出自一些优秀的作家，我们都或多或少听过一些先贤名家的故事，他们代表着我们国家的精神，鼓舞着我们的年轻人，让广大青年树立起理想和信念，他们的作品，有着无穷的感染力。

古代文学作品是古人思想情感、社会形态和生活经验的集中体现。不管社会怎样发展，科学怎样进步，生活的哲学是永远不会改变的，生活的境遇无非是顺境、逆境和绝境。无论古代还是现代，人们都在追求一种有意义的生活。古代文学的人文特征，决定了古代文学在培养学生健康人格方面具有深刻的作用。在文学作品中，有许多具有代表性的人物和经典的事例，都是培养大学生品格的材料。作者的情感、作品的精神具有不可抵挡的感染力，渗透到学生的心灵深处，从而使学生形成健全的道德认知，形成一种高尚的人格。作者在对生命之美进行审视的过程中，力求通过文学创作来实现对生命之美的赞颂，以提升读者的审美能力和鉴赏能力。中国古代文学在几千年的历史长河中，呈现出一幅瑰丽的不朽画卷。在欣赏的过程中，可以净化精神世界，激发生命活力，提高文学品位，让美育达到一种潜移默化的艺术效果。总之，古代文化可以弥补我们人文素质中的众多缺陷，让我们在学习的过程中不断地完善自己。

（二）德育素质方面

中华民族以五千年文明和优良完整的伦理道德体系而著称于世，以"礼仪之邦"而自豪。中华民族的道德伦理学说，是中华民族在长期发展过程中所形成的、能够凝聚一个民族的重要的精神力量之一。随着社会经济的不断发展，大学生在物质水平方面有了极大的提升，像以前一样求学艰辛和困难的事基本成了历史，按理说在物质极大丰富的条件下，精神文明也应该处于一种高度发展的状态，但事实并非如此。物质世界让人失去了基本方向，有些人被金钱利益所主宰，慢慢迷失了自己。这个时候我们不妨回归中国古代文学，让它引领我们重温中国传统伦理学，来对我们的心灵进行一次洗礼。

面对外界的喧嚣，有些人无法理性思考，容易被诱惑，然后走上一条错误的路。面对这种情况，我们应注重修养心性。修养心性是古代文学一直推崇的理念。在儒家学说的理念中，一个人要想达到修身、齐家、治国、平天下的目标，首先要不断地提高个人的道德境界，只有这样才能使自己的道德修养得以提升，最终成为一个圣人。我们不祈求成为一个圣人，作为大学生，我们只希望能保持自己一片澄澈的心。

1. "仁爱"待人之心

我们吸收儒家文化很重要的一点就是要继承这种人文精神。它能给我们在待人处世方面很好的启发作用，能增强我们的责任心和同情心，完善我们的人格。

2. 家庭孝悌之道

目前社会伦序失常的现象让我们不得不把家庭孝悌之道重新搬上讲台。作为大学生，我们比谁都知道要孝敬父母，因为他们生我养我，但越来越多的事实表明这种意识已经淡薄，这就要求我们要加强伦理道德的修养，而古代文学则刚好给了我们一本很好的教材。

对于大学生来说，古代文学有着非常重要的意义。这不仅仅是一种文化上面的学习，更是人类珍贵的文化遗产；在学习文化的同时也要学会做人，学会如何成为一个对国家有贡献的人。在古代文学学习的过程中，我们要不断完善自己，不管是在人文素质方面，还是德育素质或是其他方面，我们要不断地吸收知识，不断地提升自己的综合素质，更好地挖掘自我的价值。

三、中国古代文学对当代文学的价值

文学的发展，乃继承中的创新。没有继承，则无创新。刘勰说："文律运周，日新其业。变则其久，通则不乏。"①"变"指的是创新，"通"实际上是"继承"，以继承为基础的创新，是一种具有生命力的、永不枯竭的"创新"。传统文学是非常重要的文化载体，是中华民族的一种精神财富。当然，绝大多数创作确实来源于生活，但传统文学的滋养也是不可或缺的，所以，要想在当代文学中取得进步，创作出一部好作品，就必须扎根在中华文化的土地上。从这一点来看，我们可以看到，注重继承传统文学优良品质，是当代文学创作永不枯竭的源泉。

传统文学可以给我们带来怎样的经典质素？首先，传统文学是民族精神的载体，它重视文学的现实性，重视文学的精神品格，追求"真"与"善"

---

① 刘勰：《文心雕龙》，转引自左鹏军：《黄遵宪与岭南近代文学丛论》，中山大学出版社2007年版，第40页。

的文学本体论，对当代文学的创作具有重要的指导意义。司马迁之所以能名垂青史，是因为他撰写《史记》，欲成"一家之言"，旨在表达他对社会、历史、自然、人类的独特认知，考稽其兴废成败之理。事实上，这就是中国文学最根本的精神所在。文学创作注重抒情、有为而作，具有一定的现实意义，体现了浓厚的入世精神。作家应该具有对社会和人生的深切关怀和感悟，表现出一种向上的力量，体现对真、善、美的追求。

诗人屈原有着强烈的入世精神，正道直行，竭忠尽志。他信而见疑，忠而被谤，却仍然无法忘怀故国，《离骚》一诗，就是在这样的情形下创作出来的。杜甫历经艰辛，饱受乱离之苦，始终秉持着爱国的情怀，对社稷民生致以深切的关注。即使被尊为古今隐逸诗人之宗的陶渊明，颖脱不群，因为还有着对社会人生的深切体验，不能为五斗米折腰向乡里小人，才会弃官归田，勤劳自食。陶渊明思想的高度，便是其诗文"文体省净，殆无长语；笃意真古，辞兴婉惬"[①]。

缘此，刘勰提出对文学本体的认识："写天地之辉光，晓生民之耳目矣。"[②]文学应当担负起传播思想、开启民智的任务。在中国传统文化中，"天下主义"是一种对人生真善美和对社会和谐的追求，是一种对和平与繁荣的追求。这种观念，在文学本体中占据着主导地位，并成为它的主体核心，是文学的伟大使命。很明显，传播思想，开启民智，是文学本体的一项重要内容，是伟大文学必须具备的精神品格。

其次，传统的文学名著提倡写作要有针对性，要有感情，要说得有声有色，也就是要用具体的事情来讲述，在栩栩如生的描述中，寄寓褒贬，当理切事，将文学作品的主旨阐释清楚，使读者感受到文学的魅力。

要表现文学的内涵，就必须有可靠的"材料"作为支持。"材料"指的是人类在长期的历史和文化中所积淀下来的丰富的智慧和文化。从古典文献而言，对"材料"的使用，也就是对历史和文化延续的重视。《文心雕龙》中说："事类者，盖文章之外，据事以类义，援古以证今者也。"[③]可见，事类，不仅是指使用典故，而是泛指前朝丰富的历史和文化的积淀，注重历史文化的延续，熟谙丰富的历史文化，沉浸浓郁、细大不捐、含英咀华是文学创作的一

---

① 邓琼：《读陶丛稿》，天津古籍出版社2011年版，第259页。
② 黄侃：《文心雕龙札记》，北京理工大学出版社2020年版，第1页。
③ 黄侃：《文心雕龙札记》，北京理工大学出版社2020年版，第276页。

项重要依据。比如，在古典诗歌的创作中，即便是更加注重抒情，但对于典故的使用往往也是不可或缺的，而典故凝结了历史文化，它蕴含着丰富的内涵，这让诗人将自己的理想情怀表现得淋漓尽致，但同时又不乏一种含蓄之美，这也让诗歌拥有了丰富的艺术容量和相当大的艺术张力，它的感染力也十分深刻。戏剧和小说等其他文学体裁，往往在继承前人作品的基础上，加以发展，变得更加丰富多彩，内涵更加深刻，这是一种文学创作的延续和创新，也是一种文学创作的创举。例如，唐人通过研读《文选》，积淀了丰厚的文学修养，练就了精湛的艺术技艺，从而创造了辉煌灿烂的唐朝文学。

一些当代文学作品，对经典文学的继承少之又少，常常缺少对传统文学、文化、思想、生活的同情和理解，十分疏离。这样的内容，即便是被视作一种文学创作的"材料"，在当下的文学作品中也难以找到踪影。在当代文学的创作中，存在着想得过多、写得过多、读得过少的弊病，很多作品结构相似，内容相似，索然无味，苍白无力。实际上，在中国文学史的发展过程中，前人的作品常常为后世的作品提供营养，或为其二次创作提供"材料"。例如，《三国演义》和《水浒传》都是从话本和说史出发的；《红楼梦》和《金瓶梅》的发展演变过程是紧密联系在一起的；《聊斋志异》讲鬼神，刺人间，一针见血，与前代的志怪小说和唐人的传奇一样，都是一脉相传，而其文学语言优雅而简洁，集古文之所长于一身，兼备骈文之长。戏曲如《西厢记》《长生殿》，更是《会真诗》《莺莺传》《西厢记诸宫调》和《长恨歌》《梧桐雨》的新变，既继承了前代戏曲之长，又独具特色，是戏剧发展史上的典范之作。至于诗词歌赋上的造诣，更是独树一帜，不言而喻。而我们即便是写些短篇文章，也很难从古典文学中吸取精华，无法以此为素材加以灵活运用。这种状态，无疑将当代文学创作中匮乏和苍白的弊端显露出来，同时也使历史文化的延续性被割裂了。事实上，对于这一点，先辈们已经有了很好的经验。柳宗元说："本之《书》以求其质，本之《诗》以求其恒，本之《礼》以求其宜，本之《春秋》以求其断，本之《易》以求其动：此吾所以取道之原也。参之《谷梁氏》以厉其气，参之《孟》《荀》以畅其支，参之《庄》《老》以肆其端，参之《国语》以博其趣，参之《离骚》以致其幽，参之《太史公》以著其洁：此吾所以旁推交通，而以为之文也。"① 显然，柳宗元重视经典文学，并视之为后来文学创作的不竭源泉。

---

① 曾毅：《中国文学史》，安徽文艺出版社2020年版，第37页。

最后，传统文学经典的辞章之美，理应由当代文学继承与借鉴。汉字乃形、音、义构成的复合体，汉语言天然地具有形文、声文、情文之美。《文心雕龙·情采》说："立文之道，其理有三：一曰形文，五色是也；二曰声文，五音是也；三曰情文，五性是也。五色杂而成黼黻，五音比而成《韶》《夏》，五性发而为辞章，神理之数也。"[①]形文，指语言文字的色彩之美；声文，指声律之美；五性，乃情感之美。

刘勰认为，注重追求声文和形文的美感，使情感文字的美感更加贴切和生动；这是水到渠成的事情，也与为抒情而创作文章的目的一致。自从白话运动开始至今，人们开始追求通俗语言，常常忽视了声文和形文的美感，只一味地追求情文的美感，其实是不可能达到的。其实，一个人的感情和想法的表现，是需要声文和形文的完美结合，才能如韩愈所说的那样，"气盛则言之短长与声之高下者皆宜"[②]。而同时使用散行和骈俪，则能使句子结构工整，富有变化。骈散相兼，要善于集古今的语言于一身，简洁而又深刻，才能使文章具有宏伟的气魄。总之，文雅、简练的语言是经典之作为后人留下的丰厚的遗产。

辞章，不仅仅指语言文字，还包括结构篇章。结构篇章乃为文之关键，应注意"首尾圆合，条贯统序"，即讲求思维的一致性与周密性。刘勰论篇章结构，有曰："何谓附会？谓总文理，统首尾，定与夺，合涯际，弥纶一篇，使杂而不越者也。"（《文心雕龙·附会》）要求首尾周密，表里一体，因为此乃"命篇之经略"。清代桐城派讲求义法，方苞说："《春秋》之制义法，自太史公发之，而后之深于文者亦具焉。义即《易》之所谓'言有物'也，法即《易》之所谓'言有序'也。义以为经而法纬之，然后为成体之文。"[③]很明显，就是把思想感情内容置于与艺术形式同等重要的地位。而"法"，既是指文章结构布局上的顺序和层次的连贯，也是一种对所写人物和事物的恰当裁剪，从而凸显特色。从辞章上看，不管是长篇经典文学或短制经典文学，都非常注重篇章结构的安排和构思，或者体制雄伟，气势雄浑；或者简洁精湛，浩瀚千里，非常值得借鉴学习。另外，就连实用文体，传统文学也很注意它的篇章结构、材料的使用以及语言的艺术。

---

① 黄侃：《文心雕龙札记》，北京理工大学出版社2020年版，第181页。
② 于民：《中国美学史资料选编》，复旦大学出版社2008年版，第233页。
③ 陈平原：《中国散文小说史》，上海人民出版社2004年版，第179页。

若不拘泥于桐城派的古文理论，而是扩大它的内涵，使义理成为开启民智、承载思想、培育精神品格的文学本体；以考证指文学写作的"材料"，它所承载的是一种延续性的历史文化；如果说，以文章来描述文学的结构、篇章和艺术性，那么，经典文学为我们提供了优美的语言、深厚的历史文化积淀、民族文化的精神、精益求精的艺术追求。与此形成鲜明对比的是，某些当代文学作品对文学本体的追求，缺少了崇高的精神品格，在内容上与社会历史文化的连贯性近乎分离，不能将丰厚的文化积累和智慧灵活地加以应用，并且还存在着结构粗疏、语言贫乏苍白的问题。这些都是限制当代文学发展的因素，因此当代文学缺乏内涵和精神品性。

当代美国极富影响力的文学理论家、批评家哈罗德·布鲁姆，著有《西方正典：伟大作家和不朽作品》，旨在寻找并论述西方文学的经典。布鲁姆选择并品评了 26 位作家，指陈其伟大之处，并且说："传统不仅是传承或善意的传递过程，它还是过去的天才与今日的雄心之间的冲突，其有利的结局就是文学的延续或经典的扩容。"[①] 西方文学，就是在继承、扩容和超越前人的优秀文学的基础上，保持了文学的经典素质，始终未曾间断。从希腊文明到《圣经》，再到文艺复兴时期的人文精神和艺术魅力，都在潜移默化之中演进，这也是文学经典可以长盛不衰的原因。但现在，一些当代文学作品，已经脱离了经典文学的滋润，所以，我们的文学创作，一定要重温古典的精髓，扎根在中华民族的文化土壤里，继承和吸收经典文学的养分，只有这样，才能产生新的东西，才能创作出伟大的作品。

四、中国古代文学对当代社会的影响与价值

中国是一个诗词之国，文学之国，大量的诗词文章作品浩如烟海，流传至今，可以说赋诗作文已经成为中国古代文人的生活形态，或者说这是他们的兴趣爱好所在。从《诗经》、楚辞、汉赋，到史书经典，再到唐诗、宋词，直至明清小说，传世佳作不胜枚举，都是中国人最珍贵的文化财富。

（一）中国古代文学蕴含的价值体现

文学作品一旦诞生并流传于世界，就必然具有某种功能和价值。关于文

---

① ［美］哈罗德·布鲁姆：《西方正典：伟大作家和不朽作品》，江宁康译，译林出版社 2011 年版，第 7 页。

学的价值与作用，中国历史上一直存在着观风、刺上、化下、明麟、经国、劝惩、载道、自娱、娱人等多种说法。现代人普遍认为，古代文学在传承文化、开启民智、陶冶情操、交流情感、丰富精神世界、促进社会文明进步等方面，都起到了不可替代的作用。

本书认为，文学是一种思想，其本质特征就是审美。所有的文学作品，都是用对事物的艺术描述，来创造出一个完美的艺术形象，来表达作者的丰富的情感，甚至是深刻的思想，这样才能给人们带来一种赏心悦目的审美乐趣。文学作品如果没有审美感染力，也就失去了存在的价值。中国古代文学是基于审美价值和审美功能的，或与之相结合的，具有很深的文化、知识、教育和应用价值。文学作品的价值主要体现在以下4个方面。

1. 文化价值

一部文学的历史，就是一个国家的思想的历史，一个国家的经典文学作品，就是这个国家基本的人生观、世界观、价值观的生动体现，中国文学，是国家文化的一部分，它凝结了这个国家对世界的认识，对人生的感悟，所以，它是我们国家的血液，是我们国家的灵魂。1942年，朱自清先生在《经典常谈》序言中指出："在中等以上的教育里，经典训练应该是一个必要的项目。经典训练的价值不在实用，而在文化。做一个有相当教育的国民，至少对于本国的经典，也有接触的义务。"[①] 可见，积累和传承民族文化是经典的首要价值。

为了保留并传承本民族的文化传统，阅读具有代表性的且蕴含本民族文化传统的文学作品是继承本民族文化传统的必经之路。因此，读经典不仅是对历史文化的传播，而且往往也是汲取传统文化的思想精髓。中华民族的文明历史源远流长，虽然经历了许多磨难，但仍然屹立在世界民族之林，这其中最主要的原因，就是文化的传承。在中国传统文化中，最有活力、最具影响力的是文学。流传下来的古代文学是最具代表性的民族精神载体，闪耀着中华民族独特的精神品质，它的艺术性极高，创造力极强，它拥有永恒的魅力，无可替代。古典文学的学习和鉴赏，是对中华传统文化的一种尊重、认同、发扬，是通向共同的精神家园的途径。

2. 认识价值

文学是一种审美现象，反映着现实生活，它的存在是建立在真实的基础

---

① 朱自清：《经典常谈》，漓江出版社2012年版，第1页。

之上的。这也就意味着，它对人类的认知也有很大的帮助。文学作品能够让读者对人类社会生活的相关内容，对人性的历史形态，对人的情感、心理、命运等有一个比较清晰的认识，能够让他们对人类社会生活的真实本质有一个直观的认识，在不知不觉中，让他们掌握历史、文化、审美等方面的知识。当然，文学创作具有明显的特征。它不是复制历史，也不是政治衍生而来，更不是为了传播道德，而是对生活的真实写照。文学鉴赏与阅读的价值，就是要激发我们对于宿命的思索，深化我们对生命的理解。读中国古代文学作品，会欣赏到塞外风光、江南烟雨，听古人低声吟唱、引吭高歌，那些中国古代经典文学作品中呈现出的深厚情感，那字里行间的愁绪，丝丝扣扣，触动人心，使人心神安宁，让生命变得悠远绵长。

3. 教育价值

对于个人来说，品读经典文学是个人提升文化修养的最佳途径。阅读经典名著，就是让阅读者接受文化熏陶的过程，这种熏陶能改造人的心性，提升人的境界，净化人的心灵。一个接受文化教育的人，他的言行举止、处世态度以及心胸气度、情怀兴趣和那些没有接受过文化教育的人是完全不同的。接受古代文学教育，一是能培养人的高尚情操，提高人的审美；二是加强人们的爱国情怀，浸润平等民主意识；三是激发人们纯净美好的情感，唤醒人们对自然的热爱之情。总之，古代文学对培养人文气质、积累人文底蕴、提升人文素养、完善人格有非常重要的作用。质言之，对中华古典文学的研究与继承，其最大的实际意义就是有益于提高人们的人文素质，而提高人的素质已经成为国家发展与社会进步的关键。

情感和想象是文学的基本要素。著名作家叶嘉莹曾说："我之喜爱和研读古典诗词，本不出于追求学问知识的用心，而是出于古典诗词中所蕴含的一种感发生命对我的感动和召唤。现在有一些青年人竟因为被一时短浅的功利和物欲所蒙蔽，而不再能认识诗歌对人的心灵和品质的提升的功用，这自然是一件极可遗憾的事情。"[①] 阅读本民族的文化经典，在个人，可以完善人格；对社会，则可以转移风气。

某个学者曾写过一篇文章，论述中国未来十年将面临七大挑战，其中一项就是价值观混乱和道德退化。虽然传统经典并不能解决一切实际问题，但

---

① 叶嘉莹：《什么是中华诗词之美》，转引自李菁：《走出历史的尘烟·下》，团结出版社2021年版，第473页。

它对当代社会的主流价值观念建设却具有重要的意义。这是因为经典教育传递的就是价值观。古代文学中蕴含着"常道"这一普世意义，蕴含着思想境界、人文精神、处世智慧等，可以帮助人们扭转过于功利和片面性的精神生态，为人们在面对生活中的种种境况时，提供一种精神支撑。要想提升全民族的文化素质，不仅要靠今日的文化建设，更要靠优秀传统文化的滋养，这对于提高民族文化素养非常重要。

4. 应用价值

中国古代文学不仅具有内在的、超脱于功利之外的精神价值，而且还具有外在的、实用性、功利性的价值，也就是说，古代文学对经济、社会的发展起到了推动作用。单就旅游业而言，古代文学作为一种文化资源，其价值是不容忽视的。首先，古代文学可以极大地提高名胜古迹的文化内涵和知名度，起到隐性或显性的宣传作用，从而激起游客的旅游欲望，这样的例子比比皆是。例如，湖南的岳阳楼，武汉的黄鹤楼，南昌的滕王阁，这三座建筑被称为"江南三大名楼"，它们经历了几千年的风风雨雨，经历了多次摧毁和重建，这三座建筑吸引了许多人前来观光游览。这其中王勃的《滕王阁序》、崔颢的《黄鹤楼》和范仲淹的《岳阳楼记》功不可没。再如，杭州西湖闻名中外，2011年6月列入《世界遗产名录》，不仅得益于秀丽的湖光山色，而且得益于深厚的文化底蕴，得益于中国历代诗文的无穷魅力。

其次，古代文学还可以促成名胜景观、旅游景点的产生与繁荣。如湖南常德有"桃花源"、湖北十堰有"桃花源"、安徽黟县有"桃花源"，江苏宿城、江西庐山、河南南阳乃至宝岛台湾也有"桃花源"，据称全国各地的"桃花源"有三十多处，全赖东晋陶渊明留下的一篇《桃花源记》。其他如由《水浒传》而生成之"梁山泊"，由《红楼梦》而生成之"大观园"，皆为因虚为实的典型。杭州著名景点断桥残雪、雷峰夕照、万松书院与中国四大民间传说中的《梁山伯与祝英台》《白蛇传》有不解之缘。而"浙东唐诗之路"的命名、兴起则以唐代诗人的探访和吟唱为文化支撑。古代文学对景观、旅游、城市形象的巨大价值，促使不少地方依托古代文学中的故事、传说，开发新的景点景观。于是，河北正定建有"封神演义宫"，安徽合肥建有"三国遗址公园"，山东阳谷县和临清市争抢建设金瓶梅文化旅游区。而连云港的例子，是利用《西游记》。过去曾召开过"名人名著与连云港暨花果山旅游资源开发研讨会"、办过"中国西游记旅游文化节"等各种活动。又把历史上的云台山称为花果山，并注册了世界猴文化之乡、中国猴文化之都等三十个系列商标。

与《西游记》相比，中国古代经典小说《三国演义》在历史上的运用价值，更早被关注和挖掘出来。日本的一些企业家以《三国演义》为指导，为自己的企业规划发展做指引。在中国，伴随着改革开放与经济建设的不断深入，《三国演义》的运用研究成为一个新的课题。许多学者将《三国演义》看作是中国古代智慧的结晶，是生命的启示，并从谋略学、人才学、运筹学、商业管理等多个方面对其进行了深入的研究，创作出了诸如《三国演义与企业领导谋略》《三国人才学与现代领导艺术》《〈三国演义〉与经营管理》《三国权谋与现代商战》《三国演义与经营谋略》《三国演义与人才学》《〈三国演义〉的用人艺术》等著作。

（二）古代文学在当代社会的呈现形态

即使在当代社会，中国古代文学仍然具有巨大的价值和作用，因此古代文学并没有随着时代的发展而消逝，它在当代社会特别是在当代文化建设中呈现出了多种形态。古代文学在当代社会的呈现形态大致可以分为两种：一种是"重现"（再现），另一种是"转换"（变换）。

1. 重现

重现就是将古代文学以各种形式呈现出它原来的面貌，它的呈现形式有以下几种：首先，最为常见的一种形式是各种古代文学著作的不断印刷和出版。比如《全唐五代词》《全宋词》《先秦汉魏晋南北朝诗》《全清词·顺康卷》就是由中华书局整理出版的。《中国古典文学丛书》由上海古籍出版社出版，已有一百多部。此外，各地古籍出版社所编印的古代典籍，也数不胜数。《唐诗三百首》和其他一些著作，毫无疑问，都是目前最畅销的著作。其次，在大学和中小学的课堂上各类古代文学作品的宣讲，在现代的舞台上中国古代戏曲的演出，在不同的文化场合，特别是在名胜古迹、旅游景点中古代诗文的抄录和镌刻等，都是中国古代文学的直接呈现形式。

2. 转换

转换指的是在当代改编和重写古代文学作品之后，将其以不同的包装方式进行呈现，比如新编和重排传统戏曲，将古代文学名著拍摄成影片、电视连续剧，在广告片中融入古典文学元素等。广义上的转换，不仅指的是当代人吸收与发展古代文学的内容（情节、主题、形象等），也指的是当代人继承与发扬古代文学的形式（体裁、语言、手法等），人们经常会借助古代文学来充实现实内容，抒发思想情感。比如，五四新文化运动之后，古典诗在文坛上几乎销声匿迹，但中国当代旧体诗的创作却并未停止，尤其是近几年，对旧体诗的创作热情日益高涨。

（三）实现古代文学当代价值的思考

中国古代文学在中华文明的形成与发展中起着举足轻重的作用。20世纪以来，随着时代的变迁，人们的社会生活越来越多元化，古代文学的光辉也逐渐黯然失色。但是，在当代社会中，古代文学并没有也不可能彻底消失。之所以如此，一是因为古代文学是华夏民族宝贵的文化遗产，它那经久不衰的魅力，吸引了成千上万的读者，被人们百般喜爱，百般回味；二是因为古代文学形式多样、内容丰富、技法高超，它就像一座艺术宝山，为当代文化建设提供了取之不尽的资源。通过对古代文学的鉴赏、挖掘、利用，是可以使其焕发出新的活力的。

在当代文化建设的各个领域（戏剧戏曲、广告宣传、电影电视、旅游景观、大众文化等）中，古代文学存在重现和转换的现象，我们应对这种现象进行深入的研究，对现有的经验进行总结，并弥补存在的缺陷，笔者认为应该在以下三个方面做出更大的努力，才能更好地实现古代文学的当代价值。

1.拓展途径

在过去，中国古代文学的物质载体主要是语言、文字，传播以及传承的形式主要是口头和书面两种形式。现如今，科技越来越发达，随着互联网、多媒体视频技术的出现，古代文学的传播和传承方式已经在悄悄地发生着变化。而新的传播途径与效果，也为古代文学的重现与转换提供了新的契机。随着现代技术的发展，传统文学在焕发出勃勃生机的同时，也能让我们从多个角度，更加深刻地感受到古代文学的经典之作和无穷魅力，从而得到更多的艺术享受。这也向我们展示了以现代激活传统，将传统与现代相融合，可以让传统获得永恒的生命力，因此要想对古代文学进行重现和转换，就必须不断地寻求新的途径。

2.把握尺度

中国古代文学中的一些经典作品，经过长期的积累和传承，其经典形象、深邃意境、主要内容和基本含义，不仅成为一种传统元素，更成为一种民族共识和社会财富。每个民族的人民都应该对古代文学抱有一种崇敬的态度。对古代文学的重现与转换，必须以抓住原文的精髓、坚持社会价值标准为前提。为了更好地实现转换可以适当增加和删除一些内容。而为了迎合大众、扩大市场，一味解构经典，嘲讽圣人，"颠覆性"地修改古代文学经典名著，这是抛弃传统文化的行为，并不是文章提到的"重现"和"转换"。

3. 提升层次

中国古代文学博大精深，内涵丰富，当代文化建设所取得的重现和转换成果与之相比，只是冰山一角，而且很多成果流于表象。我们应该努力提升古代文学所呈现出来的层次，努力使古代文学重现和转换，使其形神俱备。而将中国文学的精神内涵，从更高的层次上进行传承与发扬光大，让优秀的传统文化在新时代成为一种激励人们前行的精神动力，这也是今后重现和转换的一个重要方向。

综上所述，在现代文化和西方文化的强烈冲击下，一方面，我们的民族传统文化遭到了挑战和压迫；但另一方面，我们的民族传统文化也处于与国际文化、现代文化的对话与交流之中，并且得到了巨大的发展机会。在这样的情况下，中国优秀文化遗产——古代文学，又是怎样转化为一种具有现实意义的传统呢？也就是说，在当代社会中，古代文学的继承和价值实现，是一个非常具有现实意义的问题。这一问题迫切需要全社会给予足够的重视。如果当代的文化建设者能够坚持不懈地探索和实践这一点，一定会对我国各地文化强省建设大有裨益，对社会主义文化事业的大发展大繁荣起到积极的促进作用。

第二讲 诗 论

早在上古时期，就有歌谣产生。成书于春秋时期的《诗经》，是我国第一部诗歌总集。可以说从先秦至近代，中国的诗歌艺术传统是非常深厚的。数千年间，古典诗歌的巨流一直奔腾不息，数不清的诗人和作品在中国文学史上熠熠生辉。任何理论都是从实践中产生，反过去又指导实践，而不断的实践又丰富发展着理论，诗歌理论也不例外。随着我国诗歌创作的日趋繁荣和益臻完善，我国的诗歌理论从产生到发展，像涓涓细流穿过巍峨的群山之间，流经广阔的原野，终于汇聚百川，形成一条源远流长的大河，闪闪发光，照耀着两千多年的中国文学理论批评史。本讲从儒家的诗论、白居易和新乐府运动、严羽与《沧浪诗话》、王士禛与神韵说四个方面的内容展开专题论述。

专题一 儒家的诗论

一、孔子的诗论

孔子，姓孔，名丘，字仲尼，春秋鲁国陬邑（今山东曲阜市）人。春秋末期的思想家、政治家、教育家，儒家学派的创始者。

孔子出身于没落的奴隶主贵族家庭，他的政治思想有着较大的保守性。但从其社会实践来看，他已沦于"贫且贱"的处境，一生不得志，对于奴隶主的暴政和人民的疾苦都有深刻的感受和认识，因而又有变革现实的要求。由于他生活在奴隶制解体、封建制兴起，社会剧烈变动的时代，他的政治观点和哲学思想是比较复杂的，这里只谈一下他的诗论。

（一）诗的作用

孔子非常重视诗的作用，《论语》记载：

"子谓伯鱼曰：'女为《周南》《召南》矣乎？人而不为《周南》《召南》，其犹正墙面而立也与？'"①

他告诫他的儿子伯鱼，人不学诗，就像面墙而立，难以前进。他还说："兴于诗，立于礼，成于乐。"②这都是从个人道德修养的角度说明学诗的重要性的。孔子又说："不学诗，无以言。"③"诵诗三百，授之以政，不达，使于四方，不能专对，虽多，亦奚以为？"④前者是说不学诗就不会说流利、恰当的话，后者是说学诗可以提高人们从事政治、外交活动等实际工作的能力。如果达不到这一点，学得虽多，又有什么用呢？

孔子比较全面地讲述了诗的社会作用，《论语》云：

"子曰：'小子何莫学夫《诗》？《诗》，可以兴，可以观，可以群，可以怨。迩之事父，远之事君，多识于鸟兽草木之名。'"⑤

什么是兴、观、群、怨？"可以兴"，说明诗歌可以感人、鼓舞人，具有艺术感染作用；"可以观"，说明诗歌可以"考见得失""观风俗之盛衰"，具有认识作用；"可以群"，说明诗歌可以交流思想感情，使人们互相切磋，达到团结的目的；"可以怨"，说明诗歌可以"怨刺上政"，对时事政治发表批评意见。"事父""事君"，则是孔子从他的政治立场出发，说明诗歌要为礼教服务。至于"多识于鸟兽草木之名"，又说明诗歌还能给人以自然科学方面的知识，具有知识性。在孔子以前，对诗歌的社会作用人们已有所认识，发表过一些言论，但讲得比较零碎而不全面。仅能说是诗论的萌芽阶段。到了孔子，对诗的作用才开始有了比较全面系统的理论阐述，并且对我国的诗论产生了深远的影响。

（二）诗的内容和形式

《论语·为政》中有记载，孔子用"思无邪"概括《诗经》的全部作品，这当然是指思想内容说的。这是他评诗的首要标准。《诗经》的内容是很丰富广泛的，有对统治者的赞颂、批评和讽刺；有对男女爱情的歌；还有反映劳

---

① 杨伯峻、杨逢彬译注：《论语》，岳麓书社2020年版，第172页。
② 樊登：《樊登讲论语：学而》，北京联合出版有限责任公司2021年版，第403页。
③ 蔡先金：《孔子诗学研究》，齐鲁书社2006年版，第162页。
④ 梁午峰：《论语贯读》，三秦出版社2008年版，第339页。
⑤ 方铭：《战国文学史论》，商务印书馆2008年版，第156页。

动人民的生活、生产劳动等各方面的题材。诗歌作者的感情也是多样的，有欢愉，有哀怨，也有诅咒和愤恨。孔子认为这些诗歌都是无邪的，可见他衡量文艺作品思想内容的尺度还是比较宽泛的。

"思无邪"的"思"，历来解释不同，但一般都作"思想"讲。"无邪"是指内容纯正，符合儒家的德治仁政。因为孔子的政治伦理道德思想的核心是"仁"，所以我们认为这样理解比较恰当。从他对《诗经》下的这种结论看，孔子论诗首先是重视思想内容的，但不能由此就断定他忽视形式。有些言论表明他对形式也是十分重视的。

"文质彬彬"本来是孔子对"君子"的修身、品格、风度的要求，但也通于文艺，后人也常常用来讲文艺问题。对于文艺作品来说，"文"指文采，属形式方面，"质"指质朴，属内容方面。"文"胜过"质"，就显得虚浮；"质"胜过"文"，就显得粗陋。只有"文"与"质"达到完美的结合，才有"彬彬"之美。因此可以说，孔子是主张形式与内容完美结合的，既重视内容也未忽视形式。

至于如何判断一首诗的思想内容"无邪"或"有邪"，"善"或"未尽善"，孔子当然用的是他自己的标准。如《韶》的内容是表现舜接受尧的"禅让"，能继承尧的德业，故"尽善"。《武》的内容是表现武王伐纣、建立新王朝的。以武力征伐取天下，不符合他"以德服人"的主张，所以他说"未尽善"。对于怎样才算"美"，孔子也是按照自己的标准来衡量的。总的看来，他高度评价的是古代统治者的雅乐（古代诗、乐、舞不分）。对于《周南》《召南》一类推崇备至，而对于郑、卫的民间新乐，便加以排斥，批评"郑声淫"，反映出他的保守立场。

（三）诗的艺术特征

联想，是诗的一大特征。从《论语》中孔子的许多言论看出，他已注意到诗的这一特征。《学而》中子贡曰："《诗》云：'如切如磋，如琢如磨，其斯之谓与？'子曰：'赐也，始可与言《诗》已矣，告诸往而知来者。'"[①] "切、磋、琢、磨"本来讲的是加工骨、角、象牙、玉石的工艺，子贡由此联想到道德修养方面的精益求精，不断提高。孔子对此大加称赞，认为子贡"可与言《诗》""告诸往而知来者"，因为他能从这一方面受到启发，联想到其他方

---

① 熊明川、程碧英：《先秦元典学习思想研究》，巴蜀书社2021年版，第52页。

面，触类旁通。从孔子跟子贡的对话，不难看到孔子认为善于联想的人才可与言《诗》。也就是孔子已认识到联想是诗的艺术特征。

抒情，是诗的又一特征。孔子说诗"可以怨"，这"怨"不只是"怨刺上政"，像哀伤、挽歌、谴谪、讽谕①都被包含其中。也就是说诗人是带着激情反映现实的，诗是可以抒发人的感情的。正因为此，才"可以兴"，具有艺术感染力。可见孔子是肯定了诗的抒情特征的。

总之，从孔子的一些言论中，特别是"兴、观、群、怨"对诗的社会作用的论述里，可以看出他对诗的艺术特征是有所认识的。

二、孟子论诗

孟子，名轲，字子舆，战国邹（今山东邹县）人。他是战国时代儒家学派的重要思想家，他的学说，包括有关文学批评的意见，对后世也有很大影响。这里只介绍他关于诗的两点主张。

（一）以意逆志

孟子在《万章上》中说：

"说诗者不以文害辞，不以辞害志。以意逆志，是为得之。如以辞而已矣，《云汉》之诗曰：'周余黎民，靡有孑遗。'信斯言也，是周无遗民也。"②

孟子在这里提出了解释作品的一项原则——"以意逆志"。就是不能拘泥于个别字句，应该根据整篇作品的内容，注意文学的特点，考虑到夸张手法以及写作背景等方面的问题，探讨诗作者的创作意图，才不致歪曲作品的原意。这对如何正确理解诗歌的内容，是有益的见解。如"周余黎民，靡有孑遗"并非真正经过旱灾以后，周一个人也没有留下来，只不过是突出地描写旱灾严重的损害而已。古代诗歌中运用夸张的手法极力夸饰的很多，如"嵩高维岳，峻极于天"③，是极力形容其高；"千禄百福，子孙千亿"④，是极力形容其多。这些都是运用夸张的手法来做突出的表现的。如果"以辞害志"，许多浪漫主义的作品，更无从理解了。

---

① 讽谕：也作"讽喻"。用委婉的言词劝说，使其领悟知晓。
② 孟子：《孟子》，北京时代华文书局2014年版，第156页。
③ 朱祖延：《引用语大辞典》，武汉出版社2000年版，第319页。
④ 程俊英、蒋见元：《白话诗经》，岳麓书社1997年版，第434页。

当然，如果仅凭读者个人的"意"而逆探作者的"志"，就会莫衷一是或陷入武断的主观唯心主义的泥沼。

（二）知人论世

孟子在《万章下》中说：

"颂其诗，读其书，不知其人，可乎？是以论其世也。"

宋朱熹对孟子的这段话理解为："论其世，论其当世所事之迹也。言既观其言，则不可以不知其为人之实，是以又考其行也。"[①] 无论哪一个作家诗人的作品，都是作者所处的时代、生活的经历、思想感情的反映。如果对作者的身世经历写作背景毫无所知，作品的思想内容便无从认识，得出的结论不免错误。所以必先论世，才可以知人；知人，才可以对作品的内容获得正确的理解。可见孟子"知人论世"的主张，乃是认识作品、分析作品的一种好方法。对于孟子的"以意逆志"和"知人论世"，要联系起来理解、运用。要"以意逆志"，必先"知人论世"，否则"以意逆志"就会成为主观臆断。

三、荀子论诗

荀子，名况，字卿，又称孙卿，赵（今山西安泽）人。他是战国末期的儒学大师，但他的思想已与孔、孟不同，他吸取了法家的思想，较多地反映了新兴地主阶级的利益和要求。

荀子论文学，以圣人为师范，以经典为准则，以道（儒家的仁、义、礼）为核心。是后世明道、徵圣、宗经观点的先驱，奠定了儒家正统的文学观。

（一）中声所止

荀子论诗，主要观点是：中声所止。他在《劝学》中说："诗者，中声之所止也。"[②]

何谓"中声"？唐代杨倞在《荀子》注中解释："诗谓乐章，所以节声音，至乎中而止，不使流淫也。"[③] 清代王先谦在《荀子集解》中说："此不言乐，以诗乐相兼也。《乐论篇》云：'乐则不能无形，形而不为道，则不能无乱。先

---

① 李戏鱼：《中国诗论（修订本）》，郑州大学研究处1980年版，第15页。
② 申笑梅、王凯旋：《诸子百家名言名典》，沈阳出版社2004年版，第539页。
③ 李戏鱼：《中国诗论（修订本）》，郑州大学研究处1980年版，第17页。

王恶其乱也，故制雅颂之声以道之，使其声足以乐而不流'。与此言《诗》为中声所止，可互证。"①

"诗谓乐章""诗乐相兼"是说战国时诗、乐不分，诗可以唱，所以诗也像音乐一样可以中声论之。从"节声音，至乎中而止，不使流淫"②"制雅颂之声以道之，使其声足以乐而不流"③来看，不难明白，所谓"中声"就是哀乐适度，不要过头。

儒家好讲"中"，孔子言"时中"，子思言"中庸"，孟轲主张"执中行权"；儒家的审美原则是"中和之美"，所以荀子取"中"来论诗，认为中声所止的诗为最好。

（二）诗乐产生的原因及作用

在《荀子》中，有一篇《乐论》，是专门论"音乐"的。如前所述，那时诗乐不分，故其观点也适用于论诗。《乐论》是荀子对文艺理论的一大贡献，不可不提。

1.《乐论》论述了诗乐产生的原因

"夫乐者，乐也，人情之所必不免也。故人不能无乐，乐则必发于声音，形于动静；而人之道，声音动静，性术之变尽是矣。"④

在这里荀子强调音乐的产生是由人们对音乐的需要决定的，人们有了思想感情就要用音乐表现出来，这是自然的必不可免的事情。这是说诗乐产生于客观现实，而非产生自理性观念。从唯物论的角度阐发了诗乐产生的原因。

2.《乐论》阐述了诗乐的作用

"夫声乐之入人也深，其化人也速，故先王谨为之文，乐中平则民和而不流，乐肃庄则民齐而不乱。民和齐则兵劲城固，敌国不敢婴也。……乐姚冶以险，则民流僈鄙贱矣。"⑤

从中可以看出荀子不仅非常重视音乐对整个社会的民情风俗甚至国家的强弱安危所起到的巨大作用，而且他还认识到音乐有"入人也深，化人也速"

---

① 鲁洪生：《先秦两汉文学研究》，商务印书馆2013年版，第325页。
② 张峰屹：《两汉经学与文学思想》，生活·读书·新知三联书店2014年版，第87页。
③ 冯友兰：《中国哲学简史》，四川人民出版社2020年版，第115页。
④ 荀子：《荀子》，万卷出版有限责任公司2020年版，第148页。
⑤ 荀子：《荀子》，万卷出版有限责任公司2020年版，第150页。

的强烈情感特点。在其他的论述里,他还阐明不同的音乐能够使人产生不同的心理作用,音乐具有娱乐人的作用,等等。

荀子认识到了音乐多方面的重大作用,所以他特意写了《乐论》驳斥墨子"非乐"的意见,主张礼乐相济,对人民进行教化,使之产生更好的教育效果,以利于新兴地主阶级的统治。荀子的这种观点大大丰富、强化了儒家的诗乐理论,在中国文学批评史上产生了深远的影响。

四、《诗大序》

汉代曾有鲁、齐、韩、毛四家传授《诗经》。前三家的诗已经散佚,仅存毛诗。毛诗在《诗经》各篇下都有说明,常常牵强附会地解释诗的主题思想、写作背景等,后人称为小序。首篇《关雎》后面,有一总纲式的概论,较为系统地阐述了诗歌的作用、体裁、性能、表现手法等,称为《诗大序》。《诗大序》的作者不明,有人说是子夏,有人说是东汉的卫宏,其实这篇序的作者很难确指,它应当是汉代学者综合先秦儒家和当代经师有关诗乐的理论而写成的。明显地看出直接援引了《荀子》和《乐记》中的许多论点,"诗有六义"之说则又跟《周礼》中的"六诗"之说有关。下面就其主要内容谈一下。

(一)诗歌的基本特征

"诗者,志之所之也,在心为志,发言为诗。情动于中而形于言。言之不足故嗟叹之,嗟叹之不足故永歌之,永歌之不足,不知手之舞之足之蹈之也。情发于声,声成文谓之音。"[1]

《诗大序》这段论述,不仅说明诗乐舞在其产生和发展的过程中紧密相连、三位一体的特征,而且进一步指出这三者的核心在于抒情言志。《诗大序》这个观点,与《尚书·尧典》的"诗言志",《荀子·儒效》的"诗言是其志也"一脉相承,但又有所不同。在这里"志"与"情"是作为同样的重要因素而并提的。以前人们往往认为:"志"是经过规范的感情;情是未经过规范的自然本质。二者性质是不同的。而《诗大序》将情志并举,作为诗乐舞三者的核心,统一起来,作为诗歌的基本特征,无疑这更符合诗歌的规律、特征,是对此前诗论的重要补充。

---

[1] 朱光潜:《诗论》,生活·读书·新知三联书店2012年版,第7页。

（二）诗歌与政治的关系

《诗大序》认为抒情言志是诗歌的基本特征，且认为情与志是受社会生活的制约而反映政治兴衰的，也就是说诗歌与政治有着密切的关系。

"治世之音安以乐，其政和；乱世之音怨以怒，其政乖；亡国之音哀以思，其民困。"①

这里说明诗乐作品内容、基调的不同，是由政治的兴衰决定的。

"至于王道衰，礼义废，政教失，国异政，家殊俗，而变风、变雅作矣。国史明乎得失之迹，伤人伦之废，哀刑政之苛，吟咏情性，以风其上，达于事变而怀其旧俗者也。"②

这是荀子"天下不治，请陈佹诗"观点的发展。《诗大序》这种从时代的发展变化寻求诗歌形式发展变化的原因，是合理的。后来有些文学批评，如刘勰的"时运交移，质文代变"，就是由此发展而来的。

（三）诗歌的社会作用

《诗大序》中有几处强调诗的作用，如：

"上以风化下，下以风刺上，主文而谲谏，言之者无罪，闻之者足以戒，故曰风。"

这些论点重在自上而下的教化作用，主张诗歌应成为巩固封建统治、维护封建道德的工具。虽然统治者和被统治者都可以利用诗影响对方，满足各自的要求，但它认为"上以风化下"是无条件的，"下以风刺上"要有条件，首先必须注意态度——"主文而谲谏"。孔颖达在《毛诗正义》中解释："其作诗也，本心主意，使合于宫商相应之文，播之于乐。而依违谲谏，不直言君之过失；故言之者无罪，人君不怒其作主而罪戮之。"这就是说，被统治者对上要发表某种意见，必须以委婉曲折的方式、含蓄闪烁的言辞来表达，不得径直显露触犯统治者的尊严。《诗大序》的这种观点跟《荀子·乐论》强调诗乐教化的意见是一致的，是典型的"温柔敦厚"儒家诗教的准则。其为后来封建统治阶级排斥风格粗犷豪放、富有战斗精神的作品提供了理论根据，产生了不良的影响。

---

① 梁启超：《儒学六讲》，北京理工大学出版社2020年版，第155页。
② 萧统：《昭明文选》，民主与建设出版社2021年版，第464页。

(四)关于《诗经》的六义

《诗经》有所谓六义——风、雅、颂、赋、比、兴,前三者是诗的体裁,后三者是诗的表现方法。《诗大序》对风、雅、颂做了详细的解说:

"是以一国之事,系一人之本,谓之风;言天下之事,形四方之风,谓之雅。雅者,正也,言王政之所由废兴也。政有大小,故有小雅焉,有大雅焉。颂者,美盛德之形容,以其成功告于神明者也。"①

就是说,风是产生于各国地方的诗歌,雅是产生于周王朝中央的诗歌,颂是祭祀时赞美祖先的乐歌。这种分类见于《周礼》《乐记》等书,是一种长久的传统分法,基本符合《诗经》的事实。

《诗大序》对赋、比、兴这三种表现手法未作说明。按汉代经师郑玄的解释,所谓赋就是铺陈直述的意思。按汉代另一位经师郑众的解释,所谓比是"比方于物"②,就是用比喻突出事物的特征。所谓兴是"托事于物",就是通过接触事物而激发诗人的感情并托物以寄意。比、兴是我国诗歌创作的传统表现手法,《诗经》中已广泛运用。比、兴两法使作品具有含蓄之美,引起读者丰富的联想。《诗大序》认识到了这一特点,引起后世不少学者对此探讨、争论,并进而接触到形象思维的问题。

专题二 白居易和新乐府运动

白居易,字乐天,晚年号香山居士、醉吟先生,祖籍太原(今属山西),后迁居下邽(今陕西渭南)。他是唐代中期的大诗人,新乐府运动的代表者。一生活了七十五岁,经历了代宗、德宗、顺宗、宪宗、穆宗、敬宗、文宗、武宗八朝。他的思想和创作在四十四岁,即唐宪宗元和十年前后表现出了明显的不同。

白居易的江州一贬使他前后判若两人,其实又不尽然。他在四十四岁时写的《与元九书》中说得很清楚:"古人云:'穷则独善其身,达则兼济天下'。仆虽不肖,常师此语。大丈夫所守者道,所待者时。时之来也,为云龙,为风鹏,

---

① 孙婧:《"诗言志"与"诗缘情"矛盾的非矛盾性》,《成都理工大学学报(社会科学版)》2012年第20期,第90—94页。

② 张葆全、周满江:《历代诗话选注》,广西师范大学出版社2020年版,第191页。

勃然突然，陈力以出；时之不来也，为雾豹，为冥鸿，寂兮寥兮，奉身而退。进退出处，何往而不自得哉！"独善其身"和"兼善天下"是他的思想中不可分割的两个方面。早在他刚刚出仕的时候，就想到了"青青东郊草，中有归山路"。在他与元稹正处于庙堂之上的时候，就已经生出退隐之心了。不过他实际上做到的，不是"穷则独善其身，达则兼济天下"，恰恰是"穷则兼济天下，达则独善其身"。而且他的所谓"独善"，其实只是对高官厚禄的满足，即"本之于省分知足，济之以家给身闲"。这同不畏权势、甘居清贫的陶渊明和浮云富贵、向往功成身退的李白相比，显得更为消极而庸俗，实在算不得什么"雾豹""冥鸿"。

白居易的诗歌理论是同他的思想状况一致的。他的诗歌理论的代表作是《与元九书》，这是他前期进步诗歌主张的总结，也是他后期消极诗歌主张的初现。下面介绍白居易的诗论，就以这篇文章为主，联系其他论述。

一、提倡"为时而著""为事而作"

白居易诗论的出发点同传统儒家以三百篇当谏书一样，也是强调以诗为封建政治服务。《与元九书》说：

"人之文，六经首之。就六经言，《诗》又首之。何者？圣人感人心而天下和平。感人心者，莫先乎情，莫始乎言，莫切乎声，莫深乎义。诗者，根情，苗言，华声，实义。……五帝三皇所以直道而行、垂拱而理者，揭此以为大柄，决此以为大宝也。"

"自登朝来，年齿渐长，阅事渐多。每与人言，多询时务。每读书史，多求理道。始知文章合为时而著，歌诗合为事而作。……仆当此日，擢在翰林，身是谏官，月请谏纸。启奏之间，有可以救济人病，裨补时阙，而难于指言者，辄咏歌之，欲稍稍递进闻于上。"

前一段是"粗论歌诗大端"，后一段是"自述为文之意"。两段话一个中心，就是强调诗是治理国家的重要手段，诗要直接反映政治时事。白居易把诗和谏书看作为同一个目的服务的两种不同的方式。同一个目的就是"救济人病，裨补时阙"。不同的方式就在于诗是"根情，苗言，华声，实义"的，虽然也是因事而发，但主要是表达感情，以"言""声"抒情，而"情"中有"义"，所以能够反映谏书"难于指言"，即难于直说的内容，而且更能感动人心，起到谏书所起不到的作用。白居易将传统儒家诗论中的原有之意阐述得更加详明突出，而且把如何运用诗歌遗产为现实服务的观点、方法，移之于指导诗歌创作，还是有所发展的。其中"文章合为时而著，歌诗合为事而作"两句，可以说是新乐府运动的一面鲜明的旗帜。两句并为一句，就是：文章歌诗应为政治时事而作。

《诗大序》在谈诗的政治作用的时候，既讲"美"，也讲"刺"，既讲"上以风化下"，也讲"下以风刺上"，总是两方面并提。白居易则更强调"刺"，即"下以风刺上"这一面。上面所引的两段话中，就只提到"救济人病，裨补时阙"，而没有讲什么"正人伦""美教化"。

《采诗官》一诗则更明确地提出，正是由于朝廷的杜绝言路，才造成了诗歌创作中"兴谕规刺"之作的稀少和"赞君美""悦君意"的谀词的泛滥。而这种情况又反过来加重了君蔽臣奸。要改变这种腐败的局面，必须首先提倡讽刺诗。白居易在这里以忠诚而激切的心情向皇帝提出来的主张，是时代的需要，是振兴封建王朝的需要。

《伤唐衢二首》其二和《寄唐生》两首诗，则联系自己的创作实践，更加明确地提出了讽谕诗的创作原则。在这里，乐府诗成为他针砭时政的有力工具，他以诗寄情，将民生之疾苦置于诗中，体现出他直言不讳、为民着想的伟大精神。与此同时，白居易在《新乐府序》中也提到了乐府诗歌的表达方式："其辞质而径，欲见之者易谕也。其言直而切，欲闻之者深诫也。"[①]它打破了传统儒学诗"温柔敦厚"的局限，是一种"但伤民病痛，不识时忌讳"[②]的创作心态在诗体中的具体表现。白居易的诗学思想中，最积极、最进步的一部分是"但伤民病痛，不识时忌讳"，这是其对传统儒学思想的一次重要发展。这样的文学观念，与白居易早年的社会地位和思想状态有着密不可分的关系。

他当时来自社会下层，官职不高、俸禄不厚，对人民的苦难有着深切的了解和真挚的同情。加上唐太宗提出"以百姓之心为心"，鼓励直言进谏而开创"贞观之治"的历史经验的启示，遂使他的思想中，充分接受并突出地发扬了儒家学说的民主性的一面。他曾经要求朝廷"设敢谏之鼓，建进善之旌，

---

① 周啸天：《古诗词鉴赏》，四川辞书出版社2018年版，第336页。
② 何宝民：《古诗名句荟萃》，河南人民出版社1983年版，第90页。

立诽谤之木"①，使"工商得以流议，士庶得以传言"②。这就是他更加强调"下以风刺上"的思想基础。

当然，在白居易的文学思想中，对人民还是要进行封建教化，对帝王将相还是要赞美甚至溢美的。早在他任校书郎的时候，就为原来录取他的两个考官升为左右丞相写过庸俗的赞美诗。在他任盩厔尉的时候，也提倡用道德说教来平息人们心中的愤怒。到了后期，这种思想更加突出，在一首诗的标题中还明确宣布"形容盛德，实在歌诗"③。这是白居易"为时而著""为事而作"的诗歌理论的另一方面。

二、重"讽谕""闲适"，轻"感伤""杂律"

从"为时""为事"而作的观点出发，白居易要求诗歌须合于"风雅比兴"。他在《读张籍古乐府》中写道：

"为诗意如何，六义互铺陈。风雅比兴外，未尝著空文。读君学仙诗，可讽放佚君。读君董公诗，可诲贪暴臣。读君商女诗，可感悍妇仁。读君勤齐诗，可劝薄夫敦。上可裨教化，舒之济万民。下可理情性，卷之善一身。"④

这里所说的"六义"和"风雅比兴"，其实就是指含美刺、寓劝惩，以直接服务于政治教化。以为《诗经》中的每篇作品都有美刺劝惩之义，都在进行思想说教，这是汉儒说诗的基本观点，而不是《诗经》的本来面目。所以白居易同元结一样，也是通过儒家思想的折射来理解《诗经》的，他虽然把《诗经》树为诗歌创作的典范和诗歌评论的准绳，但实际上是用儒家诗论的尺度来要求诗歌的。

在《与元九书》中，白居易以这样的尺度对历代作家作品进行了系统的评论。他把《诗经》以下近千年的诗歌发展史分成几个阶段，描绘为一部"诗道崩坏"、每况愈下的历史。战国、秦、汉是一个阶段；晋、宋是一个阶段；梁、陈是第三个阶段；最后是唐。他在《与元九书》中形容唐为："唐兴二百年，其间诗人不可胜数。所可举者，陈子昂有《感遇》诗二十首，鲍防《感兴》诗十五篇。又诗之豪者，世称李、杜。李之作，才矣！奇矣！人不迨矣！索

---

① 胡适：《白话文学史》，安徽人民出版社2019年版，第236页。
② 胡适：《白话文学史》，安徽人民出版社2019年版，第236页。
③ 史念海：《唐史论丛》，陕西人民出版社2017年版，第209页。
④ 祁万青：《品读白居易》，山东大学出版社2021年版，第84页。

其风雅比兴，十无一焉。朴诗最多，可传者千余首。至于贯穿今古，覼缕格律，尽工尽善，又过于李焉。然撮其《新安》《石壕》《潼关吏》《芦子关》《花门》之章，'朱门酒肉臭，路有冻死骨'之句，亦不过三四十首。"这个评论显然有很大的片面性，从总体上看，这是与史实不符的。被他肯定的少数作品确实是好诗，但是那些被他否定的作品中，除了梁、陈之诗中存在严重的形式主义倾向和较低的成就之外，楚辞、建安文学、盛唐诗歌在中国诗歌史上都有很高的成就，陶渊明、屈原、李白等更是中国历史上闻名遐迩的大诗人，光耀万古。白居易之所以对古诗如此评头论足，是因为他认为，只有那些直面时事，进行美刺劝惩的作品，才是真正的雅作，才对社会有益；其他一切，主要是屈原、李白那种"各系其志""发于怨思"的作品，都是背弃"六义"、无足轻重的。在一定意义上，可以说这是一个创作方法的问题。

白居易除了重视美刺兴比、讽谏时事的作品之外，也很欣赏"知足保和，吟玩情性"的作品。在《与元九书》中，他把自己的诗分了讽谕诗、闲适诗、感伤诗和杂律诗四类，并对这四类诗做了这样的评价：

"故仆志在兼济，行在独善，奉而始终之则为道，言而发明之则为诗。谓之讽谕诗，兼济之志也；谓之闲适诗，独善之义也。故览仆诗者，知仆之道焉。其余杂律诗，或诱于一时一物，发于一笑一吟，率然成章，非平生所尚者……他时有为我编集斯文者，略之可也。"

讽谕诗最上，闲适诗其次，杂律诗最下。此处并未提及感伤诗，可见其品级之低，只比杂律诗稍高一筹。这种四分法其实是两分法，讽谕诗和闲适诗都体现了他"奉而始终之"的道，它们各自代表着这一道的两个层面，因此它们缺一不可；而感伤诗、杂律诗都没有涉及这一道，故"略之可也"。他重讽谕诗、轻感伤诗，尽管他的讽谕诗中也有许多歌颂统治者功绩和德行的溢美之词，以及关于道德说教的糟粕。然而重闲适诗、轻感伤诗是极不恰当的。白居易的闲适诗，既有对时世忘怀的消极态度，又有对功成名就、官职清闲、感恩朝廷优待的庸俗心态，多数作品不值得一读。对于感伤诗，有些人望文生义，理解为表达伤感的诗歌，认为它受到轻视也情有可原，但实际上白居易很清晰地定义了这一类诗：感伤诗是"事物牵于外，情理动于内，随感遇而形于叹咏"的诗，实际上就是指的抒情诗，其实就是用来表达自己愤怒和不甘的诗。若白居易将其置于讽谕诗之下，是出于美刺劝惩的政治目的，而将其置于闲适诗之下，就明显认为其与孔孟"知足保和""乐天安命"的思想相悖。这是白居易文学理论与世界观上的一大局限。由此可见，白居易之所以对屈原和李白的作品进行贬抑，并不只是因为他的写作方式，还因为他对诗歌的本质属性的理解存在偏差。他强调诗歌的政治性，蔑视诗歌的抒情性和想象性，根据白居易对感伤诗的认识，屈原和李白的诗歌就是一种富有想象力和强烈的抒情性的感伤诗。

这个局限在白居易的后期表现得更加突出，因为他在后期完全是从闲适的角度指责屈原、李白等人的。特别是在《序洛诗》中，白居易划清了自己同屈原、李白等优秀诗人的界限。富裕的生活和知足的思想，使他完全处于一种富贵闲人的境界，还怎么能理解屈原、李白等人的感情，欣赏他们的作品呢？白居易在许多首诗中提到过屈原，都是一种不以为然的口气。例如，《读史五首》中的"楚怀放灵均，国政亦荒淫。彷徨未忍决，绕泽行悲吟"[①]，《咏怀》中的"自从委顺任浮沈，渐觉年多功用深。面上减除忧喜色，胸中消尽是非心。妻儿不问唯耽酒，冠盖皆慵只抱琴。长笑灵均不知命，江蓠丛畔苦悲吟"[②]。这些言论贯穿着一个思想，就是顺时知足，明哲保身。同屈原、李白等人相比，他宁可欣赏陶渊明、韦应物那样较为超脱的诗人，而对这些诗人，他也是仅从自己的思想去理解的。

三、提倡"辞质""言直""事实""体顺"

为了使新乐府诗合于所谓"风雅比兴"的创作方法，白居易还提出了"辞质""言直""事实""体顺"的具体要求，见于《新乐府序》：

"序曰：凡九千二百五十二言，断为五十篇。篇无定句，句无定字，系于意，不系于文。首句标其目，卒章显其志，诗三百之义也。其辞质而径，欲见之者易谕也；其言直而切，欲闻之者深诫也；其事核而实，使采之者传信也；其体顺而肆，可以播于乐章歌曲也。总而言之，为君、为臣、为民、为物、为事而作，不为文而作也。"[③]

这段话讲到了新乐府诗的体制、语言、风格、内容等各个方面。关于体制，提出了三点要求，即"篇无定句，句无定字，系于意，不系于文"，是提倡形式自由的古体；"其体顺而肆，可以播于乐章歌曲"，是要求句式流畅，便于人

[①] 黄勇主编：《唐诗宋词全集·第3册》，北京燕山出版社2007年版，第1324页。
[②] 白居易：《白居易全集》，中国文史出版社1999年版，第164页。
[③] 李希南、郭炳兴：《白居易诗译释》，黑龙江人民出版社1983年版，第51页。

歌;而"首句标其目,卒章显其志",则是以经过汉儒加序的《诗经》作为标准格式。"首句标其目",是在每首诗的诗题之下注明美刺之义。"其辞质而径,欲见之者易谕",是要求语言质朴无华、通俗易懂;"其言直而切,欲闻之者深诫",是要求风格刚直激切、略无隐讳;"其事核而实,使采之者传信",是要求内容确实可靠、足以为凭。而所有这些都是为了更好地发挥美刺劝惩的作用,实现"为君、为臣、为民、为物、为事而作"的宗旨。

在上述这些要求中,白居易最强调的是内容核实可靠和语言朴实无华。《策林·议文章》批评当时有些诗文"书事者罕闻于直笔,褒美者多睹其虚辞"①,因此其向皇帝建议:"诏主文之司,谕养文之旨,俾辞赋合炯戒讽谕者,虽质虽野,采而奖之;碑诔有虚美愧辞者,虽华虽丽,禁而绝之。"②这些言论,主旨在于反对虚假、奢华的文风,基本上是正确的,但也有忽视艺术性的错误的一面。

白居易由于重视文学的直接政治功能,常常以对史书和奏折的要求来审视文学,从而不利于对他对文学艺术特性的深刻认识。在新乐府诗的理论中,他排斥夸张与虚构,反对对语言美的追求,对传统比兴的理解也显得刻板、肤浅。他认为诗中的景物必须有一定的象征意义,必须是借物以喻事、喻人。这样,比兴就变成附会了。在这个问题上,白展易显然也受到汉儒说《诗》牵强附会的影响。白居易的新乐府诗大都思想性较强而艺术性较弱,不能说与这种文学理论没有关系。

如果说白居易的讽谕诗已经显得周详浅露、略无余意,那么他那些连篇累牍,动辄几十韵、上百韵的唱酬之作(大都属于他所说的"杂律诗")就更加冗长乏味、了无诗意了。这一点白居易也并非不知道,他在与元稹的《和答诗十首》序中说:"顷者在科试间,常与足下同笔砚。每下笔时辄相顾,共患其意太切而理太周。故理太周则辞繁,意太切则言激。然与足下为文,所长在于此,所病亦在于此。足下来序,果有词犯文繁之说。今仆所和者,犹前病也。待与足下相见日,各引所作,稍删其繁而晦其义焉。"③但是,他实际上对这种迭吟递唱的作品又是很欣赏的,不仅从未"稍删其繁",而且越写越多,这与他后期那种以诗酒为乐的生活和意识是分不开的。正是他与元稹一

---

① 白居易:《白居易全集》,中国文史出版社1999年版,第430页。
② 范宁:《白居易》,中州书画社1982年版,第44页。
③ 白居易:《白居易集》,中国戏剧出版社2002年版,第33页。

起,开启了诗坛上无病呻吟、反复酬唱以炫耀才华的不良风气。

除诗论外,白居易还从重礼乐之治的传统儒家思想出发,发表了一些乐论,而这些乐论在指导思想上是与他的诗论相通的。唐代西域音乐大量传入中国,广泛流行,对中国音乐的发展起了巨大的促进作用。白居易却认为这是以郑乱雅、以夷变夏。他的《新乐府》中就有好几首谈到这个问题。如《五弦弹—恶郑之夺雅也》说:"尔听五弦信为美,吾闻正始之音不如是。正始之音其若何,朱弦疏越清庙歌。一弹一唱再三叹,曲澹节稀声不多。融融曳曳召元气,听之不觉心平和。人情重今多贱古,古琴有弦人不抚。"[①] 这种观点显然是保守、落后的。从这样的乐论可以更清楚地看到儒家思想对白居易的文艺理论的严重束缚。

白居易集中了元结、元稹等人的主要观点,最全面、最鲜明地论述了新乐府运动的文学主张。他强调"为时""为事"而作,提倡讽谕劝惩,要求"辞质""言直",从写作目的、思想内容到艺术形式,为新乐府运动建立了完整的理论体系,对于诗歌密切联系社会现实,充分发挥政治作用以及形式上的通俗化,起到了重要的积极作用。他对闲适诗的重视、对感伤诗的轻视和对艺术性的忽视,大体上也是新乐府运动中其他理论家普遍存在的缺点。这虽然给诗歌的发展带来了一些不好的影响,但是总的来说,无论白居易,还是整个新乐府运动的诗歌理论,积极方面是主要的。这是因为,新乐府理论并不是传统儒家诗论的简单重申,而主要是唐代中期社会矛盾的产物。在中唐这样一个由盛而衰、危机四伏的时代,要振兴封建王朝、恢复王道之治,首先需要的是揭露社会弊病,促进政治改革。允许在一定限度内"怨刺上政",是传统儒家诗论中的民主性的精华,新乐府运动的诗论家按照时代的需要,把这一点大大向前推进了。然而同时,用儒家思想束缚文学创作的口号也被提出来了。

新乐府运动的诗歌理论也接受了古代民歌的某些优良传统。传统儒家诗论,基本上是从儒家思想出发对《诗经》所作的总结,这个总结既有对《诗经》的精神和特点的正确阐发,也有阉割和歪曲。而新乐府运动的诗论家把这两方面都接受了下来。在他们那里,贯彻儒家诗论同继承《诗经》和汉乐府的传统完全是一回事。因此,在他们对新乐府诗的要求中,既强调"上可裨教化""下理情性"的写作宗旨和机械的说教形式,也强调内容上的密切联系现实和语言风格上的通俗质朴。

---

① 白居易:《白居易集》,中国戏剧出版社2002年版,第51页。

专题三　严羽与《沧浪诗话》

严羽，字仪卿，一字丹丘，自号沧浪逋客。正史无传，生卒年不详。仅在宋末黄公绍、明代徐勃为他的诗集所作的序和清代朱霞的《严羽传》(载《樵川二家诗》)中，有关于他的生平事迹的简略介绍。大约生于宁宗时，殁于度宗时，而主要活动于理宗时。先世居陕西华阴，五代时迁福建邵武，家于樵川莒溪之上，有沧浪水出此。终生隐居不仕，流转闽、浙、湘、赣间。曾问学于包恢的父亲包扬，有诗名，与同宗严参、严仁并称"三严"，又加严肃等六人合称"九严"。尤喜论诗，曾与戴复古说诗于樵川望江楼上，传为佳话，清人周亮工改望江楼为"诗话楼"，祠严羽于楼中。著有诗集《沧浪吟》和《沧浪诗话》。《沧浪吟》二卷，收诗一百四十余首，为殁后邑人所编。黄序写于元至元二十七年(1290)，距宋亡十一年。《沧浪诗话》附见于《沧浪吟》，魏庆之的《诗人玉屑》也几乎全部收录。

严羽历来被人认为是个思想消极、逃避现实的隐士。但《沧浪吟》中大部分诗篇抒发忧国怜悯、壮志难酬的胸怀，还有相当一部分直接反映了当时的政治时事，而歌咏隐逸生活的作品极少。从其所作的《登豫章城感怀》中可以看出其报国无门、激愤痛苦的心情。《有感六首》则反映了理宗君臣陶醉于联蒙灭金的暂时胜利，致使蒙军大举南下造成的惨景，并且他还指责了朝廷的和亲政策，在《雷斧歌》中表示，要借用劈山开石的神斧，怒斩朝堂之上的"群奸"。戴复古与严羽说诗时作有《论诗十绝》，其中有一句"飘零忧国杜陵老，感遇伤时陈子昂"[①]，人或以为其为严羽而发，看来并不是偶然的，虽然他的思想性格更近于李白。隐居不仕并不等于消极避世。当时一方面是国难临头，另一方面是朝政极端腐败。理宗昏庸无能，度宗荒淫无度，朝廷在贾似道之流的奸相把持下，对外称臣纳币，对内排斥异己。严羽绝意仕途就是对这种腐朽政治的反抗，他的大部分诗歌又是对这种黑暗现实的批判。总之，从严羽自己的作品和当时人对他的评价来看，这是一个关心祖国和现实，性格豪放激昂，而又不循流俗、不掩锋芒的人。认清这一点，对于正确理解他的《沧浪诗话》是有帮助的。

《沧浪诗话》的成书年代难于确考，收录此书的《诗人玉屑》成书于理

---

① 宋丽静选注:《宋元明清诗选》，河北大学出版社2006年版，第67页。

宗淳祐年间，《沧浪诗话》之成书肯定在此之前，当是严羽中年的作品。《沧浪诗话》的写作目的，就是总结汉魏以来五、七言诗之发展，揭示诗的宗旨，树立盛唐榜样，以矫宋诗之弊。全书分《诗辨》《诗体》《诗法》《诗评》《考证》五章，后附《答出继叔临安吴景仙书》。所谓《诗辨》就是要辨明诗到底是什么，这是严羽所说的"诗之宗旨"所在，是贯穿全书的纲领。

一、严羽的诗论

《诗辨》大体上依次谈到这样几个问题：一曰"识"，就是识别诗的正门、诗的高格，实际上就是"以盛唐为法"；二曰"妙悟"，要"识"就要靠"妙悟"，这是领会诗的宗旨的一种特殊的思维方式；三曰"别材别趣"，这是严羽所认为的诗之宗旨。三个问题之中，"别材别趣"又是全书的理论核心。

（一）关于"别材别趣"

《诗辨》中说：

"夫诗有别材，非关书也；诗有别趣，非关理也。然非多读书、多穷理，则不能极其至，所谓不涉理路、不落言筌者，上也。诗者，吟咏情性也。盛唐诸人惟在兴趣，羚羊挂角，无迹可求。故其妙处透彻玲珑不可凑泊，如空中之音、相中之色、水中之月、镜中之象，言有尽而意无穷。近代诸公乃作奇特解会，遂以文字为诗，以才学为诗，以议论为诗，夫岂不工？终非古人之诗也。盖于一唱三叹之音有所歉焉。且其作多务使事，不问兴致，用字必有来历，押韵必有出处，读之反覆终篇，不知着到何在；其末流甚者，叫噪怒张，殊乖（一作失）忠厚之风，殆以骂詈为诗。诗而至此可谓一厄也。"

严羽在这段话中集中解释了何谓"诗之宗旨"，开篇即揭示了诗的基本特征包括"别材""别趣""不涉理路、不落言筌"等。之后，为了深入探讨这些特征，分别列举了"盛唐诸人"和"近代诸公"的例子，用这两个例子从正反两个角度进行了说明。

"别材"的意思就是特殊题材，与后面提到的"情性"是一样的。古时候，"材"和"才"具有相同的内涵，然而，明代《沧浪诗话》的刻本却错误地将"非关书也"解释为"非关学也"，这一解释使得后世人们对"材"的理解出现了偏差，认为其是天才的意思，故而将"别材"解释为独特的才能，事实上，这种解释是不准确的。第一，在这段文字中，从头到尾都没有提过诗歌创作的才能问题，因此仅用才能来解释"别材"就会让"诗有别材，非关书也"丧失其内在含义和在文段中的作用，与后续文段失去联系。然而，如果用题材来解释，这句话的作用和内涵会更加突出，不仅能呼应后文的"诗者，吟咏情性也"，又完美契合了"以文字为诗，以才学为诗，以议论为诗"这句对宋人的批判。用"文字""才学""议论"去作诗，而不用"情性"去作诗是不能引起他人的情感共鸣的，也就是"盖于一唱三叹之音有所歉焉"。第二，《沧浪诗话》全篇皆未对才能问题进行深入探讨。将"别材"理解成独特的才能会得出仅仅通过学习是作不成诗的这一错误结论。严羽将如何学诗作为自己诗论的核心议题之一。他将自己关于如何学诗的观点和方法体现在了后文"入门须正""立志须高""禅道惟在妙悟，诗道亦在妙悟"等论述中。不过，这些方法与黄庭坚等人提出的方法有很大区别。

　　《沧浪诗话》全篇中有很多关于题材的内容，比如，《诗评》中写道："唐人命题言语亦自不同。杂古人之集而观之，不必见诗，望其题引而知其为唐人今人矣。"这里所说的"命题"指的就是题材。《诗评》中还写道："唐人好诗，多是征戍、迁谪、行旅、离别之作，往往能感动激发人意。"其中提到的"迁谪""行旅"等题材都是吟诵"情性"的，因此才能让人感动至深。这些文句中都深刻体现了题材问题对严羽诗论的重要性，他十分关注诗的题材。严羽的诗学思想深受杨万里、刘克庄、包恢等人的思想影响，他们的言论或许是导致"诗有别材，非关书也"这一说法产生的原因。总而言之，严羽的"别材"并非指书本中的知识和学问，而是强调每首诗都有自身的特殊题材。

　　那么"别趣"又是什么呢？"趣"有旨趣的意思，如《列子·汤问》："曲每奏，钟子期辄穷其趣"；也有趣味的意思，如陶渊明《归去来分辞》："园日涉以成趣"。这两个意思又是相通的，"钟子期辄穷其趣"中的"趣"，即兼有趣味之意。所谓"别趣"，就是特殊的旨趣。"诗有别趣，非关理也"，是说诗有自己特殊的旨趣，与一般著作以阐明某个道理为宗旨迥然不同。而这个特殊的旨趣，也就是以盛唐为榜样进一步阐述时所说的"兴趣"。"盛唐诸人惟在兴趣"，也就是说盛唐诗人深得诗之"别趣"。"兴趣"与"兴"有关，与"趣"也有关，合而言之，意思就是兴味、兴会、情味，用今天的话来说，就是审美感受。"盛唐诸人惟在兴趣"，意即盛唐诗人作诗，仅从一时的审美感受出发，他们的唯一目的就是给人们带来审美感受。审美感受是一种心理状态，体现了情景交融、浮想联翩的心理感受，与理性认识不同，它恍惚而来，不思而至，令人心动神摇而又难以名状，故云"羚羊挂角，无迹可求"。《诗辨》谈识诗之法的五条之中，也有"兴趣"一条。于"体制""音节""格力""气象"之外提出"兴趣"，似也是指审美感受的有无强弱。严羽认为，诗歌是以表现和创造审美感受为自己的旨趣的。后面再说宋人"多务使事，不问兴致"，也就是批评宋人作诗仅以抄书用典为能事，而不问有没有审美感受，不知道诗有自己的特殊旨趣。从提出命题"诗有别趣，非关理也"，到以盛唐为榜样具体阐述"盛唐诸人惟在兴趣，羚羊挂角，无迹可求"，到以宋人为反例进一步说明"多务使事，不问兴致"[1]，等等，理论观点一脉相承，"别趣""兴趣""兴致"三个关键性词语的含义也极为接近，总之是说，诗的旨趣是不同的，每首诗都有特殊旨趣，它的作用不仅是需要将诗人的审美感受传达出来，更要让读者感受到；这种方式与用道理说服他人的阐述方式有很大的区别。这就是严羽的"别趣"说。

正因为诗是"吟咏情性""惟在兴趣"的，所以在表达方式和艺术境界方面就以"不涉理路、不落言筌"为上。"透彻玲珑不可凑泊"是说诗是一个浑融完美的整体，不是一些条目的机械组合，难于进行逻辑分析。"空中之音、相中之色、水中之月、镜中之象"，是说诗意超出语意，寄于言外，与司空图所说"韵外之致""味外之旨""象外之象""景外之景"略同，故最后归结为"言有尽而意无穷"。由此可见，"不涉理路"的意思是不进行任何形式的逻辑推理，并非不在乎道理；"不落言筌"的意思是在语言描绘的基础上附加额外的意思。这体现了诗的表达方式和艺术境界两方面的特点。

上面这段话，以鲜明的语言、是非对举的逻辑形式，对诗跟普通文字作品在题材、效果、表达方式与境界等几方面的内在不同做了显著区分，展现了诗的审美特质，包括情感性、趣味性、非逻辑性等。诗是艺术，因此它虽然以语言文字为表达工具，却并不是一种可以充填任何内容的语言形式，而是具有不同于学术、理论的内在特质的意识形态；它不属于一般认识活动、实用活动的范畴，而属于审美活动的范畴。这就是严羽已经意识到了诗的特殊规律。

"非关理也""不涉理路"所体现的观点确实过于绝对化，导致其自被提出后到现在，始终有人从此处入手批判严羽，认为他拒绝理性。但若是严羽

---

[1] 喻朝刚、张连第、栾昌大主编：《中国古代诗歌辞典》，四川人民出版社1989年版，第727页。

真的要将诗和理进行完全分割,将理从诗中剔除,那他又为何将"然非多读书、多穷理"紧接着写在"非关书也""非关理也"后面呢?如果说上面这段话旨在论述诗与非诗的区别,故而着重强调诗非说理议论之作,容易引人误解的话,那在严羽在《诗评》中还写道:

"诗有词、理、意兴。南朝人尚词而病于理,本朝人尚理而病于意兴;唐人尚意兴而理在其中,汉魏之诗词理意兴无迹可求。"

这段话中认为诗是由词、理和意兴三个要素构成的。杨万里也曾把诗分解为三个要素:词、意、味。对比这两种观点,"理"的概念与"意"相对应,"意兴"的含义与"味"相对应。所以,"意兴"还可以近似理解为"兴趣",但在诗歌中理解成审美境界更合适。诗歌中的三个要素分别表现为形式、思想和审美要素,对应着"诗""理""意兴"。严羽与杨万里在将诗分解为三个要素的过程中都强调审美要素的重要性,这一点是他们所共同认同的;然而,严羽这段话中要凸显的是三个要素之间深刻的内在联系。"南朝人尚词而病于理""本朝人尚理而病于意兴"分别体现了形式主义倾向、概念化倾向,很明显,它们都是严羽所不认同的。"汉魏之诗词理意兴无迹可求"的意思是汉魏时代诗的发展属于刚刚起步的阶段,风格简单,没有华丽的修饰,还没有开始自发地重视"意兴",也尚未产生诸多不好的倾向。严羽所真正提倡的,是"唐人"的"尚意兴而理在其中",正与称赞"盛唐诸人惟在兴趣"相吻合。所谓"尚意兴而理在其中",就是具有"不涉理路、不落言筌"的审美境界,其中自然包含着深刻的理。当人们沉浸在这种境界中时并不会感觉到正在被说教,只会单纯地与其产生共鸣,被它感动,然后潜移默化地被该审美境界中的理影响。严羽十分坚定地认为"理"是作诗的一个必备要素,同时也坚决反对"病于理",故而,不能认为严羽的观点是对理性的排斥。用联系的观点去看待"诗有别趣,非关理也""然非多读书、多穷理""尚意兴而理在其中"这几句话会让我们对严羽的观念有更清晰的认识。他认为,诗人不仅仅是作诗,同样需要在日常生活中读书穷理,但这只是平时的修养,不能将理作为作诗的出发点,诗作产生的源头只能是当下诗人的审美感受。如此,创作出的作品才既能通过审美境界感动读者,又不会缺少理。诗与理的关系问题是确定诗的审美特质的一个重要理论问题,以上就是严羽对这个问题的回答。

(二) 关于"妙悟"

既然诗具有"不涉理路、不落言筌"的特征，那么学诗也不能只用一般求知的方法。严羽强调，学习诗歌主要不是靠"学力"，而是靠"妙悟"。

但是，以"悟"论诗的学习方法并不是最先由严羽提出的，他只是在前人提出后推动了该理念的发展。"悟"这个词古已有之，原意即觉悟、理解，如《尚书·周书·顾命》："今天降疾，殆弗兴弗悟。"但后来基本上成为佛学概念，尤其为佛教中的禅宗所强调，含义也有发展。佛教宣称，佛理高深莫测，难以言表。用心领悟才能真正认识佛理，语言文字的阐述和逻辑推理的论证都是没用的。佛典《肇论》中就有"玄道在于妙悟"的说法。禅宗的实际创始人惠能说，"诸佛理论，若取文字，非佛意也"，因而提出"道由心悟"。在这里，佛理本身是虚幻的，但心领神会这种思维方式却是现实世界的客观存在。诗，作为一种通过审美境界反映生活的艺术，就是可以意会而难于言传的。把诗中的每个词语都解释清楚，也不一定能够说明诗的境界。从诗中抽出几条主题思想，则又离开了诗的境界。因而解诗往往需要做较多的联系和发挥，也还只能起到启发的作用，最终还是要靠每个人自己去心领神会。严羽在《诗评》中说："读《骚》之久，方识真味。须歌之抑扬，涕洟满襟，然后为识《离骚》。否则如戛釜撞瓮耳。"就是指的这种情况。

理解一首诗是如此，掌握诗这种艺术也是如此，这就是艺术思维的特殊性。这一点其实早就有人感觉到了。就宋代而言，由于黄庭坚忽略诗的审美特质，把学诗等同于作学问所带来的教训，江西派中较有见识的诗论家陈师道、韩驹、吕本中等人，对艺术思维的特殊性有了进一步的认识，一致强调：要写好诗，不仅需要"学"，更在于"悟"。"悟"，这是他们不约而同地从佛学借来的，用来指称心领神会这种思维方式的概念。不过由于他们并没有跳出黄庭坚以技法论诗的窠臼，他们所说的"悟"，既包含心领神会的意思，也包含对于诗法从长期苦学到豁然开朗的意思。而后者作为认识过程的飞跃，并不是艺术思维的特殊性。如韩驹以操舟入蜀"于中流弃去篙榜"[①]便会前功尽弃来说明"初无悟解，无益也"[②]，就是这样。接着，陆游、杨万里另辟蹊径，以情、兴论诗，转而提倡到社会生活和自然景物中去领悟诗情、诗兴。如陆

---

① 张声怡、刘九洲：《中国古代写作理论》，华中工学院出版社1985年版，第53页。
② 张声怡、刘九洲：《中国古代写作理论》，华中工学院出版社1985年版，第53页。

游的"语君白日飞升法,正在焚香听雨中"①,"白日飞升"就是超悟。他们虽不像陈师道等人那样强调"悟"这个词,但他们的意思却更接近于艺术思维的特殊性。这就是诗歌理论中"悟"这个概念的出现和在严羽之前的发展。

那么严羽对以"悟"论诗又作了什么发展呢?《诗辨》中说:

"大抵禅道惟在妙悟,诗道亦在妙悟。且孟襄阳学力下韩退之远甚,而其诗独出退之之上者,一味妙语而已。惟悟乃为当行,乃为本色。然悟有浅深、有分限、有透彻之悟,有但得一知半解之悟。汉、魏尚矣,不假悟也。谢灵运至盛唐诸公,透彻之悟也。他虽有悟者,皆非第一义也。"

首先,他把"悟"确定为学诗、作诗的基本思维方法,提高了"悟"在艺术活动中的地位。"禅道惟在妙悟,诗道亦在妙悟",就是说只有依靠"妙悟"才能懂得诗,只有"妙悟"才是从事诗歌创作的正路。"惟悟乃为当行,乃为本色",就是说只有善于"悟"的人才是在行的、真正的诗人。这样,"悟"就作为学诗、作诗的基本思维方法确定下来了。过去还没有人这样鲜明地提出这个问题,把"悟"的重要性提到这样的高度。

其次,他以"妙悟"同"学力"相对待,使"悟"这个概念的含义更加明确。孟浩然是个纯粹的诗人,韩愈则首先是个学者。"学力"即指搞学问的"工力"或者能力,属于逻辑思维的范畴。概念的含义是在对比中明确起来的。严羽以孟浩然之"妙悟"同韩愈之"学力"相对待,则"妙悟"显然是指与逻辑思维相对待的另一种思维方法,即今人之所谓形象思维。江西派一些人往往是讲由"学"而"悟"。由"学"而"悟"的"悟",就可以有两种含义,其一即认识过程的飞跃。而像严羽这样谈"悟",就把这种含义排除出去了。严羽在讲"悟"的时候是不提"学"的,"悟"当然也要通过品味具体作品来进行,这时他就只用"参"。"参"其实也就是作动词用的"悟"。在他的观念中实际上无所谓"学"诗,学诗就是"悟"诗。

最后,他以作品的艺术境界作为衡量作者的"悟"的标准,也使"悟"这个概念的含义更加明确了。这里提出"悟有浅深",并把"悟"的浅深分为三种情况:"汉、魏尚矣,不假悟也";"谢灵运至盛唐诸公,透彻之悟也";"他虽有悟者,皆非第一义也"。"他虽有悟者"的"他"究竟何所指,这里没有明言,但从《诗辨》中可以看得很清楚,"他"就是指中、晚唐诗人和宋代的永嘉四灵(以下简称"四灵")与江湖派。严羽是根据什么作出这样的区分呢?

---

① 成复旺、黄保真、蔡钟翔:《中国文学理论史(二)》,北京出版社1987年版,第450页。

根据作品的审美境界。经六朝谢灵运等人至盛唐，五、七言诗逐渐成熟，审美境界达到了完善的地步。而中、晚唐诗人和四灵与江湖派，虽不能说毫无境界，但往往偏于一隅，止于一格，已远不如盛唐之完善、宏富，故只能许以"一知半解之悟"。按照严羽的逻辑，还应当有一种情况，即根本不知道"诗道亦在妙悟"，也就是指审美境界是艺术思维在作品中的体现，从审美境界的有无高下来判断是以"妙悟"为诗还是以"学力"为诗，以及"悟"的浅深，同样表明，严羽所理解的"悟"就是今人之所谓形象思维。

以上论述，既提高"悟"的地位，又矫正"悟"的含义。这些似乎都算不得什么重大建树。但是艺术思维问题是个十分艰深的问题，对"悟"的两种含义的辨析又需要有很强的思辨能力。考虑到这些因素，就会感到严羽的上述见解，都是在解决这个问题上所作出的难能可贵的贡献。当然，严羽对何为"妙悟"并没有论述清楚，"悟"的两种含义在他的笔下也还时有纠缠。而且佛学的"妙悟"对他的启发，使他对"以禅喻诗"这种论证方法过于陶醉，未免成为滥用，不仅造成了文字的费解，还暴露了自己于禅学的粗疏，实在是弄巧成拙。

有的学者认为，严羽的"妙悟"说有"透彻之悟"与"第一义之悟"二义，"第一义之悟"就是悟第一义之诗，悟第一义之诗当然不一定能达到"透彻之悟"。《沧浪诗话》中没有"第一义之悟"的说法，持这种看法的人所举出的根据是"学者须从最上乘，具正法眼，悟第一义"[1]，"悟第一义"是否可以直接等同于"第一义之悟"姑且不论，这句话只见于明刻本，在《诗人玉屑》中为"具正法眼者，是谓第一义"[2]，出入甚大。而人们多以为《诗人玉屑》收录者较明刻本可靠。即或以此为据，联系"汉魏晋与盛唐之诗，则第一义也"这句话，说严羽有悟第一义之诗的意思，那么他的义旨也是通过悟第一义之诗达到"透彻之悟"，而不是另立一义。前引"他虽有悟者，皆非第一义也"与上句"谢灵运至盛唐诸公，透彻之悟也"相对成文，足见"第一义"之悟就是"透彻之悟"，无所谓二义。有的学者之所以要做这种区分，实际上是为了使严羽更符合后人对他的演述，同后人对口。因为明代前后七子与清代王士祯虽都演述严羽，而前者重在"以盛唐为法"，提倡"格调"；后者似有得于"别材别趣"，标榜"神韵"。但是，后人的演述不等于就是原作的已有之

---

[1] 张葆全、周满江：《历代诗话选注》，广西师范大学出版社2020年版，第164页。
[2] 郑家治：《古代诗歌史论题材论体裁论美学论》，巴蜀书社2003年版，第303页。

意；而且严羽也没有以"妙悟"说统摄全书，把"别材别趣"和"以盛唐为法"都纳诸其中。因此，强调严羽的"妙悟"说有如此之二义，既有碍于对严羽诗论的正确理解，也无助于对后人产生这种歧义的真正原因的深入发掘。

（三）关于"以盛唐为法"

《诗辨》在开篇中写道："夫学诗者以识为主，入门须正，立志须高，以汉魏晋盛唐为师，不作开元天宝以下人物。若自生退屈，即有下劣诗魔入其肺腑之间，由立志之不高也。行有未至，可加工力；路头一差，愈骛愈远，由入门之不正也。"这段话虽似一般议论，其实是针对南宋诗坛而发的。《答出继叔临安吴景仙书》就说道："作诗正须辨尽诸家体制，然后不为旁门所惑。今人作诗差入门户者，正以体制莫辨也。"联系这段话来看，"入门不正"显然是指对诗"作奇特解会"的苏、黄与江西派；"立志不高"则是指"独喜贾岛、姚合"的四灵与江湖派。在严羽看来，许多"本朝"诗人之所以"入门不正""立志不高"，就是由于缺少见识。因此他很强调"识"，所谓"学诗者以识为主"，即把"识"看作能否学好诗的首要问题。他所说的"识"，就是解别诗之邪正高低的能力，也就是艺术鉴赏力。充分强调艺术鉴赏力对文学创作的重要性，视为学诗入门，这是很有见地的。那么怎样才算有识，怎样才算入门既正、立志又高呢？《诗辨》的结尾说："推原汉魏以来，而截然谓当以盛唐为法。"简言之，就是"以盛唐为法"。

从严羽的"别材别趣"说和"妙悟"说就可以想到，他在学什么样的诗的问题上会得出什么样的结论了。但是，严羽并不是简单地因为盛唐诗歌与他信奉的作诗理念和方法相一致才推崇"以盛唐为法"，更深层次的原因是盛唐诗歌中蕴含着他所追求的审美理想。

前面提到，严羽主张从"体制""格力""气象""兴趣""音节"五个方面去看诗。在具体评诗的时候，他谈得最多的是"格力"和"气象"，其中"格力"又称"笔力"。而在这两方面树立的典范，正是盛唐诗歌。《答出继叔临安吴景仙书》云：

"又谓盛唐之诗雄深雅健，仆谓此四字但可评文，于诗则用'健'字不得。不若诗辨雄浑悲壮之语为得诗之体也。毫厘之差不可不辨，坡谷诸公之诗，如米元章之字，虽笔力劲健，终有子路事夫子时气象；盛唐诸公之诗如颜鲁公书，既笔力雄壮，又气象浑厚，其不同如此。"

现存《沧浪诗话》诸本中，不见明言盛唐之诗"雄浑悲壮"之语，但在《诗辨》论"诗之品有九"时，有"雄浑""悲壮"二品，不知即指此而言，还是另有阙文。但据此可知，"雄浑""悲壮"实际上就是因为读到盛唐之诗后发出的感慨。"雄浑""悲壮"对应着后面的"既笔力雄壮，又气象浑厚"。这不仅是严羽对盛唐诗的时代风格的概括，也体现了他一直追求的审美理想。

《诗评》中与"笔力雄壮"的观点相关的描写有很多，比如：

"李杜数公如金鵄擘海，香象渡河，下视郊岛辈直虫吟草河耳。"

"高岑之诗悲壮，读之使人感慨。孟郊之诗刻苦，读之使人不欢。"

"孟郊之诗憔悴枯槁，其气局促不伸，退之许之如此，何耶？诗道本正大，孟郊自为之艰阻耳。"

这些语言中蕴含着对"笔力"的理解，它指的是诗的力量和诗句体现出的气魄。这种认知主要是情感层面的，属于内容的范畴，当然是从审美角度所说的内容，而不是思想内容。盛唐诗歌的特点是情感豁达、气势壮阔和心胸宽阔，这些评论体现了严羽对那些盛唐诗歌特点的钦佩和赞美；中、晚唐时期的作品其情感色彩大多是"憔悴枯槁""局促不伸"，代表诗人有孟郊、贾岛等，严羽也在上述评论中表达了不满。这也就是他为什么不喜欢四灵与江湖派。"风骨"一词自在宋人诗论中消失很久后又多次出现在了《沧浪诗话》中，这一现象十分引人注目。例如，"黄初之后，惟阮籍《咏怀》之作，极为高古，有建安风骨""顾况诗多在元、白之上，稍有盛唐风骨处"。实际上，"笔力雄壮"与"风骨"的内在含义有很大的相通之处。值得强调的是，在倡导"笔力雄浑"这一点上，严羽尽管在论诗宗旨上与司空图、杨万里一脉相承，却与在论诗宗旨上和他显然有别的陆游、刘克庄较为接近。由此可见，仅仅把严羽的诗论看作司空图的理论线索的继续，完全按这条理论线索来理解严羽，过于片面。

严羽认为力量和气魄是一首诗必须具备的特点，但同时，用过于直白的词句将这种特点体现出来又不是他所认同的，因此他强调，作诗不仅要"笔力雄壮"还要"气象浑厚"。诗整体的艺术风格被称为"气象"，其所呈现的艺术特征与一般意义上的特征相似，侧重于表达。严羽主张，诗的创作应当注重整篇作品的内在一致性和完整性，而不应仅仅依赖于华丽的文字点缀和优美的句子构建①。严羽不仅对宋代诗人喜欢引经据典、重视来由的不好习惯

---

① 董雪静：《诗意的凝视》，华文出版社2018年版，第94页。

发表了看法，而且在片面追求佳句这一点上，他对多次称赞的谢灵运也提出了批评。换言之，要从整体的艺术风貌出发去评价唐、宋诗的优点和缺点，而不仅仅是只关注文字和语句是否工整。一首诗应该是一个艺术整体，有佳句不一定有佳篇，佳篇也不一定非有佳句不可。这种看法是可取的。那么从"气象"角度出发，唐诗和宋词的区别在哪里呢？其区别在于是否"浑厚"。"浑厚"的意思大致就是自然含蓄。比如《答出继叔临安吴景仙书》中提到，苏、黄等宋人之诗，笔力并不孱弱，但像"子路事夫子时"那样，刚气毕露，乃至有意表现，故而缺少含蓄之美，甚或还有做作之嫌。盛唐诸公之诗则出之自然，力量是内在的，诗意是浑厚的。严羽对"健"字的评价是，它可以用来评价文字，但是不能用来评价诗，就是因为"健"的意思不是"雄浑"，而是雄辩。

"既笔力雄壮，又气象浑厚"，作为宏观的文学批评，这两句话简练、精当地概括了盛唐诗歌，乃至整个盛唐艺术的时代风格。这是那个鼎盛的封建时代所造就的完美壮丽的封建艺术。提倡"笔力雄壮""气象浑厚"，反映了严羽对这种已经成为过去的完美壮丽的封建艺术的热烈向往。

有人认为严羽不是提倡"以盛唐为法"，而是提倡以汉魏和盛唐为法，两者之间还更推崇汉魏。其实严羽在阐述他的基本观点的时候，都是以盛唐为典范的。如"盛唐诸人惟在兴趣""盛唐诸公，透彻之悟也""盛唐诸公之诗如颜鲁公书，既笔力雄壮，又气象浑厚"等。这一点本极为明显。持这种看法的人往往以其在《沧浪诗话》中说的"汉魏之诗词理意兴无迹可求""汉、魏尚矣，不假悟也""以汉魏晋盛唐为师，不作开元天宝以下人物"等数语为据，其实这是不足为据的。"意兴"与"兴趣"含义略同，认为诗应"惟在兴趣"的人反把"词理意兴无迹可求"看得比"尚意兴而理在其中"更高，这是不合逻辑的。虽然"惟在兴趣"后面也有"无迹可求"，但那是说"盛唐诸人惟在兴趣"即"羚羊挂角，无迹可求"，与"词理意兴无迹可求"不是一回事。同样，认为诗道唯在"妙悟"的人又主张"不假悟也"而不是"透彻之悟"，也是不合逻辑的。这两句话究竟应如何理解，前面已经说过，兹不赘述。至于"以汉魏晋盛唐为师，不作开元天宝以下人物"，那是在高下、臧否的意义上采用的两分法，不等于说汉魏晋与盛唐没有差别，更不等于说汉魏晋还在盛唐之上。纵观《沧浪诗话》全书，可以清楚地感觉到，严羽是把汉魏晋当作五、七言诗健康、向上发展的初期阶段看待的，因而他标举盛唐，同时也尊重汉魏晋。在宋代，提倡汉魏还是提倡盛唐是两种不同的审美理想。苏轼提倡汉魏，是欣赏以陶渊明为代表的超脱、冲淡的胸襟和平淡、幽远的艺术，即所谓"高风绝尘""萧散简远"，因而对盛唐诗有所不满。朱熹等道学家亦近于此。而严羽没有称赞过"高风绝尘""萧散简远"，对盛唐诗也全是颂扬。如说严羽汉魏与盛唐并重甚至更重汉魏，就抹杀了这个重要差别，造成了一定的混乱。

更有人说严羽名为重盛唐、尊李杜，实则偏嗜王、孟冲淡空灵一派。持这种看法的人没有、也不可能从严羽的言论中找到直接的证据。严羽虽在论述"妙悟"时同韩愈比较肯定了孟浩然，在《诗评》中许其诗"有金石宫商之声"，此外并无特别推崇，对王维则始终未赞一词。他除了极力推崇李、杜外，要说有所偏嗜的话，恰恰不是王、孟，而是高、岑，这从前面的引文中即可看出。至于有人以自号沧浪逋客、终生隐居不仕为据，先把严羽当成一个逃避现实的隐士，然后再推论出他必然偏嗜王、孟的结论，则更属臆断之词。关于严羽其人，本节开头已经做了交代。产生这种看法的真正原因，还在于"别材别趣"。在有些人看来，"别材别趣"之说只合于王、孟，无关乎李、杜，只要提倡"别材别趣"必然就是偏嗜王、孟。因为这一点已经超出了严羽关于"以盛唐为法"的论述，只好放到下一节再谈。

以上从三个方面介绍了《沧浪诗话》的基本观点。"别材别趣"主要在于阐明什么是诗，"诗道亦在妙悟"主要在于指出应当怎样学诗，"以盛唐为法"说的是学什么样的诗，这是一个相当完整的理论体系。对于所有这些问题，严羽都是从审美角度去论述的，他的诗歌理论是诗歌美学理论。

二、《沧浪诗话》的历史意义

严羽不仅是一位诗人，他还有另一个更重要的身份——诗歌理论家，他为诗歌理论发展所做出的贡献要比他的创作大得多。普通诗人的诗论更注重将自身经验介绍给他人，或者表达自己对某些感兴趣的话题的看法。但是，严羽的诗论跟他们不同，他更注重对通过对诗歌发展规律的自觉性探究、摸索和根源性问题的深入研究，创建一套理论框架。基于此，《沧浪诗话》的理论性在宋代"诗话"类作品中的理论性是最强的。同《岁寒堂诗话》相比，它显然又前进了一步；同《六一诗话》相比，差别就更为悬殊。自元明至今，哪怕是对它的观点持反对意见的人，都必须承认它在宋代诗话著作中的重要地位。

当然，《沧浪诗话》的历史地位还是由其本身的理论内涵所决定的。严羽曾经不止一次地强调，他的诗论的创作目的是纠正时代的弊端。这一观点得到了历代学者的广泛认可。这一点为我们正确理解严羽的诗论提供了基础。

需要纠正什么样的时代弊端？严羽说得很清楚，首先是"尚理而病于意兴"的江西派，其次是"独喜贾岛、姚合之诗"的四灵与江湖派。而这两种弊病的产生，在文学方面和社会思想方面都有其历史的必然性。

在盛唐时期，诗呈现出完美壮丽的发展景象，走上了发展巅峰，令人叹为观止。当然，随着时间的推移，它还将持续发展，但是再也达不到盛唐时期那种壮观的艺术景象了。为了追求新的境界，它踏入了一片如诗如画的小天地，仿佛置身于荒野和孤岛之间，感受着"虫吟草间"的美妙①。为了创造全新的艺术风格，它打破了诗歌的传统模式，将不美视为美，将非诗视为诗。将不美视为美的观点是四灵与江湖派的学习楷模，将非诗视为诗的观点在后来演变成苏、黄与江西派。但是，出于各自不同的原因和情况，这两种观点出现在了宋代。

宋代诗歌"尚理而病于意兴"的根本原因并非在于文学本身在特定历史条件下的发展需求，而是封建制度的逐步衰落导致了封建思想统治的显著加强。在宋元时期，人们不止一次地引用叶适所说的"程氏兄弟发明道学，从者十八九，文字遂复沦坏"②，并且从开始在论文时引用后扩展到论诗时引用，其根本原因是这个观点尖锐、正确地揭示了宋词弊病产生的根本原因。所有的道学家都认为，诗歌是一种有效的工具，可以用来阐述人类内心深处的思想和道理。朱熹也同样是坚持"涵养道义"以待"真味发溢"。以理为诗，不仅限制了诗歌的内涵，同时也破坏了诗歌的艺术性。因此，道学家的推崇理的作品相比于江西派的无病之咏才是所有宋诗中最缺乏韵味的诗作。像邵雍所创作的《治心吟》《安分吟》等类似诗作，已毫无诗意可言。而道学家那套以理为诗的观点，又不是他们的凭空创造，而是在诗坛上一直作为指导思想的、以教化为中心的传统儒家诗论的恶性发展。正因为有这样强大的政治思想后盾和根深蒂固的理论基础，"尚理而病于意兴"才成为无与伦比的一代宋

---

① 张新科：《中国古代文学600题》，陕西师范大学出版社2021年版，第157页。
② 薪火学刊编辑部：《薪火学刊·第2卷》，复旦大学出版社2015年版，第143页。

诗之弊。又正因为如此，作为宋末诗坛领袖的刘克庄，才不得不以"要皆经义策论之有韵者尔，非诗也"[1]和"自二三巨儒及十数大作家，俱未免此病"[2]的论断，为三百年的宋诗作了临终总结。

四灵与江湖派所推崇的理念与江西派完全相反。四灵创建之初最先提出的就是纠正江西派存在的弊端。江西派看不起晚唐，他们便以晚唐为师。正如叶适所说的，他们"发今人未悟之机，回百年已废之学"[3]。四灵与江湖派的弊病显然不同于江西派。他们不是"尚理而病于意兴"[4]，而是虽有"意兴"但声微气弱、局促不伸。那部分脱离了封建政治和社会现实的知识分子的生活状态及精神状态是这种弊病产生的社会原因。四灵与江湖派诗人的著作中大多数都展现了那部分知识分子的情趣。

要同时矫正这两种弊病，严羽的诗论就必须沿着两条轨迹去铺设，而这两条轨迹又是颇有分歧的。

将不美视为美、将非诗视为诗的这种观念最大的弊病就是说教化和概念化，只有通过将现有内在特征转变为强调诗才能得到改变和纠正。实际上，从中唐至今，诗的审美理论随着其教化理论的逐渐增强而不断加深。代表作有皎然的《诗式》、司空图的《二十四诗品》。进入宋代后，该理论线索也一直在延续。即使是一些站在教化理论立场上的诗论家，也往往受到司空图等人的审美理论的影响。在司空图和严羽之间，苏轼、杨万里、包恢是将审美作为评价诗的重要指标的代表人物。严羽的诗论，就是这条理论线索的继承和发展。

对于四灵与江湖派的那种弊病，则需要用另外的理论来矫正，杨万里虽不属于四灵，但他那种寻诗的创作道路和对晚唐诗词的连连赞赏，都同四灵与江湖派相似。因此，陆游在这方面对他的批评，也就是对四灵与江湖派那种弊病的矫正。诸如"此事要须推大手，蝉嘶分付与吴僧"[5]，等等，施之于四灵和江湖派是完全适用的。四灵兴起之后，叶适对于他们"摆落近世诗律，敛情约性，因狭出奇"[6]的倾向既有肯定，又有不满。所以，叶适希望在继承"四灵"理念基础上发展起来的刘克庄可以"进于古人不已，参雅颂、轶风骚可也，

---

[1] 陈伯海、查清华：《历代唐诗论评选》，河北大学出版社2003年版，第399页。
[2] 赵敏：《宋代晚唐体诗歌研究》，巴蜀书社2008年版，第181页。
[3] 朱英诞、王泽龙：《朱英诞集·第8卷·散文卷1》，长江文艺出版社2018年版，第433页。
[4] 尹贤：《古人论诗创作（增订本）》，中国书籍出版社2020年版，第292页。
[5] 乔继堂：《唐宋诗醇·下》，上海科学技术文献出版社2020年版，第1134页。
[6] 崔际银：《文化构建与宋代文士及文学》，天津古籍出版社2011年版，第269页。

何必四灵哉"①。刘克庄虽然出自江湖派，但是从理论层面上看，他对四灵与江湖派的弊病进行了更加强劲、有效的矫正。但显然，在矫正四灵与江湖派的弊病这个方面，严羽的诗论是陆游、叶适、刘克庄这条理论线索的继续。

上述两条理论线索，虽然有相似的地方，但是它们却属于两个不同的思想体系。司空图、苏轼、杨万里、包恢这四人传承的是道家和佛家的文学思想。陆游、叶适、刘克庄，则以传统儒家文学思想为准。前者着重揭示诗的审美特征，所谓审美理论的深入，应主要归功于他们。后者较为重视诗的社会功能，对诗的本旨的认识仍停留于"以性情礼义为本，以鸟兽草木为料"②。前者于诗，虽不薄李、杜，但也不推尊李白、杜甫。或偏嗜王维、韦应物，如司空图；或偏嗜魏、晋，如苏轼；或偏晚唐，如杨万里。这三种偏嗜其实是一种，即偏嗜汪洋淡泊、冲淡空灵。苏轼独好陶渊明之诗，所以又爱韦应物、柳宗元。宗晚唐者往往亦尊王维，四灵即是。后者于诗，对晚唐不满，对王维、韦应物不感兴趣，而提倡李白、杜甫，实际上是更尊杜甫。

不仅要在纠正宋诗"尚理而病于意兴"的弊病上下功夫，还要避免犯跟四灵与江湖派弊病相同的错误；要在吸取陆游等人的思想精华的同时坚持司空图等人的审美理论，促进该理论的发展。基于这两点，严羽诗论的理论面貌在整体层面会有更加独特的特点，所获得的成就是前人所无法比拟的，但同时其中的矛盾和局限性也是很大的。

严羽论诗的基本要素就是审美，所以依据这个倾向，他的诗论应该归类到司空图等人所代表的理论体系。但是，严羽的诗论对比于该体系的诗论有很大的区别，更准确地说是重大的发展。这主要表现在：

第一，他克服了那些以审美论诗的先驱者们偏嗜汪洋淡泊、冲淡空灵的片面性，虽以审美论诗，但提倡雄壮，推尊李白、杜甫，兼容众体。司空图的《二十四诗品》虽首列"雄浑"，但在提出他的"韵外之致""味外之旨"的论诗纲领的《与李生论诗书》中，却独标王维、韦应物的"澄淡精致"。而严羽《诗辨》则说："诗之品有九：曰高，曰古，曰深，曰远，曰长，曰雄浑，曰飘逸，曰悲壮，曰凄婉。……其大概有二：曰优游不迫，曰沉着痛快。诗之极致有一：曰入神。诗而入神，至矣，尽矣，蔑以加矣！惟李杜得之，他人得之盖寡也。"这一点上，前人早就发现严羽跟司空图的不同之处。清人许

---

① 陈伯海、查清华：《历代唐诗论评选》，河北大学出版社2003年版，第393页。
② 成复旺、黄保真、蔡钟翔：《中国文学理论史（二）》，北京出版社1987年版，第500页。

印芳曾在自己的著作《诗法萃编》中这样评价严羽："严沧浪论诗宗法表圣，而极力推尊李杜，谓郊岛辈如虫吟草间，肆口诋娸，尤为妄诞。"这是说，严羽既宗司空图，又尊李白、杜甫，所以显得颇为妄诞。《诗评》有云："韩退之《琴操》极高古，正是本色，非唐诸贤所及"；"大历后，刘梦得之绝句，张籍、王建之乐府，吾所深取耳"；"玉川之怪，长吉之瑰诡，天地间自欠此体不得"；等等。严羽对元稹、白居易似有所贬损，但那显然是嫌他们浅露而少余味，并不是轻视乐府诗。对于李白、杜甫，严羽确实是不加轩轾，而不像有些儒家诗论家，如张戒那样，虽表示李白、杜甫并尊，又以"思无邪"为理由大肆抑李白、扬杜甫。《诗评》说："李杜二公，正不当优劣。""子美不能为太白之飘逸，太白不能为子美之沉郁。""太白《梦游天姥吟》《远离别》等，子美不能道；子美《北征》《兵车行》《垂老别》等，太白不能作。"

不错，《诗辨》谈"别材别趣"时有些话同以审美论诗的先驱者相似，但含义并不相同。比如包恢在《答傅当可论诗》中写道："冲漠有迹，冥会无迹，空中之音，相中之色，欲有执着，曾不可得"，这二者之间就有一些相似之处。包恢这句话的意思是用超凡脱俗的态度去看待世间万物就会在冥冥之中获得感悟。而严羽所说是指超出言意之表的审美境界，故未与"汪洋淡泊"相连，而归结为"言有尽而意无穷"。因此，不能据此等形近之言，断言严羽仍持淡泊空灵之嗜。显然，严羽不满于四灵和江湖派，就是不赞成偏嗜淡泊空灵；他那强烈的爱国感情，也不允许他偏嗜淡泊空灵。以为"歌之抑扬，涕洟满襟，然后为识《离骚》"，这难道是宣扬淡泊空灵吗？严羽强调"别材别趣"，只是主张诗歌应有"兴趣"，而不是仅仅提倡幽兴逸趣；只是反对以非诗为诗，而不是仅仅承认某一种诗。这是审美理论在诗歌领域的普遍化。

只有普遍化的理论，才具有本质论的意义。因此，第二，从前以审美论诗的诗论家，对诗的本质问题一般都论述得较为简单、零碎，他们的诗学专著基本上属于创作论或风格论；而严羽所着重论述的，正是诗的本质问题，他的《沧浪诗话》是以审美论诗的诗歌本质论。要彻底批判以非诗为诗的倾向，就必须揭示诗的审美本质。所以严羽不是就诗论诗，而是处处着眼于诗与非诗的内在区别；虽是从矫正时弊出发，却以重新确定"诗之宗旨"为理论目的。传统儒家诗论一直把诗的教化功能当作诗的本质，而严羽则把诗的审美特征当作诗的本质。那么为了克服这种教化倾向，而以审美特征代替教化功能作为诗的本质，正是理论发展的必然规律。

因此，第三，严羽的诗论同儒家诗论具有更强的对抗性。儒家诗论在内容上有这样三个特征，即重教化、尊《诗经》、谈"比兴"。这种理论的影响力极其强大，使得非儒诗论家司空图也开始注重"讽谕"和诗贯六义。但是，严羽的《沧浪诗话》与儒家诗论完全相反。不重教化这一点在前面已经论述过了，他故意避免谈《诗经》，仅仅在《诗体》这部分内容中提到了"风雅颂即亡，一变而为离骚"，这是讲诗体不得不提的；而在谈学诗的时候，一上来就是先须熟读《楚辞》。"比兴"一词书中始终未见。不重教化、不尊《诗经》、不谈"比兴"这三点吸引了更多人对《沧浪诗话》的关注，毕竟其创作的目的就是要明确诗的宗旨。严羽不重教化的原因是他要重新制定"诗之宗旨"。由于《诗经》的内涵被扭曲，变成了传递儒家思想和诗论的工具，所以严羽也不尊《诗经》。"比兴"说构成我国古代诗学的一个重要部件，曾极大地推动了国古代诗歌的发展。儒家诗论中的"比兴"说不同于一些对"比兴"说发展有重大推动作用的观点，它主要是对表现手法或修辞手段的应用。所以，不能将"比兴"作为区别诗与非诗的内在因素，强调"比兴"也不能解决说教化、概念化问题。既然如此，严羽不谈"比兴"也就完全可以理解了。我们从《答出继叔临安吴景仙书》中可以对严羽的理念有更清晰的认识，他认为儒家诗论不具有权威性，他要为诗论寻找新的权威，标新立异，自成一家。在我国古代为数众多的诗学论著中，具有这样强烈的反儒倾向的，实属罕见。后来《沧浪诗话》引起一些清儒的反感，根本原因就在这里。

《沧浪诗话》对我国古代诗学中的审美理论有极大的提升作用，对诗的审美特征进行了深入探讨和着重论述，让审美特征取代儒家的教化功能成为诗的本质，形成了一套能够跟儒家诗论相抗衡的理论体系。这是它产生的主要意义。这是自儒家诗论体系建立后首次出现的诗论体系。这样说，绝不是要简单地否定儒家诗论，像严羽本人那样，把他的《沧浪诗话》视为"至当归一之论"（《答出继叔临安吴景仙书》）。诗并不是只有作为一种艺术的审美本质，还有通过这种特殊本质表现出来的一切社会意识状态所共同的社会本质。但是理论只能沿着曲折的道路前进，在一直着重强调诗的教化功能并已过头的发展阶段上，严羽诗论意义重大，它能够让诗歌理论进入新的发展阶段，获得更加深入的发展。每种理论的作用都不是一成不变的，儒家诗论在封建社会后期严重阻碍了诗歌创作和理论的发展，在这样的历史背景下，严羽诗论的出现有一定的解放思想的作用。

总结四灵与江湖派的教训，严羽克服了他的先驱者偏嗜淡泊空灵的弱点；但作为一个深受禅学和心学影响的人，他没有克服他的先驱者的另一个弱点，即忽略诗与生活的联系。这倒不是说严羽忽视理；严羽没有忽视理，忽视理也不等于忽视生活。这也不是说严羽没有讲教化；讲教化主要是强调为封建政治服务，过分强调这一点正是导致文学脱离生活的原因之一。问题在于对诗的审美特征本身的论述。诗是表现"兴趣"的。但"兴趣"作为诗人的审美感受，虽不是一般的认识，却也是对生活的反映；虽可以出于言意之表，却不能处于生活之外。撇开生活来谈"兴趣"，"兴趣"也就带有了神秘的性质。严羽对"兴趣"的论述之所以给人以玄虚之感，除了在表述上多用禅语之外，主要原因就在于"盛唐诸人惟在兴趣，羚羊挂角，无迹可求"①，联系上下文来理解，就是指审美感受那种"不涉理路、不落言筌"的特点，但由于没有指出"兴趣"同生活的关系，也似乎是说"兴趣"是四无依傍、形同幽灵的。当然，"唐人好诗，多是征戍、迁谪、行旅、离别之作"②的话，说明能够认识到诗和生活之间的联系。但总的说来，这种认识还缺乏理论的自觉性，故而没有能够使他把自己的诗歌美学理论建立在唯物主义的坚实基础上。严羽诗论引人误解之处即在于此。

严羽吸收陆游、叶适、刘克庄等人的意见，想要全面矫正盛唐以后诗歌的各种弊病，因此他克服了他的先驱者顾此失彼的弱点，却又因此产生了一个他的先驱者所没有的弱点，即貌袭盛唐。同后代相比，盛唐诗的确是完美壮丽的，但诗歌不能永远停留在这个完美壮丽的顶峰上。以不美为美、以非诗为诗的确违背诗之本色；但有些诗人正因为如此而能在盛唐之后独树一帜。"虫吟草间"之类的确不够雄壮，但有些作品正因为如此而使人耳目一新。简言之，盛唐以后的诗，就是因为不追求完美壮丽，才获得了自己的价值。其他的诗论家们，虽然不一定有明确的发展观点，但因为对诗的要求不如严羽之高、之全，所以还不至于导致貌袭盛唐。但是，严羽强调要全面贯彻"以盛唐为法"的理念，让盛唐时期诗歌发展的壮观景象永存，这是缺乏发展观点的认知。

也许严羽诗论的最初目的并不是貌袭盛唐，但却必然会成为他将盛唐诗的艺术景象作为审美理想而最终会走向的归宿。这个局限，是严羽诗论中最

---

① 张葆全、王昶：《中国古代诗话词话辞典》，广西师范大学出版社1992年版，第31页。
② 周啸天注评：《唐诗一百首》，商务印书馆国际有限公司2021年版，第44页。

主要的局限，因为它具有反面的历史意义。随着正统封建文学的衰落，许多封建文人都会产生对那个已经成为过去的文学的黄金时代的向往，这种向往又总是使他们在矫正了时弊之后，把文学引上复古主义的道路。严羽就是这条道路的开路人。

到这里，我们就会发现：严羽诗论的两个主要方面，"别材别趣"和"以盛唐为法"，原来是一对矛盾。当然，在严羽自己的理论体系中，这两方面是统一的，因为盛唐的诗歌符合其"诗"的宗旨。但是从实际意义来说，这两方面却存在着尖锐的对立。"别材别趣"之说不仅是对儒家文学思想的叛逆，而且应包含仅从自己的"性情"和"兴趣"出发，而不受"书"与"理"的约束的意思，虽然这后一点不是严羽明确提出的。因此，它是推动文学前进的理论。"以盛唐为法"则是引导文学走向复古的理论。这种前进与复古合为一体的状况出现在严羽的诗论中，又是并不奇怪的。作为一个纵观古今、探索规律的诗论家，严羽确有不同一般的理论见识。作为一个深受禅学和心学影响的人，严羽也不缺乏理论创新的勇气。但是作为一个局限于正统封建文学内部观察文学的诗论家，他又看不到当时已经存在的新的艺术境界。作为一个宋代的封建文人，他也没有什么与古人有质的不同的"性情"和"兴趣"。这样，文学理论上的前进就与对最完美的正统封建文学的向往连在了一起。

严羽诗论的贡献和局限，以上所谈都只是主要之点。还应提到的是：他对一些重要历史时期和许多重要诗人的艺术特征都作了相当精确的概括，并按艺术特征把唐诗分为唐初、盛唐、大历、元和、晚唐五体，基本正确地解决了唐诗的分期问题，至于一概否定"以骂詈为诗"，指为"殊乖忠厚之风"，则显然是儒家文学思想中的糟粕。

正因为严羽诗论的贡献和局限都具有封建社会后期的历史性质，所以其中的一些重要观点就成了后来一些重要的文学思潮的萌芽。《沧浪诗话》之成为宋代以后影响最大的一部文学理论著作，根源就在这里。

说到严羽诗论的影响，人们往往只注意那些曾经称赞过他、引用过他的言论的文论家和文论著作。其实这是不全面的。考察理论之间的影响和联系，应主要依据理论的实际内容。是否称赞过或引用过，这是表面现象，不足以说明问题，甚至不能正确地说明问题。

从元代的戴表元、经明初的高棅，尤其到明中叶的前七子，形成了一股黜两宋、宗盛唐的文学思潮，是为这一时期文学理论的主流。前七子是当时正统文坛上的改革家，他们怀着振兴正统封建文学的理想，以盛唐之高华反对台阁体的卑俗，矫正了时弊，也掀起了复古思潮。这是严羽"以盛唐为法"的贡献和局限在更大规模上的重演。

值得注意的是，明后期那些批判复古思潮的文学理论家们又重新提起了严羽所强调的"趣"。当然，由于前后七子曾打着严羽的旗号倡导复古，这些理论家一般并不称赞和引证严羽，而且他们对前后七子的诗必盛唐的批判，实际上也是批判严羽。清代王士祯对严羽的称赞是最多的，他在自己的作品中对严羽的引证也是最频繁的。他自己说在从司空图和严羽"别有会心"中提炼出的精髓概括为两个字是"神韵"，自己是司空图和严羽的嫡传。然而，他所说的"神韵"仅仅指的是一些山水田园诗中展现的悠然闲适的乐趣，这与司空图的诗论比较相似，但与严羽的诗论有很大的区别。严羽论诗不曾标榜"韵"字，《沧浪诗话》中只有"音韵"而没有"神韵""风韵"等语。除此之外，三家又有重大差别，尤其是严羽之于王士祯，差别更大。简单地把严羽视为王士祯"神韵"派的先驱是不恰当的。

严羽诗论最广泛的影响，是促进了后人对诗的审美特征的重视。宋代以后，审美理论在诗论著作中所占的比例显然增加了。即使是以教化为中心的诗论家，也不能不兼顾诗的审美特征，如清人沈德潜。即使是纠严羽之偏的诗论家，也不能不吸收严羽的某些观点，如清人吴乔、潘德舆。至于在诗的审美理论方面作出了重大贡献的、明清之际的王夫之更有不少言论与严羽接近，这种情况的出现是诗歌理论发展的必然趋势，不能完全归之于严羽的影响。但严羽的诗论又正是这种必然趋势的反映。

专题四　王士祯与神韵说

王士祯，原名王士禛，字子真，一字贻上，号阮亭，别号渔洋山人，山东新城（今桓台县）人。出身于世宦书香之家，他的曾祖曾经在明万历中担任湖广巡抚一职，祖父王象晋在明末时期担任浙江布政使一职，父亲王与敕在清朝初期担任国子祭酒一职，诸先辈亦多能诗。王士祯生于崇祯七年，青少年时，他在父祖辈的督促下，为延续世宦之家的香火，一心闭门读书，求取功名。王士祯于顺治十二年，二十二岁进士及第，后任扬州推官，历礼部员外郎、户部郎中、国子祭酒等职，官至刑部尚书。康熙四十三年，王士禛被免官回乡。自少至老，都有诗篇流传。其多范水模山，批风抹月，以咏歌帝力、点缀太平。因此，他备受清朝统治者赏识，曾获得"带经堂""信古斋"两块康熙皇帝御书赏赐的匾额。于是骚人墨客争相唱和，门人学子纷至沓来，成了康熙数十年间的诗坛领袖。

王士禛平生著述宏富驳杂，其诗歌主张主要见于以下三类著作：一是诗文。生前，他的诗文陆陆续续地汇集成册后发表，包括《渔洋集》《蚕尾集》《南海集》等，临去世前，他将诗文以口授的方式传述给他的儿子，然后汇编成册，是为《带经堂集》，共有九十二卷。二是诗话、笔记。包括《池北偶谈》《居易录》《香祖笔记》等。其门人还曾录其谈诗之语，编为《师友诗传录》和《诗友诗传续录》，亦属诗话性质。三是诗歌选本。早些年间主要选择一些唐代律诗和绝句，将其汇编成《神韵集》。后来还有《十种唐诗选》《唐贤三昧集》《唐人万首绝句选》，明人徐祯卿、高叔嗣《二家诗选》，边贡《华泉集选》等。王士禛死后数十年，后学张宗𬭎采以上三类著作，编为《带经堂诗话》三十三卷。此书虽广录博收，但究属后人摘选，不足以成为研究王士禛诗歌理论的全部依据。

王士禛谈诗之语既多，内容又相当复杂。且自少年学诗至晚年撰《古夫于亭杂录》，历时六十余年，思想也不能毫无变化。但在他的全部谈诗言论中，仍贯穿着一个鲜明的基本观点，即神韵说。

一、"神韵"概念的基本含义

王士禛虽然提倡神韵，但并没有明确阐释过神韵的含义。传统解释中人们认为神韵就是"风神韵致"，这种认知并不是凭空出现的，是可以追溯到王士禛自己的言论中的，因此不能认为它是错的。但是，"风神韵致"和"神韵"在理解难度上差别不大，这只是单纯地以古解古，是不能从根本上解决问题的。因此，必须学会分辨什么是神韵，这样有利于我们对王士禛神韵说的认识。

神韵指人的神采、风度，也指文艺作品的情趣韵致。神韵用在画的品评上代表的是形外之神，用在诗的品评上代表的是言外之意。总而言之，物象之上、言辞之外的含义就是诗论中神韵所代表的内容。但是，这只是神韵的基本含义。若要仔细推敲，"神"和"韵"的内涵也是不一样的。"神"的指代范围更广，随意一种意味都可以是"神"，但"韵"特指冲淡悠远的意味。所以推崇韦应物、柳宗元的苏轼，在其作品《书黄子思诗集后》中只提倡"远韵"；推崇李白、杜甫的严羽，也只在《沧浪诗话》中提倡"入神"。因此，"韵"和代表气势、气骨、气魄的"气"就从之前相互关联的关系演变成了两种不同的概念。前者指的是优游不迫的意味和阴柔之美，后者指的是沉着痛快的意味和阳刚之美。例如，谢赫、张彦远每次提到的"气韵"的意思跟"神韵"大致相同；元好问在《论诗绝句》中提到的"神韵"更偏向代表冲淡悠远的意味的"韵"。这种现象在明代就如此明显，到了清代就更为突出了。王士禛的相关言论中就有所体现。

在王士禛的一些诗论中，有以下几条直接提到了神韵：

第一，他在《丙申诗旧序》中提道："昔人云《楚辞》《世说》，诗中佳料，为其风藻神韵，去风雅未遥。"

这是说，《楚辞》《世说新语》虽未必是诗，却具有诗的特征、诗的精神。这里的"神韵"二字，就是指诗的精神，诗的内在特征，可简称为诗之神。这是神韵的最概括、最笼统的含义。

第二，他在《居易录》中提道："赵子固《梅》诗云：'黄昏时候朦胧月，清浅溪山长短桥。顿觉坐来春盎盎，因思行过雨潇潇。'虽不及和靖，亦甚得梅花之神韵。"

这里的神韵，显然是指景物的情趣、意味，即所谓物之神。

第三，他在《带经堂诗话》卷六中提道："自昔称诗者，尚雄浑则鲜风调，擅神韵则乏豪健，二者交讥。"

在这里，既然"雄浑"与"风调"相对待，"神韵"与"豪健"相对待，而"尚雄浑则鲜风调"又与"擅神韵则乏豪健"相对待，则显然"雄浑"就是"豪健"，"神韵"就是"风调"。说"就是"似乎绝对了些，前后两项不一定完全等同，但"雄浑"与"豪健"即使有差别也相去无几，而且这里显然采用了句式相同而用词互异、以求对称中有变化的修辞手法，因而如果说"神韵"与"风调"接近，或"神韵"中含有"风调"之意。而"风调"一词，王士禛在评诗时经常使用。仅《居易录》一书就有：赞白居易诗"爱其风调"；赞元人黄镇成的诗"甚有风调"；赞李流芳的诗"风调颇佳"。王士禛称赞的这些诗无疑都是富于情调、很有韵味的。它们虽然也写到自然景物，但其中都有人的行为，主要是表现人的某种心境。因此，可以说"风调"主要是指诗中所表现的诗人的意趣、情调。那么，神韵自然也应包含这个意思。但王士禛的文学言论中还经常出现一些含义与"风调"十分接近，乃至很难区分的词语，如"风味""风致""风趣""风韵""情致"，等等。

第四，他在《梅氏诗略序》中提道："予尝观唐末五代诗人之作，卑下猥琐，不复自振，非惟无开元、元和作者豪放之格，至神韵兴象之妙以视陈、隋之季，盖百不及一焉。"

这里"神韵"与"兴象"并提，以同"豪放"相对，可知"神韵"虽未必等同于"兴象"，总与"兴象"密切相关，属同一范畴。关于"兴象"一词，首见于唐代殷璠的《河岳英灵集》，大意即兴中之象，兴与象的自然契合。兴就是受外物触发而产生的情思，象就是物象。所以兴象也属于意象，不过特别强调了意与象的自然契合，反对人为的安排罢了。胡应麟《诗薮》云："盛唐绝句，兴象玲珑，句意深婉，无工可见，无迹可寻。"以兴象传达诗意，既无议论，也不是通过景物描写来说理，故"不涉理路、不落言筌"，所以王士禛称为"兴象超诣"。从这一条可以看出，王士禛倡神韵，也就是重兴象，重诗的兴象超诣之美。

第二至四条，分言之，说的是物的神情、人的风调、诗的兴象，实际上密不可分，几乎可以视为是相同的。所谓物之神其实还是人之神，不过是人物化在某些可比拟的自然景物上的精神而已。梅花的神情也就是人的某种神情。反过来，人的某种深微悠远的风调、情致，也往往只有物化在一定的自然景物上才能表现出来。前引王士禛谈风调、情致所举的诗句，都是如此。而人的精神与一定景物的融合，也就是兴象，或意象。兴象或意象组成一幅完整的立体图画，就是意境。所以第二、第三和第四，这三条可以合为一意，就是提倡意境美。而这三条又可以说是第一条的具体化，因为所谓诗的精神，诗的内在特征，就是这种意境美。

第五，他在《香祖笔记》中提道："七言律联句，神韵天然，古人亦不多见。如高季迪：'白下有山皆绕郭，清明无客不思家。'杨用修：'江山平远难为画，云物高寒易得秋。'……皆神到，不可凑泊。"

所谓"神韵天然"，就是要求诗的意境自然浑成、无斧凿痕。这里以七言律联句而论，并不是说只有七言律联句才需要"神韵天然"，而是因为七言律联句最露人工，最难做到"神韵天然"。这正表明"神韵天然"是王士禛对诗的普遍要求。诗要"神韵天然"，作诗就要"神到"，非"神到"而诗，则不可能"神韵天然"。《池北偶谈》又说："大抵古人诗画,只取兴会神到,若刻舟缘木求之,失其指矣。""兴会"与"神到",名不同而实无异,皆近于今天所谓灵感。灵感到来之时,文思泉涌,不求而至,无意为文,而文不可及。据此而言,则从作诗的角度来说,"神韵"又包含兴会神到的意思。

综上所述,可以将王士禛的"神韵"归纳为三点:①意境,就是诗的内在审美特质和精神;②清远,是一种独特的、幽静恬淡的意境;③兴会,即神到而诗,天成自然。

二、神韵说的主要内容

考察完王士禛有关神韵的直接言论后,再对比他其余言论,不难发现,他的论诗之语绝大多数都可以归纳为上述几点。但他并不是一味重述上面说过的话,而是对这几点作了远比前人更加充分、更加深切的论述。

(一)强调意境之美

强调意境之美要从王士禛对咏物诗的论述谈起。《渔洋诗话》中说:

"梅诗无过坡公'竹外一枝斜更好'七字,及'雪后园林才半树,水边篱落忽横枝'。高季迪'雪满山中高士卧,月明林下美人来'亦是俗语。若晚唐'认桃无绿叶,辨杏有青枝',直足喷饭。"

他为什么欣赏"竹外一枝斜更好"及"雪后园林才半树,水边篱落忽横枝"这样的诗句?显然是因为这样的诗句表现了梅花那勃勃的生趣和高洁的品格,而又含蓄蕴藉,令人品味不尽。而"雪满山中高士卧,月明林下美人来",则有意宣扬梅花的高雅绝俗,直接以花拟人,出言太露,反为不美,故是"俗语"。至于"认桃无绿叶,辨杏有青枝"之类,则刻意描摹梅花的外在特征,纵极其形似,却无关神情,可称谜语,并非真诗,故"直足喷饭"。

其在《带经堂诗话》中写道:

"或问余古人雪诗,何句最佳,余曰:莫逾羊孚赞云:'资清以化,乘气以霏,值象能鲜,即洁成辉。'陶渊明诗云:'倾耳无希声,在目浩已洁。'王摩诘云:'隔牖风惊竹,开门雪满山。'祖咏云:'林表明霁色,城中增暮寒。'韦苏州云:'怪来诗思清入骨,门对寒流雪满山。'此为上乘。……至韩退之之'银杯''缟带',苏子瞻之'玉楼''银海',已伧父矣。下至苏子美'既以粉泽涂我面,又以珠玉缀我腮',则下劣诗魔,适足喷饭耳。"

"银杯""缟带""玉楼""银海"云云，不过极言雪之白，即令形容酷似，有何意味？且此类比喻，早成俗套，以之为诗，徒见寒乞。至如"既以粉泽涂我面"云云，着眼点亦在极力状雪之态，且立意求新，反成乖戾，殊觉可笑。而王士禛称赞的那些诗句，大都表现了诗人在雪景中的情思，写雪又不仅仅是写雪，故富于生活的意味。

　　《带经堂诗话》中还说杜、高岑"数公如大将，旗鼓相当，皆万人敌，视八元诗，真鬼窟中作活计，殆奴仆台隶之不如矣，元、白岂未睹此耶？"章八元的"回梯暗踏如穿洞，绝顶初攀似出笼"[①]，作为对从塔中攀梯登顶的形状的摹写，堪称真切，故亦似佳诗。但如与杜、高、岑之作同观，则高下之别几同霄壤。杜甫等人不是汲汲于登塔的具体形状的刻画，而是放开眼界，驰骋情思，从慈恩寺塔的顶端俯视茫茫人世，发为对历史和现实的深沉遐想。审美境界的深浅乃至有无，在这个比较中表现得十分突出。

　　上述言论大体上都是提倡状物而不拘泥于物。但《渔洋诗话》里又说：

　　"陈伯玑常语余：'"姑苏城外寒山寺，夜半钟声到客船"，妙矣，然亦诗与地肖故尔。若云"南城门外报恩寺"，岂不可笑耶？'余曰：'固然。即如"满天梅雨是苏州""流将春梦过杭州""白日澹幽州""风声壮岳州""黄云画角见并州""淡烟乔木隔绵州"，皆诗地相肖。使云"白日澹苏州""流将春梦过幽州"，不堪绝倒耶？'"

　　这里强调的恰是"诗与地肖"，即一地之诗必与一地相合。《池北偶谈》卷十五中也提到，"满天梅雨是苏州"等诗句，"风味各肖其地，使易地即不宜"。王士禛所说的"诗与地肖"，恰是指"风味"，而不单是指实在的景物。就实在的景物而言，苏州亦有"白日"，幽州亦有江河，说"白日澹苏州""流将春梦过幽州"亦无不可。"风味"已见于前，在这里是指与一个地方的地理环境、历史传统相联系着的生活情调，或者说这种生活情调在人们心理上的反映。风味相肖，就会把人们的思绪带到所写之地的生活情调中去，故蕴含丰富，令人神往。

　　写景状物，是古代诗歌的一类重要题材。王士禛在这里所作的虽然只是对一些诗的评点，但评点之中却包含着丰富而深邃的美学思想。他十分强调传神。他赞赏的那些诗句都是传神之作，而他之所谓传神，是指在咏物之中传达出人的某种神情或人生的某种风味，并使这种神情风味同物的某种自然

[①]　冯柯：《山川千字文》，天津人民出版社2020年版，第126页。

属性，浑然无迹地融合起来。这其实就是所谓意境的真髓。正因为如此，王士禛反对拘泥于物本身的刻画描摹，也反对把某种思想感情恣意地外在于物。前者没有人的神情风味，后者不能达到人之神与物之情的自然统一，故都不能构成真正的意境。他表示反感的那些诗，大体上不出这两种情况。为避免这两种弊病，王士禛要求既不拘泥于物，又不脱离物。以此意论诗由来已久，苏轼所谓"赋诗必此诗，定非知诗人"①即此意。王士禛充分发展了这个观点，使之具体化了，因而也使之丰富而深入了。

咏物之作须"不黏不脱"，同一思想施之于咏事之作便是"不著判断"。记事怀古是古代诗歌的另一类重要题材。其在《渔洋诗话》中关于息夫人国亡、夫死、被虏于楚一事的论述，颇受当今某些学者斥责：

"益都孙文定公（廷铨）《咏息夫人》云：'无言空有恨，儿女粲成行。'谐语令人颐解。杜牧之：'至竟息亡缘底事，可怜金谷坠楼人。'则正言以大义责之。王摩诘：'看花满眼泪，不共楚王言。'更不著判断一语，此盛唐所以为高。"

息夫人国亡、夫死、被虏于楚一事，自古咏叹者很多。王维诗但言其忧怨深重之情态，发人感慨冥思。杜牧诗明责其未能以死守节，一意张扬名教。孙廷铨诗发为戏谑之语，非郑重之诗。王诗与杜诗之别首先在于观点，宋人张表臣正是以杜诗合于封建礼教而置于王诗之上的；由今观之，自当倒置。就艺术而言，王诗形象生动，情思含蓄，颇具意境之美；杜诗虽亦有感叹，但既乏形象，又少含蓄，说教气味甚浓。王士禛正是从这一方面着眼的，故以"不著判断一语"扬王维抑杜甫。由此可知，王士禛认为记事怀古诗中诗人的情感和态度要通过描写形象、境界等自然、委婉地表达出来，他不赞成说理议论，也不赞成用诗去说教。

"不著一字，尽得风流"的诗境与佛教中拈花微笑的禅境含义相同。在佛教禅宗的观点中，所有的语言文字和分析思辨都会阻碍人们认识宇宙的真谛，会让人们对认识对象的主观臆想加强，难以从整体层面正确看待认识对象；只有摆脱了文字和判断的束缚，通过受具体事物启发而产生的凌驾于语言和逻辑之上的直觉，人们才能真正体会到宇宙真谛。世尊拈花示众，即含无限深意。迦叶破颜微笑，便已心领神解，真可谓"不著一字，尽得风流"。这不仅是禅境，也是王士禛不断追求、心之所向的诗境。

---

① 李之亮：《苏轼文集编年笺注·诗词附（十一）》，巴蜀书社2011年版，第299页。

将"不黏不脱""不著判断""不著一字，尽得风流"这些言论归纳总结后就会得出追求诗的意境美这一个共同含义。追求诗的意境美是构成王士禛神韵说最基础的部分。这一理念也得到了吴陈琰的认可，所以，他在为王士禛的《蚕尾续诗集》作序时写道："酸咸之外者何？味外味也。味外味者何？神韵也。"王士禛虽然不是最先提出这些说法的人，但他丰富地阐释和着重强调了这些说法，让我们对中国古典诗歌的意境美有了更加全面、深入的认识。

（二）提倡清远之境

纵观王士禛的所有诗论可以发现，强调意境与提倡清远在其诗论中是密不可分的。就像下面这两段话：

"昔人称王右丞诗中有画、画中有诗，诗与画二者本虽不相谋，而其致一也。门人程友声（鸣）工诗画，名久噪江淮间，近以其七芙蓉阁诗寄予论定。予尝闻荆浩论山水，而悟诗家三昧矣。其言曰：'远人无目，远水无波，远山无皴。'又王楙《野客丛书》有云：'太史公如郭忠恕画天外数峰，略有笔墨，意在笔墨之外。'诗文之道，大抵皆然。友声深于画者，固宜四声之妙，味在酸咸之外也。其更以前二说参之，而得吾所谓三昧者，以直臻诗家之上乘，夙世词客当不令辋川独有于古矣。"（《跋门人程友声近诗卷后》）

"昔司空表圣作《诗品》凡二十四，有谓'冲淡'者，曰'遇之匪深，即之愈稀'；有谓'自然'者，曰'俯拾即是，不取诸邻'；有谓'清奇'者，曰'神出古异，淡不可收'。是三者品之最上。"（《鬲津草堂诗集序》）

前一段以画理谈诗文，虽然仍是提倡"味在酸咸之外"，但重点已落到一个"远"字，而且是淡远。"远人无目，远水无波，远山无皴""天外数峰，略有笔墨，意在笔墨之外"，均体现了淡远的绘画风格，这种风格是通过独特的技法创造出来的。第二段中将"冲淡""自然""清奇"视为司空图《二十四诗品》中最好的三品，则已不是一般地强调审美意境，而是强调一种特殊的意境了。二十四品就是二十四种风格，诸品都可以有意境。王士禛谈意境时所征引的"不著一字，尽得风流"属"含蓄"一品，"采采流水，蓬蓬远春"属"纤秾"一品；而这里谈品格却不取"含蓄""纤秾"，而标举"冲淡""自然""清奇"，可见其主要兴趣所在。如对司空图《二十四诗品》再加以归纳的话，这三品就都属于淡远或清远一类了。

这种淡远既是一种艺术风格，也寄托了诗人超脱尘俗的思想情感。"流连山水、点染风景之词"不仅最易创造"不著一字，尽得风流"的意境，也最易寄托远离尘世的思想情绪。标举此类作品，正是王士禛主于神韵的论诗宗旨的必然结果。

（三）主张兴会而诗

兴会神到的核心问题在于如何进行诗歌的创作。诗的审美感受的外在表现就是审美意境。因此，只有在获得审美感受的基础上，创作出的诗才富有审美意境。兴会神到指的就是审美感受来临的时刻。对于诗歌创作而言，强调作品的审美意境是必不可少的，这就要求诗人要做到兴会神到。

王士禛多次强调，"自然入妙"的好诗离不开"伫兴而就"。例如，他在《渔洋诗话》中有这样一段描写：

"萧子显云：'登高极目，临水送归。早雁初莺，花开叶落。有来斯应，每不能已。须其自来，不以力构。'王士源序孟浩然诗云：'每有制作，伫兴而就。'余平生服膺此言，故未尝为人强作，亦不耐为和韵诗也。"

只有"伫兴而就"才能避免勉强做作、组织拼凑、抄书为诗、拘泥实物等弊端，创作出的诗才是兼具自然之妙、意境浑融的好诗，也是王士禛所欣赏的诗。

既然"伫兴而就"，那么要如何对待法呢？王士禛的观点是：解脱法执，得之于己。《渔洋诗话》云：

"越处女与勾践论剑术，曰：'妾非受于人也，而忽自有之。'司马相如答盛览曰：'赋家之心，得之于内，不可得而传。'云门禅师曰：'汝等不记己语，反记吾语，异日稗贩我耶？'数语皆诗家三昧。"

《香祖笔记》中也曾称引越处女与司马相如的话，说"诗家妙谛，无过此数语"。《带经堂诗话》中也曾称引云门禅诗的话，说"学者渔猎语言文字，正如吹网欲满，非愚即狂。吾辈作诗文，最忌稗贩，所谓汝口不用，反记吾语者也"。可见提倡自得于心，反对稗贩他人，是王士禛的一个重要观点。所谓法，不过篇章字句的规则。法无定制，还要靠自己的灵活运用，而且这种法只能赋诗以形，不能赋诗以神。如并无诗兴，仅如法炮制，不可能写出具有内在美的好诗。当然，王士禛并不是主张废学、废法，他在《师友诗传录》中说过："《文选》学终不可废，而五言诗尤为正始，犹方圆之规矩也。"但他所注意的是超于法，达到艺术创作上的自由境界。

那么怎样才能超于法,达到自由的境界?问题又归结为"妙悟"。王士禛对严羽的妙悟说是深表赞同的,其在《分甘余话》中指出:"严沧浪论诗特拈'妙悟'二字,及所云'不涉理路,不落言筌',又'镜中之象,水中之月,羚羊挂角,无迹可寻'云云,皆发前人未发之秘。"王士禛在论诗时,常常倾向于以具体案例为依据,稍加评论,并不会进行详细的论述。这就是要示人以诗与作诗的形而上之道,由人去自悟,而不肯示人以形而下的法规,让人去"稗贩"。王士禛的门人洪昇曾问诗法于施闰章,并先讲了王士禛的言诗大旨。施闰章说:"子师言诗,如华严楼阁,弹指即现;又如仙人五城十二楼,缥缈俱在天际。余即不然,譬作室者,瓴甓木石,一一须就平地筑起。"洪昇回答:"此禅宗顿、渐二义也。"王士禛在《渔洋诗话》卷中里完整地记述了二人之言,看来是很赞同的。

王士禛的诗论中还有一个不可忽略的观点,他虽然没有把这个观点直接列入神韵说中,却在它们之间建立了内在的联系,把它们统一了起来。这个观点就是强调封建教化。作为一个朝廷命官,王士禛写了不少随皇帝出巡的诗,也常为这样的诗集作序,这些序都是高唱封建教化的。

这种观点与他的神韵说如何统一?要解决这个问题,一是要阐明诗的意境之美与封建教化的关系,二是要阐明清远之境与封建教化的关系。关于第一个关系,只要不把教化理解为说教,是容易阐明的。前人已做过不少论述,至王夫之实际上已经阐明。王士禛在《香祖笔记》中写道:"予最爱汤义仍先生绝句:'清远楼中一觉眠,雨莺风燕乍晴天;年来爱作团栾语,不得中男在眼前。'昔丁卯、戊辰间,予家居,而第三男启访……尝写此诗寄之,以代家书,真不减子由彭城逍遥堂绝句也。兴观群怨,学诗者当于此等求之。"通过抒发亲子之情,使人兴起孝父之意,自然就起到了封建教化的作用。这其实是重复王夫之的观点。王士禛需要特别加以阐明的,是第二个关系。他在《古夫于亭稿自序》中写道:"予以疏拙不合于俗久矣。今蒙恩归田,僻居白山锦水之阴,得以余年咏歌帝力,为太平之幸民,彼造物者于我良厚矣。故其语不越一丘一壑、鸟花猿子之间。"原来"一丘一壑、鸟花猿子"之诗,恰足以证明自己生逢太平之世,否则不会有此闲适之趣;故而也就是"咏歌帝力",颂扬天子明德以达于鬼神了。这样,流连山水、点染风景的清远之作,就成了服从于和服务于封建教化的另一种文学形式。我们后面将会看到,在很大程度上,王士禛的神韵说正是为此而提出的。把这层意思当作王士禛神韵说的一项直接内容似嫌勉强，但看不到这层意思就不能全面解释王士祯的神韵说。

以上，就是王士祯神韵说的主要内容。这些内容是紧密结合、不可分割的，分开来介绍只是为了条理清楚而已。意境——清远的意境——以兴会神来之笔创造清远的意境——以兴会神来之笔创造清远的意境以表明天下太平，我为幸民。只有把这些内容再重新结合起来才是王士祯的神韵说。

三、神韵说的理论渊源与现实基础

人们都认为王士祯神韵说起源于司空图和严羽的理论。确实，他们二人对王士祯有显著影响，王士祯本人也多次提到过这一点。但王士祯上距司空图、严羽已达数百年之久，他的诗论有没有更切近一点的理论渊源呢？

自然是有的，明代徐祯卿、王世懋等人的理论倾向就是王士祯更切近的理论渊源。明代中期掀起了一股文学复古思潮，这股思潮自产生后，与格调说相对的，要求克服格调说模拟形迹、遗失精神、依傍古人等不良后果的思想趋势就在其内部形成了。否定复古主义，提倡市民文艺才是解决这些不良后果的根本方法。然而那些无法跳脱正统封建文学圈束缚的人，就无法抛弃复古主义，只想在复古主义的基础上寻求一些纠正之策。此外，这两个方面的界限是相对的。因此，有人主张舍筏登岸，自成一家。随着时间的推移，这一趋势逐渐演变为性灵说，最终发展成彻底否定了复古主义。一部分人提出要含蓄蕴藉，不应该慷慨发露，这一理念逐渐发展成了神韵说。徐祯卿、边贡、高叔嗣、王世懋等是神韵说的代表人物。到这一阶段，神韵说已经相当完备了。自此，在文学理论中，"神韵""兴象""风神"等词语出现的频率越来越高。

现在再来谈王士祯的神韵说与司空图、严羽等人的关系。于前代诗论家中，王士祯称述最多的是严羽。但两人之间，并不完全是一脉相承。如王士祯的《咏雪亭诗序》里说"严沧浪以禅喻诗，余深契其说，而五言尤为近之。如王、裴辋川绝句，字字入禅。"随后还举了许多例句。严羽的确是"以禅喻诗"的，但他极力推尊的是李白、杜甫，却从未赞赏过王维。

严羽的"以禅喻诗"，主要是提倡"羚羊挂角，无迹可求"，即"言有尽而意无穷"的审美意境和以"妙悟"即形象思维为诗，而不是提倡古淡闲远、超尘出世的所谓"字字入禅"。如果说王维、孟浩然的"珍泉幽涧，澄泽灵沼"是一种意境，那么李白、杜甫的"金鳷擘海，香象渡河"也是一种意境。严羽只是要求诗应当具有审美意境,而没有要求必须具有哪一种审美意境。故而于雄浑、飘逸、悲壮、凄婉诸品,于沉着痛快、优游不迫两类,不加褒贬。而他更为欣赏的,还是那种雄浑、悲壮的意境,故而提倡以李白、杜甫为代表的"既笔力雄壮,又气象浑厚"的盛唐之音。王士禛则不同。在提倡"羚羊挂角,无迹可求"的审美意境这一点上,他与严羽是一致的。但他把审美意境与那种古淡闲远、超尘出世的审美意境混为一谈,化一般为特殊,从而走向了王维、孟浩然一派。因此,笼统地说王士禛的神韵说是严羽诗论的继承,如同笼统地说前后七子的格调说是严羽的诗论的继承一样,是不全面、不确切的。

对于司空图,王士禛主要是绍述其"不著一字,尽得风流"及《二十四诗品》中的"冲淡""自然""清奇"之说。从二十四品中摘出三品许为"品之最上",这只能说是王士禛的观点,不能加之于司空图。司空图诗歌理论的主要观点是既提倡"不著一字,尽得风流"、味在"酸咸之外"的审美意境,又以王维、韦应物那种冲淡清远之作为体现审美意境的代表。在这个基本宗旨上,王士禛的确是同他一致的。因此,王士禛的神韵说不是更接近于严羽,而是更接近于司空图。但是,当王士禛宣扬"事父""事君",以"鸟花猿子"之诗"咏歌帝力",企图把神韵说统一于教化说的时候,就与严羽、司空图都有很大的差别了。

在谈王士禛神韵说的理论渊源的时候,还不能不提到禅学。他的神韵说的许多要点都包含着禅学的启示,他的神韵说所追求的境界其实就是禅学的境界。同前人的诗论、画论比较起来,禅学实际上在更深的层次上影响了他的诗论,因为禅学是一种哲学,影响他的诗论的那些前人的诗论、画论也大都是在禅宗哲学的影响下产生的。

禅学,南宗画论,从钟嵘经司空图、严羽至王世懋的诗论,诸多方面,一千余年的理论渊源汇成了王士禛的神韵说。

理论的产生不仅需要理论渊源,更重要的是要有现实基础,这是最重要的。现实基础包括理论提出者自身所具备的条件和当下的社会条件。

王士禛,出身于仕宦世家,既信奉正统封建思想,又怀揣着追求读书为官的志向。他层屡次斥责李贽是卑鄙小人,谴责《藏书》和《续藏书》,认为它们狂谬害道,并声称"素不喜李贽之学"①。他还认为颜山农和何心隐皆以假

---

① 韩小蕙:《读人记古代篇》,文化艺术出版社2001年版,第175页。

道之名恣意妄为，令其深恶痛绝。在朝代更替之际，许多具有高尚品德的知识分子选择隐居不从政，他却积极主动地争取入朝为官，确保家族代代为宦的香火不灭。

四、王士禛神韵说的历史地位

对诗的意境美的追求在古代出现得很早。其中，最突出的理论就是钟嵘的"滋味"说。其他许多魏晋南北朝时期的文学家虽然都讨论过追求诗的意境美这一问题，但是他们的讨论始终没有形成一个显著的理论概念。在钟嵘之后的一些诗论家对这个问题进行了更深入的探究，其中包括了一些中唐以下的学者。晚唐时期，司空图在前人研究的基础上进行了更加深刻、复杂、有经典意义的论述，即韵味说，它要求味在酸咸之外。司空图的理念对宋代诗歌理论的发展有积极作用，需要重视。严羽提出的兴趣说和妙悟说显然受到司空图"味外之旨""韵外之致"论调的熏染，从而使他确立了诗的宗旨是追求意境美，让人们对诗的意境美的探讨进入了崭新高峰。严羽所著的《沧浪诗话》在元明清时期的诗论专著领域的影响力是最大的。虽然明代没有专注于研究意境美的知名学者，但是人们通过在诗中大量运用"趣""韵""意兴"等一些跟意境美有关的概念，表达了对追求诗的意境美的观点的继承和发展。王士禛将前面讨论的众多诗人学者的观点归纳总结后得出"神韵"这两个字，并通过大量的举例说明论述了其中的核心观点。同时，在论述的基础上进行了深入的研究和拓展。虽然他并没有提出一些作用深远的创造性意见，但是他从理论层面上丰富、全面、突出地总结了千余年来我国追求诗的意境美的理念。

古时，我国不仅仅是在诗的领域追求意境美。整个文学艺术都不认为准确、详细地将事物描绘出来是最好的，而认为能体现出超脱于事物形状、外貌之外的神情和韵味的作品才是最好的。诗不可以没有语言，画不可以没有形状，乐不可以没有声音，然而我们民族所追求的并不是这些语言、形状和声音，而是言外之意、形外之神、弦外之音，这些就是神韵，是我们一直追求的意境美。所以，王士禛的神韵说总结了传统的民族审美趣味和美学层面上我国古代文学艺术的民族特征。

起先，从魏晋到盛唐时期这一阶段，追求意境美并不只是追求清远之境。但是，中唐时期之后，对意境美的追求开始变成对清远之境的追求。这种转变的关键事件就是司空图诗论的产生。宋代诗人和学者遵循了这种发展趋势，作品中都开始体现平淡悠远的意境。严羽将盛唐时期的观点作为学习楷模，提倡"既笔力雄壮，又气象浑厚"，想要改变当下的发展趋势。然而，他所付出的努力并没有让意境美跟雄浑之境联系起来。前后七子虽然强调雄浑的意境，但却走向了嚆杀，并没有领略真正的意境美。众多修正者将雄壮从意境美中剔除出去，追求清远之境。自此，清远之境就代表了意境美，雄浑悲壮则变成了与之相反的内容。封建社会开始衰落后，一种幽微又深邃的怅惘心境在众多封建文人心中油然而生。这种心境却又只能寄托在现实存在的或想象中的疏淡寥落的物境之中。这可能就是不断走向衰败的封建社会的时代精神和审美趣味吧？王士禛在他的神韵说中将清远之境看作最美意境，这恰好总结了当时的时代精神和审美趣味。

追求清远之境的诗论早已有之，但却从来没有像王士禛的时候那样受到朝廷的赞许，获得诗坛正宗的地位。正因为如此，这种理论才能在王士禛手里作一次盛大的总结，但它为此也付出了巨大的代价。最超脱的理论不得不服做于最露骨的政治功利，最清高的诗境不得不落入阿谀统治者的处境。追求清远的意境美，虽似超逸，究竟是封建主义文学理论的一支。而封建教化主义，是一切封建主义文学理论的徽章。如果说从前这种理论不大喜欢这枚徽章的话，那么在最后总结的时候，是必须把这枚徽章郑重地戴在胸前的。这是它无法摆脱的历史命运。

人们认为神韵说将文学带上离现实越来越远的道路，这一观点是准确无误的。但是追求神韵始终是我国古代文学艺术的基本美学特征，特别是对诗画领域来说，这一点毋庸置疑。有这一点就够了，足够让王士禛神韵说的重要历史地位得到肯定了。

第三讲 词 论

　　词，最初叫曲子词，后又称诗余、乐府、倚声、长短句。其起源于隋唐之际的燕乐，而到了盛唐词体才真正确立。唐代诗人为词这种新兴的文学体裁所吸引，弄笔填词的越来越多，但总的说来，词还居于诗的附庸地位。唐代的文学评论专注于诗文，对刚刚产生的词还未得顾及。而且，词当时主要行于妓席，播于倡楼，一般作家不屑谈论。五代时后蜀赵崇祚编定文人词《花间集》，并为之作序，这是最早的论词专文。但只是叙述前代以来乐府词曲的盛况和《花间集》编选的背景与作用，不具学术价值。宋代词作，云蒸霞蔚，达到极盛，在文学史上占有很重要的地位。研究词体、词律、词法，评论词家、词派的各种著述也因之相继问世，词论词评遂在艺术评林中卓然自立。本讲主要从四个角度进行了专题论述，分别是苏轼词论、李清照词论、浙派词论、常州派词论。

专题一　苏轼词论

　　苏轼，字子瞻，号东坡。仁宗、神宗、哲宗三朝是苏轼主要活动的时期，他的一生十分坎坷。仁宗时期，苏轼接连通过了进士试、礼部试和殿试的考核，彼时其年纪不过二十有余，获得了欧阳修、韩琦等朝廷重臣的极大重视。担任了主簿、签判等一类的地方官职后被派到史馆任职。他曾对仁宗发表劝诫之言，希望仁宗能够"破庸人之论""涤荡振刷，而卓然有所立"。神宗时期，王安石开始推行新的法案，苏轼因为在《上神宗皇帝书》中表达了对新法的批判而被逐出朝堂。之后他因为在诗作中表达了对新法的讽刺而获罪入狱。出狱后出任了黄州团练副使一职。在哲宗时期的元祐年间，司马光重新出任丞相一职，苏轼也接到诏令返回京城。但是，不久又因在《辩试馆职策问札子》中批评当政者"矫枉过直""专欲变熙宁之法,不复较量利害,参用所长",受到司马光、程颐等人的排挤,出任杭州太守。绍圣年间新党复起,苏轼又被一贬再贬,由岭南惠州到海南儋州。徽宗即位始越海北归,不久即在常州去世。著述极多,后人编为《东坡七集》,但并未收全。

苏轼的世界观具有明显的离经叛道倾向。首先,他不以孔孟之道为道,而把道理解为存在于具体事物中的自然之理。《日喻》一文以水喻万物说:"南方多没人,日与水居也,七岁而能涉,十岁而能浮,十五而能浮没矣。夫没者岂苟然哉?必将有得于水之道者。"显然,"水之道"就是指水的客观规律。自然现象如此,社会现象也是如此。他在《大悲阁记》中指出人世之道只能从"礼之所可,刑之所禁,历代之所以废兴,与其人之贤不肖"中考察得来,"是皆不足学,学其不可于书而载传于口者",那是"弃迹以逐妙"。这样的道是实在的、具体的,一物有一物之道。那么有没有贯穿万物的道呢?苏轼认为,如果一定要找万物之道,那只有一条,就是"二德难兼"。《书砚》说:"砚之发墨者必费笔,不费笔则退墨。二德难兼,非独砚也。大字难结密,小字常局促;真书患不放,草书患无法;茶苦患不美,酒美患不辣。万物无不然,可一大笑也。"客观事物是"二德难兼",要发挥人的作用就需"可否相济"。《和子由论书》说,"吾虽不善书,晓书莫如我""貌妍容有矉,璧美何妨椭。端庄杂流丽,刚健含婀娜"。苏轼在《辩试馆职策问札子》中提到,仁宗优柔,便劝其果断力行;神宗刚愎,便劝其忠恕仁厚。小至书法,大至从政,这是苏轼处理各种事物的一条基本法则。

其次,他反对以一家之说绳人,提倡出入百家、独立思考。据葛立方《韵语阳秋》记载,苏轼在儋州,有人问作文之法,苏轼回答:"儋州虽数百家之聚,而州人之所须,取之市而足,然不徒得也,必有一物以摄之,然后为己用。所谓一物者,钱是也。作文亦然。天下之事,散在经、子、史中,不可徒使,必得一物以摄之,然后为己用。所谓一物者,意是也。"这里虽是就作文中如何用事而言,其实也是讲如何读书求学。"意"就是自己的思想、主见。天下之事,见于各类书中,但必须独立思考,用自己的主见去摄取,才能成为自己的东西。苏轼在《送钱塘僧思聪归孤山序(叙)》中也提到了反对局限一家之言、官从他人之说。因此,他不能容忍思想专制,对朝廷强令天下接受王安石一家之学发出了强烈的抗议,其《送人序(叙)》写道:"士之不能自成,其患在于俗学。俗学之患,枉人之材,窒人之耳目。诵其师传造字之语,从俗之文，才数万言，其为士之业尽此矣。夫学以明礼，文以述志，思以通其学，气以达其文。古之人道其聪明，广其闻见，所以学也，正志完气，所以言也。王氏之学，正如脱槧，案其形模而出之，不待修饰而成器耳，求为桓璧彝器，其可乎？"

在苏轼的世界观中，老庄思想的影响是比较突出的。他汲取了老庄崇尚自然之道的观点，以反抗道学的思想专制，又学到了老庄"乘天地之正，而御六气之辨，以游无穷"（《庄子·逍遥游》）的开阔胸襟，以达到对荣辱穷达的超脱。但是他没有接受老庄"形如槁木""心如死灰"的冰冷的人生态度和"此亦一是非，彼亦一是非"的无是非观，而是热烈地坚持着现实的情感和独立的人格。对于佛学，他只是将其作为排遣愁闷的工具，至于佛教的具体的教义，他在《答毕仲举书》中自称"仆不识也"。在他不同于道、佛的地方，又可以看到传统儒学的现实的理性和积极进取精神。但苏轼不是杂家，他就是他自己，一个思想解放、个性鲜明的人。他在现实生活的土壤上，吞吐百家，形成了自己的世界观。一方面，他是个重新探索人生的人。他要从各种传统观念的束缚中挣脱出来，用自己的眼睛观察世界，用自己的头脑判断是非，按自己的意志处世为人。这是在长期沿袭，因而被认为天经地义的封建制度及其意识形态开始衰落的时候，对世界与人生的真谛的再次探索和再次觉醒。但另一方面，他又是个找不到寄托的人。他对旧世界失去了热情，却还没有看到新的社会力量。他不愿再做一个封建卫道者，却还没有产生新的社会理想。因此，他只能向往在精神上对旧世界、旧思想的解脱，因而会发出对新的寄托苦苦的追求，却又找不到寄托的深沉的感叹。

苏轼的这些思想冲击着根深蒂固的封建观念的统治，瓦解着人们对现存制度的信心。这就是为什么苏轼会遭到道学家，即那些最顽固的封建卫道者的最猛烈的攻击。朱熹是明确地把苏轼的危害放在王安石之上的。他在《答汪尚书》中说苏轼"语道学则迷大本，论事实则尚权谋，衒（同'炫'）浮华，忘本实，贵通达，贱名检。此其害天理，乱人心，妨道术，败风教，亦岂尽出于王氏之下也哉？"由此可见，这位道学巨子是很有远见的。

苏轼的文学思想，也贯穿着这种争取解放而实际上只是解脱的精神。

苏轼是在诗文革新运动胜利的凯歌声中，在诗文革新运动领袖欧阳修的提携下，登上文坛的。诗文革新运动的终点，就是他的文学思想的起点。他是以欧阳修为代表的诗文革新运动正确方向的继承者。他既反对学文之士"挟声技以相夸",又反对"王公大人,顾雕虫而自笑"(《谢秋赋试官启》)。在《凫绎先生试集序(叙)》中称赞凫绎诗文"皆有为而作,精悍确苦,言必中当世之过,凿凿乎如五谷必可以疗饥,断断乎如药石必可以伐病。其游谈以为高,枝词以为观美者,先生无一言焉",强调诗文应有益于世。但是对扬雄鄙视辞赋的观点,苏轼却痛加驳斥。《答谢民师书》说:

"扬雄好为艰深之辞,以文浅易之说,若正言之,则人人知之矣。此正所谓雕虫篆刻者,其《太玄》《法言》,皆是类也。而独悔于赋,何哉?终身雕篆,而独变其音节,便谓之经,可乎?屈原作《离骚经》,盖风雅之再变者,虽与日月争光可也。可以其似赋而谓之雕虫乎?"

雕虫篆刻固不足取,但有积极内容的辞赋并不是雕虫篆刻,而那些一字一句模经范圣的作品却是真正的雕虫篆刻。这段话同欧阳修在《答吴充秀才书》中对扬雄、王通"勉焉以模言语"的指责一脉相承,但又从维护文学的角度更清楚、更透彻地说明了问题。他既反对西昆体"浮巧轻媚"、华而不实的文风,又注意到防止佶屈聱牙、毫无文采的另一种倾向。《谢欧阳内翰书》写道:

"轼窃以天下之事,难于改为。自昔五代之余,文教衰落,风俗靡靡,日以涂地。圣上慨然太息,思有以澄其源,疏其流,明诏天下,晓谕厥旨。于是招来雄俊魁伟敦厚朴直之士,罢去浮巧轻媚丛错采绣之文,将以追两汉之余,而渐复三代之故。士大夫不深明天子之心,用意过当,求深者或至于迂,务奇者怪僻而不可读。余风未殄,新弊复作。……盖唐之古文,自韩愈始。其后学韩而不至者为皇甫湜。学皇甫湜而不至者为孙樵。自樵以降,无足观矣。伏惟内翰执事,天之所付以收拾先王之遗文,天下之所待以觉悟学者。恭承王命,亲执文柄,意其必得天下之奇士以塞明诏。"

这里明确指出:"浮巧轻媚"的"余风"尚未完全扫除,而"求深""务奇"的"新弊"又已抬头;要想在文风上改邪归正,就必须及时克服这种"新弊",否则就会重蹈唐代古文运动愈走愈偏、每况愈下的覆辙。在这个问题上有这样清醒的认识的,除了欧阳修,就是苏轼。苏轼在这里恳请"亲执文柄"的欧阳修"得天下之奇士"解决这个问题,而欧阳修在《笔说》中则对"以四六述叙,委曲精尽"的苏氏父子表示了由衷的赏识,这是文坛上两代人紧密衔接的一个生动事例。诗文革新运动所说的文与道的关系,包含相互联系的两个问题:一个是文学的外部关系,即文与道的关系问题;一个是文学的内部关系,即理与辞或者说意与辞的关系问题。在这两个问题上,苏轼都坚持了既反对形式主义又反对重道轻文的正确态度。

但是,这并不是苏轼文学理论的主要方面。针对程颐、王安石等人日益加强对文学的特殊规律的否定和对文学创作的束缚,他适应着宋代文学发展的需要,继续前进,在我国古代文学理论史上作出了新的、巨大的贡献。

一、提倡创作自由

道学家以文为载道之器,政治家以文为治教政令之书之策者,而苏轼却把文学当作作家自己生活感受的表现。他说:

"余性不慎语言,与人无亲疏,辄输写腑脏。有所不尽,如茹物不下,必吐出乃已。"(《密州通判厅题名记》)

"某平生无快意事,憔作文章。意之所到,则笔力曲折,无不尽意。自谓世间乐事,无逾此者。"(《春渚纪闻》)

"自少闻家君之论文,以为古之圣人有所不能自已而作者,故轼与弟辙为文至多,而未尝敢有作文之意。己亥之岁,侍行适楚。舟中无事,博弈饮酒,非所以为闺门之欢,而山川之秀美,风俗之朴陋,贤人君子之遗迹,与凡耳目之所接者,杂然有触于中,而发于咏叹。[《江行唱和集序(叙)》]

前两段,泛论包括文学作品在内的各类文章,主张输写腑脏、尽意为快,意思甚明。后一段,专门论诗,针对程颐以载道明理解释"不得已而为之"的论调,对这句话做了新的解释。"不得已而为之"这句话源于孟子,孟子曰:"予岂好辩哉?予不得已也。"(《孟子·滕文公下》)孟子的意思是说,他之所以著书立说并不是爱好文辞,而是由于礼崩乐坏、异端横行,为捍卫先圣之道不得不为。这还是反对为文而文这个较为一般的意思。到了程颐口中,意思变成了非载道明理不得为文,即《答朱长文书》所说:"圣贤之言,不得已也。盖有是言则是理明,无是言则天下之理有阙焉。"这样的"不得已而为之"就变成了把一般抒情言志之作定为害道之文的论据。还是这句话,到了苏轼手里则成了相反的意思:只要外界事物"有触于中",就是"不得已而为之";只要有真情实感,就不是为文而文。这就是说:文学不是载道明理的,而是抒发作家的生活感受的。把文学当作作家自己思想感情的表达,这是苏轼与道学家、政治家在文学观上的一个重大差别,是他要求创作自由的理论前提。

从这一点出发，他反对在内容上强求一律。他在《答张文潜书》中说：

"文字之衰，未有如今日者也。其源实出于王氏。王氏之文，未必不善也，而患在于好使人同己。自孔子不能使人同，颜渊之仁，子路之勇，不能以相移。而王氏欲以其学同天下！地之美者，同于生物，不同于所生。惟荒瘠斥卤之地，弥望皆黄茅白苇，此则王氏之同也。"

苏轼并不否定王安石的文，但反对他"使人同己"。在苏轼看来，即使是好的作品，如果把它奉为样板，搞标准化和统一化，其结果也只能造成文坛上千篇一律，单调贫乏，令人望而生厌的局面，就如贫瘠的荒野上"弥望皆黄茅白苇"一样。这就等于说，只有给文学创作以自由，才能使文学得到真正的繁荣。这段话是针对王安石说的，而后来为王安石打抱不平的却是道学家朱熹。朱熹愤愤地说："俱入于是，何不可之有？今却说'未尝不善，而不合要人同'，成何说话！若使弥望者黍稷，都无稂莠，亦何不可？"[①] 话说得振振有词，似乎很有道理。但问题正在于：文学创作同种庄稼有着根本不同的规律，对于文学创作来说，推广的是一种良种"黍稷"，收获的也可能是"稂莠"。这种攻击只能说明，苏轼所指出的这条文学创作的规律，对于道学家的文化专制主义的头脑说来是无法理解的，同时也说明，虽然王安石与朱熹在其他方面很不相同，但在维护文化专制、反对文学解放这一点上却是完全一致的。因此，苏轼对王安石的"黄茅白苇"之讥，不是、至少不仅仅是他与王安石个人之间，或以苏轼为代表的蜀学与以王安石为代表的新学之间的矛盾的反映，而是封建制度要加强对文学的束缚与文学要反抗这种束缚的矛盾的反映。

从这一点出发，他反对在形式上拘守法度。

他在《文说》中指出："吾文如万斛泉源，不择地而出。在平地滔滔汩汩，虽一日千里无难。及其与山石曲折、随物赋形而不可知也。所可知者，常行于所当行，常止于不可不止，如是而已矣，其他虽吾亦不能知也。"

又在《诗颂》中说："冲口出常言，法度法前轨。人言非妙处，妙处在于是。"

类似的话苏轼说过多次。他认为进行文学创作不能从别人所讲的那些法出发，而应从表达自己思想感情的需要出发。要说法的话，"冲口出常言""行

[①] 中华文化通志编委会编：《中华文化通志：艺文理论志》，上海人民出版社1998年版，第373页。

于所当行""止于不可不止",这就是最重要的法。只要自己的内心有非表达不可的感触,那么冲口而出,意尽言止,自是妙文。

从这一点出发,他对作家本身也提出了很高的要求。这就是毫无顾忌,畅所欲言。《思堂记》说:"言发于心而冲于口,吐之则逆人,茹之则逆余,以为宁逆人也,故卒吐之。"这是反对因人俯仰。《答陈师仲书》说:"诗能穷人,所从来尚矣,而于轼特甚。今足下独不信,建言诗不能穷人,为之益力……人生如朝露,意所乐则为之,何暇计议穷达。云能穷人者固缪,云不能穷人者,亦未免有意于畏穷也。"这是反对顾虑穷达。《书李简夫诗集后》说:"孔子不取微生高,孟子不取于陵仲子,恶其不情也。陶渊明欲仕则仕,不以求之为嫌;欲隐则隐,不以去之为高。饥则扣门而乞食,饱则鸡黍以延客。古今贤之,贵其真也。"这是反对矫情造作。苏轼在这方面多次提到陶渊明,正是提倡陶渊明那种不肯屈己从人的骨气、不以穷达为念的胸怀和率直无隐的品质。对于一个真正的文学家来说,这是完全需要的。在宋代文网日密,不少文人走向明哲保身的社会条件下,这种主张就显得更加可贵。

二、提倡诗词一律

陈师道在《后山诗话》中有如下一段议论:

"退之以文为诗,子瞻以诗为词,如教坊雷大使之舞,虽极天下之工,要非本色。"

陈师道说苏轼"以诗为词",对这种做法颇不满意,认为背离了词的"本色",不"协律"。

稍后的李清照,持同样观点,鲜明地提出"词别是一家",主张严守诗词界限。她特别重视词的平仄声韵,认为苏轼的词"皆句读不葺之诗尔,又往往不协音律",反对"以诗为词"。

北宋词至柳永出现了大的变化。柳词善于以长调的形式和铺叙的手法,广泛描写当时都市中下层市民的生活,语言通俗,音律谐婉,在词史上开辟了一个新的境界。到了苏轼,词体更为解放。苏轼"以诗为词",扩大了词的题材范围,打破了传统的婉约词派的狭隘界限。无疑这对词的发展是一种积极的、有益的贡献。

苏轼不仅在创作实践中"以诗为词",而且在评论中也是以"诗词本一律"这样的观点来进行的。如他在《与蔡景繁书》中说:"颁示新词,此古人长短句诗也,得之惊喜,试勉继之。"在《答陈季常书》中说:"又惠新词,句句警拔,诗人之雄,非小词也。"

这些评论,打破了诗与词的界限。苏轼以词上承"古人长短句诗"(指《诗经》与汉魏古乐府),使词于"绮筵公子,绣幌佳人"的浅斟低唱之余,重新出之以"诗人之雄",这是一面为词正本清源,一面又为词开拓了"以诗入词"的通道,突破了婉约词派的传统"本色"。"以诗入词"是苏轼对词体解放的重大贡献,在词史上具有划时代的意义。

三、提倡豪放之词

词从《花间集》到柳永,多写花前酒边,伤春悲秋,光景流连,表达缠绵悱恻的男女之情与离情别绪,以供抒怀佐欢。虽"清切婉丽",曲折蕴藉,情景交融,声调和谐,音律优美,但充满绮罗香泽,题材狭窄,意境不高,受音律束缚很厉害,常常只能作为乐曲的歌词而存在,缺乏慷慨悲歌、气吞山河、奋发有为的积极精神和阳刚之美。

柳永是北宋婉约词派的代表,他的词是典型的婉约派词风,在内容和形式方面当然也不是全无贡献,不能说他完全仍在继续"花间",但毕竟"喁喁儿女私情"为多,格调不高。以国家积贫积弱为忧,富有雄心壮志的苏轼对柳永的词风大不满意,这是很自然的。下面两则记述就很能说明这个问题。

首先是俞文豹在《吹剑续录》中记载的:"东坡在玉堂,有幕士善讴。因问:'我词比柳七何如?'对曰:'柳郎中词,只好合十七八女孩儿,执红牙板,歌"杨柳岸,晓风残月"。学士词,须关西大汉,执铁板,唱"大江东去"。'公为之绝倒。"

其次是黄昇在《花庵词选》中记载的:"秦少游自会稽入京,见东坡,坡云:'久别当作文甚胜,都下盛唱公"山抹微云"之词。'秦逊谢。坡遽云:'不意别后,公却学柳七作词。'秦答曰:'某虽无识,亦不至是。先生之言,无乃过乎?'坡云:'"销魂当此际",非柳词句法乎?'秦惭服。"

这两则轶事,形象地道出了苏轼对柳词的轻蔑。对这种词风的不满,实质上是对这种意志消沉、缠绵不振的思想情绪的排斥。当时柳词传播甚广,据说"凡有井水饮处,即能歌柳词"。苏轼独排众议,不但公然屡表轻视,更为有力的是用自己的作品创豪放词风,"使人登高望远,举首高歌,而逸怀浩气,超然乎尘垢之外"①,以其"寄慨无端,别有天地"②"指出向上一路,新天下耳目"③,逐渐征服了大多数读者的心。

当他写过《江城子·密州出猎》《蝶恋花·密州上元》《江城子·乙卯正月二十日夜记梦》《雨中花·夜行船》等作品后,在《与鲜于子骏书》中非常高兴地吐露了当时自己的这样一种心情:

"近却颇作小词,虽无柳七郎风味,亦自是一家。呵呵,数日前猎于郊外,所获颇多,作得一阕,令东州壮士抵掌顿足而歌之,吹笛击鼓以为节,颇壮观也。"

他在黄州作《念奴娇·赤壁怀古》诸词后,在《与陈季常书》中又说:

"近者新阕甚多,篇篇皆奇。迟公来此,口以传授。"

苏轼出于革新的愿望,在诗词创作上也要求有所突破,形成自己的特色,"自是一家"。他经过一番努力,写出了一些具有自己特色的作品,实现了自己的主张,所以才特别高兴地讲出了上面那些自豪的话。

苏轼在流行的传统的婉约派词风之外又开创和发展了豪放的词风,达到了"自是一家";进而他又要求在豪放派中建立自己的独特风格,实现另一境界的"自是一家"。前者是时代的、历史的要求,他的革新无疑是正确的,具有进步意义。后者是艺术本身的要求,实践证明,没有一个真正伟大的艺术家不是"自是一家"的。苏轼的这种要求、主张,不仅对推尊词体、发展词评作出了巨大贡献,即使对各种文学艺术家的自成一家也是起了启发、推动作用的。他在诗、文、词、赋、书法、绘画等各个领域取得了极高的成就,而且都是自成一家的。

那么苏轼何以具备这样大的才力,达到这样高的造诣呢?研究一下他的创造实践经验和理论观点,可以看出原因。

(一)解放思想,破除迷信

陆游在《老学庵笔记》中曾写东坡有"何须出处"的豪语:

"东坡先生省试《刑赏忠厚之至论》有云:'皋陶为士,将杀人。皋陶曰"杀之"三,尧曰"宥之"三。'梅圣俞为小试官,得之以示欧阳公。公曰:'此

---

① 苏轼:《东坡集》,万卷出版公司2014年版,第20页。
② 尹贤:《古人论诗创作(增订本)》,中国书籍出版社2020年版,第300页。
③ 金成礼、苏轼研究学会:《东坡词论丛》,四川人民出版社1982年版,第17页。

出何书？'圣俞曰：'何须出处！'公以为皆偶忘之，然亦大称叹。初欲以为魁，终以此不果。及揭榜，见东坡姓名，始谓圣俞曰：'此郎必有所据，更恨吾辈不能记耳。'及谒谢，首问之。东坡以对曰：'何须出处！'乃与圣俞语合。公赏其豪迈，太息不已。"

苏轼在《跋山谷草书》中提道：

"昙秀来海上，见东坡，出黔安居士草书一轴，问此书如何？坡云：'张融有言："不恨臣无二王法，恨二王无臣法。"'吾于黔安亦云。他日黔安当捧腹轩渠也。"

这两段记载，说明了苏轼的一个主张，就是搞文艺创作，首先要注意这个"创"字，有识有胆，解放思想，破除迷信，自己独"创"。一味讲究出处，拜倒在前人、名人脚下，满脑袋奴才思想，在艺术上永远不可能"自是一家"。苏轼这样讲的，也是如此做的。

（二）冲破俗学局限，推陈出新

苏轼在《送人序（叙）》中指出：

"士之不能自成，其患在于俗学。俗学之患，枉人之材，窒人之耳目。诵其师传造字之语，从俗之文，才数万言，其为士之业尽此矣。夫学以明礼，文以述志，思以通其学，气以达其文。古之人道其聪明，广其闻见，所以学也，正志完气，所以言也。王氏之学，正如脱笼，案其形模而出之，不待修饰而成器耳，求为桓璧彝器，其可乎？"

何谓俗学？俗学的害处何在？在这里苏轼说得比较清楚。所谓"俗学"之"俗"，主要表现在它的浅陋不学，没有主见，看风而上。读了"才数万言"的"师传造字之语，从俗之文"，就以为满够用的了，没必要再习其他东西了。正是浅陋不学，目光如豆，使他不能站得高、看得远、想得开，缺乏主见。没有主见，如果再加上私心重，走到了风派的邪路上去，鹦鹉学舌，就没有出息了。"王氏之文，未必不善也"，可是那些擎着王安石的牌子，却缺乏王安石的卓见特识的人实在太不成器了。这样的人既"不能自成"为真正的学者，也不可能在文艺创作上"自是一家"。

当然，苏轼的主张，不是虚无主义，将前人、名人的优秀成果和宝贵经验统统拒之门外，而是强调在继承前人的基础上，加上个人的主观努力，然后自成一家。苏轼认为学问、写作技巧，都有一个长期的传统，有许多集体创造的经验在，即使像杜甫、韩愈、颜真卿、吴道子这样的大家，也还是凭借前人的智慧和经验，而有所创造的。只不过需要特别注意的是，形势在变化，社会在前进，传统无论如何丰富，前人经验无论如何宝贵，也是跟不上时代步伐的。必须在吸取它们的长处的同时，结合当前，深入生活，认真探索，跟自己的新思考、新经验融合起来，推陈出新，才能真正"自是一家"。

（三）要养成高尚的人格

"文如其人"，要在文艺创作方面自成一家，首先要做一个有骨气、有操守、光明磊落、直道而行的人，而绝不做为了个人名利随风倒的风派。苏轼非常重视这一点。他在《送杭州进士诗叙》中说：

"苟志于得而不以其道，视时上下而变其学，曰：吾期得而已矣。则凡可以得者，无不为也，而可乎？"

也正因此，李贽曾在《焚书》中称赞苏轼："苏长公何如人，故其文章自然惊天动地。世人不知，只以文章称之，不知文章直彼余事耳。世未有其人不能卓立而能文章垂不朽者。"

苏轼作为一个封建时代的知识分子，虽然囿于时代的限制，在思想上有其局限性，但从他的言行看，他率性而为，直言敢谏，爱国爱民，有正义感，反对风派行径，反对为了保住禄位而务雷同，主张说真话。这在当时条件下，还是比较高尚的。

苏轼一生最厌恶风派。他不顾个人得失，认为正确的就坚持，不随风倒。王安石得势时，他不肯附和王安石；司马光上台后，他也不肯附和司马光。明知要倒霉，就是不肯"随"。他为议论朝政，不论新派执政还是旧派掌权，都吃足了苦头。虽然如此，但他并未对自己具有这样的性格感到内疚和懊悔。他坚持的东西当然未必都是正确的，但若没有他这般性格，他的创作就不可能"自是一家"了。可见一个作家的人格如何，对他在创作方面能否"自是一家"是至关重要的。苏轼的这一观点，于今也很适用。

专题二　李清照词论

代表北宋词论最高水平的，是李清照的《词论》。这是文学批评史上第一篇正式的词学论文。根据其中概述盛唐以来词的发展而未及"靖康之难"，未及周邦彦，可以判断作于北宋末年，而不是南宋的作品。

李清照，号易安居士，山东济南人，是南北宋之交一位有学问、有见识、有气魄的女作家。她的诗豪迈奔放，不让须眉；而她的词却委婉含蓄，风格清新。在词史上，李清照被誉为婉约之宗。与其创作态度相一致，她的《词论》严申词与诗的区别，强调"词别是一家"。

《词论》简要地回顾了词的发展历史。《词论》中写道："乐府声诗并著，最盛于唐。开元、天宝间，有李八郎者，能歌擅天下。"诗与歌原为一体，后来逐渐分化，文人创作的诗就不能歌唱了。唐代由于对歌唱日益增加的社会需要和外来音乐的影响，出现了两种并存的歌唱形式，一种是演唱本来的歌曲，一种是把本来不是为演唱而创作的五、七言诗配曲演唱。"自后郑、卫之声日炽，流靡之变日烦"。五、七言诗显然不能很好地适应演唱的要求，中唐以后，"声诗"这种形式日趋衰落，歌词创作发展起来；而歌曲主要盛行于城市的秦楼楚馆，在文人士大夫看来多是郑、卫之声。"五代干戈，四海瓜分豆剖，斯文道熄。独江南李氏君臣尚文雅，故有'小楼吹彻玉笙寒''吹皱一池春水'之词。语虽甚奇，所谓'亡国之音哀以思'也。"五代时期，歌曲的发展受到战乱的破坏；只有在经济繁荣、战乱较少的南唐，歌曲较为兴盛，但又多为"亡国之音"。李清照的这个叙述是符合历史实际的。词并不是五、七言诗发展的产物，而是歌曲发展的产物；它虽然也可以看作长短句之诗，但与其他诗体有一个重大差别，就是与曲调结合，能够歌唱。从这个叙述中可以看到，李清照是严格地把词当作歌词看待的，这里已经包含了"词别是一家"的意思。

《词论》接着写道："逮至本朝，礼乐文武大备。又涵养百余年，始有柳屯田永者，变旧声作新声，出《乐章集》，大得声称于世；虽协音律，而词语尘下。又有张子野、宋子京兄弟，沈唐、元绛、晁次膺辈继出，虽时时有妙语，而破碎何足名家！至晏元献、欧阳永叔、苏子瞻，学际天人，作为小歌词，直如酌蠡水于大海，然皆句读不葺之诗尔。又往往不协音律者，何耶？盖诗文分平侧，而歌词分五音，又分五声，又分六律，又分清浊轻重。且如近世所谓《声声慢》《雨中花》《喜迁莺》，既押平声韵，又押入声韵；《玉楼春》本押平声韵，有押去声，又押入声。本押仄声韵，如押上声则协；如押入声，则不可歌矣。王介甫、曾子固，文章似西汉，若作一小歌词，则人必绝倒，不可读也。乃知词别是一家，知之者少。后晏叔原、贺方回、秦少游、黄鲁直出，始能知之。又晏苦无铺叙。贺苦少典重。秦即专主情致，而少故实。譬如贫家美女，虽极妍丽丰逸，而终乏富贵态。黄即尚故实而多疵病，譬如良玉有瑕，价自减半矣。"

首先，这里突出强调了词必须协音律。诗与词用处不同，诗仅供吟诵，词是专为歌唱的，要歌唱就要审音用字，使歌词的语音与曲调的乐音相和谐。上面所说的"六律"就是指乐律，而"五音""五声""清浊""轻重"则有不同的解释。联系下文和宋代词学、语音学上的概念，我们认为"五音"是指唇、舌、齿、牙、喉，这是依发音部位而区分的五种声母；"五声"是指阴平、阳平、上声、去声、入声五种声调，后面所谓"《声声慢》《雨中花》《喜迁莺》，既押平声韵，又押入声韵"等说的就是这个问题；"清浊"是声母带音不带音的区别；"轻重"是韵母开口大小的区别。这些都与是否宜于歌唱有关。其次，这里要求词在内容和情调上也要与诗有所不同。批评苏轼等人的词"皆句读不葺之诗尔""又往往不协音律"，可见李清照认为诗与词的区别不仅在于是否协律。她在谈苏轼以诗为词和王介甫、曾子固以文为词时，两次都把词称作"小歌词"，则显然是认为诗与文的重大、严肃的题材和豪放、雄壮的情调是不适用于词的，其实就是要求词要具有婉约的特点。最后，这里强调典雅。柳永"虽协音律，而词语尘下"，这在李清照看来不能算是知词，只有晏、贺、秦、黄等摆脱了俗词俚语的文人才算"始能知之"。而他们之所以只能算"始能知之"，又是因为还不够典雅。所谓"无铺叙""少典重""专主情致，而少故实""尚故实而多疵病"等等，虽然是说艺术上还不够成熟，但这个不够成熟主要就是不够典雅。协律、婉约、典雅，这就是李清照所说的"词别是一家"的基本含义。显然，这种观点是北宋后期词论的总结，也是北宋后期的词风在理论上的反映。

李清照的《词论》以宋代第一篇观点鲜明而又较为完整的词论受到人们的重视，但其中的观点却往往不被赞同。一些今人批评它保守，甚至指为形式主义的逆流。这篇论文的确有其保守、错误的一面。强调协律未免过分，因为歌词首先还是要准确地表达内容，而且不必要也不可能使每个字都协律。过于绝对地反对以诗为词、以文为词也会妨碍词的题材和风格的多样化。至于提倡典雅，虽有纠正词风浅薄、俗滥的可取之处，但也表现了士大夫对民间文学的偏见。但是，歌词与一般的诗毕竟有所不同。作为一种音乐文学，协律是它的基本特征，这一点是不能忽略的。即使是先作歌词也要考虑便于歌唱，更何况是倚声填词。歌词应比一般的诗有更强的抒情性，语言也要求更为流畅顺口，以议论为诗尚非本色，施之于词就更不适当了。在宋诗排斥爱情题材并逐渐沦为封建思想的宣传工具的情况下，提倡婉约、强调"词别是一家"，有助于抵制道学思想的统治，在文学领域为爱情题材和抒情作品保存一定的地位，这就不仅不是保守，而是进步的了。总之，李清照"词别是一家"的观点，突出了词的特殊性，对于探索和掌握词的特殊规律有一定的积极意义。但她所谓"词别是一家"又没有摆脱把词视为艳科的狭隘见解，这当然就是保守乃至错误的了。

专题三　浙派词论

词的创作，经历了明代的低潮之后，到了清代又重新活跃起来。在清朝二百七十多年间，作家辈出，创作繁荣，词人多达两千余人。他们立宗分派，互相争鸣。清中叶以前，主盟词坛的是以朱彝尊为首的浙派词。

清朝在康熙时期，基本完成了对全国的统一，建立了强大的封建帝国，并采取了一系列恢复农村经济的措施，以求和缓阶级矛盾，安定社会秩序。人民在经历了明末清初长期的战乱之后，有了安定喘息的机会。整个社会经过了几十年的休养生息，也逐渐恢复繁荣，为清王朝积累了巨大的财富。对外所采取的限制贸易的政策，则有力地遏制了西方早期殖民势力的侵入，使封建经济的发展有了保障。到了乾隆时期，清朝经济文化发展达到了顶点，但阶级矛盾也日趋激化。由于清政府的高压和笼络手段，一些封建知识分子开始讴歌"太平盛世"，在这样的社会背景下，浙派词便应运而生了。浙派词人的主要理论主张是：讴歌太平盛世；抬高词体地位；标举"醇雅""清空"的词风。

一、讴歌太平盛世

浙派词人多以讴歌太平盛世为词的特点和使命。作为浙派词人首领的朱彝尊，就在《紫云词序》中公开宣称"词则宜于宴喜逸乐，以歌颂太平"，接着他还说："曩时兵戈未息，士之栖于山泽者，见之吟卷，每多幽忧凄戾之音，海内言诗者称焉。今则兵戈尽偃，又得君抚循而煦育之，诵其乐章，有歌咏太平之乐。孰谓词之可偏废与？"

他在《陈纬云红盐词序》中另有这样一段话："词虽小技，昔之通儒钜公往往为之。盖诗有所难言者，委曲倚之于声，其辞愈微，而其旨愈远。善言词者，假闺房儿女之言，通之于《离骚》、变雅之意，此尤不得志于时者所宜寄情焉耳。"

两段话互相参照，很可以看出问题。他认为封建士大夫在不得志时，可以借"闺房儿女之言"，寄托性情；而一旦受到统治者的青睐、延赏，像他自己中了博学鸿辞科、作了翰林院检讨官，那么，在新的统治者镇压了人民反抗之后，就应该歌颂"太平"了。这就是他所说的词"不可偏废"的原因。而为了说明词是宜于歌颂"太平"的，他还提出论据说：韩愈在所说的"欢愉之辞难工，而穷苦之言易好也"[1]，对于诗来说是符合实际的。因此，诗越处于"兵戈俶扰，流离琐尾"[2]之时，就愈容易写好。其实，这只是为自己的"歌咏太平"提供理论依据罢了。从这里，也就看到了他讨好封建统治者的精神状态。因此，浙派词虽然在艺术上有较高的成就，但思想内容方面值得称道的就较少。

二、抬高词体地位

浙派词人曾经致力于抬高词在文坛上的地位，作为浙派理论依据的《词综序》最明显，《词综序》是江森为朱彝尊的《词综》而写的序。江森在《词综序》中说道：

"自有诗而长短句即寓焉。《南风》之操、《五子之歌》是已。周之《颂》三十一篇，长短句居十八，……谓非词之起源乎？……自古诗变为近体，而五七言绝句传于伶官乐部，长短句无所依，则不得不更为词。当开元盛日，王之涣、高适、王昌龄诗句，流播旗亭，而李白《菩萨蛮》等词亦被之歌曲。古诗之于乐府，近体之于词，分镳并骋，非有先后。谓诗降为词，以词为诗之余，殆非通论矣。"

"诗余"这个名称，始于宋代。陈振孙的《直斋书录解题》中记载有廖行之的《省斋诗余》、林淳的《定斋诗余》、苏洞的《泠然斋诗余》，选本有《草堂诗余》《群公诗余前后编》。在相当长的一段历史时期内，只有"诗余"而没有"词"这个名称。这是封建文人乃至统治者认为"词"是不登大雅之堂，

---

[1] 于民：《中国美学史资料选编》，复旦大学出版社2008年版，第233页。
[2] 陈志扬：《中国古代文论读本·第4册·明清卷》，河南大学出版社2019年版，第352页。

鄙薄词体的风尚造成的。江森认为不应该称"词"为"诗余",驳斥"诗降为词"之说,意在推尊词体,抬高词的地位。从这一角度讲,他的主张不是没有意义的。问题在于他把词和《南风》之操、《五子之歌》等相提并论;并说"近体之于词,分镳并骋,非有先后",理由不大充分。晚唐五代的文人词,一方面承用"胡夷里巷之乐"①,一方面也接受唐人律诗的格式。若专就形式说,它完成格律是在近体诗成立以后,即词脱胎于近体诗。

三、标举"醇雅""清空"的词风

浙派词人的兴趣在于"醇雅""清空",所以都以姜夔为宗。所谓"词莫善于姜夔"②"词至南宋,始极其工,至宋季而始极其变,姜尧章氏最为杰出"③"填词最雅,莫过石帚"④。并对宋人编辑的《草堂诗余》不曾收入姜夔的词作十分不满,斥之为"无目"。"西蜀、南唐而后,作者日盛。宣和君臣,转相矜尚。曲调愈多,流派因之亦别。短长互见,言情者或失之俚,使事者或失之伉。鄱阳姜夔出,句琢字练,归于醇雅"⑤。"言情者或失之俚",是指柳永一派的词;"使事者或失之伉",则是指的苏轼、辛弃疾一派的词。朱彝尊、江森等浙派词人,把姜夔看作五代以来词的发展的极致和高峰,标举"醇雅""清空",贬低苏轼、辛弃疾的豪放一派,醉心于词的格律、技巧,严重忽视词的思想内容,表现出明显的形式主义倾向。

浙派词及其理论是在元、明词坛久经沉寂之后,又是为了适应康熙至乾隆年间的政治气候发展起来的,因而得到许多文人的响应,词话著作为数也不算少,在当时及以后都产生了消极影响,遭到了许多批判。如况周颐在《蕙风词话》中说:"自容若(纳兰性德)而后,数十年间,词格愈趋愈下。东南操觚之士,往往高语'清空'(姜词风),而所得者薄。力求新艳,而其病也尖。"后来的谭献在《箧中词》中,更曾指出,词至后来,"巧构形似之言,渐忘古意,竹垞、樊榭不得辞其过"。这些评论都是对浙派词论和不良影响的批判。

---

① 周延良:《敦煌情爱曲词研究》,山西高校联合出版社1996年版,第278页。
② 沙灵娜:《宋词三百首全译》,贵州人民出版社2021年版,第605页。
③ 王培军:《四库提要笺注稿》,上海大学出版社2019年版,第224页。
④ 安徽师范大学中国诗学研究中心:《中国诗学研究(第9辑)》安徽师范大学出版社2015年版,第311页。
⑤ 唐燮军:《"浙学"选萃》,黑龙江人民出版社2020年版,第118页。

专题四　常州派词论

清朝乾隆晚期及嘉庆时期，政治腐朽，贪污成风，文字狱加剧，阶级矛盾越来越尖锐，封建社会正处于大变革的前夜。而当时词坛充满淫词、鄙词、游词。这与当时的客观形势在根本上是不适应的。客观形势向词人提出了应该接触和反映现实的问题，于是产生了重视反映社会思想内容的常州词派。浙派词接连遭到批判，不久就由"常州派"取而代之。常州派的词论特点是重"比兴""寄托""讽谕"，提出了"非寄托不入，专寄托不出"[①]的口号。

一、重比兴、寄托、讽谕

常州派的主要见解，最初表现在张惠言的《词选》及其为此所写的序言中。张惠言是清代经学家、文学家，字皋文，江苏武进（今江苏常州）人，著有《茗柯词》。他的《词选》二卷，选录唐、五代、宋四十四家一百十六首，去取甚严，选入最多的是温庭筠十八首，其次是秦观十首，李煜七首，辛弃疾六首。而柳永、黄庭坚、吴文英等人的词作均未入选。从选篇就可看出他的词学主张。书前的自序，以《说文解字》中"意内而言外谓之词"为据（其实是把语词的词来解诗词的词，二者的本义是根本不相关的），阐明词学见解，强调词应以比兴寄托为主。张惠言强调这一点，正是为了反对浙派的"醇雅""清空"。

张惠言在《词选序》中认为，词应该"与诗赋之流同类而风诵"。在内容上，要"缘情造端，兴于微言，以相感动，极命风谣"，应该和《诗》之比兴、变风之义，骚人之歌"相近。就是说，词应该通过自己的艺术特点，像诗赋一样发挥对现实的积极的推动作用。这样就多少纠正了浙派的"醇雅""清空"及当时词的内容空虚的普遍的流弊，为词较好地表现处在急剧变革时代的现实，开拓了较为广阔的领域。同时，对唐、宋词的发展的认识，也比较接近实际一些。他还曾对苏、辛的词给予热烈的赞扬，说他们"渊渊乎文有其质焉"；而对于柳永、黄庭坚、吴文英等的词，则认为它们不过是"荡而不反，傲而不理，枝而不物"，在思想上表现了一种进步的倾向。在说到柳永、

[①] 尹贤：《古人论诗创作（增订本）》，中国书籍出版社2020年版，第198页。

黄庭坚等"各引一端,以取重于当世"后,接着又说:"而前数子者,又不免有一时放浪通脱之言出于其间。后进弥以驰逐,不务原其指意,破析乖剌,坏乱而不可纪。故自宋之亡而正声绝,元之末而规矩隳。以至于今四百余年,作者十数,谅其所是,互有繁变,皆可谓安蔽乖方,迷不知门户者也。"在这里张惠言对于他们的词风给后代带来的影响的批评,以及宋以后词的发展情况的叙述,总的说也是切合实际的,宋以后词的不振,与词在发展中不大重视比兴、寄托,以及词品不高的情况,不能说是无关的。再加上他的《词选》选词较严,相对说比较看重词的讽谕寄托,这样,也就在一定程度上扭转了浙派词人对唐、宋词发展的曲解。

张惠言论词,强调比兴、寄托,比较重视词的思想内容,这对于更好地发挥词的社会作用,对于纠正浙派词内容空虚狭窄之弊当然是有积极意义的。但他的惯于"依物取类,贯穿比附"①的学风,也影响到了他的《词选》,使其中有许多似是而非、穿凿附会的见解。说温庭筠《菩萨蛮》的内容似《感士不遇赋》,其篇法同于《长门赋》,说"照花前后镜"四句即《离骚》"初服"之意,上比屈原。他这种十分牵强的论词方法,开了后来常州词派附会说词的风气。在《词选序》中他还说,唐代词人中"温庭筠最高,其言深美闳约",这也不是完全符合实际的。把苏、辛跟周邦彦、姜夔、张炎等相提并论,更是不恰当的。

总之,张惠言的词论中既有积极的因素,也有消极的、不当的成分,"既不可弃,亦不可泥"②。

二、非寄托不入,专寄托不出

代表常州词派词学观点的词论家,在张惠言之后应推周济。周济,字保绪,一字介存,号未斋。江苏荆溪(今江苏宜兴)人。官淮安府学教授。著有《味隽斋词》《词辨》《介存斋论词杂著》等。还编辑了一部《宋四家词选》。

周济论词的总纲明确见于《宋四家词选目录序论》:"夫词,非寄托不入,专寄托不出。"

---

① 上海辞书出版社文学鉴赏辞典编纂中心:《古文鉴赏辞典:明代、清代、附录》,上海辞书出版社2021年版,第1923页。
② 梅运生:《梅运生诗词论著辑要》,安徽师范大学出版社2016年版,第260页。

其又在《介存斋论词杂著》中指出："感慨所寄，不过盛衰。或绸缪未雨，或太息厝薪，或已溺已饥，或独清独醒，随其人之性情、学问、境地，莫不有由衷之言。见事多，识理透，可为后人论世之资。诗有史，词亦有史，庶乎自树一帜矣。若乃离别怀思，感士不遇，陈陈相因，唾瀋互拾，便思高揖温、韦，不亦耻乎？"

在这段话里，周济明确表明词之大义所在，寄托之所重。他认为应该寄托有关天下盛衰的大事，为了达到这个目的，并且提出了多观察、研究现实的问题，所谓"见事多，识理透"等等。明确而坚决地反对词只写个人狭小怀思感遇，陈陈相因地在温庭筠、韦庄的圈子内打转转。张惠言只是提出了"意内言外"的问题，但"意内"的"内"和"言外"的"外"是什么，他却提得模糊而朦胧，因此不免流于隐晦；张惠言所提出的"感士不遇"，也很狭小，而周济在理论上却给了词以更宏大的内容：词之"感慨所寄，不过盛衰"，要能够成为"后人论世之资"的，像诗史一样的词史。只有这样，词才能够独树一帜。而且特别值得注意的，是他指出当时的形势是"绸缪未雨""太息厝薪"，这正是鸦片战争前夕清代社会的真实写照，而他又把这种忧心国势与禹稷忧饥溺及屈原之独醒相提并举，也可以看出一些作者的态度。周济生活在鸦片战争的前夕，时代形势的变化发展，封建社会内部所孕育着的危机，向文学提出了更高的要求，周济的词论，恰恰是在理论上适应了时代的要求。常州词派在晚清之所以能够产生很大的影响，原因也正在于此。

应该"寄托"的内容明确了，怎样"寄托"呢？答曰："非寄托不入，专寄托不出"。什么叫"非寄托不入，专寄托不出"呢？周济自己曾在《介存斋论词杂著》中阐释道：

"初学词求有寄托，有寄托，则表里相宜，斐然成章。既成格调，求无寄托，无寄托，则指事类情，仁者见仁，知者见知。"

可见，所谓"非寄托不入"，是说初次命笔之时，必须讲究寄情托意，方能深入，如果无病呻吟，适增肤浅。所谓"专寄托不出"，也就是要求"无寄托"，是说"既成格调"之后又不能拘泥于寄托、刻意寄托，而应该自由地抒发真情实感，在技巧上力求圆熟，不露寄托痕迹，使读者不至于执着地专注于某一事物，而能引起广泛的联想，在潜移默化之中自然地受到感染和启发。

周济发展了张惠言《词选序》的意思,提出词"非寄托不入,专寄托不出"之说,这是清人词论里的精辟见解,富于独创性。他把传统诗论中的"不黏不脱,不即不离"更加深化了一步,不仅对于词,就是对诗的写作和欣赏也是适用的。后来谭献称赞这两句话为"千古辞章之能事尽,岂独填词为然"[1],不算过誉之词。

值得注意的是,周济的这一见解虽然概括了一部分优秀词作的特点,但不能适用于一切风格种类的词。同时,他将宋词列为四家,且把周邦彦作为词之"集大成者"是很不妥当的。

张惠言、周济之后,发挥常州一派理论的,还有谭献的《复堂词话》、谢章铤的《赌棋山庄词话》和陈廷焯的《白雨斋词话》。这些词话中的词论观点大同小异,唯陈廷焯论词除"寄托"说外,又拈出"沉郁",反对轻佻浮滑的词风,主张无论时代风格,词作均应以沉郁为上,其在《白雨斋词话》中提道:

"作词之法,首贵沉郁,沉则不浮,郁则不薄。

"所谓沉郁者,意在笔先,神余言外。写怨夫思妇之怀,寓孽子孤臣之感。凡交情之冷淡,身世之飘零,皆可于一草一木发之。而发之又必若隐若见,欲露不露,反复缠绵,终不许一语道破。匪独体格之高,亦见性情之厚。

"诚能本诸忠厚,而出以沉郁,豪放亦可,婉约亦可,否则豪放嫌其粗鲁,婉约又病其纤弱矣。

"词家好分南宋北宋。国初诸老几至各立门户。窃谓论词只宜辨是非,南宋北宋,不必分也。"

按照这一原则,他推崇南宋张元干、张孝祥、辛弃疾、刘过、刘克庄等人的爱国词,认为"此类皆慷慨激烈"[2],对王沂孙缅怀身世、感慨兴亡的咏物之作也给予好评。这都说明常州派比浙派重视作品的内容和诗人的情志,这是有积极意义的。但他同周济一样,过去强调词的"浑涵"之境,反对"一直说去,不留余地"[3],认为"作词贵于悲郁中见忠厚;悲怨而激烈,其人非穷则夭"[4],故仍未能充分肯定苏、辛豪放一派的价值。他赞许温庭筠、秦观、周

---

[1] 霍松林:《中国历代诗词曲论专著提要》,北京师范学院出版社1991年版,第504页。
[2] 东篱子:《豪放词全鉴(珍藏版)》,中国纺织出版社2020年版,第139页。
[3] 王卫星:《词体正变观研究》,上海人民出版社2021年版,第299页。
[4] 马兴荣、吴熊和、曹济平:《中国词学大辞典》,浙江教育出版社1996年版,第27页。

邦彦、姜夔、史达祖、吴文英等人词作"表里俱佳，文质适中"[1]，是词中之上乘，而认为苏轼、辛弃疾诸作"质过于文"，虽亦为上乘，终非"雅正"。这种评价是很不公允的。他的"终不许一语道破"[2]的主张和对深微婉约的过分偏重，也容易使词作流于晦涩。他的词学理论上的不足也正是常州派词论家共同的缺点。

---

[1] 王卫星：《词体正变观研究》，上海人民出版社2021年版，第301页。
[2] 邓承奇、蔡印明：《中国古代文学理论导引》，东北师范大学出版社1989年版，第340页。

第四讲　散文论

我国通常所说的散文，有广义与狭义之分。广义的散文与韵文相对，包括一切无韵的文章。狭义的散文，是指与诗歌、小说、戏剧并称的一种学体裁。就文学理论批评来说，应该讨论的是文学散文，但就我国散文发展的实际情况来看，文学散文都是从应用文和学术文中发展起来的，它和应用文及学术文始终没有脱离关系。因此，当我国古代文学理论批评家讨论到散文的时候，往往指广义的散文而言。我国古代文学散文和非文学散文之所以混淆不清，与古代对于文学观念的理解和认识有着直接的关系。本讲主要从五个角度进行了专题论述，分别是先秦散文理论、两汉赋论、韩愈与古文运动、明代的唐宋文派和清代的桐城文派。

专题一　先秦散文理论

一、先秦历史散文和诸子散文的艺术成就

先秦历史散文的源头虽然可以上溯到甲骨卜辞和《易经》中的卦、爻辞，但是真正代表其思想成就和艺术成就的是《左传》《国语》《战国策》。《左传》又名《左氏春秋》，是配合《春秋》的编年史。《春秋》虽然是历史书，但记事简单，只类似后世的大事记。《左传》则详细记载事情的本末，以及有关逸闻琐事，成为有血有肉的著作。《左传》内容非常广泛，记述了春秋列国的政治、外交、军事等方面的重大事件和有关言论，以及天道、鬼神、灾祥、卜筮、占梦等等。《国语》是一种国别史，分别记载周王朝及诸侯各国之史事。其内容主要是记录言论，故曰《国语》。《战国策》大概是秦汉间人杂采各国史料编纂而成，作者已不可考。它杂记东西周及秦、齐、楚、赵、魏、韩、燕、宋、

卫、中山诸国之事。其时代上接春秋，下至秦并六国。它的基本内容是战国时代谋臣策士连横合纵的斗争及有关的计策和谋划。这三部书是历史著作，但已具有相当的文学因素，取得了较高的文学成就。概括言之，有以下三点：首先，这三部书既是历史著作，就要叙事，在叙事上它们富有故事性、戏剧性。有的篇章已有了较生动紧张的故事情节。而且一般故事完整，结构严密，条理有素，脉络贯通，已经具备了记叙文的基本要求。比如，《左传》中对于晋公子重耳出亡及返国事件的叙述就是这样。散文叙事有时候是第三人称，有时是人物自己叙事。《战国策》既然是记叙谋士的言论，在这一点上也很具特色。无论是个人陈述还是二人或多人辩论，都是条理分明，层次有序，极尽渲染夸张，具有很强的说服力。比如，《触龙说赵太后》就充分显示出了这个特点。其次，注意刻画人物性格，多方面地展示人物形象。《荆轲刺秦王》中对荆轲的描写，就成功地刻画了他的性格。"易水送别"一节，把悲壮的气氛和一个怒发冲冠、沉毅果敢的英雄形象生动地刻画出来。《左传》中的《郑伯克段于鄢》，用冷峻的笔触，相当生动地刻画了郑庄公的老谋深算、阴险狡猾、伪善伪孝。同时把姜氏的自私、溺爱，共叔段的狂妄愚蠢、贪得无厌，也写得具有一定的生动性。最后，文学是语言的艺术，《左传》等在语言的运用上也很有特色。其特点是简练、生动、借譬借喻、富有形象性，而且在人物刻画上，也很好地运用了个性化的语言。因此，这几部历史著作都富有文学的意味。这方面的例子，是随处可见的。

先秦诸子散文的发展，一般分为三个阶段。《论语》《墨子》是第一阶段，为语录体时期。《孟子》《庄子》为第二阶段。《孟子》虽然基本上还是语录体，但已增加对话式的论辩成分。《庄子》已经摆脱了语录体，而发展为专题议论文。《荀子》《韩非子》是第三阶段。已经完成了由语录形式向正式议论文的过渡，发展到古代议论文的最高阶段。

诸子的著作艺术成就不一而且各具特色，同时也共同体现了一些优良的艺术传统。首先，诸子散文有论有据，有分析有结论，因事明理，因理写事，基本奠定了我国论说文的传统形式。先秦诸子以学者或政治家的面貌出现于当时的政治舞台，代表着不同阶级阶层的利益，反映着不同的政治要求和主张，互相辩说或著书立说，因此诸子散文大多是带有学术性质的说理文、议论文。说理文的创始人应是孔子，《论语》就是他口头说出而经他的弟子记录下来的一些道理。不过孔子对他所主张的理，一般只是说了"其然"，没有说"所以然"。论点很肯定明确，大都只有论点没有论据。这就是所谓语录体。稍后的《墨子》，不但有了论点，也有了论据，而且还有了演绎和说明，使论说文逻辑性更强了。孟子的言论也由门人记录。但《史记·孟子荀卿列传》说孟子"退而与万章之徒，序《诗》《书》，述仲尼之意，作《孟子》七篇"，实质上他已直接参与著述了。他还说他的言论都是出于不得已而和人辩论的，并且说："我知言，我善养吾浩然之气。"（《孟子·公孙丑上》）知什么言呢？是"诐辞知其所蔽，淫辞知其所陷，邪辞知其所离，遁辞知其所穷"。这就从方法到技巧，从论辩到声气，大大提高了写论说文的水平。《庄子》一书是庄子及其后学的著作。庄子在《庄子·天下》中说他写文章有三种方法："以卮言为曼衍，以重言为真，以寓言为广。"卮言是浪漫主义的手法，重言是借重古人圣贤之言，寓言是指故事神话。自然这不是庄子一个人的独创，而是总结并发展了当时著作家的方法。这些写作方法的总结，使散文在逻辑性、科学性和说服力上都大大前进了一步，也增加了散文的故事性、形象性和感染力。《韩非子》是法家学派的代表作，这里面的文章多种多样，有论说体，有特殊的经传体，还有韩非独创的辩难体。辩难体是先列举古人之事之言，然后再驳辩古人的错误，说出自己的见解，这就增加了说理的逻辑性和说服力。总之，先秦诸子散文，在短短的时间里，奠定了散文的完美坚固的基础，实在是一个奇迹。尤其是从孔门弟子的简单记录，到庄子的皇皇大作，只不过经历了一百多年而已。尤其使人惊异的，庄周的《齐物论》只三千字，而到韩非的《五蠹篇》就达到近七千字的宏论。在《庄子》中，自《逍遥游》至《应帝王》，在《墨子》中，自《尚贤》至《非儒》，都是每篇讲一个问题，合起来有了较完整的体系。到战国晚期的《吕氏春秋》，分为八览、六论、十二纪，显然有了完整的写作计划，逻辑结构就更严密了。

其次，采用多种手法，增强作品的说服力和感染力。比如，前面提到的庄子运用浪漫主义手法、引用名人言论、采用寓言故事和神话来增强论证的力量，都是十分突出的例子。此外，如用比譬增强说服力，也很常见。《孟子》中的"挟泰山以超北海""缘木求鱼"等，至今还被人们运用。

最后，诸子散文形成了不同的艺术风格。比如，《论语》的简洁，《孟子》的纵横捭阖、宏伟奔放，《庄子》的汪洋恣肆、雄伟奇丽，《墨子》的质朴无华，《荀子》的朴实浑厚，《韩非子》的严峻峭刻、深抉隐微，都是人各一面，文各一格。诸子散文对后世作家建立自己的风格产生了深远的影响。

二、尚用、尚简、尚真的初步散文理论

由于先秦时期文学和史学、哲学浑然一体，并没有独立出来，因此在先秦时期还产生不出完全的散文理论和散文批评。人们往往把一切学术文化或典章制度，当然其中也包括散文，统统称之为"文"或"文学"。那么从先秦诸子谈文或文学的言论中，我们是可以认识到当时人们对散文的一般主张的。概括起来，主要有三点。

（一）尚用的散文观

重视文或文学的社会作用，是先秦时期的一个重要观点。各个学派曾围绕这个问题展开过一场大的辩论。儒家认为文学可以发挥积极的社会作用，墨家、法家和道家则是反对的。不论赞成或反对，都说明共同看到了文学的巨大社会作用，各家只是从不同的利益出发，要利用它或抵制它而已。诸子百家都互相辩难并著书立说，就说明了他们要用散文作为武器，宣传自己的思想观点，维护自己的阶级利益。这也是诸子都努力探讨把文章写得理论透辟和富有说服力、感染力的直接原因。比如法家的韩非子，他本是韩国的公子，但未能得到韩王重用，而来到秦国又没能像他的同学李斯一样得到秦王的重用。同时，他的祖国又腐败守旧，软弱无力，随时都有被秦吞并的危险。这就使他更感觉问题严重，必须用文章斗争，他在《问辩》中说："夫言行者，以功用为之的彀者也。"这也是韩非文章写得富有说服力的一个原因吧。

墨子的言论也接触到这个问题。他在《小取》中说："夫辩者，将以明是非之分，审治乱之纪，明同异之处，察名实之理，处利害，决嫌疑。焉摹略万物之然，论求群言之比。以名举实，以辞抒意，以说出故。以类取，以类予。"这里所谓"辩者"，也就是"出言谈为文学"的人。所谓"摹略万物之然，论求群言之比"，是说为文学的目的，是摹写万物的形态状貌，把众人的经验、意见加以归纳而成为理论。而在摹写万物形成理论的过程中，一定要正确反映客观实在，以文辞抒发自己对客观现实的认识和感悟，以推理说明的方法，揭示出客观事物的因果关系和规律，而这些都是用类推的方法去进行。而要这样做，是为了什么呢？是为了更好地明是非、审治乱、明同异、察名实、处利害、决嫌疑。墨子这里是讲如何为文学，但归根结底，还是为了用文学。正由于他们重视文学的社会作用，因此他们坚决反对形式主义。

（二）尚简的散文观

散文是产生在文字发明以后的。用文字进行书写，就要受纸笔竹帛等物质条件的限制。在远古的时候，书写工具落后匮乏，比如甲骨文就是用刀刻在兽骨之上。因此，受这种物质条件的限制，散文发展的初期阶段，实际应用上不得不力求简短，以致影响了散文的发展。后来随着手工业的不断发展，书写工具有了改进，书写日益便利，但求简的传统仍然存在。散文初级阶段的《春秋》《尚书》《论语》自不必说，就是后期的《庄子》《韩非子》虽有的篇章洋洋数千言，但只是书写内容增多所致，绝不是文字臃肿拖沓。这几乎成了诸子各家散文的共同传统。无论是孔子、孟子，还是荀子、韩非子，他们共同的主张都是力求文章写得精练、简短，无废字废话。吕不韦在《吕氏春秋》写成后，悬金于国门，有可删改其字句者赏，足见书中文字写得十分简练。南朝梁刘勰评论六经时，曾在《文心雕龙·征圣》中说："故《春秋》一字以褒贬，《丧服》举轻以包重，此简言以达旨也。"又指出经书的文章像树一样，根柢盘结深固，枝高叶茂，语言简练而意义丰富，叙事浅近而喻意深远。刘勰这里是就《春秋》《尚书》等经典说的，但也概括出了先秦散文的共同特点。

（三）尚真的散文观

要求把文章写得真实可信，也是先秦诸子的一个共同主张。我国很早就设立了史官，史官的责任就是记述国君的言行和国家的大事。所以《汉书·艺文志》说，"古之王者，世有史官，君举必书""左史记言，右史记事。事为《春秋》，言为《尚书》"《尚书》，记事的就成了《春秋》。既然是历史著作，当然就必须以真实为前提。传说齐国的大臣弑君，大史直书，被杀，大史的第一个弟弟直书又被杀，第二个弟弟直书也被杀，第三个弟弟为此做了准备，也要坚持直书。史书的这种褒贬是非、直书无隐的传统，必然会影响到散文的写作，所以主真也就成了先秦诸子对散文写作的一个基本要求。孔子在《礼记·表记》里说："情欲信，辞欲巧。"是说不论写文章还是说话，一定要使言辞巧妙动听，而感情要真实。感情真实，也就是要把文章写得真实可信。孔子又说："君子进德修业。忠信，所以进德也；修辞立其诚，所以居业也。"[①] 也是要求写文章或说话要真实可信。墨子说："凡出言谈，由文学之为道也，

---

① 杨树达：《中国修辞学古书句读释例》，吉林出版社2017年版，第7页。

则不可而不先立义法。若言而无义,譬犹立朝夕于员钧之上也。"①意思是说:凡从事文章写作,必须先树立标准、法则。如果没有标准、法则,就像站在制陶器的轮子之上,是站不住的。有了标准、法则,就站住脚了。标准、法则是什么呢?墨子提出了三表法,即从三个方面进行考查:一是符合不符合古代圣王所做的事情;二是符合不符合老百姓的实际情况;三是对全国老百姓有没有利益。而这三个方面,都涉及文学言谈的真实性问题。真实,丰富并提高了我国古典文学创作中的现实主义的创作方法。

专题二 两汉赋论

一、"赋自诗出"与"与诗画境"

赋萌芽于战国末年,而成熟繁荣于两汉。所以文学史家把汉赋与唐诗、宋词、元曲并列,称为"皆所谓一代之文学"②。汉赋从形式上看,是一种韵文和散文的混合体,而实质上却是文体中的一种。这不仅因为赋的特点是以铺陈扬厉的手法状物写情,同时也因为它叙事如赋序、对话、问答等多用散行文句,即使描写上所用的韵文,虽然讲究声调、节奏、韵律,有一种参差错节之美,但又不像诗句那样内容高度凝练,感情跳跃跌宕。汉赋的题材多样,内容也较广泛。就类别上说可分言情、说理、咏物、叙事四类,其中叙事赋、咏物赋最多,是汉赋的主要组成部分。总的来说,汉赋在思想上和艺术上是存在着某些缺点的,而这就减低了它的文学价值,使它逊色于当时的史传文学和乐府诗。但是,不容否认,在汉赋里面也有不少优秀之作。这些作品有的描写都市的繁荣,物产的富饶,疆域的广大,从而体现出汉帝国气魄的伟大,国力的强盛;有的讽刺专制帝王沉迷于声色犬马之中,从而反映了劳动人民的悲惨遭遇;有的暴露统治阶级荒淫腐化的生活,指责他们的罪恶;也有的揭露统治集团内部的矛盾和封建制度的腐朽。这一切都有较强的现实主义。我们从这些作品中可以看出汉帝国的社会面貌,汉帝国的统一、繁荣和强大。即使那些专门以浓墨艳词描写宫苑游观的大赋,基本上也是从现实出发,在

---

① 陈良运:《文质彬彬》,百花洲文艺出版社2017年版,第55页。
② 路伟:《中国传统文化》,广西师范大学出版社2016年版,第147页。

一定程度上真实地反映了现实的社会生活。因此，把汉赋一概看成粉饰太平的宫廷文学，完全抹杀汉赋应有的价值，是不够公平的。

我国的韵文从《诗经》《楚辞》开始，到建安时代诗歌的再度繁荣，中间差不多有四百年左右。在这个时期中，除了乐府民歌以外，文人作家的精力差不多全部投到了赋上。对于汉赋的来历，东汉学者班固曾作过考证。他在《两都赋序》中指出："赋者，古诗之流也。"根据班固的这种说法，刘勰在《文心雕龙·诠赋》中作了进一步的概括。他说："然赋也者，受命于诗人，拓宇于《楚辞》也。"即是说赋这种体裁，起源于《诗经》的作者，在《楚辞》里才扩大了疆界。它是从《诗经》中分化出来的，至战国末年才被赋予"赋"的称号，跟诗歌划清了界限。班固、刘勰把汉赋的源头追溯到《诗经》《楚辞》，这是很有见地的。但是赋既然是"与诗画境"的一种散文形式，其中一部分又重在说理，那么它还受到先秦历史散文、诸子散文的影响，应该是确定无疑的。

前面说过，赋的形成在战国后期，当时正是诸子学派特别是纵横家盛行的时候。当时各个思想家为了实现各自的主张，到处讲学、著述，也游说各国统治者。他们的行为和著作，对于早期的赋家宋玉、唐勒等，就不能不有所影响，例如宋玉的《对楚王问》，就和《战国策》中那些纵横家的著作区别不大。至于汉代的辞赋家们，受张仪、苏秦的影响也很明显，他们的作品假托一宾一主对话，结果是一方把另一方说服，这种结构就和《战国策》很相像。比如纵横家游说时，常提到"大王之国，东有……，西有……"，这套公式在汉赋中也是屡见不鲜。至于手法上的铺陈夸张，想象丰富，也是汉赋和《战国策》共同的地方。再如文笔犀利，富有逻辑性，说理性强，也可以看到先秦历史散文、诸子散文对说理一类汉赋的直接影响。

汉因赋规模巨大，结辞恢宏，它往往运用各种各样的材料加以组织排列，因而体制显得特别宏伟。如《七发》由音乐、饮食、车马、宫女、游猎、观涛、说理七件事组织而成。《两都赋》由地势、出产、四郊、宫阙、园囿、田猎、嬉游、颂德八件事组织而成。这种在一篇赋里，运用多种多样的题材来表现主题思想，在汉赋之前是未曾有过的。汉赋这种宏伟的体制，看起来受《诗经》的影响较小，《楚辞》虽然篇幅加长，结构也更复杂，但比起历史散文、诸子散文说来，还是比较单纯。因此，汉赋在结构体制上受散文方面的影响也是很显著的。

赋在两汉的发展，大体分为三个时期。汉初至武帝约七八十年间，是汉赋的形成期，这时言情、说理之赋较多。武帝至和帝、安帝二百多年为中期。

这是汉赋的全盛期,这时以歌颂功德,描写帝王生活的长篇叙事赋最为发达。顺帝至汉末的一百年间为晚期,是汉赋的转变期。歌颂升平的大赋逐渐为讽刺时弊、借物抒情的咏物小赋所代替。这些抒情小赋不仅给西汉中期以后越来越僵化了辞赋开辟了一条新的发展道路,而且对魏晋六朝的抒情小赋以及诗歌、散文,特别是骈体文的发展,都有很大的影响。当时乃有所谓"文""笔"之分,而赋实际上已代表了整个的"文"。如这时的诏令、奏议、书札等,除不用韵以外,其他形式上也都与赋的区别极其细微。至于用韵的颂赞、连珠等,则区别更少。所以在骈文盛行的时代,赋的影响是非常深远的。

二、司马相如论赋

传说司马相如有一段最早的赋论,涉及赋的形式和创作中的思维活动。

司马相如,字长卿,蜀郡成都人。汉景帝时,为武骑常侍。后免官,著《子虚赋》。汉武帝读了相如的《子虚赋》,十分赞赏,又得狗监杨得意的推荐,武帝召见了他,并任为郎。从此相如在汉宫廷任官,并深得武帝的信任。晚年因病免官,家居而卒。司马相如是汉赋特别是大赋的代表作家。他的《子虚赋》《上林赋》,在汉赋发展史上占有重要的地位。它们确立了所谓"劝百讽一"的赋颂传统。正因为他有丰富的创作经验,所以他对赋的论述就十分精辟。可以说,他是第一个发表重要见解的人。

据《西京杂记·卷二》记载:"司马相如为《上林》《子虚》赋,意思萧散,不复与外事相关。控引天地,错综古今,忽然如睡,焕然而兴,几百日而后成。其友人盛览⋯⋯尝问以作赋。相如曰:'合纂组以成文,列锦绣而为质。一经一纬,一宫一商,此赋之迹也。赋家之心,苞(通"包")括宇宙,总览人物,斯乃得之于内,不可得而传。'"这段记载先是一段对司马相如创作情境的描述,后是摘引了司马相如的原话。从这段描述和摘引中,说明了两方面的问题。一是讲"赋之迹",即赋应该具有什么样的形式。"合纂组以成文,列锦绣而为质"。"纂"指青黑色,"锦"是具有彩色花纹的丝织品,"绣"是用丝绒或丝线在布帛上刺成的花纹图案。这两句是说赋的特点是精工雕绘,绮靡富丽。也就是刘勰所说的:"写物图貌,蔚似雕画。"二是讲"赋家之心",即创作时的思维活动。要冥思苦想,从上下左右、天地人事那里去搜罗奇闻异词,而且也接触到了文学创作的灵感问题。说明文学创作会"忽然如睡,焕然而兴",是"得之于内"而又"不可得而传"。从司马相如对"赋之迹"和"赋家之心"

的论述我们可以看到，这在文学理论发展史上，提出了崭新的问题，揭示了崭新的理论。在此之前，理论家往往论述的是文学艺术和社会生活、社会政治教化的关系，以及文学艺术的作用。司马相如提出的却是艺术家进行创作时心血究竟花费在哪里。这就深入文学创作论的领域。从此艺术构思问题，艺术形式美的问题，就越来越被人所重视了。

司马相如对于赋的艺术形式美提出的要求，在文学发展史上是有重要意义的。我们知道，从先秦就萌发了的艺术上的理性主义思潮，把文学艺术和人类社会生活，以及社会的政治经济伦理教化联系起来，这本来是一种历史的进步。但汉儒把它发展到极端，形成以政教为中心的艺术观，把文学艺术看成政治教化经学的附庸，这就又反转来束缚了文学艺术的发展。汉赋作家把自己的注意力放在发展艺术形式上，以期把作品打扮得更漂亮些，更符合文学艺术的特点，更符合其自身发展的规律。这的确是一种艺术上的解放。汉赋作家的这些努力，对于当时尚处于早期发展阶段的文学艺术，对于仍深深陷在经典附庸地位之下的文学艺术，无疑具有重大的进步意义。它为文学发展成为一门独立的学科打下了坚实的基础。因此，从汉魏间曹丕所开启"文学的自觉时代"①的上限，我们应该上推到司马相如创作的西汉时期。而司马相如的赋论，就是这个"文学的自觉"新思潮的先声。后人往往以偏概全，责备司马相如重艺术形式美而忽视思想内容，是脱离具体时代的有欠公允的看法。至于司马相如对于创作思维活动的描述，也是具有开启之功的。他首先说明创作活动是一种冥思苦想的活动，而冥思苦想又必须以"苞括宇宙，总览人物"为基础。又说明创作构思要展开想象的翅膀，打破时空的限制，而且还揭示了那种突如其来又转瞬即逝的创作中的灵感现象。司马相如的这些论述，对后代具有深远的影响。只要看看陆机和刘勰对文学构思的论述，就可以看出司马相如论述的价值了。而且这里所说的"赋家之心"，其实不仅仅是指作家个人的才力，更重要的是这空前统一、繁荣的汉帝国的出现，加强了正处在上升期的封建统治阶级的信心，也大大开拓了文人学士的胸襟与眼界，使他们有可能在赋里多少反映这个强大的汉帝国的面貌，也多少表现了当时统治者一种发扬蹈厉的精神。后来赋家虽然篇幅加长，但气魄终觉不如。因此，司马相如的赋论的出现，应该说是有一定的社会基础的。

---

① 陈良运：《文质彬彬》，百花洲文艺出版社2017年版，第104页。

当时对赋体特点进行探讨的，除司马相如外，还有东汉人刘熙。司马相如虽然也接触到了赋体"铺陈扬厉"的特点，但他主要还是从艺术美上去要求的。而刘熙却是着重从铺陈的写作特点去说明赋体的。他说明了赋与诗在写作手法上的不同。"诗"要有一定的含蓄，要讲究比兴。而赋则着重铺叙，只用"敷陈其事而直言之"（朱熹《诗集传》）的赋法即可。

三、扬雄对于汉赋的批判

在汉代，首先对汉赋进行批判的是扬雄。

扬雄，字子云，蜀郡成都人。西汉哲学家、文学家和语言学家。汉成帝时，为给事黄门郎。王莽时，校书天禄阁，官为大夫。扬雄早年也热衷于辞赋的创作。据《汉书·扬雄传》记载："先是时，蜀有司马相如，作赋甚弘丽温雅，雄心壮之，每作赋，常拟之以为式。"他侍从成帝祭祀游猎，作了《甘泉赋》《羽猎赋》《长杨赋》《河东赋》。四赋都歌颂汉朝的声威和皇帝的功德，又处处仿效司马相如，使他的创作走上了因袭模拟的道路。但他的赋还是有自己的特点的，如《羽猎赋》《长杨赋》就写得比较流畅而有气魄。文学史上扬马并称，也说明了扬雄在辞赋发展中的地位。到了晚年，扬雄从他的创作实践出发，对汉赋提出了批评。

他的批评集中表现在《法言·吾子》中，从中可以概括出以下几层意思：第一，赋是童子雕虫、篆刻小技，有所作为的人是不干这种事的。西汉学童必习秦书八体，虫书、刻符是其中的两体。这里说明扬雄认为作赋绘景状物，与雕琢虫书、篆写刻符相似，如儿童所习的小技。第二，为什么"壮夫不为"呢？所谓"壮夫不为"，即成年人不做的事。比喻微不足道的小事，因为辞赋失掉了讽谏的作用，反而产生"劝而不止"的不良效果。我们知道，汉赋之作，本来是从儒家讽谏的诗教要求出发的。但由于过分雕饰藻绘，竟致买椟还珠，用藻绘掩盖了讽谏，所以扬雄说"壮夫不为"。第三，扬雄提出了辞赋创作的原则，他提出要创作瑰丽而有法度的诗人之赋，反对美丽但不合法度的辞人之赋，不能用辞采之美掩饰了它的思想内容。

扬雄对汉赋的批判有其正确的一面。在汉代文学作品中，赋是受到统治者大力提倡和文人们充分重视的文体。西汉初期的辞赋，主要是继承《楚辞》的传统，内容多是抒发作者的政治见解和身世感慨之作，形式也比较朴素。

到汉武帝刘彻之后，赋的内容大多是描写宫室之美，田猎之盛，都市的繁荣，山川的绮丽，形式也日趋繁缛。即使有些作品接触到了社会下层的现实生活，也多是侧面的反映。有些作品就是直接迎合封建帝王的兴趣，为统治者的统治涂脂抹粉。再加上当时创作因袭模拟成风，缺乏真实思想感情，所以大部分汉赋是一些辞藻华美而缺乏深意的作品，具有形式主义的特点。针对这些弊病，扬雄发出"壮夫不为"的批判，应该是有其正确的一面的。但是，我们也必须看到，汉赋的致命之伤是它的脱离社会现实的形式主义倾向，而绝不是什么失掉"讽谏"作用的问题。扬雄从儒家的立场出发，要以明道、征圣、宗经三位一体的传统文学观对汉赋进行补弊救偏，他的这种理论当然不能纠正汉赋的缺失。

　　关于诗、文、辞、赋中的讽谏问题，在秦以前并没有那么被强调。孔子兴、观、群、怨的诗说，怨（讽刺作用）只占四个中的一个，并且放在最后一个位置上。但是到了汉代，情况发生了极其明显的变化。清人程廷祚在《诗论》中说："汉儒言诗，不过美刺两端。"所谓"美"就是歌功颂德；所谓"刺"就是讽刺谏诤。在这里，诗歌的教育鼓舞作用被取消了，讽谏成了两项中的一项。汉儒之所以这样强调"讽谏"的作用，完全是从维护封建王朝秩序、巩固封建王朝统治的角度出发的，是从要求诗文辞赋以至一切形诸文字的东西，以经世致用为目的出发的。对于儒家的这种对文学艺术的基本要求，要根据不同的历史时代做具体的分析。有时候这个要求是好的，它强调了作品的社会作用，使作品有较充实的内容，甚至富有战斗性。比如，唐朝白居易的讽谕诗就是这样。但在汉代，这个要求却带有明显的消极作用。因为他往往与儒家对文、史的要求联系在一起，与反对讲究文学的特点，发展文学自身规律，提高文学艺术地位，从而摆脱经典对文学艺术的控制，使文学艺术最后成为一门独立的部门联系在一起。也就是说，在两汉时代，强调汉赋的讽谏作用，一方面没有击中要害，另一方面也必然会严重地妨碍文学艺术自身的发展。扬雄对汉赋的批判，基本就是从这样的立场出发的。

　　在汉代，真正对汉赋作出中肯批评的是唯物主义思想家王充。他从尚用的文学观出发，在内容上批判汉赋文丽用寡，主张作品有文有实。在形式上，批判汉赋的过度典雅，提倡文学作品应该形露易观，直接指出了汉赋"以文害用"的缺点，把对汉赋的批判提到一个新的理论高度。

专题三 韩愈与古文运动

一、古文运动发生的历史原因

"古文"这一概念，是韩愈第一个提出来的。他把自己创作的单句散行，不拘格式，上继先秦两汉文体的散文称为古文，并使之和六朝以来流行已久的讲究排偶、辞藻、音律和典故的骈文相对立。从唐德宗贞元至唐宪宗元和时期的二三十年间，由于韩愈的提倡鼓吹，柳宗元的大力支持，古文创作的业绩十分显著，并逐渐压倒了骈文，成为文坛上的主要风尚。

但是古文运动的发生并非突如其来，而是有深刻的历史原因和客观的现实社会条件的。唐代古文运动始终贯穿着两条线。一条线是文学上的古文即散文与骈体文的斗争，一条路线是政治上的儒家之道和佛、道二教的斗争。而这个斗争实质上是唐代庶族地主出身的封建知识分子，企图打破大士族贵族地主思想文化垄断的一种努力，是当时统治阶级内部反对旧思想、建设新文化的一种革新运动。古之道与古之文相联系，因此提倡复兴儒家之道，就必须抨击骈文并代之以散体文。非古之道与骈体文相联系，因此为了巩固佛、道二教的势力，就必须抵制散体文的复兴。所以古文运动身兼政治改革和文学改革二任。而其主要成就又在文学方面。作为一个文学运动，其具体表现在两个方面：一是变南朝骈文无病呻吟、空虚无聊的作风为有思想、有内容的作品；二是反对南朝堆砌辞藻、专事涂泽、讲究骈偶、推敲声律为不拘一格的直言散体。

我们知道，唐朝以前的魏晋南北朝时期，基本上是大士族门阀地主和封建皇权结成的联合统治。大士族门阀地主不但残酷地剥削压榨农民，中小地主中的庶族地主也在其排斥之列。士族地主不仅在政治、经济上欺压、限制庶族地主，而且在文化学术进行垄断，压抑排斥庶族地主。士族贵族为了严防学术下移，同时也由于他们养尊处优，严重地脱离了社会生活，于是就有人专在当时新发展起来的骈俪文学方面下功夫。

所谓骈文，本是在汉代辞赋的基础上，利用汉语汉字单音孤立的特点，经过精心雕琢，而发展起来的一种文体。它的第一个特点是，在辞句方面，它基本采取对偶的形式,也叫裁对。对偶本来能增强文字的表现力和形式美,因为对偶所呈现出来的是一种音态和感觉的均衡,是对称的美。但若一篇文字完全是排偶的话,也会显得文气不能疏逸,叙事不能清晰,语音单调寡味。特别是到了齐梁时代,文人专以对偶的工巧相尚的时候,就使形式凝固、风格纤巧、文章沉滞呆重了。骈文的第二个特点是用典故,也叫隶事,即写文章时,不直言其事,引用一个典故来代替表达的意思。而且用典越广博、越新僻越好,文人也是以此自矜的。因为文学内容的空虚,亟须一种浮肿的、形式的繁缛华丽来装潢。通过用典,又可以表现文人的高贵风雅,有助于仕途,因此骈文创作中唯以数典用事为工,自然蔚成风气了。骈文的另外两个特点是敷藻和调声。敷藻是指文辞上的华丽和铺排,"妃白俪黄",向来是骈文工丽的要素。这是由山水田园诗发展以来注重词语的雕琢之结果。调声是指文章音节的抑扬顿挫。骈文作家将永明声律的避忌方法由诗移到文上,以求和谐的音乐美。追求文学语言的音乐美,本是无可厚非的。但如果过分地讲求,也就会转伤真美了。

  总的来看,骈文在文学史上的地位不高,但六朝时期也出现了许多优秀骈文作品,它们在思想内容方面有可取之处,在艺术形式上也有很多创造。比如,在章法结构、语法修辞方面就有很多新的贡献。问题是这种文体发展到齐梁时代,骈文作家不管形式与内容是否搭配得当,几乎是无文不骈。又加之梁、陈宫体文学的影响与同化,骈文就畸形发展,走向形式主义,追求形式美的风气臻于极盛。骈文讲究对偶、用典、辞饰、声律,对于拥有教育特权的士族贵族子弟并无多大困难;但对于要求登上政治舞台,自由表达思想的庶族地主知识分子,无疑是一种具有抑制作用的限制措施。这种文学创作的不良倾向,虽然从六朝开始一些有识之士就起而抨击,但总是时风众势,积重难返,非少数人所能左右,一直到中唐时期仍然有相当的影响。当时的封建统治者甚至通过科举等行政措施来强制推行。这对于庶族地主知识分子登上仕途,不能不是一种束缚和限制。因此,随着唐代庶族地主及其知识分子政治、经济地位的上升,用一种新文体取代骈文,就成了历史发展的必然趋势。

  唐王朝自安史之乱以后,陡然走向了衰落的道路。到德宗、宪宗的贞元、元和年间,虽然号称"太平""中兴",实际是藩镇割据,宦官擅权,外患严重,危机四伏。而且佛、道二教盛行，僧尼道士已成为一种特殊的社会势力。佛、道崇虚，大士族贵族生活腐化堕落，实质都是不敢正视社会现实和正视人生，因此僧侣地主和大士族贵族结成了联合的统治。骈体文学也和佛、道不相排斥，而且相得益彰。在当时，佛、道二教不仅在政治、思想、文化上和大士族贵族的统治结合为庶族地主所反对而且在经济上，僧尼道士不事生产，残酷地压榨剥削农民，也妨害了庶族地主的利益，并和唐王朝的利益也发生了矛盾。但是贞元时期二十年苟安的太平，使摇摇欲坠的唐王朝得到了暂时的稳固，社会经济由安史之乱的中衰慢慢转向中兴。尤其是手工业和商业日趋繁荣，获得了一个相对稳定局面，这就提供了重新巩固地主阶级专政的现实条件。一些比较开明的士大夫，为了唐王朝的统一，维护封建秩序，抵御外患，便积极崇尚儒学，以儒学对抗佛、道二教，恢复儒家的正宗地位。

韩愈就是其中最卓越的代表。他打着复古的旗帜，复儒道而攘斥佛老来整饬社会风尚。他认为人们对儒家"君臣之大义"[①]发生了动摇，就意味着封建等级制度的破坏，封建统一大帝国的衰落和崩溃。因此，他就通过散文写作，试图建立儒家的理论体系，并树立了从尧、舜、禹、汤、文、武到周公、孔子、孟子的"道统"，并以"道统"继承者自居，积极鼓吹先圣先王之道。韩愈要宣传自己的政治主张和儒家思想，而六朝过于华丽而没有深意的骈文，已成为表达思想内容的桎梏，因而自然地需要展开一个文体革新运动。所以古文运动一方面要复兴古之道的儒学，以攘斥批判非古之道的佛老；一方面要提倡古之文的散体文，取代非古之文的骈体文。学古文是为了学古道，学古道就必须学古文。道是目的，文是手段，道是内容，文是形式。这就是以韩愈为代表的古文运动的基本内容和基本特点。

二、韩愈的古文理论及实践

韩愈，字退之，河南南阳（今河南孟州）人。唐德宗贞元八年考中进士，开始卷入当时统治阶级内部保守派和革新派的政治斗争。虽然他在政治活动中倾向于代表士族大地主阶级利益的保守派，但由于出身于中下级官僚家庭以及其他方面的原因，他和庶族地主阶层之间还有不少思想上和人事上

---

① 刘梦溪：《中国现代学术经典：康有为卷》，河北教育出版社1996年版，第141页。

的联系。总的来看，韩愈的古文理论基本代表了庶族地主在政治文化上的要求。他在仕途上屡受挫折，先后做过汴州观察推官、四门博士、监察御史等官。贞元十九年任监察御史时，关中天旱人饥，他上书请宽民徭，因党派之争，被贬为阳山令。唐宪宗元和十二年，随裴度平淮西藩镇吴元济之乱有功，升为刑部侍郎。后二年，又因谏迎佛骨，触怒宪宗，几乎被杀，改贬为潮州刺史。穆宗即位，他奉召回京，为兵部侍郎，又转吏部侍郎，所以世称"韩吏部"。卒年五十七岁。

韩愈所倡导的古文运动，表面看来是复古，实质是在继承传统的基础上有所革新和创造。他把儒学复兴和文体改革结合在一起。在儒学方面，复古是主要的，他还没有建立起一种新的儒家学派，这个任务只有等宋代理学家去完成；在文体改革方面，革新则是主要的，以他的理论和实践树立了新的文章标准，创造了一种被后代视为中国传统典籍中经典的、正统的新散文体。

韩愈的古文理论，包括文学和文体两个互有区别又互相联系的组成部分。文学理论是指对文学艺术的根本观点，他的文道统一的学说给统治几个世纪的形式主义的骈体文敲起了丧钟，吹起了文学启蒙的新时代的号角。文体理论是指对古文即散文的性质、特点、标准、写作理论的具体阐发。通过他的阐发，把这种文体提高到真正的文学境界，改变了在他之前，仅把散文看成有实际的用途或功利意义上的用处，并初步为后代建立了古文的所谓"法""法式"。

文道合一，以道为主，是韩愈论文的基本思想。韩愈总是把"道"和"文"密切地联系在一起。他在《答李秀才书》中说："愈之所志于古者，不惟其辞之好，好其道焉尔。"又在《送陈秀才彤序》中说："读书以为学，缵言以为文，非以夸多而斗靡也，盖学所以为道，文所以为理耳。"韩愈所宣扬的这个道的基本概念是什么呢？就是封建社会占统治地位的意识形态和社会现实内容，即封建的等级制度和伦理制度。韩愈重道，但不废文。在他看来，道是决定性的东西。道是目的，文是手段；道是内容，文是形式。文以载道。这就是以韩愈为代表的古文运动的基本内容。

我们知道，韩愈的道是正统的儒家之道，带有很大的局限性，而且他也没有建立起新的儒家学派。但是这个道被引进古文运动中来，从文学理论的角度加以解释时，却表达了韩愈对内容与形式的关系这个文学理论中基本问题的看法。文与道，相当于形式与内容、艺术性与思想性。道起着决定的作用，内容重于形式，思想性重于艺术性，但文与道又缺一不可。文必须载道，道又必须由文来运载。这就是韩愈领导古文运动时反复强调的一个主张。韩愈所以把文道关系放在他的思想理论的第一位，显然是针对骈文创作中空洞无聊、华丽堆砌的形式主义文风来的。韩愈企图用道去充实文的内容，给予文学以比较活跃生动的生命力。但是我们也要看到，韩愈的道并没有突破儒家思想的藩篱，尽管古文作家们为了追求内容的充实而在某些方面敢于正视现实，抒发自己真正的思想感情，但它终不能和同时期白居易的符合现实主义基本精神的诗歌理论相提并论，反而长期被封建的卫道者当成了装饰品。

韩愈从文道合一，写出有充实内容的文章的基本思想出发，进一步又论述了作家的品德修养和文学创作的关系。他认为文章要有充实的内容，而要使文章有充实的内容，作家就必须加强作家本质，即作家的品德修养。这就自然地把文以载道和作家修养联系在一起。但是一个作家的品德不是一朝一夕、轻而易举就能修养好的，无论如何，都应正确处理立行和立言的关系。他在《答李翊书》中指出作家立行最重要，立言还是第二步。而如何把这种作家品德修养论具体运用到创作中，韩愈提出了"文气"说。他在《答李翊书》中作了进一步的说明："气，水也；言，浮物也。水大而物之浮者大小毕浮。气之与言犹是也，气盛则言之长短与声音高下者皆宜。"韩愈特别重视由完备的品德修养而呈现的作家创作中饱满的精神状态，他认为有了饱满的精神状态，就仿佛作家写作时有了一种"力"，也就是气势，这种气势充沛了，就能得心应手地运用语言，作品自然就是好的。气势就好比水，文章就好比浮在水面上的东西，写古文必须以气势为先。

韩愈提倡写文章必须反对空洞无物，要做到这一点，就必须敢于正视社会现实。由此他又提出了"不平则鸣"的主张，将其作为古文运动向社会现实进行批判的理论根据。他把从古至今的著名思想家、文学家都称为"善鸣者"，他们都为了表达心中的不平而发表言论，进行写作。心中的不平又从何来？无非是从作家对现实生活的忍受中来。这就指明了文学是从时代和社会生活的矛盾和斗争中产生出来的。作家的责任就在于反映这种矛盾和斗争。

韩愈"不平则鸣"的文学思想显然是从司马迁"发愤著书"的理论发展

来的。从某种程度上它冲破了儒家"温柔敦厚"的诗教,揭示了剥削阶级社会里文学创作的一个客观规律。但我们也应该看到,韩愈的"不平则鸣"还往往是从下层知识分子个人的哀怨和失意出发的,缺乏更广阔的社会内容。因此,也就不能指导作家去自觉地批判现实和暴露现实。

以上是韩愈论文的一些基本主张。但这并不是韩愈在文学理论上的主要贡献。其主要贡献则在于在文体方面的改革和创新。

骈文经过几百年的发展,具有相当高的文学技巧。为了彻底推翻它在文坛上的统治地位,就必须在"旁搜远绍"散文传统的基础上,创造一种善并美具、气盛言宜、表现力更强的新散体文去取代它。我们之所以说韩愈创作的古文是一种新型的散文,不只是对骈文而言,也是对唐以前表达力较差的旧散文形式而言的。韩愈这种新散文形式的创造,是以韩愈时代的群众要求为根据的。韩愈在《答刘正夫书》中说明了这个意见。"或问:'为文宜何师?'必谨对曰:'宜师古圣贤人。'曰:'古圣贤人所为书具存,辞皆不同,宜何师?'必谨对曰:'师其意,不师其辞。'又问曰:'文宜易宜难?'必谨对曰:'无难易,惟其是尔。'"这段话说明对古人的文章是要学习继承的,但学习继承不是句拟字模,而是要"师其意,不师其辞",要做到"词必己出""能自树立",而表现方法,语言的运用,还需要自己创造。因此,可以说韩愈他学古而不泥古,学古是为了创造。

革新与创造,这还是韩愈对文章的一般要求,具体到他所从事创作的古文,还提出了一些具体的要求。第一,"惟陈言之务去"(《答李翊书》),摒弃一切陈词滥调,创造各种新鲜的适合时代与群众所需要的词语。这是创造新词的问题。第二,"文从字顺各识职"(《南阳樊绍述墓志铭》),这就要求作家写的文字通顺流畅,具备语法规律的自然性和正确性。这是讲词语的秩序、地位即文法的问题。实际上两句话表达了一个目的,那就是,以自己创造的词语,结合着正确的流畅的语法,来表达文章的内容。有了词语和语法上的新创造,韩愈所创作的古文就既不同于空洞华丽的骈体文,也不同于脱离现实、语言僵化了的两汉的古文了。

韩愈对文体改革的理论,是他的文学理论的核心部分,古文运动中新体古文的创造与成功,就是以它为指导的。

专题四 明代的唐宋派

一、明代散文创作中的复古主义思潮

明代的散文创作和唐宋相比，成就不高。究其原因是多方面的，其中复古模拟之风弥漫文坛，是极其重要的一点。

明代的散文作家除开国文臣之首宋濂外，其他作家可以分成四派：前七子、后七子、唐宋派、公安派。宋濂是理学家兼文学家，他的散文理论不同于一般的古文家。他主张宗经厚道，尊奉圣贤之文，崇实务本，不尚技巧。既然要宗经明道，因此他提出了师"古之道""古之书""古之心"的主张，已显露出了复古的信息。真正从理论上提出明确口号，从创作上躬身实践复古模拟之风的，是李梦阳、王世贞为代表的前后七子。他们认为文学的发展是一代一代不断退化的，所以"文必秦汉，诗必盛唐"。要想写出好的诗歌散文，就必须尺尺寸寸地去师法古人。不过，尽管他们提出了"文必秦汉"的口号，但他们创作的主要活动并不在散文方面，而在诗歌方面。

在整个明代，真正代表散文创作成就的，是以王慎中、唐顺之、茅坤、归有光为代表的唐宋派作家。《四库总目提要》之论《文编》说："自正、嘉之后，北地、信阳声价，奔走一世，太仓、历下，流派弥长；而日久论定，言古文者终以顺之及归有光，王慎中三家为归。"唐宋派反对前后七子"文必秦汉"的口号，推崇唐宋古文，故有唐宋派之称。从实质上来看，这也是一个趋于模拟的散文流派。但因在学习的对象和方法上不相同，因此创作成就比前后七子高出一筹了。以袁宏道兄弟三人为首的公安派，是大张旗鼓地反对复古模拟之风的一个重要流派。他们以"独抒性灵，不拘格套"的口号和"文必秦汉，诗必盛唐"的口号相对抗。正是由于他们对前后七子的弊病作了较深的挖掘批判，拟古之风才从此走向了下坡路。但是，由于他们倡导"独抒性灵，不拘格套"的创作原则，创作不讲究取材，不讲究构思与锤炼，草率马虎，自然写不出气派很大的进步作品。

可能由于元代是蒙古族入主中原，原有的中原文化传统受到了一定程度的破坏，所以朱明王朝一建立，就在各方面显示出了复古的机运，自然文坛上也笼罩上了复古的色彩。再加上宋末至明初，严羽《沧浪诗话》影响很大，很多文人士子都被他"从上做下"和"悟第一义"之说所左右，厚古薄今自然也就成了时风众俗。但是，直接导致明代文学中产生复古主义运动的原因，还是对于明初台阁体诗文的不满和批判。从永乐到成化年间，明朝的经济得到了恢复和发展，封建的专制统治也得到进一步的巩固和加强，统治阶级安于享乐，于是一些元老重臣竞作歌功颂德、点缀升平之作。其中大官僚杨士奇、杨荣、杨溥所倡导的台阁体诗文，得以风靡一时，在文坛占据了统治地位。他们务求雍容典雅，词气安闲。结果是陈陈相因，千篇一律，严重地阻碍了文学的发展。随着阶级矛盾和民族矛盾的激化，统治危机的加深，部分较有眼光的封建知识分子对此表示了关切和不满。他们想在改良政治的同时，也对这种柔靡的文风进行革新。以李梦阳、王世贞为首的前后七子，就是这些人中的代表。虽然他们的出发点和唐宋古文革新家有其相似之处，但是唐宋古文家从复古中求革新，走了一条创新的道路。而前后七子是由复古到拟古，走了一条复辟倒退的路子。因此，虽然他们主观上是欲挽救当时每况愈下的文风，但实际上只是用一种新的形式主义取代了一种旧的形式主义。

二、唐宋派的散文理论

唐宋派的代表是王慎中、唐顺之、茅坤、归有光。前两人活动时代较早，散文理论成就较大。茅坤是王、唐的积极追随者，曾编选《唐宋八大家文钞》来为他们的主张鼓吹，对后代影响也很大。归有光成名较迟，重在创作实践，是这一流派中创作成就最大的一个。

王慎中、唐顺之早年也曾是前七子的积极追随者，后来才别开宗派。唐顺之的论文主张是，一方面要学习古人，一方面又要抒发性情，讲自己的话。到了晚年，他反前七子的倾向更加鲜明，主张更加激烈。他在《答茅鹿门知县二》中提出为文要"直抒胸臆，信手写出"，要有"真精神"与"千古不可磨灭之见"，已开了公安派文学理论的先声。后七子垄断文坛时，茅坤、归有光继承王慎中、唐顺之主张，又继续与之对峙。归有光在《项思尧文集序》中旁敲侧击地骂后七子之首王世贞为"妄庸""巨子"。据说王世贞听到后曾解嘲似的说："妄诚有之，庸则未敢闻命。"归有光又说："唯妄故庸，未有妄而不庸者也。"[1]

---

[1] 史壮宁：《好看到睡不着的中国史：明朝》，民主与建设出版社2020年版，第93页。

统而观之，唐宋派在以下三个问题上，与前后七子改弦更的：推崇唐宋还是推崇秦汉。唐宋派作家标举唐宋散文来与"文必秦汉"的口号相对峙。他们似乎看到秦汉文和唐宋文之间的继承发展关系，认为唐宋八大家的散文是秦汉散文的继续，是八大家努力学习创造的结果。因此，欧阳修、曾巩是司马迁、班固的最好继承者，学班固、司马迁，就必须首先学欧阳修、曾巩。王慎中认为秦汉派要模仿《史记》《汉书》，唐宋派并不是说《史记》《汉书》不好，不可学习。不同之点是，秦汉派直接模拟《史记》《汉书》，而诋毁唐宋散文无价值。唐宋派认为唐宋时代比较近，语言隔阂少，容易理解。既然唐宋散文是学秦汉的结果，从唐宋文章中体会作文方法，掌握作文规律，进而再上承秦汉散文，就有事半功倍之效。

唐宋派的持论是符合文学发展实际的。因为唐宋的散文虽然是先秦两汉散文的继承，但是在继承的基础上又有了很大的创新。一般说来，更趋于文从字顺，平易近人，语法与文体结构更趋成熟，并创作了多种文艺散文。从通俗化的角度看，宋代散文更比唐代有所进展。唐宋派崇尚唐宋散文，尤重宋代，取法近世，比秦汉派的一味模拟远古，带有某种革新意义。虽然它最终也是师古，但对于前后七子的复古模拟之风，又无疑是一种批判。这是取法对象上的不同。

模拟字句还是取法神理。这是学习方法上的不同。不论秦汉派还是唐宋派，既然都是学习古人，就都提到了学古人之"法"的问题。但是，对于什么是古文之"法"，两派又有不同的理解。秦汉派之"法"，重在从文章格调上去领会。格调是体现在具体的语言文字之中的。但秦汉时间较远，语言隔阂太大，当时作者运用语言的妙处，不易寻求，他们所看到的只是秦汉文的词汇和语法结构。于是他们就把这些词汇和语法结构当成作文之法，硬性地套用。结果剽拟字句，写出的文章佶屈聱牙，成了假古董。唐宋派之法重在体态神明，体态神明亦不可见，于是从抑扬开阖、起伏呼照上求之。而这些即是组织结构的规律，作文之法。所以结果可以出新意于绳墨之余，取得较高的创作成就。

唐宋派对于"法"的认识，集中表现在唐顺之《董中峰侍郎文集序》一文中。全篇围绕一个"法"字立论，一方面提出自己对"法"的看法，另一方面又针对前七子之"法"的弊病进行了抨击。他首先以声乐作比喻，说凡为乐者，都能做到"气有湮而复畅，声有歇而复宣，阖之以助开，尾之以引首"。这是天机自然,不得不遵守的。但是最善为乐者却不然。"其妙常在于喉管之交,而其用常潜乎声气之表。气转于气之未湮,是以湮畅百变而常若一气;声转于声之未歇,是以歇宣万殊而常若一声。"实在是微妙。正因为天机微妙,一般人就看不到,认为"若无所转"。唐顺之说,这种看法是不对的,"然而其声与气之必有所转,而所谓开阖首尾之节,凡为乐者莫不皆然者,则不容异也。"借用了这个比喻,下面就提出了他的看法。他认为唐以后的散文属于前者,它里面有"法",就像声乐中的开阖顺逆之法一样,是有迹可求的。汉以前之文属于后者,虽然也有开阖顺逆之法,但由于天机微妙,无迹可求,有人就认为无法,因此只从形貌上去学古,结果"于是率然而出之,决裂以为体,饾饤以为词,尽去自古以来开阖首尾经纬错综之法,而别为一种臃肿窘澁浮荡之文。"所以"法"就成了唐宋派反对秦汉派的最主要的法宝。

我们前面曾经提到过,唐以前的散文家都没有涉及"法"的问题,至韩愈,才注意到抑扬开阖、起伏照应之法。这是我国散文史上的一大变迁。先秦散文重在著述,所以为经书和学术著作。由汉自六朝,才开始由著述之体成为单篇散文。这是一个进步。随之而来的是对作文方法如谋篇结构、开阖照应的研究。但是六朝以前,重在遣词使事方面,唐宋之后,重在抑扬开阖、起伏照应之法。唐宋之前作家没注意到法,所以其文就不易窥其绳墨规矩。唐宋之文是有意为之,因此有绳墨规矩可循,所以也便于学习。再者唐宋之文离明代较近,语言隔阂不大。秦汉之文离明代较远,词汇语法都有了很大的变化。前后七子学秦汉之文不从行文的精神脉理即开阖顺逆之法去学,当然只能学其文字上的形貌,尺尺寸寸地去句拟字模,得皮毛而失精神。唐宋派主张取神遗貌,给后学指点诸如抑扬、开阖、奇正、起伏、照应等具体的作文途径,当然比较实用,也为后学所欢迎。这就是两派都主张学古而一派能写出宛曲流畅、平易近人的散文,一派却形成钩章棘句文风的根本原因。

复古派的要害在于泥古、摹古,抱残守缺,不敢创新。唐宋派着重从"法"的角度提出批评,显然是没有力量的。而且不论句拟字模,还是开阖顺逆之法,都只是从艺术形式上着眼,没有从散文的思想内容上去开掘。因此,唐宋派的理论虽然多少打破了一些思想束缚,给创作带来了一些新的气象,但终究不能在散文的发展上开创出新的阶段和局面。

"影响剿说"还是"直抒胸臆"。唐宋派不但从"法"的角度批评前后七子,还提出了尚"本色"、求"自得"等主张,从作家的思想感情及作品的思想内容方面进一步批判前后七子。而这一思想又直接影响了后来的公安派。他们都是说写文章要有自己的真思想、真见识，不能人云亦云，落入俗套，更不能尺尺寸寸地去模拟古人。而且作文之法、绳墨规矩虽然重要，但比较起来，作家的亲身感受和作品的思想内容，就更重要。所以作家要摆脱束缚，体察物情，力求思想感情的自然流露。从这里表现出了唐宋派作家对作品思想内容的重视，对文学的个性化与通俗化的重视。前后七子过分模仿古人，而忽略了文学的真情实感，唐宋派批评他们"影响剿说，盖头窃尾"（《答茅鹿门知县二》），真是一针见血，鞭辟入里。

三、唐宋派文论的局限性

唐宋派的崛起虽然在一定程度上给复古主义以打击，但由于它本身具有不少的弱点和局限，终不能彻底廓清复古派的影响，也不能开创出散文创作的全新局面。比如前面曾指出的，他们关于"法"的论述，还主要是从艺术形式上着眼；他们虽然不推崇秦汉而推崇唐宋，但终究没有跳出复古的窠臼；他们虽然提出了要直抒胸臆，但又没引导作家去接触社会实际，解决文学源泉问题；等等。除此之外，还有十分重要的一点：他们虽然反对前后七子的文化退化论，但在文学发展观上，同样提出了一种十分错误的理论。

茅坤在《唐宋八大家文钞总序》中说："世之操觚者，往往谓文章与时相高下，而唐以后且薄不足为。噫！抑不知文特以道相盛衰，时非所论也。其间工不工，则又系乎斯人者之禀，与其专一之致否何如耳？"意思是说，七子论文，持一种文化退化论，认为一代不如一代，因此宗崇秦汉，卑视唐宋，这是不对的。文学的发展，不是随时间而变化，而是随着道的盛衰而发展的。孔子"教天下后世为文者之至也"，至"秦人燔经坑学士，而六艺之旨几辍矣"。汉兴，"招亡经，求学士"，有"西京之文"。东汉崔瑗、蔡邕等皆善辞赋，"然六艺之旨渐流失"。魏晋六朝时，已是"强弩之末"了。至唐代韩愈首出提振，柳宗元从旁应和，又"独开门户"，"寻六艺之遗略"。宋兴百年，欧阳修提倡韩文，天下之士，"始知通经博古为高"，苏氏父子兄弟、王安石、曾巩等人纷纷跟随，"而要之于孔子所删六艺之遗，则共为家习而产眇之者也"。也就是说道盛则文盛，道衰则文衰。这显然是古文家文以载道的观点。

以这种观点去驳复古派的文化退化论，是根本驳不倒的。因为它既受了道统观念的局限，也不符合我国文学发展的历史实际。儒学终非文学。历史上进步的古文家，虽然也一再倡导"明道""载道"之说，但审究"道"的实质，都不局限于儒家之道。像柳宗元、苏轼的道，已含有了一些唯物主义的成分。因此唐宋派以儒学论文学，已偏离了唐宋古文家论文的宗旨，而接近于道学家的论点了。与唐宋派宣扬儒家道统的文学发展观相联系，他们在作家论上强调道学修养的重要性，把它错误地看成作家创作的根本，这就完全抹杀了作家生活积累和掌握写作技巧的重要性了。因此，由于唐宋派作家具有浓重的理学气，就使他们的文论越来越脱离创作实际，不但不能形成一个反对复古派的强有力的流派，而且当后七子的李攀龙、王世贞起而反击时，唐宋派倒几乎不能抵御了。

专题五　清代的桐城文派

一、桐城文派出现的历史背景

恩格斯评论到历史剧中的历史人物时，曾说："主要人物是一定的阶级和倾向的代表，因而也是他们时代的一定思想的代表，他们的动机不是从琐碎的个人欲望中，而正是从他们所处的历史潮流中得来的。"① 这对于评论一个作家或作家流派，也完全是适用的。桐城文派崛起于清代的康熙、雍正年间，兴盛于乾隆、嘉庆之时，左右文坛二百年，是有其深刻的社会历史原因，也有其文学发展的内部必然性的。

清朝的早期统治，政治上的残酷压迫和经济上的苛虐掠夺，招致了汉族人民的普遍反抗和不满。特别是一些知识分子，采取了不合作的态度。康熙皇帝继位之后，初期的统治经验使他逐步认识到，要想巩固统治地位，在实行武装镇压的同时，还必须笼络汉族知识分子，使自己的统治在政治思想上与中国传统的根深蒂固的封建观念相适应。为此，他在有关文化政策、宗教政策、教育政策以及有关哲学、历史、古籍等方面，发了一系列上谕，实行了一系列措施。首先是批判"夷夏之防"的说法毫无道理，以消除汉族人的排满情绪。然后就把程朱理学尊为皇家正统思想。康熙二十六年曾下诏谕说："自古经史书

---

① [德]恩格斯：《恩格斯致斐·拉萨尔（1859年5月18日）》，《马克思恩格斯选集（第四卷）》，人民出版社1972年版，第343—344页。

籍，所重发明心性，裨益政治。……诸子百家，泛滥诡奇，有乖经术。……其他异端诐说，概不准收录。"(《东华录》)裁减诸子百家，独推崇程朱理学。为此，还把朱熹抬入孔庙，列为"十哲之次"。康熙以及他的继承者们推崇理学道统，是完全为他们的政治统治服务的。康熙曾说："万世道统之传，即万世治统之所系也。"[①] 这就向天下表明，他的统治与历代王朝的统治是有继承性与一致性的，因此也就具有了正统性与合法性。

与此同时，清朝统治者对知识分子还实行了恩威并重的政策。一方面，广开科场，提倡八股取士制度，大量吸引知识分子走上仕途，转移他们对现实政治的注意力。康熙十七年还曾诏令开设博学鸿词科，罗致天下名士，录取者一律授以翰林院官职。另一方面又大兴文字狱，严禁文人结社。震动全国的《南山集》案，株连数百人，戴名世被处死，方望溪被特赦，就是清朝统治者震慑文人举动的一个典型事件。通过这一杀一赦，大大促进了反清知识分子中大部分人的政治立场的转变。从此，他们一个个接踵钻进了"博学""考证"的樊笼。

清朝统治者在大力提倡道统、治统的同时，还积极提倡文统，这完全是为了使文学艺术更好地为其政治统治服务而提出的。康熙十二年曾下诏谕："文章以发挥义理、关系世道为贵，骚人词客，不过技艺之末，非朕之所贵也。"(《清实录康熙朝实录》)乾隆在《〈清诗别裁〉序》中说："且诗者何？忠孝而已耳！离忠孝而言诗，吾不知其为诗也。"清朝最高统治者屡下诏谕，直言文学，鲜明地反映了他们要求用文学来巩固封建统治的急切心情。

正是在这样的历史情势之下，桐城文派应运而生了。我们把他的"义法"说和"义理、考证、文章"三结合的古文理论同统治者对文学的基本要求对照一下，就可以清楚无误地看到，从文学思想到某些具体的文学主张，桐城派基本上是忠实地执行了清王朝的文化政策，是清王朝一定的文化政策下的历史产物。

既然桐城派的出现是清初政治统治需要的产物，是否就应一笔抹杀呢？我们认为那也是一种违反历史唯物主义的片面观点。就其为封建王朝服务的保守性，我们是应该充分地认识和批判的。但是从清初社会发展的特定阶段来看，又不能说桐城文派从开始出现就是完全反动的。因为从康熙执政开始，清初统治者采取了一系列的措施，一方面安定社会，发展生产，努力恢复被

---

① 陈廷敬：《日讲四书解义》，华龄出版社2012年版，第1页。

战争破坏了的经济，一方面抗击侵略，平定叛乱，促进了各民族间的交往和融合，使当时的中国成了一个经济较为繁荣、国防较为巩固的多民族的统一封建国家。应该说这对社会历史的发展是有推进作用的，是应该肯定的。在这样的历史条件下，桐城文派执行清王朝的文化政策，也并非毫无积极意义。

桐城文派一方面是清初社会发展形势的产物，另一方面也是与散文本身发展规律分不开的。《四库全书总目提要》曾经论述到这一点："古文一脉，自明代肤滥于七子，纤佻于三袁，至启、祯而益敝。国初风气还淳，一时学者始复讲唐宋以来之矩矱，而琬与宁都魏禧、商邱侯方域称为最工。"意思是说，古代散文自明代前后七子倡导复古主义，字剽句拟，每况愈下，至明代天启、崇祯年间，达到顶点。清朝建立之后，一反模拟之风，上追先秦、唐宋散文，汪琬、魏禧、侯方域等人已经开始致力于挽救古代散文之衰了。桐城派散文理论体系的基础是"义法"论，其萌芽可以上溯到明代唐宋派，中经汪琬、魏禧、侯方域发展，最后由桐城始祖方苞建立。这种"义法"论，虽然从内容上说推尊程朱理学，提倡忠孝的封建纲常，提倡以"古文为时文"，完全是为封建统治者服务的；但是它把散文明确分成思想内容和艺术形式两个方面，并且提出二者并重，相辅相成，还对散文之"法"作了比较精深的探求，这不能不说又对我国散文的发展起到一些推动作用。所以，桐城派实际上是明末清初许多散文家，为继承先秦、唐宋时期散文传统，廓清前后七子形式主义文风，革新散文而共同总结探索的结果。

二、方苞的"义法"说

桐城文派有三个创始人，即方苞、刘大櫆、姚鼐。他们都是安徽桐城人，世称桐城三祖。方苞第一个奠定了桐城派散文理论的基础。刘大櫆加以发展，使之更加具体化、通俗化。姚鼐则对桐城派理论作出新的总结，使其理论体系更加完整。桐城文派远效明代唐宋派归有光，而又上溯于唐宋八大家，以及先秦两汉散文，主要是学习韩愈、欧阳修的意度波澜。中国古代散文，隋以前没有划一的规格，唐宋以后渐成定型，所以后来学文，学某家某派之说就嚣然尘上了。既有了派别，便有了法则和禁忌。这在韩愈文论中就有了消息。桐城文派论文也不例外，首先由方苞提出了"义法"说。

方苞，字灵皋，号望溪，官至礼部侍郎。桐城派推他为"初祖"。早年曾受《南山集》案牵连，几乎被杀。由于他在文学和理学上有很好的修养，得到康熙和雍正的宠爱，官运亨通，成了显赫一时的正统派文人，桐城派也成了清代文坛上的最大的一个流派。

方苞散文理论的核心，是所谓"义法"。这是针对古文而言的。他认为古文与诗、赋是不同的，它渊源于《六经》《论语》《孟子》，因此不能不讲求"义法"。考"义法"的来源，最早见于《史记·十二诸侯年表序》，但内涵和方氏所用不同。明代唐宋派王慎中也曾谈到"义""法"，它对方苞则有着直接的影响。方苞在《又书货殖传后》曾对"义法"作了解释，即"义"就是文章的内容，要充实。"法"就是文章要有条理，形式安排得好。内容是经线，形式是纬线。"义"是第一位的，"法"是第二位的，有了这两个方面的统一，才能构成文章。因此，方苞的"义法"说实质上涉及文学创作中内容和形式的关系。方苞从"义"和"法"两个方面的统一去认识文学作品内容和形式的关系，这一见解无疑是很好的，是符合创作实际的。较诸那些脱离内容而侈谈法度，以至于完全从形式上去模拟古人的前后七子，诚然是高出一筹的。但是另一方面我们也要看到，虽然从总的理论原则上看，"义法"说基本符合文学创作的实践，但从关于"义"的具体内容来看，又表现了很大的阶级局限性。

方苞的所谓"义"，主要的内容是指宣扬程朱理学，程朱理学是清代法定的统治思想。方苞的"义法"说概略等同于以前古文家的"文道"说，但他不把文学的内容说成传统的"道"，而以理学代之，可见他是如何忠诚地为清政府的思想统治服务的。因而方苞用"义法"来论文学的内容和形式，按其论述的一般原则，似乎说得十分中肯，从其散文创作的具体内容看，却是充满了陈腐的说教，可取的东西是不多的。

构成"义法"重要内容的，除上面谈到的一方面的意义外，还有尚简去繁的要求。这是方苞根据《史记·十二诸侯年表序》所谓孔子"约其辞文，去其烦重，以制义法"总结出来的写作原则。他在《与程若韩书》中说："夫文未有繁而能工者，如煎金锡，粗矿去，然后黑浊之气竭而光润生。"这就是重视行文的简洁。在《古文约选序例》中又说："义法最精者，莫如《左传》《史记》。"对于《左传》，他曾撰《左传义法举要》一文；关于《史记》，也曾举过很多例证，说明其删繁就简的特点。比如伯夷、孟子、荀子、屈原的传记，方苞说这些人的突出之点在于"道德节义"，生平事迹则很简单。司马迁用"议论与叙事相间"的笔法来写，就十分恰当。张良向高祖奏事很多，如果事无巨细一律详写，那要写得十分冗长。司马迁写《留侯世家》时，只记录有关天下存亡的大事，而把次要的事情略去，这是很有"义法"的。从上面几例可以看出，方苞说《左传》《史记》"义法最精"，不过是说它们根据内容要求而决定题材的剪裁和安排十分得当。因此，尚简删繁，注意虚实详略之法，就成了"义法"说中的一个核心内容。

方苞"义法"说中的又一重要内容，是对语言提出了"雅洁"的要求。所谓雅洁，一方面指要删落浮辞、芜辞，使语言谨严质朴，澄清无滓；一方面维护士大夫的艺术趣味，制定一些清规戒律对散文语言加以限制。方苞在语言运用上提出很多禁忌，方苞要求散文语言谨严质朴，刊落浮词，这些无疑都有其合理因素的。但他笼统地一概反对引用各种著作的语言，无疑又是片面的。这不利于文学语言的创新和发展。方苞对于散文语言的要求，是和清代统治者对八股文的要求不谋而合的。清朝是以八股取士的，对于八股时文的语言要求，清朝最高统治者屡下上谕。康熙主张"文章贵于简要"，反对"排偶文辞"；乾隆要求"清真雅正"，不使用绮辞丽句。这些要求和方苞的主张是如出一辙的。这就无怪乎桐城派散文被统治者看成文章正宗了。

通过上面对"义法"内容的剖析，我们可以十分清楚地看到，方苞所致力创作的散文，是一种内容上宣传程朱理学，形式上尚简去繁，语言上谨严质朴、清真雅正的散文。虽然根据当时具体的社会历史发展，不能把"义法"说和这种充分体现了统治者要求的散文完全否定，但它的局限性是很多的。总的来看，方苞对"义法"的理解还十分狭隘，实际上只是停留在修辞、谋篇等方面。所以，连他的再传弟子姚鼐也不得不承认："望溪所得，在本朝诸贤为最深，然较之古人则浅。其阅太史公书，似精神不能包括其大处、远处、疏淡处及华丽非常处。止以义法论文，得其一端而已。"

三、刘大櫆的"以品藻音节为宗"

方苞提出了"义法"说，但对"法"的说明还是比较抽象的。对"法"作了进一步探究并使之具体化、通俗化的，是他的学生刘大櫆。刘大櫆，字才甫，号海峰。早年游京师时，曾以文谒方苞。他一生仕途很不得意。名声远逊于方苞、姚鼐。但是他却是桐城理论发展中承先启后的人物。方宗诚的《桐城文录序》中提道："海峰先生之文，以品藻音节为宗。虽尝受法于望溪，而能变化以自成一体。义理不如望溪之深厚，而藻采过之。"这就点明了刘大櫆论文的特点。谈到桐城三祖，人们常有蜂腰之议，这是不对的。刘大櫆不但师唐宋，亦上溯于周秦诸子；不仅下启姚鼐，实亦开阳湖派。清朝两大散文宗派皆以他为枢纽，可见他的重要性了。

刘大櫆自辟蹊径，和其师最主要的不同点，表现在对散文理论的探究方向上。方苞倡"义法"说，重点在"义"即义理方面，对"法"则有所轻视。而刘大櫆却恰恰相反，把精力集中在钻研行文之"法"上。刘大櫆对于"法"的论述，主要表现在《论文偶记》一文中。他在文章中指出："行文之道，神为主，气辅之。曹子桓、苏子由论文，以气为主，是矣。然气随神转，神浑则气灏，神远则气逸，神伟则气高，神变则气奇，神深则气静，故神为气之主。至专以理为主，则未尽其妙。盖人不穷理读书，则出词鄙倍空疏；人无经济，则言虽累牍，不适于用。故义理、书卷、经济者，行文之实；若行文自另是一事。譬如大匠操斤，无土木材料，纵有成风尽垩手段，何处施设？然有土木材料，而不善设施者甚多，终不可为大匠。故文人者，大匠也。神气音节者，匠人之能事也。义理、书卷、经济者，匠人之材料也。"此一段话，是刘大櫆散文理论的精髓，表现出了他论文的几个主要观点。

首先，他继承了方苞以"义法"论文的基本思想，也把文章分成"有物""有序"两个方面。所谓"言之有物"，也就是成文的材料，主要指义理、书卷、经济，这是行文之实。人不懂义理，不读书卷，则词语鄙陋空疏；人无经济，则不合于世用。要使文章言之成理，出语典雅，适于世用，就必须在这三方面多多积累。就像匠人建筑楼台堂榭必齐备土木砖石一样。所谓"言之有序"，是指成文之法，就像匠人对建筑楼台堂榭的设施之法一样，有土木材料而不善设施不行，善设施而无土木材料也不行。作为具体的文章，都是行文材料和行文之法的辩证统一。从这里可以看到，刘大櫆的论述涉及文学创作的内容和形式的关系。

其次，刘大櫆重视文章内容，但更重视行文之"法"。在《论文偶记》中，他说文章"至专以理为主，则未尽其妙""作文本以明义理，适世用。而明义理，适世用，必有待于文人之能事"。又说："孔门贤杰甚重，而文学独称子游、子夏，可见自古文字相传，另有个能事在。"论文不重理而重"能事"，这是刘大櫆和方苞最主要不同。

最后，刘大櫆的所谓"能事"具体指什么呢？那就是神、气、音节、字句。他说："神者，文家之宝。文章最要气盛，然无神以主之，则气无所附，荡乎不知其所归也。神者气之主，气者神之用。"又说："神气者，文之最精处也；音节者，文之稍粗处也；字句者，文之最粗处也。然论文而至于字句，则文之能事尽矣。盖音节者，神气之迹也；字句者，音节之矩也。神气不可见，于音节见之；音节无可准，以字句准之。"总括上面两段话的意思，刘大櫆是这样看待神、气、音节、字句四者关系的：文章有精处粗处之分。精处相当于我们所说的抽象性，粗处相当于我们所说的具体性。神、气在文章里比较抽象，而音节、字句则比较具体。所谓"气"，一般指文章语言的气势，所谓"神"，指精神，它是形成作家个人风格的灵魂，"神"和"气"都是抽象的，不可捉摸的。

比较起来，"神"比"气"更抽象。二者的关系是什么呢？"神者气之主，气者神之用"，即神决定文章语言气势，反过来语言气势又体现了"神"的存在。这是神和气的关系。既然神和气都是抽象的，难以捉摸的，那么怎样去把握神气呢？刘大櫆进一步指出要在音节、字句中去探求。因为语言的气势具体表现在一定的音节之中，音节的抑扬顿挫构成了语言的气势。文字又是音节的符号，而通过不同的句式、词汇得以构造成文。通过音节、字句可以表现文章的神气，刘大櫆在《论文偶记》中说："神气不可见，于音节见之""音节高则神气必高，音节下则神气必下"。求神气于音节，神气就有了着手之处。他进而又在《论文偶记》中说："音节无所准，以字句准之""一句之中，或多一字，或少一字；一句之中，或用平声，或用仄声；同一平字仄字，或用阴平、阳平、上声、去声、入声，则音节迥异"。再求音节于字句，音节也变为比较具体的方法。所以刘大櫆论文之"法"落到实处，就是运用音节、字句之法。所以方宗诚说他是"以品藻音节为宗"[①]的。

刘大櫆以音节、字句论文，把为文的注意力放了增减字句、调谐平仄、运用虚字和讲求起承转接上，这不能不带有很大的形式主义的片面性。但是刘大櫆的学说也有不少可取之处。作家思想感情的激昂舒缓，总是离不开具体的语言音节的，而语言音节又离不开具体的语言文字而凭空存在。好的文章读起来朗朗上口，总是给人以强烈的节奏感，

而从轻重舒缓的节奏之中，又总是可以品味出作家的某些情趣、神气来。所以刘大櫆以神气、音节、文字论文，还是有科学性的，也不全是形式主义的东西。再者刘氏所论和其他提倡古文的人相比，论"法"也比较活脱。有

---

① 邓心强、史修永：《桐城派文体学研究》，安徽大学出版社2012年版，第242页。

些人也以古文复兴相号召而取则于古作，不是板滞于字句之上，就是流于空疏玄妙。刘大櫆把文章抽象的神气和具体的音节、文字联系起来，从音节求神气，又从字句求音节，这样"积字成句，积句成章，积章成篇"①，使学古有途径可循，作文也有法可说，这的确是他高明的地方。

在中国文论史上，对诗歌音律节奏的探索是比较早的，也比较丰富，而对于散文的音律节奏的探索就比较贫乏。刘大櫆在这方面的探索，可以说填补了一项空白。

四、姚鼐合义理、考证、文章三者为一的散文理论

姚鼐，字姬传，桐城人。乾隆二十八年进士，选庶吉士，改礼部主事，历充山东、湖南乡试考官，会试同考官，《四库全书》纂修官。自告归后，主讲江南紫阳、钟山书院四十余年。著有《惜抱轩文集》二十卷、《惜抱轩诗集》二十卷，编选《古文辞类纂》四十八卷。姚鼐青出于蓝而胜于蓝，他的散文理论和创作实绩都在方苞、刘大櫆之上，是桐城三祖中最重要的人物。桐城派名称也是至此才确立的。

姚鼐对桐城古文理论作了进一步概括和阐释，提出了"义理、考据、文章"三者合一的古文理论。他在《述庵文钞序》中说："余尝论学问之事，有三端焉，曰：义理也，考证也，文章也。是三者，苟善用之，则皆足以相济；苟不善于用之，则或至于相害。今夫博学强识而善言德行者，固文之贵也；寡闻而浅识者，固文之陋也。然而世有言义理之过者，其辞芜杂俚近，如语录而不文；为考证之过者，至繁碎缴绕，而语不可了当。……虽美不能无偏，故以能兼长者为贵。"所谓义理，指的是宋学，即程朱理学。所谓考证，指的是汉学，主要是指汉代许慎、郑玄为代表的文字学、训诂学。所谓文章，指辞章之学，文章写法，继承韩愈到归有光的古文传统。从这段话可以看出，姚鼐反对宋学的言而不文，也反对啰啰唆唆的汉学，他主张将义理之学、考据之学和辞章之学三者完美地结合起来，进行古文的创作。

姚鼐将义理、考据、辞章融为一体，这种见解是时代赋予他的。方苞生活的时代，康熙正大力提倡程朱理学。方苞配合最高统治者的统治意图，提出"义法"说，把宣传维护程朱理学，看成散文创作的基本内容。而姚鼐生

---

① 海琪：《娜嬛小赋》，中国海洋大学出版社2022年版，第124页。

活在乾嘉时代，这时由于统治者的提倡，考据之风大盛，汉学几乎驾于宋学之上。姚鼐也迎合最高统治者的思想，顺水推舟，纳考据于桐城文论中。所以方苞根据他那个时代，企图合韩欧程朱为一，因此只能提出义理与辞章的结合。姚鼐根据他的时代，更欲兼许慎、郑玄之长，因此又喊出了义理、考据、辞章三者合一的口号。

把学术划为义理、考据、辞章三者，并不是姚鼐第一个提出的。宋代的道学家程颐在《二程遗书》中就提出了"一曰文章之学，二曰训诂之学，三曰儒者之学。"但是道学家从尊道着眼，只看到了三者的矛盾。姚鼐在新的历史条件下，却看到了三者之间的相"济"之处，这对于以写议论文和应用文为主的桐城文派，是有积极意义的。姚鼐把"义理"放在第一位，从创作的角度看，他是企图用"义理"救桐城文的空疏。从政治的角度看，却是完全适应着统治者的要求，并为之服务的。在《赠钱献之序》里，姚鼐责难了时人弃程朱理学而从汉学的倾向。他说："明末至今日，学者颇厌功令所载为习闻，又恶陋儒不考古而蔽于近，于是专求古人名物、制度、训诂、书数，以博为量，以窥隙攻难为功；其甚者，欲尽舍程朱，而宗汉之士，枝之猎而去其根，细之搜而遗其巨，夫宁非蔽与？"正因如此，他努力把互相矛盾的宋学、汉学调和起来，"以考证助文之境"①，创作内容充实的古文。

姚鼐把考据学纳入散文创作，这对于一般散文特别是山水游记之作，确有某些作用的。比如他的名篇《登泰山记》，一方面描写山水的自然风光，同时又恰当地插入了一些地理沿革知识，考订了春秋时齐长城，早于战国时燕、赵、秦长城，从而增加了这些文章的生动性和知识性。

文章以义理为主，文辞才不至于游荡无所归。所用的材料，所发挥的思想都经过翔实的考证，贯彻着求实的精神，文章才不至于空疏，才能做到有法。姚鼐所致力创作的散文，就是这样的散文。

姚鼐在文学上的另一实绩是编选了《古文辞类纂》一书。从这部书可以看出桐城派学文的取径。在选文总集中，一向以萧统的《文选》最为著称。但是姚鼐讥评它把文体分为三十七类太碎杂，而他的选本改为十三类。经过他的归并，使文体更加眉目爽朗了。不但如此，他在《古文辞类纂》的"序目"中，还提出了为文的八字诀窍："凡文之体类十三，而所以为文者八，曰：神、理、气、味、格、律、声、色。神、理、气、味者，文之精也；格、律、声、

---

① 黄海章：《中国文学批评简史》，中山大学出版社2018年版，第155页。

色者，文之粗也。然苟舍其粗，则精者亦胡以寓焉。学者之于古人，必始而遇其粗，中而遇其精，终则御其精者而遗其粗者。"神指作家创作个性和思想品德修养在作品中所体现出来的精神气概，理指义理，气指气魄或气势，味指韵味，格指体式，律指法度，声指声调，色指辞藻。姚鼐认为所有的文章都由这八种因素构成。因此，细心体会这八个方面的妙处，就可以创作出好的作品，不过神理气味，是比较抽象的，格律声色，是比较具体的。前四者正是寓于后四者之中，因此求前四者也必须由后四者求之。而且神理气味属于思想内容的范畴，格律声色属于艺术形式的范畴。通过姚鼐的论述，就把作品的思想内容和艺术形式统一起来，纠正了方苞、刘大櫆的一些片面性，建立起了比较完整的艺术论。这是姚鼐比方苞、刘大櫆二人高明的地方。

　　姚鼐的这八字诀，是方苞、刘大櫆直到姚氏本人的一个总结。八字之中，理、格、律三者多袭方说，神、气、声三者多袭刘说，味、色才是姚鼐个人的体会。不过前六字虽多袭旧说，但也经过姚的加工而得到提高和条理化。姚鼐八字诀的提出，在我国散文理论发展中是占有重要地位的，这是一个大大的发展和创造，它标志着我国散文理论的系统化和科学化。

　　姚鼐对于散文风格的研究，也是历来被后人所推崇的。他是一个有较高文学修养的散文家，对于各种文境和风格都很熟悉。他把众多的文章风格概括为阳刚和阴柔两大类。以阴阳刚柔论文学的风格并不自姚鼐始，刘勰在《文心雕龙》中就曾多处提到。但是和前人相比，姚鼐论风格却有其独创的地方。比如，他是从阴阳刚柔生成万事万物的自然规律角度去论文学的风格的，指出文章之多变，正是根源于客观万物的变化无穷。但是不论怎样变化多端，都不外乎阴阳刚柔二者所使。从天体万物的自然规律去论文而不就文论文，问题就开拓多了。再如，姚鼐虽然把文学的多种风格概括为阳刚之美和阴柔之美两种基本风格，而且他更多地注重阳刚之美，但是，他并不把二者看成是完全对立的，而是认为它们之间是相辅相成的，是矛盾的又是统一的。除圣人"统二气之会而弗偏"[①]外，作为一般人，在实际创作中总是会有所"偏胜"的。但"偏胜"只是一方面所长，而绝不是"有其一端而绝无其一"。如果走向极端，那就会"刚者至于偾强而拂戾，柔者至于颓废而阁幽，则必无于文

---

① 陈志扬、李斌:《中国古代文论读本·第4册·明清卷》，河南大学出版社2019年版，第421页。

者矣。"[1] 姚鼐通过论风格所表现出来的辩证美学思想，无疑是对我国传统美学的继承和创造。

五、桐城末流以及文学新思潮对其的冲击

桐城文派在其崛起之日，就受到了各方面的批评和非议。有的从道统方面，批判它其提倡的程朱理学的虚伪性；有的从文统方面，如程廷祚在《与家鱼门论古文书》中批判其"以日趋于时之文而自命为古文"；有的还讥刺桐城派评点之法为"野狐禅"。这些意见虽说未必全部正确，但却不同程度上动摇了桐城文派的道统和文统。

姚鼐死后，由所谓姚门四弟子梅曾亮、管同、方东树、姚莹支撑门户。经过他们的努力，虽然桐城文派的影响比"三祖"时还有所扩大，但他们在理论建树上并没有什么开拓，基本是固守着阵地。直到曾国藩出现，出现了所谓桐城文的"中兴"，但其实质上更加接近于僵死的末日。在改良主义文学运动日益兴起，文学界在大是大非问题上面临着一场场大辩论的情况下，桐城古文屡受冲击，影响越来越微弱。曾国藩就道出过桐城派日暮途穷的处境。曾国藩死后，桐城派骨干分子在政治上又都依附于洋务派李鸿章。洋务派在中国近代史上的地位虽然不能笼统抹杀，但他们基本上都是敌视人民、敌视革命的。随着改良主义运动的蓬勃展开，洋务派中的桐城派分子，也逐渐由比较开明，走向反动和保守，这样桐城派也就日益变成了一股落后、反动的文学潮流。

桐城派的最后一个代表人物是林纾，这已是辛亥革命之后了。林纾字琴南，福建闽县（今福州市）人。他很讲求散文的简洁有法、叙述得体等艺术技巧，因此文章还是比较清新的。但是他竭力宣扬孔孟之道及程朱理学，用以对抗新崛起的资产阶级革命文学，挽救垂死的封建文学。在五四新文化革命运动中，终于堕落成反对新文学的急先锋。至此，桐城古文就完全僵死了。

---

[1] 杨荣祥：《方苞姚鼐集》，凤凰出版社2020年版，第170页。

第五讲　小说论

中国古代小说源远流长，小说理论是对小说创作实践经验的阐述与总结，所以中国古代小说理论也具有悠久的历史，内容丰富，形式多种多样。有序跋、评点、专论，还有散见于诗、文、笔记以及小说中的理论观点。下面的专题中先介绍中国古代小说理论发展的概貌，然后再选取各个历史阶段有代表性或有独特性，又有深远影响的小说理论，加以研究阐述。本讲主要从四个角度进行了专题论述，分别是先秦两汉小说理论、唐宋小说理论、明代小说理论和清代小说理论。

专题一　先秦两汉小说理论

"小说"这个名称，最早可追溯至战国时期，《庄子·外物》曾提及："饰小说以干县令，其于大达亦远矣。"不过此处的"小说"，并非我们今天文体意义上的小说概念，而是指琐碎的言谈、小道理。"干"是求的意思。"县"是"悬"的古字，是高的意思。"令"，是名。合起来的大意是：修饰琐屑的言辞小语以求得高名美誉，那和明达大智的距离就很远了。与《荀子·正名》中的"小家珍说"含意相近，跟孔子的门徒子夏关于"小道"的评论也是一致的。在《论语·子夏》中，子夏曰："虽小道，必有可观者焉，致远恐泥，是以君子不为也。"意思是：就是小道，也一定有可取的地方；但是，恐怕小道会妨碍远大的目标和事业，所以君子不做这些事。这里的"小道"，指的是小的技艺，包括"小说"在内。可见，他们都把"小说"视为"小道"而加以鄙视。认为"小说"是讲日常事务性的小道理的，与修身、齐家、治国、平天下等大道相距很远，甚至会妨碍"大道"。这种观点，是对小说最早的评价。尽管他们所讲的小说不全等于今天所说的小说的概念，但它包含着今天所说的小说的萌芽。所以这种理论影响很大，它排定了小说的地位，从此小说被视为"小道"，一致造成小说及作者长期受歧视，造成中国的古典小说发展很缓慢，使它的成熟比戏曲还迟。

先秦、两汉的儒家一直遵循着这个口径来评论小说。如东汉桓谭在《新论》中说：

"若其小说家，合丛残小语，近取譬论，以作短书，治身理家，有可观之辞。"

在桓谭的观点中，"小说"是一种"短书"，是"丛残小语"的集合，区别于治国之用的典籍，然而有助于"治身理家"。他的这种观点一定程度上接近于后世小说的概念，同时以自己的话语阐述了小说的内容、形式和作用，肯定了小说的正面作用，是第一个提出中国古代小说理论的人。

东汉班固在《汉书·艺文志》中进一步指出：

"小说家者流，盖出于稗官。街谈巷语，道听途说者之所造也。孔子曰：'虽小道，必有可观者焉，致远恐泥，是以君子弗为也。'然亦弗灭也。闾里小知者之所及，亦使缀而不忘。如或一言可采，此亦刍荛狂夫之议也。"

"稗官"，是当时统治者为了了解闾巷风俗，专门设立的一种小官，负责采访记录街谈巷语。后来把"稗官"作为小说家的代称。"闾里"，就是乡间。"刍荛"，割草打柴的人。这里的"刍荛狂夫"，泛指草野的小百姓。他的言论事实上是总述了他之前的所有小说的理论，将那些碎片的、只言片语的见解，系统地、有内在联系地归纳了起来，是我国古代小说理论发展的一块基石。他创造性地赋予了"小说"独立的地位，将之并列于经史，充分地肯定了小说的存在价值："然亦弗灭也"，这有重要的意义。但另一方面，他也认为小说是"小道"，是"街谈巷语"，"闾里小知者之所及"，"君子弗为也"。"诸子十家，其可观者，九家而已"，将小说排斥于"可观者"之外，只不过是经史的附庸或补充。由此可见，当时的正统史家仍然更重视经史，而轻视小说，但是当时的小说尚未成熟，仍是萌芽，因而这种偏见不是不能理解的。但是，在后世古典小说不断发展、成熟的过程中，这种偏见不仅未得到纠正，反而成为古典小说评价的基调，成了一种思维定式，一种文化传统。就算是小说已经较为鼎盛，小说家也没有社会地位，这不能说与班固的看法是无关的。

专题二 唐宋小说理论

中国古典小说发展到唐代，进入了一个新的阶段，不仅开始面对社会现实，而且不少唐传奇已有完整的故事情节，鲜明的人物形象，大量的虚构、想象和夸张，还使用简明、优美、多样、准确的语言，充分地发挥了古代散文的表现力，使之进入了一个新的境界。文人已经有意识地创作小说。这一切标志着小说发展到唐代已渐趋成熟。随着创作实践的发展，小说理论也有着长足的进步。

在韩愈的《重答张籍书》、柳宗元的《读韩愈所著〈毛颖传〉后题》、沈既济的《任氏传》、李肇的《唐国史补序》、李翱的《卓异记序》等著作或序跋中都有一些新的小说理论。归纳概括起来主要有下列几个方面。

一、唐宋时期小说的地位与作用

在先秦两汉、魏晋南北朝时期，小说倍受鄙视，地位非常低下。到唐朝，这种现象虽然没有得到根本改变，但对小说的地位和作用的认识，比从前有了很大的提高，开始重视小说了。

在中唐，关于小说的地位和作用的论争，曾轰动文坛。韩愈对小说不仅大加肯定，自己还写了《毛颖传》等近似小说的一些作品。张籍在《上韩昌黎书》中向老师提意见：“比见执事，多尚驳杂无实之说，使人陈之于前以为欢，此有以累于令德。”批评韩愈写的小说之类，是混杂不纯的东西有害于美德。

韩愈写了《答张籍书》，说：“吾子又讥吾与人为无实驳杂之说，此吾所以为戏耳。比之酒色，不有间乎？吾子讥之，似同浴而讥裸裎也。”

张籍又写了第二书，继续向韩愈提意见。韩愈也写了《重答张籍书》：“驳杂之讥，前书尽之，吾子其复之。昔者夫子犹有所戏，《诗》不云乎：'善戏谑兮，不为虐兮。'《记》曰：'张而不弛，文武不能也。'恶害于道哉？吾子其未之思乎！"

在这封信里，韩愈在驳斥张籍僵化的、卫道的论点时，强调了小说之类的创作是"以文为戏"，并不有害于"道"的，是符合"谑而不虐"与"张而不弛，文武不能"的《诗经》《礼记》之教的。

在张籍等人责难韩愈，贬低小说时，柳宗元义不容辞地为提倡小说而参加辩论，写了《读韩愈所著〈毛颖传〉后题》。在这篇文章里，除了竭力叹赏《毛颖传》外，还进一步论述了小说一类徘谐之文不可偏废，提出了小说"有益于世"的命题。"有益于世"应该是小说创作的方向。他道出了前人之所未道，为小说理论作出了一大贡献。由于韩、柳在文坛上负有盛名，他们如此肯定小说的地位和作用，对促进小说的发展是起了很大作用的。

比韩、柳晚一点的李肇，对小说的社会作用评价就更高、更明确了。他在《唐国史补序》中总结笔记小说的写作是"纪事实，探物理，辨疑惑，示劝戒，采风俗，助笑谈"。这话虽很简略，但仔细分析，却是高度概括，说明了小说的认识、教育、娱乐作用。这是当时许多人对小说的作用认识的集中代表。总之，在唐代人们虽然还没有像重视诗文那样重视小说，但对小说的地位和作用的认识，比以前大大提高，更加明确了。

宋代市民经济发展，也使得小说发展进入了一个新的阶段，尤其话本的出现可以说是里程碑式的事件。宋代话本小说完全扭转了中国古典小说的语言，首创性地使用白话，而不是文言，这是对中国古代文学传统的一次重要颠覆。宋代话本小说在塑造人物时，更加侧重于平凡人，而非以往的非凡人物，标志着中国小说进一步平民化。此外，其之所以叫作话本，是因为以人物对话表现情节，开创了白话小说的经典叙述方式。宋代话本小说是小说史上的一次高潮，对于后世文学也有着十分深远的影响，这大致表现在如下方面。

首先，开创了文学家和民间文学相结合的创作道路，一方面使得民间文学艺术性和审美品位得以提升，另一方面为无法做官的知识分子开辟了展现文才的创作空间，有力地推动了叙事文学供求关系的协调。因为大量文人参与创作，很多民间艺术都逐步综合发展，并为后世集大成的综合艺术——戏剧创造了条件，提供了养分，推动戏剧在元代一跃成为最主要的艺术形式。

其次，语言技巧、结构安排和人物塑造等相比前代有很大的进步，反映了古典小说创作方法的逐渐成熟。当时有专门说书为生的人，为了吸引更多的市民，尤为重视将故事讲得一波三折，尤其擅长表现人物的情态和心理的细节，以及戏剧性的对话和冲突，以此来塑造人物。上述艺术手法在宋代话本小说中都已经成熟，为后世小说创作技巧多样化创造了基础，为叙事文学生产提供了技术性的支持。

再次，宋代话本小说十分繁荣，尤其是历史题材话本，为元代戏剧和明清小说的发展提供了素材，此两者中的众多作品都是取材于宋代话本小说，是对它的改编、扩写、综合。古典小说四大名著中除《红楼梦》外的三本都是如此。如《三国演义》的大致的情节和故事发展倾向都是以宋代话本小说《三国志平话》为基础的，当然也有作者罗贯中的很多创作内容。

最后，其中的短篇小说作品影响深远持久，在后世的小说创作中，仍能看到其影响。如明代的拟话本十分鼎盛，不管是内容还是形式都是对宋代短篇小说的直接继承，明代的冯梦龙等搜集、整理、编辑了多部小说话本类作品，这些作品通过丰富的内容和高超的技巧，展现了通俗短篇小说的辉煌。

二、唐宋时期的小说理论

（一）著文章之美，传要妙之情

"著文章之美，传要妙之情"，这是沈既济在《任氏传》中提出来的。他认为小说是一种文学创作，应该通过优美的文字，婉转地叙述和对人物进行褒贬，表达作家美好的思想感情。这在唐代小说理论中是有代表性的。

怎样才能实现这样的要求呢？

首先，要有真挚的感情。白行简在创作《李娃传》的过程中，对描写的对象充满感情，发出了"焉得不为之叹息哉"的感慨。李公佐在《谢小娥传》中说："知善不录，非《春秋》之义也，故作传以旌美之。"都是强调对所写人物的善恶、美丑、是非，作者要有强烈的感情。

文章不是无情物。作者缺乏真挚、丰富的感情，是写不好小说的。小说中的人物形象，如果没有喜、怒、哀、乐，那就成了机器人，根本无法传达作者的思想感情。唐人提出写小说"传要妙之情"[①]，是有一定的理论价值的。

其次，"略小而存大，举重以明轻"。是说提炼情节要把分量小的、意义小的略掉，存大的，写有重大意义的。这不就是艺术提炼吗？艺术真实就是生活真实的提炼，生活真实的概括。人做的事情，把那个最有代表性的、有重大意义的挑出来，琐碎的、没有意义的不写。把分量重的写出来，那个轻的自然也就表达出来了。生活是芜杂的，不提炼就抓不住本质的东西。艺术生产犹如从矿石中提炼真金，不提炼就淘汰不了渣滓。

---

① 罗家祥：《华中国学：2019年·秋之卷》，华中科技大学出版社2020年版，第83页。

此外，唐传奇构思的巧妙、结构的完整、情节的曲折、想象的驰骋、细节描写的运用等等，对塑造鲜明的人物形象，"著文章之美，传要妙之情"都起了很大作用，是唐宋小说取得成功不可缺少的因素。

（二）史学标准

从史学的角度评论小说，这是唐宋小说理论又一明显的特点。历史学是记录、研究实事的，事实越真实、准确，价值就越大。小说是文学创作，允许虚构，如果完全"记实"那就不成其为小说了。如果从史学的角度去要求小说，那就取消了小说的文学特点。唐宋许多历史学家不懂得小说与历史的区别，他们从史学的角度要求、评论小说。

李肇是对小说理论作出了一定贡献的人，但他也没脱史学家的习气，不要说他写的《唐国史补》是介乎笔记小说与历史著作之间的东西，就是他对传奇小说也是从史学的角度来评价的。他在《唐国史补》中说："沈既济撰《枕中记》，庄生寓言之类；韩愈撰《毛颖传》，其文尤高，不下史迁。二篇真良史才也。"显然，李肇认为，司马迁是当之无愧的小说家之典范，"史才"就是小说创作中最精妙的才能，传奇作品的创作也是如此。《史记》被称为"无韵之离骚"，其中的人物形象生动，离不开司马迁的虚构和创作。而李肇不是从这个角度谈的，他是从沈既济、韩愈具有史学家的才能，善于"纪事实"的角度讲的。

历史学是科学，小说是文学，二者有严格的区别。从史学的角度要求小说，对小说的发展是不利的。唐代小说理论是存在这样的缺点的。

（三）赵令畤对小说的论述

宋人对于小说的地位和作用，人物形象的描写，情节、结构的安排布局，虚实相间，文备众体，文体随时，艺术感染力等问题，都有探讨和论述。这些理论分别出现在赵令畤的《元微之崔莺莺商调蝶恋花词》、曾慥的《类说序》、洪迈的《夷坚乙志序》和《容斋随笔》、赵彦卫的《云麓漫钞》、陈振孙的《直斋书录解题》、刘辰翁的《世说新语眉批》、吴自牧的《梦粱录·小说讲经史》等序、眉批、评点之中。这里重点介绍赵令畤、刘辰翁对于小说的一些论述。

赵令畤，字德麟，宋宗室，燕王德昭玄孙，袭封安定郡王。元祐时人，以才美为苏轼所嘉。著作有笔记《侯鲭录》八卷，内容多记载琐闻杂事，也有关于文学的论述。他对唐代元稹的传奇小说《莺莺传》曾作过详细的考辨研究，并改编为鼓子词《元微之崔莺莺商调蝶恋花词》，全篇连着首尾二曲共十二章，散文部分即截取《莺莺传》而成。

他这篇鼓子词在戏曲发展史上占有重要的地位，对后来的诸宫调和戏曲有很大影响。尤其值得注意的是他在改编过程中对小说发表了些议论，具有一定的理论价值。

在《元微之崔莺莺商调蝶恋花词》中，他对《莺莺传》的艺术效果，人物刻画作了热情的赞扬：

"夫传奇者，唐元微之所述也。以不载于本集而出于小说，或疑其非是。今观其词，自非大手笔孰能与于此。至今士大夫极谈幽玄，访奇述异，无不举此以为美话。至于娼优女子，皆能调说大略。"

"非大手笔孰能与于此"，这就从总的方面高度赞扬了《莺莺传》的艺术成就。接着介绍了《莺莺传》在上自"士大夫"，下至"娼优女子"中广泛流传的情况，赞美了它雅俗共赏的艺术魅力。在小说及小说家被歧视的那种社会环境里，他竟能如此高度评价和热情赞美《莺莺传》，真可谓有胆量与卓识。

他的总的评价不是架空的，是建立在具体的分析与认识基础之上的。他细致地分析了莺莺的形象，认为这个形象塑造得十分成功：

"夫崔之才华婉美，词彩艳丽，则于所载缄书诗章尽之矣，如其都愉淫冶之态，则不可得而见。及观其文，飘飘然仿佛出于人目前。虽丹青摹写其形状，未知能如是工且至否？"

表现人物有许多手法，通过人写信、作诗来显示其性格、才华是其中的一种。这一手法在唐宋传奇、宋元话本中已有运用。在赵令畤之前还没有人从理论上总结这一技巧手法。他在此却一语点破：只要读了崔小姐的那些"缄书诗章"就能感觉到她的"才华婉美，词彩艳丽"。更高的是她那种一般"不可得而见"的神态被元稹描绘出来了。因此，读者看了文字描写，便觉人物栩栩如生，仿佛站在眼前，这是绘画也难以达到的啊！这不已接触到了人物形象的鲜明性、生动性的问题了吗？塑造人物形象是小说创作的核心，赵令畤能在我国小说理论批评史上第一次讲出这个问题，尽管还很简略粗浅，但却不能不说是一大贡献。

（四）刘辰翁始创小说评点

刘辰翁，字会孟，号须溪，庐陵（今江西吉安）人，太学生。曾任濂溪书院山长。宋亡不仕。善词能诗。对老子、庄子、列子及李长吉、王摩诘、杜工部、苏东坡、陆放翁、王荆公等家，皆有批点。著有《须溪集》。在《世说新语眉批》中讲了一些小说理论。

他是我国最早用评点的方式评论小说的人，他对《世说新语》的批注，开创了小说评点的先河。他从思想内容、写作技巧等方面对《世说新语》作了评述。

在整个评点中，他在语言方面所作的评论的比重是最大的。一是他用"语鄙""清言""高简"等来评论作家的描述语言的优劣、雅俗、简繁。二是他用"桓大口语""家翁语""妇人语""市井笑语"等来形容小说中各种人物语言的特色。用"注情语""正堕泪之言""语甚可悲"等，点出人物在此时此景语言的感情色彩。三是他认为人物的语言能反映人物的性格。如他在不同人物的语言下有的批"极得情态"，有的批"风致"，有的批"意态"等。从人物的语言中分析人物的性格，正像他的批语所说，读者看了人物的这些语言只觉得"神情自近，愈见其真""使人想见其良"。

他还用一些批语阐明了肖像、动作描写与塑造人物的关系。例如，"蔡叔子：'韩康伯虽无骨干，然亦肤立。'"就批注指出这是描绘了韩的"外貌"[1]。"何晏七岁"一则，就批作"字形语势皆绘，奇事奇事"[2]。诸如此类，刘辰翁的批点尽管三言两语，但却抓住了《世说新语》中人物和语言的某些特色，点中了要害。

另外，刘辰翁对《世说新语》中篇章较长的故事情节的详悉、曲折有批点，如在"张凭举孝廉"一则下批道："此纤悉曲折可尚。"[3]并将《世说新语》跟史书作了比较，认为其中的一些小说"较有俯仰，大胜史笔"，指出《世说新语》在细节情态等描写上胜过一些史书。

最后也应当指出，刘辰翁的评注也涉及一般小说。如"魏武将见匈奴使"一则批道："谓追杀此使，乃小说常情。"[4]"王子猷作桓车骑骑兵参军"一则批

---

[1] 李建中、高文强：《日月清朗千古风流——〈世说新语〉》，云南人民出版社2001年版，第26页。

[2] 李建中、高文强：《日月清朗千古风流——〈世说新语〉》，云南人民出版社2001年版，第26页。

[3] 王汝梅、张羽：《中国小说理论史》，浙江古籍出版社2001年版，第36页。

[4] 陈洪：《中国小说理论史》，安徽文艺出版社1992年版，第35页。

道:"亦似小说书袋子。"① 所有这些,都应当引起我们注意。

总之,刘辰翁的批注绝大部分是可取的。刘辰翁对《世说新语》的评点,不但扩充了《世说新语》的影响,而且开创了我国小说评点的先河,他在小说理论批评史上具有重要的地位。

专题三 明代小说理论

一、明代初期小说理论

宋元以来,小说理论的发展较为缓慢一些,明初的小说理论相对冷落。聊可一提者,就是《剪灯新话》的几篇序。《剪灯新话》是一部传奇小说集,著者瞿佑,始刻于明初。书前有序文四篇,皆撰于洪武年间。这些序文有一个共同的宗旨,就是为小说的生存权利辩护。较重要者是以下两篇:

一篇是瞿佑的自序。瞿佑,字宗吉,钱塘(今浙江杭州)人。自序中说:"余既编辑古今怪奇之事,以为《剪灯录》,凡四十卷矣。好事者每以近事相闻,……习气所溺,欲罢不能,乃援笔为文以纪之。其事皆可喜可悲、可惊可怪者。……既成,又自以为涉于语怪,近于诲淫,藏之书笥,不欲传出。客闻而求观者众,不能尽却之。"

另一篇是凌云翰的序。凌云翰为瞿佑同乡,相与甚契。生卒年不详,字彦羽中,明初任成都府学教授。文云:"昔陈鸿作《长恨传》并《东城老父传》,时人称其史才,咸推许之。及观牛僧孺之《幽怪录》、刘斧之《青琐集》,则又述奇纪异,其事之有无不必论,而其制作之体,则亦工矣。乡友瞿宗吉氏著《剪灯新话》,无乃类是乎?宗吉之志确而勤,故其学也博,具才充而敏,故其文也赡。是编虽稗官之流,而劝善惩恶,动存鉴戒,不可谓无补于世。矧夫造意之奇,措词之妙,粲然自成一家言,读之使人喜而手舞足蹈,悲而掩卷堕泪者,盖亦有之。自非好古博雅,工于文而审于事,曷能臻此哉!"

---

① 黄霖编,罗书华撰:《中国历代小说批评史料汇编校释》,百花洲文艺出版社2009年版,第99页。

这两篇序的一个共同内容，是申明《剪灯新话》虽涉怪诞，且近诲淫，与正经明道立教之作不同，但仍有"劝善惩恶"之功，"不可谓无补于世"。中国古代文学思想的第一条原则，就是强调文学的社会教化作用。因此，任何一种后起的文学样式，都必须举起这面旗帜，才能获得存在的合理性和合法性。瞿佑、凌云翰申明这一点，就是要为稗官小说领取通行证。我们可以看到，无论戏曲理论还是小说理论，都曾反复申明这一点，初期尤其如此。凌云翰的序还充分肯定了稗官小说的艺术价值，这就比瞿佑的自序前进了一步。但是，所谓"造意之奇，措词之妙""使人喜而手舞足蹈，悲而掩卷堕泪"云云，仍旧是将小说视为传奇志怪之文，没有提到其基本特征，即以人物形象反映社会实际，这种小说的观念还不够明确。

瞿佑、凌云翰等人纵然作了这样的辩护，还是不能改变封建统治者和顽固派对小说的态度。据顾炎武《日知录之余》卷四"禁小说"记载："正统七年，二月辛未，国子监祭酒李时勉言：'近有俗儒，假托怪异之事，饰以无根之言，如《剪灯新话》之类，不惟市井轻浮之徒，争相诵习，至于经生儒士，多舍正学不讲，日夜记忆，以资谈论。若不严禁，恐邪说异端，日新月盛，惑乱人心。乞敕礼部行文内外衙门，及调提学校佥事御史，并按察司官，巡历去处，凡遇此等书籍，即令焚毁，有印卖及藏习者，问罪如律。庶俾人知正道，不为邪妄所惑。'从之。"看来，小说还要为自己的生存进行长期的斗争。

二、明代中叶小说理论

明初的小说理论主要是《剪灯新话序》，那还是文言小说理论。只有在通俗小说理论兴起以后，才可能达到小说理论的繁荣。而明代的通俗小说理论，是明中叶兴起的。

宋元以来，在长篇讲史话本的基础上，出现了一批以《三国演义》（全称为《三国志通俗演义》）为代表的长篇通俗历史小说。这些小说的出现，标志着我国古代小说创作进入了一个新阶段，同时也推动了我国古代小说理论的进一步发展。明中叶的小说论著，主要就是这些长篇通俗历史小说的序跋。其中理论价值较大的，是以下几篇：《三国志通俗演义序》，署庸愚子，写于弘治七年。《隋唐志传通俗演义序》，林瀚，写于正德三年。《三国志通俗演义引》，署修髯子，写于嘉靖元年。《新刊大宋演义中兴英烈传序》，熊大木，写于嘉靖三十一年。《唐书演义序》，李大年，写于嘉靖三十二年。

所有这些文章，都是围绕历史小说与历史著作的关系展开的。把小说同历史著作联系起来，以小说为稗官野史，约始于汉代，是我国古代小说观念的固有内容之一。随着历史小说的壮大和因之而来的同历史著作的分化，小说与史书的同异就成了小说理论所面临的一个重要问题。而《三国演义》《隋唐志传通俗演义》等小说，还不是取材于稗官野史，而主要是取材于正史，这类小说同历史著作的关系问题就显得更为突出。以上这些文章就是在这个问题上对我国古代小说理论作出了贡献。

庸愚子所撰的《三国志通俗演义序》是古代第一篇正式的通俗小说论文。据序文后面的印章，知庸愚子即蒋大器，但其人不详。文章说："夫史，非独纪历代之事，盖欲昭往昔之盛衰，鉴君臣之善恶，载政事之得失，观人才之吉凶，知邦家之休戚，以至寒暑灾祥，褒贬予夺，无一而不笔之者，有义存焉。"所谓"义"，就是如孔子作《春秋》那样，"一字之中，以见当时君臣父子之道，垂鉴后世，俾识某之善、某之恶，欲其劝惩警惧，不致有前车之覆"。此孔子"立万万世，至公至正之大法，合天理，正彝伦，而乱臣贼子惧"。而小说也要这样，如《三国演义》，董卓之"权移人主"，曹操之"假忠欺世"，"孔明之忠"，"关张之义"，"其他得失，彰彰可考"，使人知"遗芳遗臭，在人贤与不贤。君子小人，义与利之间而已"。而且，文章认为读小说也要像读修身课本那样，对照检查，"若读到古人忠处，便思自己忠与不忠；孝处，便思自己孝与不孝。至于善恶可否，皆当如此，方是有益。若只读过，而不身体力行，又未为读书也。"这里显然是把小说视为与史书同性质的作品了。这是这篇文章的主要观点。

那么，通俗历史小说与历史著作还有什么区别呢？通俗历史小说与历史著作的区别之一在于史书说理轻微，可表现出的义却是很深奥的，而小说是文章不会太深奥。对于"文胜质则史"的"文"，蒋大器是当作深奥难懂的文言来理解的。故所谓文章不会太深奥就是指较为浅近的文言。所以他也反对小说像民间话本那样径用白话，认为那样就会"言辞鄙谬，又失之于野"。"文不甚深，言不甚俗"，《三国演义》正是如此。这里有所谓"留心损益"，似乎是指小说可以不完全受史实的限制，加以虚构。其实不然。细按文意，显然是指"考诸国史"，以对陈寿的《三国志》"留心损益"，与文学创作之虚构无关。这里还有所谓"若《诗》所谓里巷歌谣之义也"，似乎是说小说也应当像诗那样让人兴发感动。其实也不是。全文从未涉及小说应以不同于史书的方式作用于读者的问题。联系上文,仅仅是说小说较为通俗,像歌谣那样可以使读诵者"人人得而知之"。总之,蒋大器的基本观点是:小说就是较为通俗的史书,而通俗也只能是浅近的文言,而不能通俗成白话。

后来,这个问题从两方面得到了发展。林瀚的《隋唐志传通俗演义序》发展了强调历史小说同历史著作一致的方面,修髯子的《三国志通俗演义引》发展了分析历史小说与历史著作不同的方面。

林瀚,字亨大,号泉山,闽县(今福州市)人。官至吏部尚书,为弘、正间显宦。他在《隋唐志传通俗演义序》中称,"罗贯中所编《三国志》一书,行于世久矣,逸士无不观之。而隋唐独未有传志,予每憾焉。前寓京师,访有此书,求而阅之,始知亦罗氏原本,第其间尚多阙略。因于退食之暇,遍阅隋唐诸书所载英君明将、忠臣义士,凡有关于风化者,悉为编入,名曰《隋唐志传通俗演义》,盖欲与《三国志》并传于世,使两朝事实,愚夫愚妇一览可概见耳"。最后表示:"若予之所好在文字,固非博弈技艺之比。后之君子能体予此意,以是编为正史之补,勿第以稗官野乘目之,是盖予之至愿也夫。"这些话的大意似与蒋大器《三国志通俗演义序》略同,其实沿着视小说为史书的方向走得更远。将"隋唐诸书所载英君名将、忠臣义士,凡有关于风化者,悉为编入",这不是写小说,写出来的也绝不是真正的小说。又明言所好不在文学,而但为"正史之补"。这就等于完全把小说视为史书,或者更正确地说完全以史书取代小说了。

修髯子,据序后印章,即张尚德,其人不详。《三国志通俗演义引》(节录):"客问于余:'刘先主、曹操、孙权各据汉地为三国,史已志其颠末,传世久矣。复有所谓《三国志通俗演义》者,不几近于赘乎?'余曰:'否。史氏所志,事详而文古,义微而旨深,非通儒夙学,展卷间鲜不便思困睡。故好事者以俗近语隐括成编,欲天下之人,入耳而通其事,因事而悟其义,因义而兴乎感。不待研精覃思,知正统必当扶,窃位必当诛;忠孝节义必当师,奸贪谀佞必当去。是是非非,了然于心目之下,裨益风教,广且大焉,何病其赘耶?'客仰而大谑曰:'有是哉,子之不诬我也,是可谓羽翼信史而不违者矣!……'余不揣谫劣,缀俚语四十韵于卷端,庶几歌咏而有所得欤。於戏!牛溲马勃,良医所诊,孰谓稗官小说,不足为世道重轻哉!"

这些话似亦与蒋大器谈史与小说之别的那段话相似,但实际上亦有不同。其一,在语言上,这里说的是"俗近语""俚语",而不是"文不甚深,言不甚俗"①，这就在提倡语言的通俗化方面前进了一步。其二，在作用于读者的方式上，这里提到"因义而兴乎感""不待研精覃思"，这就多少接触到了小说的文学特征，而不再像蒋大器那样，要求读者简单机械地去对照检查、身体力行了。正因为林瀚和张尚德这两篇文章是向着两个不同的方向发展的，所以这两篇文章的落脚点就很不相同了。林瀚虽染指于通俗小说，但实际上对通俗小说是轻视的，故要求"后之君子""以是编为正史之补，勿第以稗官野乘目之"。"稗官野乘"即指一般小说，而张尚德则公然为"稗官小说"张目，强调"孰谓稗官小说，不足为世道重轻哉！"

嘉靖后期，历史小说同历史著作的区别，亦即历史小说的文学特征得到了进一步的认识和强调。这一点集中体现在熊大木的《新刊大宋演义中兴英烈传序》和李大年的《唐书演义序》中。

熊大木，号钟谷，福建建阳人。书贾，亦曾编写通俗小说。他在历史小说《精忠录》的基础上，以岳飞"本传行状之实迹，按《通鉴纲目》而取义"②，编成《新刊大宋演义中兴英烈传》。对于原历史小说与本传"互有同异者"，他"两存之以备参考"，即书中所写之事有的同于正史，有的与正史不同。于是产生了这样一个问题：编历史演义可否不同于正史？有人说"小说不可紊之以正史"，他"深服其论"，进一步指出：

"然而稗官野史实记正史之未备，若使的以事迹显然不泯者得录，则是书竟难以成野史之余意矣。如西子事，昔人文辞往往及之，而其说不一。《吴越春秋》云吴亡西子被杀，则西子之在当时固已死矣。唐宋之问诗云：'一朝还旧都，艳妆寻若耶。鸟惊入松网，鱼畏沉荷花。'则西子尝复还会稽矣。杜牧之诗云：'西子下姑苏，一舸逐鸱夷。'是西子甘心于随蠡矣。及东坡《题范蠡》诗云：'谁遣姑苏有麋鹿，更怜夫子得西施。'则又以为蠡窃西子，而随蠡者或非其本心也。质是而论之，则史书、小说有不同者，无足怪矣。"③

这段话包含着互相联系的两个内容：一是在观念上较为明确地把小说当作文学，而不是当作历史，文中多以诗来证历史小说就说明了这一点；二是明确地认为历史小说可以虚构，可以与史书不同。这两点虽然都没有得到完

---

① 丘振声：《三国演义纵横谈》，漓江出版社1983年版，第320页。
② 纪德君：《中国古代小说文体生成及其他》，商务印书馆2012年版，第332页。
③ 黄霖编，罗书华撰：《中国历代小说批评史料汇编校释》，百花洲文艺出版社2009年版，第145—146页。

整的论述,但却很重要,因为它们标志着作为文学的历史小说观念的觉醒。明确了这两点,才有可能从内在特征上,而不仅是从语言特征上划清历史小说与历史著作的界线。认识到这两点,是明中叶的小说理论所取得的重要成果。

李大年,据《唐书演义序》可知为熊大木同时人,号江南散人,余不详。他在这篇序中提出了几乎和熊大木完全相同的见解:

"《唐书演义》,书林熊子钟谷编集。书成以视余,逐首末阅之,似有紊乱《通鉴纲目》之非。人或曰:'若然,则是书不足以行世矣。'余又曰:'虽出其一臆之见,于坊间《三国志》《水浒传》相仿,未必无可取。且词话中诗词檄书颇据文理,使俗人骚客披之,自亦得诸欢慕,岂以其全谬而忽之耶'?"

除熊大木已说之意外,这段话还透露出这样的意思:历史小说作为文学,有与史书不同的价值,即使所写之事完全为正史所无,而只要"据文理",使人"得诸欢慕",亦即有一定的艺术价值,也不能忽视。这就在把历史小说纳入文学范畴方面又前进了一步。不过,就是熊大木和李大年也还没有完全划清小说与史书的界限。熊大木还是要"以王(按:指岳飞)本传行状之实迹,按《通鉴纲目》而取义"[①],李大年则为《隋唐演义》未能备载"历年事迹"而表示惋惜。

这一阶段的小说理论,在当时文学家对历史小说和历史著作关系的研究和分析中得到发展,小说区别于史书的独立性得以渐渐明确,小说的概念逐渐与现代的正确观念相接近。其语言的通俗性,故事的虚构性,使读者感动、欢慕的艺术性,这些有关小说的基本问题这时都已经提出。虽然论述还很简单,认识只是萌芽,却为后来小说理论的深入发展与走向繁荣准备了条件。

三、明代末期小说理论

万历时起,随着小说创作的繁荣,小说理论也迅速兴盛起来。

从理论形式来说,明中叶主要是一些小说序跋。而万历以后,除了小说序跋大量涌现之外,还出现了许多小说评点。在笔记、杂著中,有关小说的论述也显著增加了。

从论述的小说门类来说,明中叶主要是以《三国演义》为讨论中心的讲

---

① 暨南大学中国文化史籍研究所:《历史文献与传统文化(第十六辑)》,暨南大学出版社2012年版,第73页。

史小说理论。万历以后，不仅以《水浒传》为讨论中心的讲史小说理论大有长进，以《西游记》为讨论中心的神魔小说理论，以《金瓶梅》和《三言》《二拍》为讨论中心的世情小说理论也相继活跃起来。文言小说理论与通俗小说理论，长篇小说理论与短篇小说理论，也是应有尽有。

从理论内容来说，明中叶小说理论的主要议题是历史小说与历史著作的关系。这个问题虽然也涉及小说的内容、语言、艺术、社会价值等各个方面，但所有这些方面的讨论都还局限在历史小说与历史著作的差别的狭小范围内，而没有独立出来和充分展开。万历以后，所有这些方面的研究都有了独立的发展和较充分的展开，每个方面的探讨的深度和广度都远远超过了前一时期，从而把我国古代的小说观念提高到了一个新的水平。其中叶昼对小说艺术的研究，成绩最为突出。

（一）小说语言论

这里所说的小说语言论，是指语言的文白、雅俗问题，实即通俗问题。至于小说的语言艺术问题，归入小说艺术论中。"通俗"的含义也包括义浅，但主要是指语俗。

1. 陈继儒《唐书演义序》

陈继儒，字仲醇，号眉公，华亭（今上海市松江区）人。工诗文书画，亦重戏曲小说，曾批评《唐书演义》《列国志传》。《唐书演义序》撰于万历二十一年。序云："往自前后汉、魏、吴、蜀、唐、宋，咸有正史，其事文载之不啻详矣。后世则有演义。演义以通俗为义也者，故今流俗节目不挂司马、班、陈一字，然皆能道赤帝、诧司马、悲伏龙、凭曹瞒者，则演义之为耳。演义固喻俗书哉。义意远矣。"这里以"通俗"释"演义"，肯定了"演义"能使流俗之人皆知历史，也就是肯定了语言通俗的积极作用。不过这里仅把演义理解为通俗的正史，则对小说的认识显然还很肤浅。陈继儒在《叙列国志》中也说："顾以世远人邈，事如棋局，《左》《国》之旧，文彩陆离，中间故实，若存若灭，若晦若明。有学士大夫不及详者，而稗官野史述之；有铜螭木简不及断者，而渔歌牧唱能案之。此不可执经而遗史，信史而略传也。"其肯定通俗及仅以小说为通俗之史，皆与《唐书演义序》相同。

2.《东西汉通俗演义序》

《东西汉通俗演义序》的撰者不详，原署"公安袁宏道题"，系伪托。此序之基本观点与陈继儒之《唐书演义序》一致，但阐述更为详明、透彻。序中借"里中有好读书者"之口曰："人言《水浒传》奇，果奇。予每检《十三经》或《二十一史》，一展卷即忽忽欲睡去，未有若《水浒传》之明白晓畅，语语家常，使我捧玩不能释手者也。"而后又说："今天下自衣冠以至村哥里妇，自七十老翁以至三尺童子，谈及刘季起丰沛、项羽不渡乌江、王莽篡位、光武中兴等事，无不能悉数颠末，详其姓氏里居。自朝至暮，自昏彻旦，几忘食忘寝，聚讼言之不倦。及举《汉书》《汉史》示人，毋论不能解，即解亦多不能竟，几使听者垂头，见者却步。……文不能通而俗可通，则又通俗演义之所由名也。""文不能通而俗可通，则又通俗演义之所由名也"，也就是陈继儒所说的"演义以通俗为义也者"，都是以通俗为演义的本色。但前面的阐述，"明白晓畅，语语家常，使我捧玩不能释手"，以及"自朝至暮，自昏彻旦，几忘食忘寝，聚讼言之不倦"等语，所说的已经不仅是通解文意，而且是艺术欣赏问题了。这就是说，只有用人民口头的活的语言，才能使广大群众得到充分的审美享受，意思与徐渭所说古之字与词使古人"兴"，只有今之字与词才能使今人"兴"相近。这就把问题深入了一步。此外，还应提到的是，这篇序十分重视小说批评，以为这是使读者深刻领会作品精神的必要手段，并对李贽的《水浒传》评论给予了极高的评价："若无卓老揭出一段精神，则作者与读者，千古俱成梦境""吾安得起龙湖老子于九原，借彼舌根，通人慧性，假彼手腕，开人心胸，使天下共以信卓老者信演义，爱卓老者爱演义也"。

明末小说论著中谈到语言通俗问题的还有很多。以上两篇，约略反映了人们对这个问题的认识的步步深入。

（二）小说内容论

本处的小说内容论指的是小说内容与生活内容关系的相关理论，也就是关于艺术真实和生活真实关系的理论。因为小说具体门类的不同，小说内容论表现出不同的针对性，历史小说对应的是虚实问题；志怪、神魔小说对应的是真幻问题；世情小说对应的是奇常问题。当然，这是大致而论。

1. 关于虚与实的问题

首先应该提到天都外臣的《水浒传序》。这篇序写于万历十七年。李贽的《忠义水浒传序》不知写作时间，但载有此文的《焚书》亦初刻于万历十七年。这是现存较早的两篇《水浒传》的序文。天都外臣，据沈德符《万历野获编》

称,系汪道昆托名。但汪道昆依附张居正,又追随王世贞,名列"后五子",诗文刻意摹古,戏曲亦力求典雅,故此说不足信。这篇序认为,小说所写之事是否皆历史上所有,"此其虚实,不必深辨"。《水浒传》中的宋江起义一事,就可以说明是摆脱了史书观念、以文学看待讲史小说的透辟的议论。既然是历史题材的小说,当然不可能,也不应该完全脱离史实。但既然是小说,就要展现丰富多彩、具体生动的人物形象和生活图景,因而又不可能仅依史书,想象、虚构、夸张均属必需。

"此其虚实,不必深辨",就是说小说的内容是否完全合乎史实,不足以决定小说之成败得失,不应当作为评价小说的标准,因而也不必要严加考辨。那么评价小说的标准应当是什么呢?评价小说的关键在于能否取得文学作品所应取得的审美效果。这篇序接下来谈到《水浒传》所生动描绘的广阔的生活场景和众多的人物形象,谈到《水浒传》的述事之工、状物之妙,这正是《水浒传》之所以"可喜",亦正是《水浒传》之作为小说的文学特征。这段话最后把《三国演义》与《水浒传》作了比较,说《三国演义》"雅俗相牵,有妨正史"[①],不及《水浒传》远甚。《三国演义》自有其不朽的成就,但在小说成长的道路上的确落后于《水浒传》,更接近于历史。这个对比鲜明地反映了《水浒传序》作者的小说批评标准,也鲜明地反映了小说观念的进步。

此外,这篇序还谈到小说兴起的社会原因:"小说之兴,始于宋仁宗。于时天下小康,边衅未动。人主垂衣之暇,命教坊乐部纂取野记,按以歌词,与秘戏优工,相杂而奏。是后盛行,遍及朝野。盖虽不经,亦太平乐事,含哺击壤之遗也。"这当然说得很不全面,但指出最早作为讲唱艺术的通俗小说的兴起,与社会安定、娱乐活动盛行有关,是不错的。还有,这篇序对于《水浒传》的成书过程也提供了宝贵的线索,受到文学史家的重视。

沿着"此其虚实,不必深辨"的方向继续前进,进一步划清历史小说与历史著作的界限的,是西阳野史的《新刻续编三国志引(序)》。这篇文章的写作年代难于确考,但所引之书为万历刊本。西阳野史,不详何人。此引开篇便说:"夫小说者,乃坊间通俗之说,固非国史正纲,无过消遣于长夜永昼,或解闷于烦剧忧愁,以豁一时之情怀耳。"这就是把历史小说完全看作一般的文学作品,而与正史迥异了。所以后面又谈道:"今是书之编,无过欲泄愤一时,取快千载,以显后关、赵诸位忠良也。其思欲显耀前忠,非借刘汉则不能以

---

① 张方:《中西文论讲话》,百花洲文艺出版社2020年版,第186页。

显扬后世，以泄万世苍生之大愤。突会刘渊亦借秦馀以警后世奸雄，不过劝惩来世、戒叱凶顽尔。"这就是说，历史小说并不是为了记述历史，而只是要借古喻今，表达作者的思想感情，即所谓"泄愤一时，取快千载"。

同西阳野史的《新刻续编三国志引（序）》倾向一致而又有所开拓的，是王圻的《稗史汇编》。王圻，字元翰，上海人，著述家。《稗史汇编》为说部类书，成书于万历三十五年。其《文史门·尺牍类·院本》条称："今读罗《水浒传》，从空中放出许多罡煞，又从梦里收拾一场怪诞；其与王实甫《西厢记》始以蒲东邂会，终以草桥扬灵是二梦语，殆同机局。总之，惟虚故活耳。"这里之所谓"虚"，还不仅是"事迹欠实"，干脆就是虚构。"惟虚故活"，就是说只有加入虚构，故事和人物才能更为灵活、生动，作品才有更高的艺术性。这样，小说就从史实的束缚中解放出来，自由灵活地发展了。

历史小说是小说而不是历史。但历史小说总要符合历史的真实，正如一般小说要符合生活的真实一样；当然这里所说的真实不是具体情节的真实，而是历史情理的真实。特别是以确实存在的历史事件、历史人物为题材的小说，如果肆意歪曲历史、凭空捏造，就很难被人接受，就不会令人感兴趣。故当上述观点风行开来，杜撰的历史小说大量出现以后，问题的另一方面也就引起了人们的注意。可观道人的《新列国志序（叙）》主要就是从这方面建言的。可观道人，不详何人。此序首先对杜撰历史演义的现象表示了不满："自罗贯中氏《三国志》一书，以国史演为通俗演义，汪洋百余回，为世所尚。嗣是效颦日众，因而有《夏书》《商书》《列国》《两汉》《唐书》《残唐》《南北宋》诸刻，其浩瀚几与正史分签并架。然悉出村学究杜撰，憽偟磈礧，识者欲呕。"接着列举了余邵鱼所撰《列国志传》的许多谬误之处，然后谈到冯梦龙重写《新列国志》云："本诸《左》《史》，旁及诸书，考核甚详，搜罗极富。虽敷演不无增添，形容不无润色，而大要不敢尽违其实。凡国家之兴废存亡，行事之是非成毁，人品之好丑贞淫，一一胪列，如指诸掌。"反映真实的、重大的历史事件、历史人物，这种严肃的态度是需要的。敷演增添，形容润色，是为了使历史的真实转化为艺术的真实。但如果连国家之兴废、行事之是非、人品之好丑这些原则问题都肆意篡改，那就完全违背了历史的真实，也就不能称其为历史小说了。

观点与这篇《新列国志序（叙）》相近的，还有甄伟的《西汉通俗演义序》和吟啸主人的《平虏传序》。甄伟，字建业，号钟山居士，金陵（今南京）

人，《西汉通俗演义》作者。序写于万历四十年，里面交代自己的创作思想是："因略以致详，考史以广义""言虽俗而不失其正，义虽浅而不乖于理""然好事者或取予书而读之，始而爱乐以遣兴，既而缘史以求义，终而博物以通志，则资读适意，较之稗官小说，此书未必无小补也。若谓字字句句与史尽合，则此书又不必作矣"。由"遣兴"而"求义"，而"通志"，即由美感享受而得到历史的真理，而提高思想认识，这是历史小说应该达到的效果。为达到这样的效果，既不能"字字句句与史尽合"，又不能任意编造，与史尽乖。

吟啸主人，《平虏传》作者，余不详。序中有这样几句话："传成，或曰：'风闻得真假参半乎？'予曰：'苟有补于人心世道者，即微讹何妨？有坏于人心世道者，虽真亦置。'""真假参半"的提法过于机械，意思就是不必皆真、不可全假。值得注意的是，这里从有补还是坏于世道人心的角度看待真假问题，认为对历史事实应有分析、有取舍，这种见解是可取的。

以上三篇文章的这种观点，是对"宜作小说而览，毋执正史而观"及"惟虚故活"的观点的必要补充。我们可以看到，人们在对历史小说与历史著作的关系问题的认识上，亦即在对历史小说的性质问题的认识上，走过了一条"之"字形的道路。起初，人们不认识历史小说同历史著作的内在区别，仅把历史小说看作较为通俗的历史著作，如蒋大器、陈继儒等。随后，许多人在历史小说同历史著作的内在差别，亦即历史小说的文学特征上进行了持续的、不断深入的研究，走到了"宜作小说而览，毋执正史而观"及"惟虚故活"的观点。这时，人们又发现仅仅强调历史小说同历史著作的差别也是不全面的，从而在肯定历史小说是文学而不是历史的基础上，又把二者适当地联系了起来。这是一个人们的认识螺旋式上升的具体过程，是一个思维发展的辩证法的具体例证。

明末，发现了一批以现实政治事件为题材的小说，《平虏传》即其中之一部。但突出反映这类小说的创作思想的，是峥霄主人的《魏忠贤小说斥奸书凡例》。峥霄主人，不详何人。《凡例》中说："一本之见闻，非敢妄意点缀，以坠于绮语之戒"，"是书动关政务，事系章疏，故不学《水浒》之组织世态，不效《西游》之布置幻景，不习《金瓶梅》之闺情，不祖《三国》诸志之机诈。"现实政治小说自有其不同于一般历史小说的特点，留给作者的艺术创造的天地是比较狭小的。但以上述这么些"不"为原则，也就很难成为真正的文学作品了。这是小说内容的虚实问题的一种特殊情况。

2. 关于真与幻的问题

明代后期，人们一般已经不再把妖魔鬼怪视为实有之物。因此，志怪神魔小说中的艺术真实与生活真实的关系问题，与历史小说中的这个问题具有不同的内容。这里，所写之事纯属虚幻，但虚幻之中亦含真实——人情事理的真实。这就是真与幻的问题。

优秀的志怪神魔小说，正是要以妖魔鬼怪之幻显人间情理之真。首先表现出这种思想的，就是《西游记》的作者吴承恩。吴承恩，字汝忠，号射阳山人，淮安府山阳县（今江苏淮安）人。出身于一个小商人家庭，屡困科场，后补贡生。嘉靖末曾任浙江长兴县丞。不久拂袖而归，怀着对黑暗现实的强烈不满和"胸中磨损斩邪刀，欲起平之恨无力"①的愤激之情致力于著述。除《西游记》外，尚有诗文集《射阳先生存稿》，另有志怪小说集《禹鼎志》，已佚。吴承恩没有留下关于《西游记》的论述，但有一篇《禹鼎志序》约略反映了他的志怪小说的创作思想。序中称禹铸九鼎，是为了备百物之形，使民知神奸，意义极其重大。把创作志怪小说喻为禹铸九鼎，说明他写志怪小说并不是出于好奇，恰恰是为了寄寓对于现实世界的深刻认识。这里虽没有直接讲到幻与真的关系，但所谓真幻问题的实际内容即是如此。

此后，在这个问题上提出了更鲜明的观点并对"虚幻"表示了偏爱的，是谢肇淛的《五杂俎》。谢肇淛，字在杭，福建福州长乐人。生卒年不详，万历三十年进士，官至广西右布政使。《五杂俎》是一部内容广泛的笔记，其中有些条目涉及小说。例如：

"小说野俚诸书，稗官所不载者，虽极幻妄无当，然亦有至理存焉。如《水浒传》无论已，《西游记》曼衍虚诞，而其纵横变化，以猿为心之神，以猪为意之驰，其始之放纵，上天下地，莫能禁制，而归于紧箍一咒，能使心猿驯伏，至死靡他，盖亦求放心之喻，非浪作也。……其他诸传记之寓言者，亦皆有可采。惟《三国演义》与《钱塘记》《宣和遗事》《杨六郎》等书，俚而无味矣。何者？事太实则近腐，可以悦里巷小儿，不足为士君子道也。"

"虽极幻妄无当，然亦有至理存焉"，就是说幻中有真，极幻中寓有极真。"至理"就是超出常人之见的极深邃的真理。这是对《西游记》一类优秀的志怪神魔小说的正确评价。就这两句话而言，与汤显祖所说的"人世之事，非人世所可尽""意有所荡激，语有所托归"意思是一致的。但谢肇淛以"求放心"

---

① 朱一玄、刘毓忱：《〈西游记〉资料汇编》中州书画社1983年版，第157页。

为《西游记》所蕴含的至理，这就不仅与汤显祖的思想大相径庭，且不能不说是对《西游记》的严重歪曲了。因欣赏志怪寓言而贬《三国演义》等历史小说为"俚而无味"，也未免偏颇。

其在《五杂俎》中还谈道："凡为小说及杂剧戏文，须是虚实相半，方为游戏三昧之笔。亦要情景造极而止，不必问其有无也。古今小说家，如《西京杂记》《飞燕外传》《天宝遗事》诸书，《虬髯》《红线》《隐娘》《白猿》诸传，杂剧家如《琵琶》《西厢》《荆钗》《蒙正》等词，岂必真有是事哉？近来作小说，稍涉怪诞，人便笑其不经，而新出杂剧，若《浣纱》《青衫》《义乳》《孤儿》等作，必事事考之正史，年月不合，姓字不同，不敢作也。如此，则看史传足矣，何名为戏？"这里虽然也表现出对虚幻情节的偏爱，但反对戏曲小说"事事考之正史"，主张"情景造极而止"，却是很有见地的。"情景造极"就是把作品的情景典型化，极力发挥使透，以达到最强的艺术效果。为此就必须加工虚构，而不能拘泥事实。真幻问题与虚实问题本来就是密切相关的，这个意见作为对虚实问题的看法，也是值得一提的。

真与幻这个问题中的真，既然不是表面现象之真，而是情理之真、本质之真，就会产生一个究以何者为真、何者为假的问题。这是作品的思想问题。明代后期，《西游记》《牡丹亭》等文学作品和李贽、汤显祖等人的文学思想，都带有不同程度的叛逆色彩，因而往往以反封建传统的叛逆精神为真。这种倾向也影响到关于真与幻的讨论。五湖老人的《忠义水浒全传序》显然就受到了这种倾向的影响。五湖老人，不详何人。这篇序虽然谈的不是志怪神魔小说，但内容却是何者为真的问题。

序中写道："夫天地间真人不易得，而真书亦不易数觏。有真人，而后一时有真面目、真知己；有真书而后千载有真事业、真文章。虽然，其人不必尽皆文、周、孔、孟也，即好勇斗狠之辈，皆含真气；其书亦不必尽皆二典、三谟、周诰、殷盘也，即嬉笑怒骂之顷，俱成真境。故真莫真于孩提，乃不转瞬而真已变，惟终不失此孩提之性则真矣。真又莫真于山川之流峙，烟云之变化，乃一经渲染而真已失。惟能得而至者，皆天下有心汉、娘子军是。"

后面还分析到《水浒传》中的人物："凡传中诸人，其须眉眼口鼻，写照毕肖，不独当年之卢面蒙愧，李笑口丑，苏舌受惭，即以较今日之伪道学、假名士、虚节侠，妆丑抹净，不羞莫夜泣，而甘东郭餍者，万万迥别，而谓此辈可易及乎！兹余于梁山公明等，不胜神往其血性。总血性发忠义事，而其人足不朽。"这篇序突出强调真。而所谓真，又与文、周、孔、孟及典、谟、诰、盘无关，"好勇斗狠之辈，皆含真气"，"嬉笑怒骂之顷，俱成真境"；尤与伪道学、假名士、虚节侠等"万万迥别"，"真莫真于孩提"，"一经渲染而真已失"；总之，唯有血性之壮男奇女，才为至真。这种对于真的理解，实即李贽《童心说》《杂说》中的观点。

融汇吴承恩、谢肇淛、五湖老人之说，在真与幻的问题上作了总结性的论述的，是袁于令。袁于令，原名晋，又名韫玉，字令昭，一字凫公，号箨庵，又号幔亭、白宾、吉衣主人，吴县（今江苏苏州）人。明末为生员，入清曾任荆州知府。著有戏曲《西楼记》及小说《隋史遗文》等。

他在《西游记题辞》中对"幻"作了更高的评价："文不幻不文，幻不极不幻。是知天下极幻之事，乃极真之事；极幻之理，乃极真之理。故言真不如言幻，言佛不如言魔。魔非他，即我也。我化为佛，未佛皆魔。魔与佛力齐而位逼，丝发之微，关头匪细。摧挫之极，心性不惊。此《西游》之所以作也。说者以为寓五行生克之理，玄门修炼之道。余谓三教已括于一部，能读是书者，于其变化横生之处引而伸之，何境不通，何道不洽？而必问玄机于玉匮，探禅蕴于龙藏，乃始有得于心也哉？"

"天下极幻之事，乃极真之事；极幻之理，乃极真之理"，这个提法看似比谢肇淛的"虽极幻妄无当，然亦有至理存焉"绝对，但其实更为深刻。它更深入地揭示了《西游记》《牡丹亭》等积极浪漫主义作品以极幻之事寓极真之理的真谛，包含了明代后期尚奇贵幻的文学思想的叛逆精神，是在真与幻的关系问题上的最高、最有代表性的提法。不过这段话后面对《西游记》主题思想的阐发，即汇三教、通万物，虽不像谢肇淛的"求放心"那样迂腐，却仍未中肯綮。

袁于令这种贵幻的观点也体现在他对历史小说的评论中。写于崇祯六年的《隋史遗文序》说道："史以遗名者何？所以辅正史也。正史以纪事。纪事者何？传信也。遗史以搜逸。搜逸者何？传奇也。传信者贵真：为子死孝，为臣死忠，摹圣贤心事，如道子写生，面面逼肖。传奇者贵幻：忽焉怒发，忽焉嬉笑，英雄本色，如阳羡书生，恍惚不可方物。苟有正史而无逸史，则勋名事业，彪炳天壤者，固属不磨；而奇情侠气，逸韵英风，史不胜书者，卒多湮没无闻。纵大忠义而与昭代忤者略已。"

这里是这样确定正史与讲史小说的区别的：正史在于纪事以传信，传信贵真；讲史小说在于搜逸以传奇，传奇贵幻。这种区别包括内容与表现两个方面。从内容上说，正史在于记述忠臣孝子、勋名功业，讲史小说在于描绘奇情侠气、逸均英风。从表现上说，记述忠臣孝子、勋名功业，就要如道子写生，但求逼肖；描绘奇情侠气、逸韵英风，就要想象渲染，"忽焉怒发，忽焉嘻笑"。可以看出，袁于令在对讲史小说的论述中也体现着反正统封建思想的叛逆精神和尚奇贵幻的倾向。这两方面的结合，使他在一定程度上继承了汤显祖的浪漫主义文学思想，成了这种文学思想在明代的最后一个代表。

在真与幻的问题上，也有一些折中之论，即提倡"兼真幻之长"。张无咎的《批评北宋三遂新平妖传序（叙）》就是这样。张无咎，名誉，楚黄（今湖北黄冈）人，余不详。序云："小说家以真为正，以幻为奇。然语有之：'画鬼易，画人难。'《西游》幻极矣，……鬼而不人，第可资齿牙，不可动肝肺。《三国志》人矣，描写亦工，所不足者幻耳。……及观兹刻，回数倍前，始终结构，备人鬼之态，兼真幻之长。"① 这种论调看来很全面，且似更高一筹。其实，张氏根本不明白真与幻这个问题的含义，以为写人即真、写鬼即幻。他也根本不理解《西游记》等文学作品的意义，"第可资齿牙"同王世贞批评《拜月记》"无风情"一样，亦属无稽之谈。而他所推崇的《平妖传》，写的是实有之事，又杂之以神鬼妖术，思想上迷信荒诞，艺术上不伦不类，更无"至理""真气"可言。以此小说之下乘为"备人鬼之态，兼真幻之长"的上品，则张氏所谓"兼真幻之长"为何物，也就可想而知了。一味求幻也会走上荒诞无稽的邪路，但这需要以强调"幻"正是为了表现"真"来纠正，而不应该像张无咎这样，提倡真事与妖术的混杂。

3. 关于奇与常的问题

我国古代的小说，除了与史有密切联系之外，还大都具有传奇色彩。志怪、神魔小说自不待言，历史小说亦多为历史英雄传奇。这个"奇"，始而既指奇异的故事和人物，继而包含出类拔萃、精彩绝伦的意思，久而久之，成了衡量小说的尺度，不奇就不能成为小说。但文学总要逐步走向平民百姓的日常生活。随着市民阶层的出现和壮大，文学进入了世俗社会，进入了各种小人物的日用起居。于是，一个新的问题产生了：究竟什么是奇？常人琐事有没有文学价值？这就是奇与常的问题。

首先提出这个问题的，是徐如翰的《云合奇踪序》。该序写于万历四十四

---

① 大连图书馆参考部：《明清小说序跋选》，春风文艺出版社1983年版，第183页。

年。《云合奇踪序》称："天地间有奇人始有奇事，有奇事乃有奇文。夫所谓奇者，非奇衺、奇怪、奇诡、奇僻之奇，正惟奇正相生，足为英雄吐气、豪杰壮谈，非若惊世骇俗、吹指而不可方物者。"强调奇，但对奇作了新的解释，以"奇正相生"突出了"足为英雄吐气、豪杰壮谈"的奇气。这样就把"奇"拉近了，但也只拉到当代生活中的英雄豪杰。《云合奇踪》即《英烈传》，写的是明朝开国的伟业，故序文后面又说："因以告后之好奇者，不必搜奇剔怪，即君臣会合间而奇踪即在于是。"

把"奇"进一步拉向普通人的日常生活的，是即空观主人的《拍案惊奇序》。即空观主人就是凌濛初。该序写于崇祯元年。开头便说："语有之：'少所见，多所怪。'今之人，但知耳目之外，牛鬼蛇神之为奇，而不知耳目之内，日用起居，其为谲诡幻怪，非可以常理测者固多也。……必向耳目之外索谲诡幻怪者以为奇，赘矣。"《拍案惊奇》多为世情小说，"凡耳目前怪怪奇奇，当以无所不有"[①]。因而在理论上就要提倡到"耳目之内，日用起居"中去寻找"奇"了。

到崇祯五年，睡乡居士的《二刻拍案惊奇序（叙）》把这个问题大大向前推进了。睡乡居士，不详何人。这篇序首先提出："尝记《博物志》云：'汉刘褒画云汉图，见者觉热；又画北风图，见者觉寒。'窃疑画本非真，何缘至是？然犹曰人之见为之也。"云汉、北风，人所习见，故易于感染人。

接着谈到小说："今小说之行世者，无虑百种。然而失真之病，起于好奇。知奇之为奇，而不知无奇之所以为奇。舍目前可纪之事，而驰骛于不论不议之乡，如画家之不图犬马而图鬼魅者，曰：'吾以骇听而止耳。'夫刘越石清啸吹笳，尚能使群胡流涕，解围而去。今举物态人情，恣其点染，而不能使人欲歌欲泣于其间，此其奇与不奇，固不待智者而后知之也。则为之解曰：'文自《南华》《冲虚》，已多寓言；下至非有先生、冯虚公子，安所得其真者而寻之？'不知此以文胜，非以事胜也。至演义一家，幻易而真难，固不可相衡而论矣。即如《西游》一记，怪诞不经，读者皆知其谬。然据其所载，师弟四人，各一性情，各一动止，试摘取其一言一事，遂使暗中摹索，亦知其出自何人，则正以幻中有真，乃为传神阿堵。而已有不如《水浒》之讥。岂非真不真之关，固奇不奇之大较也哉！"

这些话在文学观、小说观上颇有一些值得注意的地方。第一，这里表明

---

① 郭预衡：《中国古代文学史长编（四）》，上海古籍出版社2007年版，第429页。

了这样一种观点：越是为人们所熟悉的事物，越容易引起人们的审美感受；而奇绝生僻为人所不知者，就很难达到这样的效果。当然，形迹虽似奇僻而情理一如常人者不在其内。第二，这里把小说同一般文章区别了开来。中国古代的小说来源于文，故往往被视为文之一体，如志怪文、传奇文。直到明末清初的小说理论家金人瑞，还以八股之艺评《水浒传》。上文说《庄子》《列子》"此以文胜，非以事胜也"，这就把小说这种演说故事、描写人物的叙事文学的特点揭示出来了。第三，这里把"真"理解为艺术形象的真实，在小说中主要就是人物形象的真实。云汉、北风之真是形象的真实。《西游记》的故事是虚幻的，但其中的人物形象则个性鲜明、呼之欲出，这就是"幻中之真"。在前面已经介绍过的关于真与幻的讨论中，一般人都把"真"理解为"至情""至理"，这当然是正确的；但小说的"至情""至理"主要应通过真实的人物形象表现出来，小说之真，关键就在于人物形象之真。以上三点，第一点涉及整个文学观的发展，后两点则反映了小说观的进化。正是在这样的文学观和小说观的基础上，这篇序对我国古代文学理论，主要是小说、戏曲理论中的"奇"这个概念，提出了一个重要的见解："无奇之所以为奇"。"无奇"就是常，就是人们所熟悉的日常生活；"奇"就是奇妙，就是精彩动人。提出"无奇之所以为奇"，旨在提倡作家关注平凡的生活，从中取材、提炼、加工、升华，从而创作出生动的艺术形象，以平凡的生活揭示生活中的真理。李贽说"饮食宴乐之间，起义动慨多矣"[①]，这个思想在这篇序中以小说理论的形态体现了出来。此外，上面这段话中讲《西游记》"师弟四人，各一性情，各一动止"数语，是对人物形象个性化的精彩论述，放在小说艺术论中也是很值得重视的。

这篇睡乡居士的《二刻拍案惊奇序》对小说理论的发展作出了多方面的贡献，在明代的小说理论史上应当占有较高的地位。

稍后，笑花主人的《今古奇观序》对奇与常的问题作了虽无很多新意却略带总结性的论述。笑花主人，不详何人。《今古奇观》为"三言""二拍"的精选本，刻于明末，故此序当在《二刻拍案惊奇序》之后、明亡之前。这篇序用了很大篇幅叙述小说发展史，从《庄》《列》至通俗演义，从《三国演义》《水浒传》至"三言""二拍"。其中特别称赞了"三言""极摹人情世态之歧，备写悲欢离合之致"，可谓钦异拔新，洞心骇目。

---

① 李竞艳：《焚书》，河南大学出版社2016年版，第486页。

其后作了这样一段理论概括:"夫蜃楼海市,焰山火井,观非不奇,然非耳目经见之事,未免为疑冰之虫。故夫天下之真奇,在未有不出于庸常者也。仁义礼智,谓之常心;忠孝节烈,谓之常行;善恶果报,谓之常理;圣贤豪杰,谓之常人。然常心不多葆,常行不多修,常理不多显,常人不多见,则相与惊而道之。闻者或悲或叹,或喜或愕。其善者知劝,而不善者亦有所惭恶悚惕,以共成风化之美。则夫动人以至奇者,乃训人以至常者也。吾安知间阎之务不通于廊庙,稗秕之语不符于正史?若作吞刀吐火、冬雷夏冰例观,是引人云雾,全无是处。吾以望之善读小说者。"

这些话的基本观点显然来自《二刻拍案惊奇序》,但阐述更为完整、明确。如"蜃楼海市"云云之于"画云汉图,见者觉热""人之见为之也","天下之真奇,在未有不出于庸常者也"云云之于"无奇之所以为奇",突出称赞"极摹人情世态之歧,备写悲欢离合之致"之于提倡写"目前可纪之事",皆是如此。通过这样的阐述,代表世情小说的常中求奇的理论就算大致完成了。但不能不指出的是:这里所说的"常心""常行""常理"等等,完全是封建社会的伦理纲常,故而归结为"共成风化之美"。这种腐恶的封建教化主义思想实在令人生厌。这种思想不同程度地存在于明末大部分小说论著中,是这个时期小说理论水平不断提高的同时出现的一股倒退的逆流。

(三)小说艺术论

其实,上面讲的小说语言论和小说内容论都涉及小说艺术问题,其中有些文章还在小说艺术问题上发表了精彩的见解。下面要谈的是以探讨小说艺术为主的论著。

1. 胡应麟的小说艺术论

文学复古思潮的后继者、"末五子"之一的胡应麟,有一部以考据为主的杂著,名《少室山房笔丛》,其中也包含一些对戏曲、小说的考评。这些考评的主要意义在于史料的考据,而不在理论建树,但也涉及艺术方面的一些问题。有关戏曲的考评,被近人辑录为《少室山房曲考》,收入《新曲苑》中。其中虽亦有一二可取之见,但价值不大。这里略谈一下有关小说考评。

胡应麟在《九流绪论》中说:"小说者流,或骚人墨客游戏笔端,或奇士洽人搜罗宇外。纪述见闻,无所回忌;覃研理道,务极幽深。其善者足以备经解之异同,存史官之讨核,总之有补于世,无害于时。"这是对小说的肯定,但并不是作为真正的小说来肯定的,"备经解之异同,存史官之讨核"非小说之事。他又说:"子之为类,略有十家,昔人所取凡九,而其一小说弗与焉。然古今著述,小说家特盛;而古今书籍,小说家独传。何以故哉?怪力乱神,俗流喜道,而亦博物所珍也;玄虚广莫,好事偏攻,而亦洽闻所昵也。谈虎者矜夸以示剧,而雕龙者闲掇之以为奇,辨鼠者证据以成名,而扪虱者类资之以送日。至于大雅君子,心知其妄,而口竞传之;且斥其非,而暮引用之。犹之淫声丽色,恶之而弗能弗好也。"这里分析了小说的吸引力,但着眼点在于"怪力乱神""玄虚广莫",而不是人物情景。他在《庄岳委谈》中还说:"今世传街谈巷语,有所谓演义者,盖尤在传奇、杂剧下""余每惜斯人(指《水浒传》作者)以如是心,用于至下之技。然自是其偏长,政使读书执笔,未必成章也"。显然,胡应麟置于子类第十家来肯定的小说,仅指志怪、传奇文,通俗演义尚在编外。总之,胡应麟的小说观还是正统封建文人的小说观。在明代后期,依然抱着这种落后观念谈论小说的人是不多见的。

胡应麟对"作意好奇"的唐人小说并不赞赏,如在《二西缀遗》中说:"唐人小说,如《柳毅传》书洞庭事,极鄙诞不根,文士亟当唾去,……此事特诳而不情,造言者至此,亦横议可诛者也。"相比之下,远不如稍后一些的桃源居士在《唐人小说序》中的评价之高:"唐三百年,文章鼎盛,独律诗与小说称绝代之奇。何也?盖诗多赋事,唐人于歌律以兴以情,在有意无意之间。文多征实,唐人于小说摘词布景,有翻空造微之趣。至纤若锦机,怪同鬼斧,即李杜之跌宕、韩柳之尔雅,有时不得与孟东野、陆鲁望、沈亚之、段成式辈争奇竞爽。犹耆卿、易安之于词,汉卿、东篱之于曲,所谓厥体当行,别成奇致,良有以也。"这里虽然也还是把唐人小说当作一般的文来评论的,但以"翻空造微""怪同鬼斧"为其所长,并因而与律诗并列,称为唐三百年绝代之奇,远比胡应麟更有见识。桃源居士,不详何人。此序载于署冯梦龙编辑的《五朝小说》中。

胡应麟显然还没有认识什么是真正的小说。他对小说以及戏曲的议论,既没有离开正统封建文学观念,也没有离开文学复古思潮,反而说明了他的文学思想的一致性。

2. 叶昼的小说艺术论

真正在小说艺术论上作出了重大贡献的,是叶昼。

关于叶昼其人,如今所知甚少。据钱希言《戏瑕》、周亮工《书影》等书记载，叶昼，字文通，无锡人，生卒年亦不可考。今人多以署李卓吾评点之《水浒传》容与堂刊百回本为叶昼伪托。此说有当时人钱希言、周亮工等的记载为据，似属可信。然而这本《水浒传》中的很多评点有很多矛盾之处，部分回目的总评中有包括一些对总评自身的评价，这都表明此本评点是多人合力完成的。究竟真相如何，目前难以考证。此本除每回之总评、夹批、眉批外，书前还附有《梁山泊一百单八人优劣》《〈水浒传〉一百回文字优劣》和《又论〈水浒传〉文字》三篇短文。

我们先引出《〈水浒传〉一百回文字优劣》中的一段话，这些话反映了叶昼对小说的基本认识，也可以说是叶昼的小说观：

"世上先有《水浒传》一部，然后施耐庵、罗贯中借笔墨拈出。若夫姓某、名某，不过劈空捏造，以实其事耳。如世上先有淫妇人，然后以杨雄之妻、武松之嫂实之；世上先有马泊六，然后以王婆实之；世上先有家奴与主母通奸，然后以卢俊义之贾氏、李固实之。若管营、若差拨、若董超、若薛霸、若富安、若陆谦，情状逼真，笑语欲活。非世上先有是事，即令文人面壁九年，呕血十石，亦何能至此哉！亦何能至此哉！此《水浒传》之所以与天地相终始也与？其中照应谨密，曲尽苦心，亦觉琐碎，反为可厌。至于披挂战斗，阵法兵机，都剩技耳，传神处不在此也。更可恶者，是九天玄女、石碣天文两节，难道天地故生强盗，而又遣鬼神以相之耶？决不然矣。读者毋为说梦痴人前其可。"

这段话主要是谈文学与生活的关系问题，自然也包含艺术真实与生活真实的关系问题，而且是站在小说这种描写生活中的人物和事件的叙事文学的立场上谈这些问题的。这里首先指出：小说源于生活。小说中的任何人物都有生活的原型，"世上先有《水浒传》一部，然后施耐庵、罗贯中借笔墨拈出"。如果生活中没有原型，"即令文人面壁九年，呕血十石"，也不可能写出活生生的人物。叶昼深深地体会到，生活本身就是一部无限丰富、无限深邃的大书，小说只是文学家把这部大书中的某些内容形诸笔墨而已。而小说的生命，小说之所以能够"与天地相终始"，从根本上说就在这里。但是，小说又不是某些生活内容的原始记录，而是文学家在生活基础上的虚构和创造。如果以为《水浒传》是宋江起义一事的历史记载，就大错特错了。那么，这种"假"的小说有什么意义呢？只为他描写得真情出，所以便可与天地相终始。

总之，经过文学家的成功的虚构和创造，却更为"情状逼真"地反映了生活，更突出地反映了生活的情理。这就是叶昼所论述的文学与生活的关系、艺术真实与生活真实的关系。即使我们尽量避免拔高，也不得不承认：这种观点既是唯物的，又是辩证的，而且不是讲一般的哲学道理，而是紧密结合小说的特点，通过对小说的具体分析提出来的切实、精当的小说理论。叶昼虽然没有用现代的语言，说生活是文学的源泉，文学源于生活、高于生活，文学作品里反映出来的生活比普通的实际生活更集中、更强烈，但这些道理他是懂得的，是接触到了的。与这种观点相联系的是，叶昼明确指出，应当主要从文学与生活的关系上来评论小说的价值。他认为，《水浒传》的主要价值就在于逼真地反映了生活，反映了生活的"人情物理"。[①] 至于文章技巧，以及具体描写，都在其次。这种认识是小说观的巨大进步。其精准地揭示了小说的本质特征，而将此外的所有次要之物剥离，使得小说脱离于传奇志怪之文，将之提升至真正的小说的地位。只有这样认识小说，才算真正认识了小说。因此，可以说在我国古代，叶昼是第一个树立了基本正确的小说观念的人。

正是在对于小说的正确认识的基础上，叶昼的《水浒传》评论紧紧抓住了小说艺术的中心，即人物形象的塑造。人是生活的主体，反映生活就是反映人。离开人物形象的塑造去评论小说，不能算是合格的小说评论，叶昼之所以盛赞《水浒传》，主要就在于《水浒传》塑造了各种类型的栩栩如生的典型人物。

要塑造鲜明的典型人物，关键在于写出人物的个性。叶昼对《水浒传》中的个性描写，可以说是体察入微的，在第三回总评中，他提道："描画鲁智深，千古若活，真是传神写照妙手。且《水浒传》文字妙绝千古，全在同而不同处有辨。如鲁智深、李逵、武松、阮小二、石秀、呼延灼、刘唐等众人，都是急性的。渠形容刻画来各有派头，各有光景，各有家数，各有身分，一毫不差，半些不混，读去自有分辨，不必见其姓名，一睹事实，就知某人某人也。"

"全在同而不同处有辨"，这是人物形象塑造的一条重要原则。"同而不同"就是共性与个性的统一。任何一个人物都是共性与个性的统一，而共性是通过个性表现出来的。要塑造出鲜明的人物形象，就要写出性格相近的人物的个性特征，使每个人都成为"这一个"，而不仅是"这一类"。《水浒传》人物形象塑造的杰出之处，正在于写出了人物的"同而不同"。鲁智深、李逵、

[①] 骆兵：《国学视域下古代戏曲身份认同研究·上》，中国戏剧出版社2020年版，第183页。

武松等就是范例。李逵以为宋江作恶，不问仔细，便要杀他，这才是李逵的性格。最能体现人物的性格特征的，不是做什么，而恰恰是怎样做。武松打虎与李逵打虎的不同的细节描写，既切合生活的情理，又符合人物的个性。

叶昼还提到，刻画人物，不仅要写出人物的行动，还要写出人物的心理，还要通过有限的行动和心理反映出整个人物的性格，这样才能使人物形象真正活起来。

除人物形象塑造外，叶昼的《水浒传》评点还涉及故事情节的曲折变化、细节描写的趣味性等小说艺术问题。第七十八回总评说："《水浒传》文字不可及处全在伸缩次第。但看这回，若一味形容梁山泊得胜，便不成文字了。绝妙处在董平一箭，方有伸缩，方有次第。观者亦知之乎？""伸缩"就是腾挪变化，"次第"就是层次。有伸缩、有次第，故事就可避免平直乏味，而更加引人入胜。第五十三回总评说："有一村学究道：'李逵太凶狠，不该杀罗真人，罗真人亦无道气，不该磨难李逵。'此言真如放屁，不知《水浒传》文字当以此回为第一。试看种种摹写处，哪一事不趣？哪一言不趣？天下文章当以趣为第一。既是趣了，何必实有是事并实有是人？若一一推究如何如何，岂不令人笑杀？"有意思、有趣味的细节描写，是小说生动引人的重要条件之一。为此就不能处处以理相格，"一一推究如何如何"。当然，"《水浒传》文字当以此回为第一"及"天下文章当以趣为第一"的说法未免强调过甚了。但故事情节的曲折变化，细节描写的趣味横生，确是我国古代小说的民族特征。叶昼的这些评点有助于提高我们对这两个特征的认识。

在思想内容方面，叶昼的《水浒传》评点也有一些值得称道的地方。一是几乎把所有读书做官之人都骂为强盗。第十八回总评说："从来捉贼做贼，捕盗做盗，的的不差。若要真正除得盗贼，只须除了捕快为第一义。"第一百回眉批至云："一读书做官，原是强盗了。"二是奉李逵为"梁山泊第一尊活佛"。评点中对李逵赞不绝口，例如第三十八回总评说："凡言词修饰、礼教娴熟的，心肝倒是强盗。如李大哥虽是卤莽，不知礼教，却是情真意实，生死可托。"三是贬宋江为"假道学真强盗"。《梁山泊一百单八人优劣》就提出："若夫宋江者，逢人便拜，见人便哭，自称曰'小吏小吏'，或招曰'罪人罪人'，的是假道学真强盗也。然能以此收拾人心，亦非无用人也。"类似的话在回评中屡屡出现。这最后一点显然是比李贽《忠义水浒传序》高明的地方。看来叶昼对封建社会末世统治阶级的政治腐败和精神堕落极其愤慨，因此对李逵这类"不知礼教"而"情真意实"的草莽英雄便不胜钦佩了,乃至对宋江这类"读书做官"的人的道学习气亦十分厌恶。但是他并不是要推翻以"天子"为代表的封建统治,也并没有根本否定封建主义的意识形态,他的《水浒传》评点在思想内容的总原则就是提倡"真忠义",抨击"假道学"。进步性在此,局限性也在此。

综上所述,明代万历以后小说理论的进展是很大的。在语言方面,认识到只有用"市井之常谈,闺房之碎语"[①],即群众口头语言,才可以更好地将小说应该表达的生活内容表达出来,才能够使小说为最广大的市民所接受和欣赏,拥有广大的群众基础,成为真正的大众的艺术。明代的小说内容论,对艺术真实和生活真实关系形成了基本正确的认识,如正确地区分了历史小说和历史著作,认清了两者的关系,认清了志怪、神魔小说的真与幻的关系,明确了世情小说刻画世间百态的重要意义。其小说艺术论,清晰地指出了小说的独立地位,使之从一般文章中脱离出来,明确了小说是描写典型人物、反映社会生活的文学形式。这一切都可以归结为小说观的进步。近代意义上的小说观念,基本上是在这个时期形成的。

专题四 清代小说理论

由于明代小说的繁荣,积累了丰富的创作经验,小说理论在清初即大放异彩,出现了小说理论的集大成者金圣叹。金圣叹不仅提出了系统的小说理论,而且建构了小说评点的完整格局。在金圣叹的影响下,小说评点蔚然成风,成为小说批评的一种主要形式。继金圣叹的著名评点本,就有毛宗岗评《三国演义》、张竹坡评《金瓶梅》。清代小说虽然受到统治者的限制甚至扼杀,屡遭中央和地方政府的明令禁毁,但发展的趋势仍是不可阻挡,《聊斋志异》《儒林外史》《红楼梦》等名著相继问世,较诸前代题材有所扩大,类型更为多样。与此同时,清代小说的评点本也大量涌现,多数小说刊行时都附加评点,一些著名作品的评点本常不止一家。其中较重要的有:《聊斋志异》的冯镇峦评本和但明伦评本、《儒林外史》的卧闲草堂评本和天目山樵(张文虎)评本、《女仙外史》集评本、《雪月梅》的董月岩(董孟汾)评本等。《红楼梦》

---

① 王齐洲:《图说四大奇书》,南方出版社2011年版,第225页。

的评者不下数十家,首先是脂砚斋评,因评者与作者的密切关系而具有特殊的价值,此外影响较大的还有王希廉评《新评绣像红楼梦全传》、张新之评《妙复轩评石头记》、姚燮评《增评补图石头记》,哈斯宝评蒙文本《新译红楼梦》也颇有特色。除评点以外,为数众多的序跋、题辞、例言、凡例,仍然是小说理论的重要资料。

综观清代的小说理论,对明代小说理论具有明显的继承性,讨论的问题多是从明代沿袭下来的,但在认识上进一步深化了。

一、发愤著书说

"发愤著书说"是司马迁所首创,明代的李贽用来说明小说的创作动机,认为"《水浒传》者,发愤之所作也"[①]。清代的小说作者多数是中下层知识分子,他们身受满族贵族和汉族大地主的压迫,仕进无望,穷愁潦倒,空怀才华不得施展,于是发愤著书,以小说揭露社会的黑暗,宣泄胸中的不平。因而小说理论中,"发愤著书说"被广为引用。蒲松龄《聊斋自志》即自称其作品是"孤愤之书"。余集《聊斋志异序》说蒲松龄"少负异才,以气节自矜,落落不偶,卒困于经生以终。平生奇气,无所宣潄,悉寄之于书"。这类作品往往具有强烈的批判性。

但即使是才子佳人小说,虽非旨在暴露社会黑暗,却也是"不得志于时者"为显示自己的才情而作,仍可用"发愤著书说"来解释。如天花藏主人《平山冷燕序》说:"顾时命不伦,即间掷金声,时裁五色,而过者若罔闻罔见。淹忽老矣。欲人致其身而既不能,欲自短其气而又不忍,计无所之,不得已而借乌有先生以发泄其黄粱事业。……凡纸上之可喜可惊,皆胸中之欲歌欲哭。"

因此,"发愤著书说"在小说理论中的地位就比在诗文理论中更加突出。

二、劝惩说

"劝惩说"其实是儒家风教说在小说领域里的推衍。"劝善惩恶"的说法始见于王充《论衡》,明人论述小说的社会作用,就归结为"劝善惩恶"。清

[①] 俞樟华、赖祥亮、刘永辉:《〈史记〉与古代小说戏曲研究》黑龙江人民出版社2014年版,第11页。

人的"劝惩说"基本内容相同，但认识则向纵深推进了。一是认为劝惩作用必须依靠小说的艺术性才能发挥。二是认为劝惩作用的实现是在潜移默化之间，所以这是枯燥的道德说教和严峻的法律禁令所不可企及的。三是认为劝惩的效果好坏也取决于读者的理解是否正确。

刘廷玑《在园杂志》中表示了同样的看法："嗟乎！四书（指明代四大奇书）也，以言文字，诚哉奇观，然亦在乎人之善读与不善读耳。……作者本寓惩劝，读者每至流荡，岂非不善读书之过哉！"固然像《金瓶梅》那样因过多的淫秽描写而产生副作用，作者是难辞其咎的，但由于读者的片面性，曲解了作者的命意，因而引起不良的社会效应，这是不能诿过于作者的。清代的小说批评家确实接触到了小说欣赏中的一个重要问题。

三、真幻虚实之辨

幻与真、虚与实，是明代小说理论中争论不休的老问题。有贵幻的，也有贵真的，谢肇淛则主张"虚实相半"。这种"虚实相半"的观点，到了清代逐渐为多数小说评论家所接受。如刘廷玑评《女仙外史》云："《外史》之妙，妙在有无相因，虚实相生。历览全部，……在乎虚虚实实，有有无无，似虚似实之间，非有非无之际。"即使是历史演义也不单纯是"正史之余"或"正史之补"，而同样应该虚实相参，如金丰《说岳全传序》说："从来创说者，不宜尽出于虚，而亦不必尽由于实。苟事事皆虚，则过于诞妄，而无以服考古之心；事事皆实，则失于平庸，而无以动一时之听。……实者虚之，虚者实之，娓娓乎有令人听之而忘倦矣。"

以细节真实著称的《红楼梦》也是真真假假的，王希廉《红楼梦总评》云："《红楼梦》一书，全部最要关键是'真假'二字。读者须知，真即是假，假即是真；真中有假，假中有真；真不是真，假不是假。"小说的真实性，不在于实有其人，实有其事，而是在于"实情实理"。因此，不必"规规于或有或无"[①]，所谓"说谎要说到家"，"说谎要说得圆"，就是说小说的虚构必须合情合理。即使是描写神仙鬼魅也要符合情理。冯镇峦在《读聊斋杂说》中说："试观《聊斋》说鬼狐，即以人事之伦次、百物之性情说之。说得极圆，不出情

---

① 张廉新、王景科、李宗刚：《古代写作学概论》，青岛海洋大学出版社1995年版，第91页。

理之外；说来极巧，恰在人人意愿之中。"因此，写神魔小说也不可一味求奇求幻，而应是"言诞而理真，书奇而旨正"[①]。

总的说来，在清代，小说的观念已发生很大的变化。与班固《汉书·艺文志》把"小说家者流"看作"小道"，是"街谈巷语，道听途说者之所造也"，在诸子十家中不属"可观者"之列相比，距离愈来愈远。不仅虚构被确认为小说的特征，而且描写琐事、采用俚语也被视为小说的本色，这些特点不但不会减损小说的价值，恰恰是小说的长处。因此，小说不是不足观的小道，而是可以羽翼"圣经贤卷"的珍品。"四书五经，如人间家常茶饭，可用，不可缺；稗官野史，如世上山海珍馐，爽口，亦不可少。"[②] 这类看法已是相当普遍了。

[①] 朱一玄：《明清小说资料选编·上》，南开大学出版社2012年版，第188页。
[②] 殷国光、叶君远：《明清言情小说大观·下》，华夏出版社1993年版，第153页。

第六讲　戏曲论

戏曲，是中国艺术中最古老而又最年轻的一门艺术。上古乐舞，从其综合性与表演性来说，就是戏曲的雏形。也可以说原始艺术的产生包含着戏曲的萌芽。但是当诗、画、乐、舞乃至小说相继分化独立之后，中国戏曲还长期处在孕育期，直至宋元之际才推出成熟的剧作。因此，中国戏曲与戏曲论可以称得上"大器晚成"。它们一经产生，就有其他艺术成功的经验可供吸取，故能迅速发展，惊采绝艳，蔚然壮观。本讲主要从四个角度进行了专题论述，分别是钟嗣成与《录鬼簿》、徐渭戏曲论、王骥德戏曲论和李渔戏曲论。

专题一　钟嗣成与《录鬼簿》

元代较为著名的戏曲论著，主要有燕南芝庵的《唱论》、周德清的《中原音韵》、夏庭芝的《青楼集》、钟嗣成的《录鬼簿》。《唱论》《中原音韵》是关于声乐、音韵方面的专著；《青楼集》《录鬼簿》是关于艺人生涯、作家和作品名目的资料性著作。《青楼集》主要记录了元代几个大城市一些戏曲、曲艺女演员的生活片段；《录鬼簿》却丰富地记载了元代书会才人、戏曲、散曲作家生平事迹和作品目录等研究元杂剧的重要资料。不论从资料的广泛和篇幅的长短看，后者在戏曲史上的地位要远远超过前者，成了研究元代杂剧创作情况的最重要的著作。

一、钟嗣成和《录鬼簿》的写作

钟嗣成，字继先，号丑斋。原籍大梁（今河南开封），后寓居杭州。他以明经累试于有司，数与心违，因此杜门家居，从事戏曲著述。他的杂剧现能考知的有：《寄情韩翊章台柳》《讥货赂鲁褒钱神论》《宴瑶池王母蟠桃会》《韩信派水斩陈余》《汉高祖诈游云梦》《孝谏郑庄公》《冯谖焚券》七种，惜其皆失。他的散曲套数小令也很脍炙人口，但大都未能流传后世，只在戏曲选集或曲谱里，保存选录了一部分作品。此外还擅长隐语的编制，著作文集若干卷，现在均已亡佚。

《录鬼簿》大约成书于1330年。分上下两卷。上卷又分三部分：一是"前辈已死名公，有乐府行于世者"，记载了董解元等31人。二是"方今名公"，记载了郝新庵等10人。三是"前辈已死名公才人，有所编传奇行于世者"，记载了关汉卿等56人和他们的著作。下卷分四部分：一是"方今已亡名公才人，余相知者"，记载了宫天挺等19人。二是"已死才人不相知者"，记载了胡正臣等11人。三是"方今才人相知者"，记载了黄公望等21人。四是"方今才人闻名而不相知者"，记载了高可通等4人。上下两卷里的作家大致按时代的先后排列，共计152人，这对我们今天考查元曲作家的时代先后和生平著作大有帮助。下卷开头19人都是跟作者相熟而在写成《录鬼簿》以前逝世的，作者为了表示对他们的怀念，在每人的小传后面又写了一首《凌波仙》词凭吊，这就更有助于我们对这些作家的了解。1422年，当时生活在元末明初的另一个戏曲家贾仲明读了这部著作，感到钟嗣成没有替其余的戏曲家写吊词是个缺憾，又根据他们的生平和著作进行了补写，这就是《增补录鬼簿》。

钟嗣成著《录鬼簿》的目的，在序言里做了交代。他说有些人只知大吃大喝，空口说白话，就像酒囊饭袋一样，他们虽然活着，跟死鬼并没有什么两样。至于那些圣贤忠孝之人，虽然已经成了鬼，却不能把他们当鬼看，因为他们的功德将永远流传下去。他想起自己在戏曲方面有许多熟悉的人，他们的社会地位虽然低微，但他们的著作却是有价值的，他们也是像圣贤忠孝之人那样的不死之鬼。作者著《录鬼簿》就是让后来的学者向他们学习，在他们的基础上再有新的提高。因此，钟嗣成把他的书叫作《录鬼簿》，实际是一句反话，意思是说他书里记载的许多戏曲家将永远活下去，而且会对后代产生巨大的影响。钟嗣成的这个愿望是很好的，《录鬼簿》里的那些戏曲作家和作品，虽经过六百多年时间的淘洗，以及过去统治者及封建文人的禁止和歧视，许多作品没有被流传下来，然而其中部分流传下来的作品，影响正越来越大，像关汉卿的《窦娥冤》《救风尘》《单刀会》，王实甫的《西厢记》，它们不仅是中国文学史上的珍贵遗产，同时也是世界人民所共同爱好的作品。

二、《录鬼簿》所提供的重要资料

《录鬼簿》是现在研究元代杂剧最重要的著作，它所提供的资料可概括以下几个方面：

首先，从总体上看，它提供了元代杂剧发展的概况，记录了元杂剧作家及作品名目，好多元代戏剧家的创作情况，都是靠这部书流传下来的。书中一共记载了152位戏曲作家，400多部作品名目，并且全书按照年代排列，为我们今天确定这些作者所处时代提供了帮助。书中记载的56位"前辈已死名公才人"均为北方人，这反映了南宋之后南北政治上相互分离、对立的影响，同时也反映了北方元杂剧发展得更好。很多著名的杂剧作家如关汉卿以及优秀的杂剧剧本都出现于北方，而此时，南方文学仍旧以诗词为主。作者把关汉卿列为"前辈已死名公才人"之首，也反映了作者在评论作家方面的进步立场。

其次，《录鬼簿》载录作家，多有简单附注。特别是"方今已亡名公才人，余相知者，为之作传，以《凌波仙》吊之"，更有助于我们对元代具体戏曲家的考查和了解。介绍元代大戏曲家关汉卿时，作者附注说："大都人。太医院尹。号已斋叟。"说到元代另一位戏曲家杨显之时，附注云："大都人。与汉卿莫逆交，凡有珠玉，与公较之。"在谈到沈和甫时提道："江西称为'蛮子关汉卿'者是也。"从这些简单的说明里，我们知道了关汉卿的籍贯、职业、交友和影响，这些都是今天研究关汉卿最重要的资料。《录鬼簿》下卷第一部分的19位作家，作者因和他们相知且他们已逝去，所以写了比较详细的传记，并用《凌波仙》吊之，就反映了这些作家更多的情况。

比如，这部分的第一位作家宫天挺，小传云："宫大用，名天挺。大名开州人。历学官，除钓台书院山长。为权豪所中，事获辨明，亦不见用。卒于常州。先君与之莫逆交，故余常得侍坐，见其吟咏文章，笔力人莫能敌。乐章歌曲，特余事耳。"宫天挺是后期元人杂剧里的重要作家，他的杂剧《生死交范张鸡黍》，通过张元伯、范巨卿的历史故事，表现了他对元代统治者的强烈不满。他的杂剧《严子陵垂钓七里滩》里的主角严子陵，当汉光武帝要他留在京师共享富贵时说："未过足玉殿金阶。我住的草舍茅斋。比您不曾差犬役着万民差。"语气中透露出无比的愤慨。为什么宫天挺的杂剧里会闪耀着这样强烈的民主思想和反抗精神呢？看了《录鬼簿》的记载，才知道他是以戏曲作武器跟权豪斗争的人物，他本身就身受权豪之害。这些记载有助于帮助我们理解他的作品的现实主义精神。

再如，黄天泽小传云："黄德润，名天泽。杭州人。和甫沈公同母弟也。风流酝藉，不减其兄。幼年屑就簿书，先在漕司，后居省府，郁郁不得志。昆山听补州吏，又不获用，咄咄书空而已，然亦竟不归而终。公有乐府，播于世人耳目，无贤愚皆称赏焉。"《凌波仙》吊词云："一心似水道为邻，四体如春德润身，风流才调真英俊。轶前车继后尘，谩苍天委任斯文。岐山凤，鲁甸麟，时有亨屯。"这些记载不但使我们了解这个作家生平事迹，还可以窥见其思想性格，这对于分析研究他的创作情况，是非常有价值的。

再次，通过此书，我们除了能够了解书中所记录的一些元代戏曲家，还能够隐约看到他们的组织活动。

历史记载，宋元时代的戏曲作家都有他们自己的集体组织，叫作书会。这在《录鬼簿》中也有透露：有以关汉卿为首的"玉京书会"，马致远、李时中参加的"元贞书会"，在杭州的戏曲家组织有萧德祥参加的"武林书会"。"玉京书会"在我国戏曲史上所起的影响尤其重大。当然这些情况《录鬼簿》中并没有明文记录，而只是透露。但是元末明初的贾仲明在《书〈录鬼簿〉后》就说得很清楚了。他说《录鬼簿》所记载的戏曲家除"诸公卿士大夫"以及"四方名公大夫"以外，集中在大都从事戏曲活动的就以"玉京书会"里的"燕赵才人"最活跃。贾仲明在《录鬼簿》卷上的赵公辅、岳伯川、赵子祥、关汉卿的吊词里都提到了这个书会，而在赵子祥的吊词里写得更清楚，从中我们可以得知"玉京书会"是元代戏曲演出最盛行的元贞时期，在大都的一个戏曲家的组织，白朴、关汉卿都是这个组织的成员，他们编著的《丽情集》受到全国读者的欢迎。贾仲明吊关汉卿的词，说他是"驱梨园领袖，总编修师首，捻杂剧班头"，很有可能是这个书会的主要组织者之一。

从《录鬼簿》的一些零星记载看，当时书会里的戏曲家除了和一些艺人密切合作外，他们之间也有写作上的合作与竞赛。关汉卿就经常和好友杨显之商量改定，孔文卿与杨驹儿合编《东窗事纪》，马致远曾和李时中、花李郎、红字李二合编《黄粱梦》，就是他们写戏时合作的事例。除此之外，戏曲家在创作上也展开过竞赛。《录鬼簿》说范子英因王伯成写了个李太白的戏，他就别出心裁写了个杜甫的戏。又说当时集中在杭州的作家一起写《高祖还乡》

的散套，睢景臣被评为写得最成功。因此，钟嗣成称范子英"占文场，第一功"，称睢景臣"制作新奇，皆出其下"，可能不是泛泛地称颂，而是他们在某次写作竞赛里取得了胜利。

最后，作为一部戏曲理论批评著作，最可宝贵的是通过传记和吊词的介绍，还表现了戏曲家的文学主张和艺术趣味，这在现存资料十分缺乏的情况下，为对元代杂剧作家进行研究提供了十分宝贵的资料。比如，沈拱之吊词云："掀髯得句细推敲，举笔为文善解嘲。天生才艺藏怀抱"，寥寥数语，透露出了作家的创作个性。再如，鲍天祐传云："鲍吉甫，名天佑。杭州人。初业儒，长事吏簿书之役，非其志也。跬步之间，惟务搜奇索古而已。故其编撰，多使人感动咏叹。余与之谈论节要，至今得其良法。才高命薄，今犹古也。竟止昆山州吏而止。"吊词云："平生词翰在官商，两字推敲付锦囊。耸吟肩有似风魔状，苦劳心呕断肠，视荣华总是干忙。谈音律，论教坊，唯先生占断排场。"书中的小传和吊词，比较全面地揭示了一个作家的艺术趣味和主张，而且还带有一定的形象性。

以上两例说明通过小传和吊词可以表现一个戏曲家的文学主张和艺术趣味，事实上还要表现得广泛得多。比如，可以表现文坛的时流众习："吴朴，字纯卿。平江人。余至姑苏，与公相识。所作工巧。平江之自是者好贬人，故不多出，恐受小人之谤也。"可以表现一个戏曲家的创作风格："李用之，淞江人。有戏谑乐府极多。"可以表现一个作家作品的特点："廖毅，……时出一二旧作，皆不凡俗。如【越调】'一点灵光'，借灯为喻；【仙吕·赚煞】曰：'因王魁浅情，将桂英薄悻，致令得泼烟花不重俺俏书生。'发越新鲜，皆非蹈袭。"在此不一一举例。

三、钟嗣成的思想倾向和文艺主张

钟嗣成的文集、杂剧今俱不传，因此《录鬼簿》一书就成了研究作者的生平思想的最重要资料。虽然这部著作"旨在叙其姓名，传其本末，述其所作，以免故人与前辈之湮没无闻"（《录鬼簿》自序），但我们从《自序》及《后记》里的议论，他对各个戏曲作家的评价，以及明无名氏《录鬼簿续编》给他写的小传，还是可以看出钟嗣成的思想倾向和艺术主张的。这些议论、评价，出自当时积极从事戏曲活动的钟嗣成的手笔，应该有它的代表性，同时也可以说是我国戏曲理论批评的最早的资料。

钟嗣成在《录鬼簿自序》里说明他写书的用意之后，说要讲性理之学的跟他们去，我这些话只有我们这样的人才能彼此理解。这话的意思就是前面说的：一些戏曲家虽然"门第卑微，职位不振"，但他们"高才博识，俱有可录"，他们像"圣贤之君臣，忠孝之士子"一样，是虽死犹生的。钟嗣成把戏曲家与圣贤君臣、忠孝士子相提并论，这显然在如何评价戏曲家上，跟那些维护封建社会道德教条的理学家之间，存在着巨大的分歧。为戏曲争地位，为戏曲家争地位，可以说钟嗣成呼出了那个时代的最强音。

钟嗣成在《录鬼簿》"已死才人不相知者"的最后附言里，又进一步表达了他的这种思想。他说："右所录，若以读万卷书，作三场文，占夺巍科，首登甲第者，世不乏人。其或甘心岩壑，乐道守志者，亦多有之。但于学问之余，事务之暇，心机灵变，世法通疏，移宫换羽，搜奇索怪，而以文章为戏玩者，诚绝无而仅有者也。"作者把当时的文人分成三类：一类是通过读书登第替当时的统治阶级服务的，一类是不跟当时的统治者合作，对现实采取逃避态度的。作者认为这两类文人很多，并没有什么稀奇。第三类是戏曲文人，实际上是指关汉卿、王实甫、宫大用等也包括他自己，他认为这些人"诚绝无而仅有者也"。把戏曲文人放在其他文人之上，这也足以表现出他的进步的思想倾向。

钟嗣成通过一些小传、吊词和附言，还表现出了他的艺术主张和艺术趣味。包括钟嗣成在内的所有元代剧评家，一般更加重视形式，而轻视和忽视内容，不过钟嗣成相对而言较为注意内容。他评金人杰"所述虽不骈骊，而其大概，多有可取焉"。评鲍天祐说："跬步之间，惟务搜奇索古而已，故其编撰，多使人感动咏叹。"所谓"多使人感动咏叹"，即指感人的内容而言。钟嗣成评剧重"新奇""工巧""妙趣""华丽"。例如：评屈子敬"乐章华丽，不亚于小山"。评王庸"其制作，清雅不俗，难以形容其妙趣"。评高克礼"小曲、乐府，极为工巧"。评钱霖"有《醉边余兴》，词语极工巧"。评赵良弼"所编《梨花雨》，其辞甚丽"。评范康"一下笔即新奇，盖天资卓异，人不可及也"。正因为他重新奇、工巧，所以钟嗣成讲究创作中的"翻腾今共古""两字推敲付锦囊""掀髯得句细推敲""搜奇索怪"。

在戏曲的风格上，钟嗣成爱好豪放的风格，这从他高度评价宫大用上可以看出来。钟嗣成相当推崇宫大用。《凌波仙》吊词曰："豁然胸次扫尘埃，久矣声名播省台。先生志在乾坤外，敢嫌天地窄。更词章压倒元白。凭心地，据手策,数当今无比英才。"又说他"文章笔力,人莫能敌;乐章歌曲,特余事耳"。宫大用所写的文章,今已难以见到。他的杂剧传世者有《死生交范张鸡黍》《严子陵垂钓七里滩》。《七里滩》一说为张国宾作,王国维考证认为"此剧文字雄劲遒丽,有健鹘摩空之致,与《范张鸡黍》定出一手,故定为大用之作。"① 钟嗣成对宫大用这样赞誉,可见他是爱好"雄劲遒丽"的艺术风格的。此外,钟氏对郑德辉的评价,也表现出他精深的鉴赏能力。我们知道,明代的剧评家对郑德辉一般都是一味推崇的。殊不知早在元末钟嗣成就提出了异议。他一方面高度评价郑氏的成就,另一方面又在《录鬼簿》中指出,"惜乎所作,贪于俳谐,未免多于斧凿",这就比明人有见地得多,也反映了他重"华丽"但又反对"斧凿"的艺术趣味。在《录鬼簿》中,钟嗣成也时时以音律评人。比如,他称范康"能词章,通音律",评沈和甫"天性风流,兼明音律。以南北调合腔,自和甫始",评睢景臣"心性聪明,酷嗜音律",等等。此外需要看到的是,钟嗣成并不视音律为唯一评论标准

专题二 徐渭戏曲论

一、徐渭的生平和思想

徐渭,初字文清,后改字文长,自号青藤道士、天池山人。浙江山阴(今绍兴市)人。他十余岁便能作文章,中了秀才之后声名很盛。当时总督胡宗宪正在东南担任平倭事宜。慕名邀他到幕府里作书记,得到很大的信任。《明史》载:"渭知兵,好奇计,宗宪擒徐海、诱王直,皆预其谋。"胡宗宪获罪被杀,他惧怕祸事牵连,发狂,曾屡次自杀。后因杀死继妻,下狱论死,幸亏张元忭营救,才得出狱。此后他便北上邀游,到过诸边关,和大将李成梁结成好友。又到北京去投张元忭,张元忭因他过于狂放,想以礼法导之,徐渭不愿受传统礼法的束缚,终于愤而离去。1593年卒,年七十二岁。《明史》卷二百八十八有传。徐渭诗、文、书、画都很卓绝,亦善于作戏曲。所作杂剧《四声猿》(包括《渔阳弄》《雌木兰》《女状元》《翠乡梦》)和《歌代啸》对于明代中叶以后的杂剧有很大影响,获得相当高的评价。例如,王骥德在《曲律》

---

① 张月中:《元曲通融·下》,山西古籍出版社1999年版,第2284页。

中说："徐天池先生——所为《四声猿》，而高华爽俊，秾丽奇伟，无所不有，称词人极则，追躅元人"。又说："徐天池先生瑰玮浓郁，超迈绝尘。《木兰》《崇嘏》二剧，刳肠呕心，可泣鬼神。"其受文人推崇如此。

明代中叶以后，以前后七子为代表的复古主义思潮，给明代的诗文创作带来了深重的危机，在文人中逐渐产生了强烈的不满。因此，当反复古主义的斗争兴起后，许多人都参加了这一斗争，徐渭就是其中一个重要成员。徐渭早年曾研究过"王学"，又曾遨游南北，因此养成了狂傲倜傥、放诞不羁的性格。他的诗文虽然不乏称颂孔子及儒家礼教的话，但总的来看，他是不受儒家封建礼教的束缚的。他的诗、文、画中，都充分地表现出了愤世嫉俗的特点，是一个具有进步思想的知识分子。

明代王守仁提倡"心学"，其主要目的固然是维护封建统治，但他既然与程朱理学有分歧，故总要表露出一些反权威教条的姿态。而王学的良知说，表面上也得承认天下人一样。因此，有不同政治态度的人对王学就可以有不同的理解。如在一定程度上反映人民若干利益的泰州学派的王艮，他吸收王学的某些观点，并经过批判，从而提出一些唯物主义的命题。稍后的李贽更走向正宗王学的反面，形成他反封建的"叛逆"思想。徐渭也是这样，他深受王学左派思想的影响，也就形成了他的颇带"叛逆"色彩的思想性格。

徐渭诗文创作的根本主张是本之性情，出于"自得"，要写独抒胸臆的"真"诗文。他在《叶子肃诗序》中提出："盖所谓出于己之所自得，而不窃于人之所尝言者也"。在《诗说序》中提倡为文应该"其志正，其见远"。他还在《奉师季先生书》中赞扬明代民歌"此真天机自动，触物发声"。正是从这样的观点出发，他反对明代拟古主义的"伪"文章，认为他们"本无是情，而设情以为之"[①]。徐渭反对复古主义者的模拟论，提倡独创。他曾引用庄周的话，"历之人，夜半生其子，遽取火而视之，汲汲然惟恐其似己也"[②]，用人生孩子做比喻，说明为文不能酷似他人。他认为没有"自得"，即使模拟得再过逼真，也不过是模仿罢了。徐渭的各种形式的文学创作，都洋溢着充沛的感情。而这一主张和特色，在他的戏曲论著《南词叙录》中也充分地表现出来。

---

① 陈志扬、李斌:《中国古代文论读本·第4册·明清卷》，河南大学出版社2019年版，第140页。

② 公木、朱靖华:《历代寓言选》，中国青年出版社1983年版，第127页。

二、为南戏力争社会地位

《南词叙录》是我国最早的一部系统研究南戏的专著。通过这部著作，徐渭对于南戏的源流和发展，南戏的声律，南戏的风格特色，以及南戏的代表作家和作品，都有精辟独到的阐述。有关南戏创作中的一些常用术语和方言，也专门作了考释。书的最后还附有一百一十三种南戏的剧目。虽然叙述不够详尽，但如此全面地专论南戏，在整个宋元明清四代，却是独一无二的。徐渭在我国戏曲理论批评史上的独特贡献，也正在这里。

徐渭在《南词叙录》序里说明了他写作此书的目的是："北杂剧有《点鬼簿》，院本有《乐府杂录》，曲选有《太平乐府》，记载详矣。惟南戏无人选集，亦无表其名目者，予尝惜之。客闽多病，咄咄无可与语，遂录诸戏文名，附以鄙见。岂曰成书，聊以消永日，忘歊蒸而已。"从这段话里，我们清楚地看到，徐渭是为了打破世人轻视南戏的偏见，为南戏力争社会地位，不惜冒着酷暑，支撑着病体，着手从事此书的著述的。南戏为什么被世人所轻视？这就必须考查南戏的源流和特点以及当时的社会风气。

南戏原是宋元时代发源于浙江温州地区的一种地方剧种。它"即村坊小曲而为之，本无宫调，亦罕节奏，徒取其畸农、市女顺口可歌而已"①。南戏自然就带有比较浓厚的民间色彩和固有的质朴俚俗的独特风格。所以从宋代一产生，就为封建士大夫所鄙视，并遭到统治者的公开"榜禁"。到了元代，南戏的传播虽然比宋代进一步广泛，但由于总的时代风尚尊奉北曲杂剧，它同样也为封建士大夫所排斥，被讥为"亡国之音"。发展到元代后期，情况有所变化，徐渭写道："顺帝朝，忽又亲南（戏）而疏北（曲），作者猬兴，语多鄙下，不若北（曲）之有名人题咏也。永嘉高经历明，避乱四明之栎社，惜伯喈之被谤，乃作《琵琶记》雪之，用清丽之词，一洗作者之陋，于是村坊小伎，进与古法部相参，卓乎不可及已。"②但是尽管南戏取得这样高的成就，南戏还仍然遭到许多保守的封建文人的歧视和诋毁。据顾起元《客座赘语》记载："万历以前，公侯与缙绅及富家，凡有宴会、小集，多用散乐，或三四人，或多人，唱大套北曲。……若大席，则用教坊打院本，乃北曲四大套者。"可见直至明代中叶以前，上层社会所沉醉的仍是传统的北曲，而对南戏，则公然宣称其无端。

---

① 唐燮军：《"浙学"选萃》，黑龙江人民出版社2020年版，第43页。
② 王辉斌：《明清戏著史论》，武汉大学出版社2016年版，第47页。

这是一种阶级的传统的偏见。它歪曲了南戏发展的真相,不利于各种地方剧种的发展。徐渭就是想通过系统的考察和研究,向这种传统偏见挑战,以扶持新兴艺术的发展,他首先雄辩地指出了南戏存在的合法性:"有人酷信北曲,至以伎女南歌为犯禁,愚哉是子!北曲岂诚唐、宋名家之遗?不过出于边鄙裔夷之伪造耳。夷、狄之音可唱,中国村坊之音独不可唱?"① 其次,他通过南、北曲的比较,指出了南曲的长处。他说:"南之不如北有宫调,固也;然南有高处,四声是也。北虽合律,而止于三声,非复中原先代之正,周德清区区详订,不过为胡人传谱,乃曰《中原音韵》,夏虫、井蛙之见耳!"② 又说:"今昆山以笛、管、笙、琵按节而唱南曲者,字虽不应,颇相谐和,殊为可听,亦吴俗敏妙之事。"③ 最后,徐渭还揭示了剧坛上的保守派之所以"酷信北曲"而力排南戏的原因:"原其意,欲强与知音之列,而不探其本,故大言以欺人也。"④ 诚然,徐渭的揭示仅是认识上的问题,没接触到这种传统偏见的阶级时代原因,但通过以上三点,就有力地回击了保守派,为南戏的进一步发展从舆论上扫除了障碍。

和轻视南戏传统观念有关的另一问题,是南北曲的关系问题。因为历来总是认为先有元代的北杂剧,然后才有明初的南传奇,好像宋元时代没有传奇的前身南戏似的。这种错误的看法,在明人的许多曲论、曲评、曲话中都有反映。如王世贞《曲藻》:"词不快北耳而后有北曲,北曲不谐南耳而后有南曲。"这类说法共同的意思是:先有北曲而后有南曲,南曲是在北曲体制上的发展,南戏是北杂剧到明传奇中间的过渡形式。殊不知这种论调完全歪曲了我国戏曲发展的历史真相,成了封建士大夫否定或诋毁南戏的一种口实。徐渭并不为这种成说所拘囿,他辛勤地探讨了南戏的源流和发展,揭示了历史的真相。在《南词叙录》的开篇即说:"南戏始于宋光宗朝,永嘉人所作《赵贞女》《王魁》二种实首之,故刘后村(按:实为陆游)有'死后是非谁管得,满村听唱蔡中郎'之句。或云宣和间已滥觞,其盛行则自南渡,号曰'永嘉杂剧',又曰'鹘伶声嗽'。其曲,则宋人词而益以里巷歌谣,不叶宫调,故

---

① 饶龙隼:《简明中国文学批评史教程》,上海大学出版社2021年版,第416页。
② 饶龙隼:《简明中国文学批评史教程》,上海大学出版社2021年版,第415页。
③ 陈志扬、李斌:《中国古代文论读本·第4册·明清卷》,河南大学出版社2019年版,第145页。
④ 饶龙隼:《简明中国文学批评史教程》,上海大学出版社2021年版,第416页。

士大夫罕有留意者。元初，北方杂剧流入南徼，一时靡然向风，宋词遂绝，而南戏亦衰。顺帝朝，忽又亲南疏北，作者猬兴，语多鄙下，不若北之有名人题咏也。永嘉高经历明，避乱四明之栎社。惜伯喈之被谤，乃作《琵琶记》雪之，用清丽之词，一洗作者之陋，于是村坊小伎，进与古法部相参，卓乎不可及已。"徐渭的这段考证主要澄清了三点，第一，南戏并不是明代产生的，早在南宋时就已兴起。第二，南戏与杂剧，是两种并行发展的戏曲，根本不存在谁派生谁的问题。第三，南戏有其自身的发展过程，开始并不被人重视，自《琵琶记》出现，则蔚为大观，达到完全成熟的地步。

徐渭关于南戏源流和发展的论断，是建立在坚实的史料基础上的。为了证明自己的论断，徐渭在《南词叙录》的最后，特意附录了宋元南戏旧篇六十五种，明代南戏四十八种，共计一百一十三种。南戏作为一个地方性的剧种，竟有这么多的剧目流传，这正是宋元两代南戏盛行发展的最有力的证明。

徐渭推崇南戏，不为重北轻南的传统习俗所囿；但也不排斥北曲，用一种偏见代替另一种偏见。在《南词叙录》里，徐渭采取了实事求是的科学态度，进一步分析了南北曲的各自的所长所短。他是从音调、体制、风格、成就等多角度、多侧面进行分析的。因此，徐渭认为南戏自有南戏的特点，北曲自有北曲的长处。不能以北曲之长，便否定南戏。但是南戏在音调方面确实不及北曲那样完善，自应在自己已有的基础上日臻成熟。

在风格上，徐渭也认为南北曲各有特色。而各自的特色，又是各自的自然环境造成的。他说："今之北曲，盖辽、金北鄙杀伐之音，壮伟狠戾，武夫马上之歌，流入中原，遂为民间之日用。"①

对于南北曲的艺术成就，徐渭不抱偏见，认为各有千秋。他对南北曲的作家作品完全采取一视同仁的态度。比如，对于南戏的《琵琶记》《新机锦》《荆钗记》《拜月记》等，他十分推崇；对于杂剧作家朱有燉、谷子敬、刘东生、王九思、康海等，也一一予以肯定，认为他们的剧作"皆可观"。对于元人杂剧《西厢记》，他更是口授心解，亲作评释。徐渭这种不偏不倚的态度，是很受后人称道的。

---

① 饶龙隼：《简明中国文学批评史教程》，上海大学出版社2021年版，第415页。

三、提倡本色，反对以时文为曲

徐渭戏曲理论主张的核心是本色论，这在《南词叙录》中鲜明地表现出来。他认为南戏"有一高处：句句是本色语，无今人时文气"。

在中国戏曲史上提倡本色论，并不是从徐渭开始，而且在那个时代，也不止他一人。如何良俊《曲论》："盖《西厢》全带脂粉，《琵琶》专弄学问，其本色语少。盖填词须用本色语，方是作家。"王世贞《曲藻》："马致远'百岁光阴'，放逸宏丽，而不离本色，押韵尤妙。"但前人常常把本色视为一个单纯的语言通俗、质朴、不事雕琢的问题，而徐渭却有更深一层的认识。

徐渭认为："曲本取于感发人心，歌之使奴童妇女皆喻，乃为得体。"① 戏曲作品要真正做到本色，首先要"取于感发人心"，具有真实动人的思想内容。这就不纯粹是语言的问题了。怎样才能使内容做到"感发人心"呢？在徐渭看来，这就决定于一个作家的"才情"。因为徐渭认为本色应当是"真我面目"，其在《叶子肃诗序》中更是提出了"出于己之所自得"。作品越不矫揉造作，才越会真切动人。如果扭捏作态，就会如同《西厢记》序中所说的："婢作夫人者，欲涂抹成主母而多插带，反掩其素之谓也。"以《香囊记》为例，其在《南词叙录》中批评道："以时文为南曲，元末、国初未有也，其弊起于《香囊记》。《香囊》乃宜兴老生员邵文明作，习《诗经》，专学杜诗，遂以二书语句匀入曲中，宾白亦是文语，又好用故事作对子，最为害事。夫曲本取于感发人心，歌之使奴童妇女皆喻，乃为得体；经、子之谈，以之为诗且不可，况此等耶？直以才情欠少，未免矮补成篇。"邵文明是一腐儒，没有真感情而硬要作戏文，只有以经史之语为之，这样的作品当然不能"感发人心"，做到"本色"了。

戏曲作品做到本色，除做到"感发人心"之外，在语言与形式上力求通俗和自然，也是重要的因素。因为戏曲作品又不是少数文人学士案头把玩的古董，而是具有群众性和舞台性，通过舞台的演出以供广大观众欣赏。戏曲的群众性，要求剧本语言通俗自然，使各种人都能听懂。戏曲的舞台性，要求剧本语言准确、明白、朗朗上口。所以徐渭在《题昆仑奴杂剧后》中明确提出，写剧本"与其文而晦，曷若俗而鄙之易晓也"。认为"越俗越家常，越警醒，此才是好水碓，不杂一毫糠衣，真本色"。在《南词叙录》中他还是以《香

---

① 尹贤：《古人论诗创作（增订本）》，中国书籍出版社2020年版，第213页。

囊记》为例批评道:"《香囊》如教坊雷大使舞,终非本色……至于效颦《香囊》而作者,一味孜孜汲汲,无一句非前场语,无一处无故事,无复毛发宋、元之旧。三吴俗子,以为文雅,翕然以教其奴婢,遂至盛行。南戏之厄,莫甚于今。"他又以作诗文为例,进一步谈语言本色的要求:"填词如作唐诗,文既不可,俗又不可,自有一种妙处,要在人领解妙悟,未可言传。名士中有作者,为予诵之,予曰:'齐、梁长短句诗,非曲子。'何也？其词丽而晦。"他评《琵琶记》曰:"或言:'《琵琶记》高处在《庆寿》《成婚》《弹琴》《赏月》诸大套。'此犹有规模可寻。惟《食糠》《尝药》《筑坟》《写真》诸作,从人心流出,严沧浪言'水中之月,空中之影',最不可到。如《十八答》,句句是常言俗语,扭作曲子,点铁成金,信是妙手。""常言俗语"就是不事雕琢堆砌,不带脂粉气的通俗、自然、明快语言,也就是我们说的舞台语言。徐渭从戏曲的舞台性、群众性来谈语言的本色问题,这是很有见地的。

徐渭提出本色论,是为了扭转时弊,推动南戏创作。他在《南词叙录》中说:"至于效颦《香囊》而作者……无复毛发宋、元之旧。三吴俗子,以为文雅,翕然以教其奴婢,遂至盛行。南戏之厄,莫甚于今。"我们知道,随着明王朝的建立与逐步巩固,封建专制主义的思想统治进一步加强了。程朱理学和八股取士制度,由于统治者的提倡而盛行于明朝。这也影响到戏剧创作,"以时文为南曲"成了一种社会风气。所谓"时文",就是八股文,这种文章,专以四书五经中的意思命题,只能依朱熹的注释解释,形式上限制在八股体制之内,连字数多寡也有严格规定,所谓"其文略仿宋经义,然代古人语气为之"[①]。这是一种代圣人立言,歌功颂德,为封建统治者服务的陈腐文体。所谓"以时文为南曲",就是以八股文的思想程式去做戏文。理学家邱濬创作的《伍伦全备记》,就是这方面的典型代表。它虚构了伍伦全、伍伦备兄弟和他们一家的遭遇,表现剧中人物怎样死心塌地地按封建道德教条行事。全剧中心就是宣扬"忠孝节义"是"万世纲常之理"。由于这股歪风左右剧坛,以至从明初到中叶的一百多年间,戏曲创作长期处于萎靡不振的状态。他面对这股歪风,大力主张要弘扬南戏的优秀传统,主张戏曲创作坚持本色论。

徐渭的戏曲理论,总括了前代南戏的优秀传统,是对此的理论升华,同时也有力地批判了当时戏曲创作中盛行的形式主义和唯美主义,推动了戏曲

---

① 张新科:《中国古代文学600题》,陕西师范大学出版社2021年版,第253页。

的发展，为其提供了方向指导。也为明代中期之后，戏曲创作的破茧重生，涌现大量的优秀作家和作品，奠定了理论基础。

专题三　王骥德戏曲论

一、王骥德的生平及《曲律》的写作

王骥德，字伯良，又字伯骥，号方诸生、玉阳生，别署秦楼外史。浙江会稽（今浙江绍兴）人。自幼嗜好歌乐，早负才子之名，曾承父命改写祖父剧作《红叶记》为《题红记》。早年师事同里徐渭，颇受赏识。徐渭每有新作，常与王骥德共同赏鉴品评，遂立志钻研词曲，以散曲、戏曲负盛名于当时。在曲学研究和戏曲活动中，还曾与孙矿、孙如法、沈璟、吕天成、毛允遂等过往甚密。晚年曾两次入都，考察元杂剧发祥地燕京的风土人情，特为访问王实甫的家乡考察当地方言流变情况。万历三十六年春离都南返后，抱病撰写《曲律》，约卒于天启三年秋冬之间。他著有杂剧、传奇多种，现存只有传奇《题红记》和杂剧《男王后》两种。诗文有《方诸馆集》，戏曲理论著作有《曲律》四卷。

从现在所能找到的历史资料考索，王骥德的生平行实有三个特点。一是虽然少年时即负才子盛名，但一生并无半点功名，连是否参加过科举都没有记载。二是他常出入各地青楼妓馆，自称"我便是有情痴"，这反映了他和社会底层的广泛联系，这和他一生的艺术生涯密切相关。三是纵然常怀壮志，却始终没有谋取一官半职，一生交结的也多是不达文人，如吕天成、王澹、史槃、毛允遂等，或弃官的士子如孙如法、顾大典、叶宪祖、屠隆等。这一切都决定了他思想的形成，影响了他艺术和理论的创造。

《曲律》写于1610年。以后若干年又思有所得，不断增补，一直到他逝世为止。这部戏曲理论著作，是由友人鼓励而作的。王骥德自己说："《曲律》故勤之及比部促成。"[①] 所谓勤之，就是吕天成；比部，即孙如法。吕天成《曲品自序》说，他于万历庚戌年春与王骥德"剧谈词学，穷工极变"，相约写有关戏曲理论的著作。他写《曲品》，"遂趣生撰《曲律》"。王骥德在《曲律·

---

① 王辉斌：《明清戏著史论》，武汉大学出版社2016年版，第74页。

杂论下》中说："（孙如法）先生自谪归，人士罕见其面，独时招余及郁蓝生，把酒商榷词学，娓娓不倦。尝怂惠余作《曲律》及南韵。曰：'此绝学，非君其谁任之！'"正由于此书是在朋友的勉励和切磋中写成，因此才能达到"穷工极变"的理论深度。

王骥德写《曲律》时，健康情况不佳。他在《曲律》自序中说："余且抱疴，遂疏握椠。既屡折简，亟趋报成，余迺左持药椀，右驱管城，日疏数行，积盈卷帙"，最终使《曲律》初具规模。1623年秋天，王骥德把刊行《曲律》的任务委托给毛以遂。但王骥德没有看到他的著作刻成行世，便溘然长逝了。

《曲律》论述开阔，组织严谨，自成体系。全书四十章，可以分成七部分。开头两章，具有绪论性质。《论曲源》阐述"曲"的源泉及其流变大略；《总论南北曲》比较南北曲的风格特征并概言其形成历史。第三章至第十二章为声律论，是关于音韵和声乐的理论。第十三章至二十一章重点阐述作曲的修辞问题。第二十二章至二十九章，重点论曲词作法。第三十章至三十八章，论传奇作法。第三十九章《杂论》上下两部分共有一百多节，为作者逐渐增补而成，带有随感录的性质。除了继续谈创作方法外，重点是戏曲史、戏曲批评与作家作品论。第四十章《论曲亨屯》像是一则附录，主要是申明作者的情趣。从全书结构看，这一章有"蛇足"之感，内容上也多不足取。纵览全书，《曲律》的理论建设重点有三个方面：一为创作论，二为作家作品论，三为声律论与修辞学。通过以上三个方面，《曲律》自成体系地论述了戏曲艺术中的各项问题，成了我国第一部较为系统周密的戏曲理论专著。

明代万历年间是我国古典戏曲评论的繁荣时期。这一时期出现的评论家不下数十人，其中佼佼者亦不下十人。这一时期戏曲评论最重要的有三大成就：一是李卓吾的戏曲批评，二是汤显祖的戏曲创作理论，三是王骥德的《曲律》。他们都是在明代嘉、隆年间李开先、徐渭、何良俊、王世贞等曲论家所阐述的理论的基础上，又提出了新问题，作了新的发展。王骥德与汤显祖、李贽相较，汤显祖长于创作论，李贽观点激进，具有强烈的反封建精神，王骥德主要成就在戏曲理论的全面和细致深密。他的理论是在与各派戏曲家长期切磋、反复辩难中，又通过个人的艺术实践逐步形成的。他的《曲律》实际上是对汤沈之争的系统总结。

二、提倡"法与词两擅其极"

汤显祖与沈璟之争是明代万历年间戏曲界的一件大事，所有的戏曲家评论家都不会游离于这场论争之外，王骥德也是如此。对于两家的论辩，他采取了实事求是的态度。他避免了吴江派的偏激，又汲取了临川派的合理意见，提出了综合两家之长而又作了很大发展的"两擅其极"说。

对于汤沈两家，王骥德在《曲律》中有个总的评价，他说："临川之于吴江，故自冰炭。吴江守法，斤斤三尺，不欲令一字乖律，而毫锋殊拙；临川尚趣，直是横行，组织之工，几与天孙争巧，而屈曲聱牙，多令歌者齚舌。吴江尝谓：'宁协律而不工。读之不成句，而讴之始协，是为中之之巧。'曾为临川改易《还魂》字句之不协者，吕吏部玉绳（郁兰生尊人）以致临川，临川不怿，复书吏部曰：'彼恶知曲意哉！余意所至，不妨拗折天下人嗓子。'其志趣不同如此。郁兰生谓临川近狂，而吴江近狷，信然哉！"

对于沈璟的格律论，也就是讲"法"，王骥德是非常赞同的，并十分推崇沈璟。在《曲律》中称沈璟是"词林之哲匠，后学之师模"，"其于曲学、法律甚精，泛澜极博。斤斤返古，力障狂澜，中兴之功，良不可没"。从戏曲史的发展中充分肯定了格律说的意义。并且他自己的创作实践和理论主张，都是十分重视格律的。冯梦龙在《曲律叙》中曾说："伯良《曲律》一书，近镌于毛允遂氏，法尤密，论尤苛——厘头则德清蒙讥，评辞则东嘉领罚。字栉句比，则盈床无合作；敲今凿古，则积世少全才。虽有奇颖宿学之士，三复斯编，亦将咋舌而不敢轻谈，韬笔而不敢漫试，洵矣攻词之针砭，几于按曲之申、韩。然自此律设，而天下始知度曲之难；天下知度曲之难，而后之芜词可以勿制，前之哇奏可以勿传。"但是王骥德赞同格律论，推崇沈璟，并不是把格律看得至高无上，也不是看不到沈璟的偏激之处。他对沈璟及其理论都有所批评。他在《曲律》中说："词隐谱曲，于平仄合调处，曰'某句上去妙甚'，'某句去上妙甚'，是取其声，而不论其义可耳。至庸拙俚俗之曲，如《卧冰记》【古皂罗袍】'理合敬我哥哥'一曲，而曰'质古之极，可爱可爱'。《王焕传奇》【黄蔷薇】'二十可央你不来'一引，而曰'大有元人遗意，可爱'。此皆打油之最者，而极口赞美。其认路头一差，所以已作诸曲，略堕此一劫，为后来之误甚矣，不得不为拈出。"王骥德在这里指出沈璟理论的主要问题是"路头"差了。那么差在哪里呢？差在他不顾戏曲中"声"与"义"即声律与文词、内容和形式的谐调关系，取其声而舍其义。看到的只是平仄合调，而不顾其庸拙俚俗。王骥德不仅在《曲律》中指出沈璟格律论的致命弱点，还对他本人的创作进行了批评。"词隐传奇，要当以《红蕖》称首。其余诸作，出之颇易，未免庸率……生平于声韵、宫调，言之甚悉，顾于己作，更韵、更调，每折而是，良多自恕，殆不可晓耳。"这就是说，王骥德认为沈璟剧作大多数都是平庸轻率之作，他对别人虽是斤斤于格律，而实际上自己也做不到。所以他同意吕天成的意见"吴江近狷"，也就是在格律即所谓"法"上太偏激。

王骥德虽然被列为吴江派，但他并不囿于派别之见，而是取其所长，避其所短，因此在好多方面的见解颇多和沈璟不同之处。对于汤显祖的态度就是很重要的一点。对于汤显祖，王骥德同样是十分推崇的。他在《曲律》中说："客问今日词人之冠，余曰：'……于南词得二人：曰吾师山阴徐天池先生……曰临川汤若士……'"但是，王骥德既知汤显祖艺术造诣之长，又洞见其疏于音律之短，对他的不足之处也进行了直率的批评。他说："临川汤若士，婉丽妖冶，语动刺骨，独字句平仄，多逸三尺，然其妙处，往往非词人工力所及。"又对他的剧作进行了深刻的剖析："临川汤奉常之曲，当置'法'字无论，尽是案头异书。所作五传，《紫箫》《紫钗》第修藻艳，语多琐屑，不成篇章；《还魂》妙处种种，奇丽动人，然无奈腐木败草，时时缠绕笔端；至《南柯》《邯郸》二记，则渐削芜颣，俛就矩度，布格既新，遣辞复俊。其掇拾本色，参错丽语，境往神来，巧凑妙合，又视元人别一蹊径，技出天纵，匪由人造。使其约束和鸾，稍闲声律，汰其剩字累语，规之全瑜，可令前无作者，后鲜来哲。二百年来，一人而已。"所谓"婉丽妖冶，语动刺骨"，是指汤显祖重"词"，因此剧作文词妙绝。但是又不守"法"（即不合律），因此"多令歌者龃舌"。要想弥补汤剧的不足，就必须取沈璟之长，"稍娴声律"。所以王骥德通过对汤沈二人理论和作品的具体分析，确实看到了临川派和吴江派的弱点，提出了"法与词两擅其极"的主张。

王骥德提出"法与词两擅其极"，即文词与格律、内容和形式和谐统一的要求是正确的。戏剧文学是社会生活的反映，为了正确真实地反映生活，必须把内容放在第一位。但是反过来，一定的内容必须通过一定的形式去表达，没有形式，也就没有了内容。特别是我国古代戏曲，它是通过唱、念、做、打去表现内容的，离开了舞台的演唱，再好的内容也表达不出。所以从这一角度来看，格律论又有合理的一面。王骥德通过对临川、吴江两个戏曲流派的分析，看到了他们在文词与声律、内容与形式上所存在的矛盾，用"两擅其极"去解决，的确是一种补弊救偏的正确理论。这正是王骥德高出于其他吴江派同人一筹的地方。

三、"本色"说新论

和明代好多戏曲评论家一样，王骥德也拈出"本色"二字论戏曲。但是他没有重复别人的说法，而是给"本色"二字赋予新的解释。

在我国古代文艺论著中，讨论本色的文章遍及各个艺术部门，而"本色"的含义也十分复杂和灵活。袁宏道《叙小修诗》说："（小修之诗）非从自己胸臆流出不肯下笔。……即疵处亦多本色独造语。"这里的"本色"，是指艺术创作个性或风格特征。刘熙载《艺概》说："半山（王安石）文瘦硬通神，此是江西本色，可合黄山谷诗派观之。"这里的"本色"指的是流派的艺术特色。王世贞《艺苑卮言》说："子桓小藻，自是乐府本色。"这里的"本色"指的是文艺体裁的独特风貌。其他诸如从时代风格、语言特色、作品气质、人物个性等不同角度运用"本色"二字，不一而足。

在明代曲论家中，运用"本色"论述戏曲的也不乏其人，同样歧义很大。何良俊认为"清丽流便""简淡可喜""全不费词"便是曲中"本色语"，也就是语言清而淡，平易如话，通俗易懂就是本色。以此为标准，他在《四友斋丛说》中指出："《西厢》全带脂粉，《琵琶》专弄学问，其本色语少。"徐渭以真情实感为本色，反对因"涂抹""插带"而"掩其素"。这与他论诗主张"出于己之所自得，而不窃于人之所尝言"是一致的。因而他的本色论不仅着眼于语言上的文雅或通俗，而且强调戏曲的精神特征，即精神风韵。因此，他所说的"宜俗宜真"可以看作他自己对"本色"说的自我概括。沈璟自谓"僻好本色"。他的"本色"有三方面的含义：一是主张以宋元古剧为榜样，认为宋元古剧是场上之曲而非案头之曲；二是强调演唱的效果，以戏曲格律的特征为本色；三是以语言的通俗、浅显、拙朴、口语化为本色。

除上述三家的本色论之外，还有一家也颇值得注意，那就是吕天成的本色论。他在《曲品》中说："本色只指填词。"把本色限于对填写曲词的考察，形式界限上与何良俊同。但他又说："本色不在摹勒家常语言，此中别有机神情趣，一毫妆点不来；若摹勒，正以蚀本色。"对本色的解释又在精神方面，这与何良俊大异其趣，而又与徐渭的真情实感息息相通。他在《曲品》中评《拜月记》："元人词手，制为南词，天然本色之句，往往见宝。"把本色与元人风格联系起来，这又和沈璟以"古剧"为宗的主张接近了。

但是，我们也应该看到，尽管以上四家之说大相径庭，可也不难发现，不管论者是站在什么样的角度来解释本色，其中却有一个共同的着眼点，就是以"本色"来研究"曲"的艺术特征，而且进一步看，大都又以本色和文词藻丽相对立。因此，曲论中的本色说，既是对戏曲语言的探讨，也是对相应的创作规律及方法的探讨。

正是在以上诸说的基础上，王骥德提出了本色说的新的见解。他在《曲律》中说："大抵纯用本色，易觉寂寥；纯用文调，复伤雕镂。《拜月》质之尤者，《琵琶》兼而用之，如小曲语语本色，大曲引子……未尝不绮绣满眼，故是正体。《玉玦》大曲，非无佳处；至小曲亦复填垛学问，则第令听者愦愦矣。故作曲者须先认真路头，然后可徐议工拙。至本色之弊，易流俚腐；文词之病，每苦太文。雅俗浅深之辨，介在微茫，又在善用才者酌之而已。"意思是说，如果只追求语言的平实通俗，就会变得寂寥俚腐；如果只注意藻绘，就会变得堆垛和太文。正确的做法即"路头"是通俗与藻绘相结合，也就是本色与文采相结合。这是王骥德一反众人之说的独特看法，所以叫"本色"新论。

为了证明他的命题，王骥德还从戏曲史的发展演变中进行考察，在《曲律》中他指出："曲之始，止本色一家，观元剧及《琵琶》《拜月》二记可见。自《香囊记》以儒门手脚为之，遂滥觞而有文词家一体。近郑若庸《玉玦记》作，而益工修词，质几尽掩。夫曲以模写物情，体贴人理，所取委曲宛转，以代说词，一涉藻缋，便蔽本来。然文人学士，积习未忘，不胜其靡，此体遂不能废，犹古文六朝之于秦汉也。"既指出"益工修词，质几尽掩"的缺点，又公开承认"此体遂不能废"，把本色家和文词家合为一炉，采取了比较灵活的兼收并蓄的态度。用这个理论作标准，王骥德说："《西厢》组艳，《琵琶》修质，其体固然。何元朗并訾之，以为'《西厢》全带脂粉，《琵琶》专弄学问，殊寡本色'。夫本色尚有胜二氏者哉，过矣。"甚至说："于本色一家，亦惟奉常（汤显祖）一人。"

正因为王骥德熔本色与文采、本色家和文词家于一炉，因此他的本色论就比较灵活和丰富，本色与"入众耳"，与"认路头"，与"恰好""妙悟""当行"

相一致。实际上也就是王骥德对汤沈之争理论总结的一个发展。汤重文辞绮丽，沈重通俗浅显，王重本色与文采的和谐。这样，王骥德就跳出了吴江派的圈子，变成一个集大成者。

四、"众美具"的创作思想

中国戏曲理论批评的开始，往往集中在品藻文词、推敲字句、斟酌音律等某一方面进行研究。可以说从王骥德开始，把戏曲创作的全过程当作一个有机整体来考察了，提出了"众美具"的创作思想。《曲律·论套数第二十四》说："套数之曲……有起有止，有开有阖。须先定下间架，立下主意，排下曲调，然后遣句，然后成章。切忌凑插，切忌将就。务如常山之蛇，首尾相应，又如鲛人之锦，不着一丝纰颣。意新语俊，字响调圆，增减一调不得，颠倒一调不得，有规有矩，有声有色，众美具矣。"从这里我们可以看到，王骥德认为一篇好的创作，必须做到立意、间架、曲调、章句、照应、规矩、声色具美。这是一种从全局着眼的戏曲理论，它比传统的集中于某一方面研究，大大前进了一步。这是就戏曲创作而言。而就戏曲评论来说，王骥德提出了"论曲当看其全体力量如何"的原则。他说："论曲，当看其全体力量如何，不得以一二韵偶合，而曰某人、某剧、某戏、某句某句似元人，遂执以概其高下，寸瑜自不掩尺瑕也。"[①] 这种全面评论的原则和"众美具"的创作思想是互为表里的。它说明我国戏曲艺术发展到明代末年，由于戏曲创作的发展和戏曲评论的繁荣，已经开始从分体把握到整体把握，它标志着戏曲创作理论和批评理论的进步。

五、《曲论》中主要论点

关于从全体上创作戏曲和评论戏曲的理论，王骥德在《曲论》中主要论点如下。

（一）立主意，抓头脑

所谓立主意就是我们现在所说的立意；抓头脑义近于主题。这即是说创作或评论一部戏曲，一定要看它的主题如何，对读者有没有劝惩作用。王骥

---

① 北京师范大学中文系文艺理论教研室：《文学理论学习参考资料·下》，春风文艺出版社1982年版，第1200页。

德在《曲律》中说:"古人往矣,吾取古事,丽今声,华衮其贤者,粉墨其慝者,奏之场上,令观者藉为劝惩兴起,甚为扼腕裂眦,涕泗交下而不为已,此方为有关世教文字。若徒取漫言,既已造化在手,而又未必其新奇可喜,亦何贵漫言为耶?此非腐谈,要是确论。故'不关风化,纵好徒然',此《琵琶》持大头脑处,《拜月》只是宣淫,端士所不与也。"王骥德对《琵琶》《拜月》主题的分析并不正确,可是他重视一部戏曲作品的主题是很可取的。既然一部作品的主题是头脑,对于剧本中最能表现主题的情节,王骥德认为应该着力描写,不能轻易放过。他在《曲律》中又说:"传中紧要处……皆本传大头脑,如何草草放过。若无紧要处,只管敷演,又多惹人厌憎,经不审轻重之故也。"所谓"紧要处",也就是表现大头脑即主题处,都要着力去写,不能草草。而与表现主题无关的枝节,则可略而不写,否则就会惹人生厌。

(二)定间架

间架,也就是一部戏曲的结构。王骥德非常注意艺术构思,要求每一部戏曲都要有一个完整的结构、合理的布局。他在《曲律》中说:"作曲,犹造宫室者然。工师之作室也,必先定规式,自前门而厅,而堂,而楼,或三进,或五进,或七进,又自两厢而及轩寮,以至廪庾、庖湢、藩垣、苑榭之类,前后、左右、高低、远近,尺寸无不了然胸中,而后可施斤斫。作曲者,亦必先分段数,以何意起,何意接,何意作中段敷衍,何意作后段收煞,整整在目,而后可施结撰。"所谓段数即段落,对于戏曲来说也就是场次。而段落的划分又不是随意为之,必须根据内容的需要而来。要做到这一点就不能"只漫然随调,逐句凑拍",必须做到"整整在目",也就是胸有全局,才可动手进行创作。

(三)注意剪裁、锻炼、针线

剪裁、锻炼主要指素材力求详略得宜,文词不要枝蔓;针线,主要指结构上的前后照应、连贯一致。王骥德在《曲律》中说:"北剧仅一人唱,南戏则各唱。一人唱则意可舒展,而有才者得尽其春容之致;各人唱则格有所拘,律有所限,即有才者,不能恣肆于三尺之外也。于是,贵剪裁,贵锻炼——以全帙为大间架,以每折为折落,以曲白为粉垩,为丹艧;勿落套,勿不经,勿太蔓,蔓则局懈,而优人多删削;勿太促,促则气迫,而节奏不畅达;毋令一人无着落,毋令一折不照应。"务必做到韩信将兵,多多益善;岳飞五百骑破兀术十万大军,以少胜多。该多该少,各得其宜。

(四) 重视宾白

宾白就是说白。包括剧中人的独白或对白。前人论创作，往往有重曲轻白的倾向。王骥德在《曲律》中指出"诸戏曲之工者，白未必佳，其难不下于曲。"他从"众美具"的创作思想出发，也要求戏曲家把宾白写好。他把宾白分为"定场白"和"对口白"。他认为"定场白稍露才华，然不可深晦"，要稍有文采又通俗易懂，使听众人人明白。"对口白须明白简质，用不得太文字，凡用之乎者也，俱非当家。"又说宾白之多寡，取决于剧情的需要，然而"大要多则取厌，少则不达，苏长公有言：'行乎其所当行，止乎其所不得不止。'则作白之法也"。

(五) 强调音律的合情与自然

《曲律》用十章之多讨论音律，可见王骥德对此的重视。在这十章中，全面而详细地论述了宫调、平仄、阴阳、用韵、字句等戏曲格律。他说宫调之采用"须称事之悲欢苦乐"，仔细审度情节发展和人物性格特征，分别选用有关宫调。他认识到"以调合情，容易感动得人"。他还考虑到各宫调之间的配合和过渡。"须各宫各调，自相为次。又须看其腔之粗细，板之紧慢；前调尾与后调首要相配叶，前调板与后调板要相连属。"他批评那种以为"南曲原不配弦索，不必拘拘宫调"的说法，指出"不知南人第取按板，然未尝不可取配弦索。又譬置目眉上，置鼻口下，亦何妨视嗅，但不成人面部位，终非造化生人意耳"。强调音律的合情与自然，填补了沈璟、汤显祖的缺陷。王骥德又论曲禁四十项，罗列了种种不合律处，对于初学作者也有参考意义。

(六) 论戏曲人物的刻画

《曲律》讨论人物刻画，最突出一点是要求写出人物行动的性格化和语言的性格化。王骥德认为一个剧作者，"须以自己之肾肠，代他人之口吻"，即作者应当将自己置身于人物之中，精准地抓住人物的思想和性格特点，追求人物行动的性格化和语言的性格化。王骥德指出，每个人都有自己个性化的行动和语言，这是由其身份和性格所决定的，不同的身份和不同的性格的人，要在其行动和语言上加以区别。

(七) 重视作家的文学修养

剧本是剧作家写出来的。剧作家要想写出成功的作品，就得有充分的创作准备。其中之一就是文学修养。对此,王骥德也专列出"论须读书"一章讨论。王骥德主张作家要广泛地学习文化遗产,博搜精采,融会消化,变成自己的东西,然后再从自己笔下流出,而不是生吞活剥古人。他在《曲律》中说:"词曲虽小道哉,然非多读书,以博其见闻,发其旨趣,终非大雅。须自《国风》《离骚》、古乐府及汉、魏、六朝、三唐诸诗,下迨《花间》《草堂》诸词,金、元杂剧诸曲,又至古今诸部类书,俱博搜精采,蓄之胸中,于抽毫时,掇取其神情标韵,写之律吕,令声乐自肥肠满脑中流出,自然纵横该洽,与剿袭口耳者不同。胜国诸贤,及实甫、则诚辈,皆读书人,其下笔有许多典故,许多好语衬副,所以其制作千古不磨。"在这里,王骥德一方面强调博览群书,一方面又反对剿袭口耳,要求"声乐自肥肠满脑中流出",是颇为辩证的。

(八)论插科打诨

王骥德论科诨的意见也很合理。他说大凡戏曲冷场之时,插入净、丑去逗逗趣,可使观众愉快起来,也是一种好的手法。但"须作得极巧,又下得恰好"[①],即掌握好时机和分寸。如果勉强安排,反而使人难受,还不如任其冷场为佳。这些具体意见,都可供参考。

王骥德"众美具"的创作思想除表现在以上几方面外,他还专章论述了家数、章法、句法、字法、对偶、用事、过搭、咏物、引子、尾声等各种具体的创作技巧和方法。把戏曲作为一个整体,如此全面系统地论述到它的各个方面,而又如此的清晰、有条理,《曲律》的确是我国戏曲理论批评史上的第一部。它对于清初李渔的《闲情偶寄》中的戏曲理论,有着明显的影响。

专题四 李渔戏曲论

一、李渔的生平和思想

李渔,字笠鸿,号笠翁,别号湖上笠翁、觉世稗官、新亭樵客、随庵主人等。原籍浙江兰溪,生于江苏如皋。李渔生活在明末清初的战乱年代。在其青少年时期,他的家境大概还是相当优裕的。他无忧无虑,充满希望,性

[①] 曾庆全:《中国古典文学研究》,华中师范大学出版社2015年版,第102页。

情豪放，不拘礼法。"尊前有酒年方好，眉上无愁昼始长，最喜北堂人照旧，簪花老鬓未添霜。"① 与他中年以后终日为生计奔走的情势，形成鲜明的对照。

李渔的生活颠覆于清兵入浙。当时清兵攻占浙江，到处劫掠，李渔未能免于此难，不仅家财一空，很多亲友也死于这场灾难。他原本科举的志向和美好富足的生活如镜花水月成空。生活的变故、战乱中的见闻，以及和平民的交往，使得李渔的思想和艺术观念产生了巨大的转折。他家道中落，不再将科考功名作为人生志向，而是奔波忙碌于养家糊口

1648年左右，他迁家到杭州、南京，家境的贫困使得他以卖诗文和演戏为生。李渔于南京开了一间名为"芥子园"的书店，刊印、贩卖他创作编撰的科举考试辅导书籍和诗文选集。同时，他还组建了一个家庭剧团，到高门大户演戏赚钱。所演的戏剧多由他自己创作、导演，就是在这一段经历中，李渔积累了大量的戏剧创作与演出经验。他的家庭剧院不固定于某一处，而是到全国各地流动演出，他也由此积累了丰富的阅历和社会经验。正是在这样丰厚的实践基础之上，他才能够完成《闲情偶寄》，才能够形成自己的戏曲理论。1675年，李渔由南京迁家之杭州，在西湖边购置一座荒山，建起几间简陋的房舍，定居下来。1680年，李渔在杭州去世，终年七十岁。他著有《笠翁十种曲》（《奈何天》《比目鱼》《蜃中楼》《怜香伴》《风筝误》《慎鸾交》《凰求凤》《巧团圆》《玉搔头》《意中缘》），还有小说《无声戏》十二回、《十二楼》十二卷、《肉蒲团》二十回和诗文杂著《李笠翁一家言》十六卷。其中《闲情偶寄》的卷一、卷二后人合为《李笠翁曲话》，是论述戏剧的专著。

李渔的世界观、艺术观都极为复杂，在他身上集中了不少的矛盾。他浸润于封建文化之中，尽管家道中落，半生漂泊，但他仍旧是封建统治阶级知识分子。他骨子里信奉的是等级分明的封建礼教，会在戏曲创作中不自觉地维护封建统治。不管是他的世界观，还是他的人生观和个人私德方面都有着落后、腐朽、消极的一面。他为了生活，向高官豪族"打抽丰"，小心逢迎，追求"日游五侯之宅，夜宴三公之府"② 的享乐生活。然而，他也形成了具有一定进步性质的思想和见解。他家道中落之后与穷困的平民百姓有了较多的接触，见识了民间疾苦、百姓苦难，表现出对社会下层的深刻真挚的同情。尽管他对封建制度的维护始终未变，但是他在战乱之中也看到并认识到了官

---

① 赵海霞：《李渔》，陕西师范大学出版总社2017年版，第5页。
② 阏真：《元明清文言小说选》，太白文艺出版社2004年版，第176页。

兵的残暴和腐朽，并在自己的诗文戏曲创作中对此有一定的揭露。这种矛盾很清楚地体现在了他的作品之中，如其《笠翁十种曲》中的剧作大部分思想陈腐，缺乏格调，较为庸俗，在中国戏曲史上没有什么重要地位。另一方面，他的《李笠翁曲话》又是我国古典戏曲理论的集大成者。他本人又以一个卓越的戏曲理论家名标史册。李渔就是这样的一个历史人物。我们既不能以他腐朽没落的生活情趣，死心塌地"为圣天子粉饰太平"，去否定他世界观中进步的、积极的东西，也不能以他戏曲作品的平庸无聊去否定其卓越的戏曲理论。我们只有根据历史资料客观地、辩证地、深入地分析，才能科学地认识其人，认识其理论。

二、《李笠翁曲话》的写作和特点

李渔的戏曲理论，主要写在《闲情偶寄》一书的"词曲部"和"演习部"里。后人把这两部分单独抽出，题名曰《李笠翁曲话》。《闲情偶寄》一书，内容包括声容、居室、饮食、器玩等方面，是一部封建地主阶级追求享乐生活的专著。但其中词曲部、演习部，涉及了戏曲创作和舞台演出的各个方面，虽然也是作为封建文人享乐生活的一部分而加以讨论的，但因内容较有体系，在若干具体问题上的论述有精到之处，故而仍有很高的学术价值。"词曲部"共分结构、词采、音律、宾白、科诨、格局等六章，论及的项目合计三十七款；"演习部"共分选剧、调变、授曲、教白、脱套等五章，论及的项目合计十六款。"词曲部"所谈的相当于现在的戏剧创作论，"演习部"所谈的相当于现在的戏剧导演理论。

《李笠翁曲话》和以前的一切戏曲理论著作相比较，它最突出的特点是系统性、全面性和强调从观众出发，注重戏曲的舞台演出。"词曲部"第四款"宾白"章"词别繁简"一节中说李笠翁因为以行家写剧本，亲身实践，把戏曲创作和舞台演出实际密切结合起来，所以所写戏曲观、听都可以。同样的道理，因为李笠翁以行家著述戏曲理论，有实践经验的积累，所以比以往一切著作就更富有舞台的实践性。

李渔的戏曲理论在明末清初出现，绝不是一种偶然的艺术现象。我国古典戏曲形成后，早在13世纪就以杂剧的形式进入了第一个黄金时期。到了明代中叶，又以传奇的形式出现了新的繁荣，进入了另一鼎盛时期。在这近四百年的漫长历史过程中，名家辈出，杰作如林。正是通过无数戏曲作家，特别是像关汉卿、王实甫、汤显祖这样一些艺术巨匠们的天才创造和辛勤探索，我国的戏曲艺术也就日趋成熟，日益完善。无论从编剧到演出，都积累了极为丰富的实践经验。而伴随着戏剧艺术的这种成熟和完善，戏曲理论也相应地得到了发展。如果说出现于元代的《录鬼簿》《青楼集》等，还较多记载戏曲史料，到了明初朱权著《太和正音谱》，就开始有了一些理论的探讨。该书对于元代以来的戏剧作家有所品评，对古典戏曲的体制、流派、题材分类、角色源流等亦都作了一些论述。徐渭的《南词叙录》，是一部专论南戏的专著，对南戏的源流、发展、风格、声律，都有详尽独到的阐述。王世贞在其《艺苑卮言》中，论述南北曲产生原因及其优劣，亦颇多创见。魏良辅的《南词引正》，则专论昆腔唱法，成为后世昆曲艺人创作与演唱的重要依据。吕天成作《曲品》，祁彪佳作《远山堂曲品剧品》，对前人的许多戏曲作品一一加以品评，其搜采之广，蔚然大观。王骥德的《曲律》，论作曲各法，从宫调音韵乃至于科诨部色，门类详备，而议论见解尤为精湛。所有这些戏曲论著，都从不同的角度对我国古代的戏曲作了某种总结，也从各个不同的侧面对戏剧艺术作了许多有益的探讨。

所以，明末清初的戏曲已经发展得较为成熟，创作演出活动丰富，批评理论也比较丰富，已经具备系统总结戏曲艺术实践经验的条件，只期待一位历史人物来完成这个历史使命了。而李渔一生以戏曲为职业，孜孜不倦地从事戏曲的创作与演出活动。他既擅长编剧，又熟悉舞台演出，是个全面精娴戏剧艺术的能手。他又善于学习，勇于创新，并结交了一大批戏曲家，长期互相切磋琢磨，因此这一历史的使命就自然地落到了他的肩上。

三、李渔论戏曲结构

李渔主张戏曲创作要"结构第一"，这是很有道理的。一个剧本必须适应演出的要求，具有戏剧性，这就需要特殊的结构手段。戏剧的结构，不单纯是个技巧问题，是由主题思想、人物事件所决定，并且会受到继承与创新等问题的影响。这些都是戏曲创作的根本。李渔以建筑为例，说明结构工作在戏曲创作中的地位和作用。他说："基址初平，间架未立，先筹何处建厅，何方开户，栋需何木，梁用何材，必俟成局了然，始可挥斤运斧。"这说明戏曲的结构问题，是戏曲创作的第一项工作，所以列为第一。他在谈结构问题时，提出了几个有关戏曲创作的重要理论问题。

（一）"立主脑"

李渔说："古人作文一篇，定有一篇之主脑，主脑非他，即作者立言之本意也。传奇亦然。一本戏中，有无数人名，究竟俱属陪宾，原其初心，止为一人而设。即此一人之身，自始至终，离合悲欢，中具无限情由，无究关目，究竟俱属衍文，原其初心，又止为一事而设。此一人一事，即作传奇之主脑也。"[①]这里所说的"主脑"，包括两个方面的内容：一是主要人物，二是主要事件。这一人一事，就是"主脑"，就是"作者立言之本意"。有人说"主脑"就是主题思想，这是不妥的。体会李渔的本意，他所说的主脑应是戏曲故事中的带有关键性的主要情节。由主要人物和主要事件构成的主要情节，是一个剧本的基本骨架，由它连前接后，敷演成全剧。而其他的人物事件，又是由这一基本事件所决定取舍的。有了这一基本情节，故事的铺陈，人物的设计，就有了准则。这是创作剧本的一项最基本的设计工作，所以又放在"结构"的第一款叙述。李渔说如果做不到立主脑，那就要"逐节铺陈，有如散金碎玉，以作零出则可，谓之全本，则为断线之珠，无梁之屋。作者茫然无绪，观者寂然无声，又怪乎有识梨园，望之而却走也。"这就说明设计剧本关键性主要故事情节的重要性了。

与"立主脑"相关的，李渔又提出了"减头绪"的问题。这是一个问题的两个方面。作者认为头绪繁多的戏曲是"事多则关目亦多，令观场者如入山阴道中，人人应接不暇……忽张忽李，令人莫识从来"。反之，"传奇作者，能以'头绪忌繁'四字刻刻关心，则思路不分，文情专一，其为词也，如孤桐劲竹，直上无枝，虽难保其必传，然已有《荆》《刘》《拜》《杀》之势矣"[②]。这也就是从反面说明必须"立主脑"的道理。

（二）"脱窠臼"

戏剧贵创新，避免落俗套，这也是戏曲创作的一个十分重要的问题。李渔认为之所以名为"传奇"，奇就是新，因此不能千篇一律，不能作"效颦之妇"。戏曲创作最糟糕的莫过于"盗袭窠臼"，但是，难也就难于"洗涤窠臼"。对此，李渔深为叹息。他说："吾观近日之新剧，非新剧也，皆老僧碎补之衲衣，医士合成之汤药。即众剧之所有，彼割一段，此割一段，合而成之，即是一

[①] 李国庆、宋燕青：《〈闲情偶寄〉译注·上》，中山大学出版社2022年版，第14页。
[②] 李国庆、宋燕青：《〈闲情偶寄〉译注·上》，中山大学出版社2022年版，第21页。

种'传奇'。但有耳所未闻之姓名，从无目不经见之事实。"①这就是改头换面、抄袭模拟，这样的戏，无疑是要失败的。"脱窠臼"就是不要落俗套，要不断创新，要勇于另辟蹊径。所以在考虑戏曲创作的结构问题时，就应考虑到如何不落俗套的问题。李渔的所谓新，不仅指陈言之务去，还要求主题新、题材新，更要求结构新、文辞新。主题新、题材新当然是创新的根本，但是结构新、文辞新，却能从外貌上给人清新的感觉。在李渔的时代，结构上改头换面，抄袭落套，在戏曲创作上很是突出，所以他就在论结构中提出了"脱窠臼"创新的问题。

（三）"密针线"

戏曲效果很大程度上取决于戏曲结构，只有紧密的戏曲结构、合理的故事情节，才能够呈现出良好的戏剧效果。针对此，李渔提出了"密针线"，也就是要求结构严密、情节合理的问题。

这里说的是结构问题。一个剧本的创作，先是收集材料，解剖材料，选择材料。对于已经掌握的完整素材来说，这就是"完全者剪碎"的工作。在此基础上，选出了题材，又必须经过艺术构思，运用结构手段，把分散的题材合成一个整体，这就是把"剪碎者凑成"。如果说前者是基础，则后者是关键。从创作的角度看，凑成之工比剪碎之工还要困难，所以李渔说"剪碎易，凑成难"。

那么，在运用结构手段时，如何才能做到密而不疏呢？李渔通过他的创作实践，写出了经验之谈："每编一折，必须前顾数折，后顾数折。顾前者，欲其照映，顾后者，便于埋伏。照映埋伏，不止照映一人、埋伏一事，凡是此剧中有名之人、关涉之事，与前此后此所说之话，节节俱要想到，宁使想到而不用，勿使有用而忽之。"②这里所说的"照映""埋伏"，要求关注结构紧密，人物事件彼此配合，情节紧凑合理。前者即为先后呼应；后者即为埋暗线，为后文铺垫。若是做不到这两点，故事情节就会前后矛盾，出现错漏，丧失真实性。李渔列举了《琵琶记》中部分不合理的情节，认为它们都是因为考虑不全面、结构不周密导致的。此外，他还表示结构疏密，不仅表现在"大关节"上，还表现在小细节上，需关注曲、白中的字句和"穿插联络之关目"。唯如此，才能够做到"密针线"。这些意见，都是十分精辟而又中肯的。

---

① 李国庆、宋燕青：《〈闲情偶寄〉译注·上》，中山大学出版社2022年版，第16页。
② 张建业：《〈文学概论新编〉参考资料》，中国书籍出版社1990年版，第94页。

（四）"审虚实"

戏曲是社会生活在舞台上的再现，因此要求真实可信，反对荒诞不经，是戏剧艺术的基本要求。李渔说："昔人云'画鬼魅易，画狗马难。'以鬼魅无形，画之不似，难于稽考，狗马为人所习见，一笔稍乖，是人得以指摘。可见事涉荒唐，即文人藏拙之具也。"[①] 此处所说的"藏拙"，指的是不符合实际生活。不观察、不了解生活的作家，难以在创作中反映现实，只能去描写一些荒诞、鬼魅的故事，来投机取巧。李渔对此提出了恰当、中肯的批评。他基于此种认识，进而论述了戏曲的现实性和真实性的问题。他认为："凡作传奇，只当求于耳目之前，不当索诸闻见之外。无论词曲，古今文字皆然。凡说人情物理者，千古相传；凡涉荒唐怪异者，当日即朽。"这里说的人情物理，就是指的现实生活。现实生活就是戏曲创作的源泉。戏曲作者根本不必借荒唐之事、鬼魅之形去欺惑读者，只要从"人情物理"出发，就可以写出新的东西来。

那么，是否戏曲必须是生活的实录呢？这又不是。这就涉及艺术真实与生活真实的关系，以及艺术表现上"虚"与"实"的关系问题。李渔把此一节标为"审虚实"，就是要通过论述，解决这一问题。他说："传奇所用之事，或古或今，有虚有实，随人拈取。古者，书籍所载，古人现成之事也；今者，耳目传闻，当时仅见之事也。实者，就事敷陈，不假造作，有根有据之谓也；虚者，空中楼阁，随意构成，无影无形之谓也。"[②] 实者，就是生活中实人实事，虚者，就是虚构。有人说用古事多是实的，因为有典籍记载；写近事是虚的，因为并不指名道姓。但是实际上，创作中运用古事，并不是记录史实，而是以史实为基础的再创作。而近事，尽管能够依据现实，但也要进行艺术加工，不能简单地重复现实。所以在生活真实的基础上进行艺术的想象和虚构，这是艺术创作的基本规律。因此，艺术创造既要"有根有据"，又要"随意构成，无影无形"，把生活的真实和艺术的真实辩证地统一起来。诚然，李渔的理论不会这样深刻，但应该说他已有初步的体会，所以他认为作品中的情节虽不真实，却是从生活真实中提炼、加工、概括和创造出来的。说它"实"并不真实，说它"虚"又不真虚。这样的人物形象、故事情节，是"虚"和"实"辩证的统一。这才是艺术创造。

---

① 李渔：《闲情偶寄全鉴（典藏诵读版）》，中国纺织出版社2019年版，第29页。
② 李渔：《闲情偶寄》，江苏凤凰文艺出版社2019年版，第16页。

四、李渔论戏曲语言

戏曲是一种综合性艺术，是对音乐艺术、舞蹈艺术、绘画艺术的综合，并且是以语言为主要表现手法的。所以，历史上的剧作家和文学评论家都十分重视语言问题。戏曲属于一种歌舞剧，以唱为主要表现方法，所以其语言主要为唱词，还有部分念白、诗等。故我们所说的戏曲语言，包括唱、念、白等等。李渔论剧也重语言。在"词曲部"除"词采"一章专讲语言外，在"宾白""科诨"等章中也时有论述。通过这些论述，同样表达了李渔的一些戏曲理论主张。

（一）"贵显浅"

李渔要求戏曲语言首先应该浅显易懂，与案头文学的语言不同。这是为什么呢？李渔说："曲文之词采，与诗文之词采非但不同，且要判然相反。何也？诗文之词采，贵典雅而贱粗俗，宜蕴藉而忌分明。词曲不然，话则本之街谈巷议，事则取其直说明言。凡读传奇而有令人费解，或初阅不见其佳，深思而后得其意之所在者，便非绝妙好词。"[1] 这是从文学体裁的不同特点上找原因。那么进一步问，诗文与曲文的语言又为什么不同呢？这又与不同的欣赏对象有密切关系。李渔说："文章做与读书人看，故不怪其深，戏文做与读书人与不读书人同看，又与不读书之妇人小儿同看，故贵浅不贵深。"[2] 他将显浅是戏曲语言的重要标准，并基于此赞誉元素，"绝无一毫书本气"，而"后人之曲则满纸皆书也"。不过显浅不等于肤浅，通俗不等于庸俗，而是"以其深而出之以浅，非借浅以文其深也"。

要做到"意深词浅""深入浅出"，李渔认为应该防止两种不良倾向：一种是把浅显流成粗俗；一种是填塞堆垛。关于前者，李渔认为："一味显浅而不知分别，则将日流粗俗，求为文人之笔而不可得矣。元曲多犯此病，乃矫艰深隐晦之弊而过焉者也。"[3] 为此，他又提出"戒浮泛"。他认为填词无非情景二者，写景抒情都必须合乎人物的思想感情，所谓"说何人，肖何人，说某事，切某事"，所谓"即景生情"，这就不至于浮泛。如果舍情言景，浮泛

---

① 北京师范大学中文系、文艺理论教研室：《文学理论学习参考资料·下》，春风文艺出版社1982年版，第113页。
② 张新科：《中国古代文学600题》，陕西师范大学出版社2021年版，第282页。
③ 李渔：《闲情偶寄》，江苏凤凰文艺出版社2019年版，第22页。

散漫，加以粗俗下流，那就不堪入耳了。填塞堆垛，就是卖弄学问，这种摆假古董的做法，是和语言的通俗化、口语化背道而驰的。

（二）"恪守词韵"

戏曲是在舞台上演唱的，若要使戏曲语言符合表演的要求，就要依照宫商的协调来填词制曲，根据音调的铿锵制宾白，这样才能够使戏曲既带来视觉美感，又带来听觉美感。我国古代诗词格律甚严格，李渔虽把"词采"放在"音律"之前，对于"汤沈之争"，他更倾向于临川，但也特别强调"恪守词韵"。他说："词家绳墨，只在《谱》《韵》二书，合谱合韵，方可言才。"① 虽然这种要求有些太苛，但从音乐美的角度来看，他的一些主张还是可取的。如戏曲唱腔基本上都是有对应的曲谱的，在创作时就要按照曲谱来填写，是对前人创作成果的利用，符合继承发展的原则。因而，他提倡"凛遵曲谱"。然而曲谱是死的，戏曲创作是不断发展的，作者必须充分发挥自己的才能，才能够"情事新奇百出，文章变化无穷"。所以李渔又说："是束缚文人而使有才不得自展者，曲谱是也；私厚词人而使有才得以独展者，亦曲谱是也。"② 这启发我们在今天的戏曲改编、创作中，一方面要继承戏曲传统，另一方面还要与时俱进、推陈出新。

戏曲除重视唱词的音乐美外，也要注意宾白的音乐性。关于这方面，李渔也总结了很多宝贵经验。他说："宾白之学，首务铿锵。一句聱牙，俾听者耳中生棘；数言清亮，使观者倦处生神。世人但以音韵二字用之曲中，不知宾白之文，更宜调声协律。世人但知四六之句平间仄，仄间平，非可混施迭用，不知散体之文亦复如是。"③ 这些使戏曲语言富有音乐美的方法，都是一些经验之谈，我们是可以借鉴的。

（三）"语求肖似"

每个人物都有自己的性格特点，这也体现在人物语言当中。所以李渔在论戏曲语言中，又提出"语求肖似"的要求。他说："言者，心之声也，欲代此一人立言，先宜代此一人立心，若非梦往神游，何谓设身处地？无论立心端正者，我当设身处地，代生端正之想；即遇立心邪辟者，我亦当舍经从权，

---

① 李渔：《闲情偶寄》，江苏凤凰文艺出版社2019年版，第34页。
② 李渔：《闲情偶寄》，江苏凤凰文艺出版社2019年版，第34页。
③ 李渔：《李渔全集·第3卷·闲情偶寄》，浙江古籍出版社1992年版，第45页。

暂为邪僻之思。务使心曲隐微，随口唾出，说一人，肖一人，勿使雷同，弗使浮泛，若《水浒传》之叙事，吴道子之写生，斯称此道中之绝技。"① 这段话不仅指出戏曲中的人物应该有个性化的语言，更重要的是指出如何创造个性化的人物。那就是要求作者进入角色，想人物之所想，做人物之所做，处处只能设身处地，而不可以自己的主观意思去代替作品中的人物。李渔以《水浒传》中人物的刻画为范例，是很能说明问题的。由人物语言的个性化，李渔又提出怎样灵活地运用语言的问题。比如，对"粗俗"的语言，李渔是有所批评的，但是，这并不是一概而论。他说："极粗极俗之语，未尝不入填词，但宜从脚色起见。如在花面口中，则惟恐不粗不俗，一涉生旦之曲，便宜斟酌其词。"② 用角色及人物性格决定戏曲语言的取舍，这种见解也是可取的。

（四）"重机趣"

所谓"机趣"，是指具有双关寓意而又富有风趣的传神语言。这些语言具有幽默、逗趣、讽刺等特点，运用它既可以突出人物个性，又能对主题的表现起到画龙点睛的作用，增强戏曲效果。所以，李渔特别列专款论述。他说："'机趣'二字，填词家必不可少。机者，传奇之精神；趣者，传奇之风致。少此二物，则如泥人土马，有生形而无生气。"③ 这段解释说明："机趣"二字如果分而言之，机指贯穿始终的思想精神，使作品血脉相通；趣指风趣情致，使作品生动活泼，没有道学气。可见，机趣就是要求作品的思想精神在饶有趣味的戏剧语言和情节中，非常幽默而又生动地得到表现。这也是针对当时剧坛的不良情况而发的。比如：邵灿的《香囊记》，篇中多无意义的穿插，剧情略显杂乱；丘濬的《伍伦全备记》，卑污说教，迂腐透顶。这些作品都无机趣可言。李渔的这条意见，不仅对当时的剧坛起到了很好的指导作用，今天对我们也有借鉴的价值。

五、李渔论戏曲导演

《李笠翁曲话》的"演习"部，讨论了从剧本的选择、演员的修养，直

---

① 徐寿凯：《李笠翁曲话注释》，安徽人民出版社1981年版，第82页。
② 黄天骥：《黄天骥文集：朝夕集》，广东人民出版社2018年版，第331页。
③ 陆军：《编剧理论与技法》，上海人民出版社2017年版，第276页。

到清初戏曲演出中常见的恶习等等，发表了不少足资参考的意见，历来为后人所重视。其实，它实际上就是一部雏形毕具的戏曲导演学，李渔是我国戏曲史上最早创立系统的导演理论的人。

"导演"这个名词在我国戏曲史上固然没有出现过，但是导演这个职能却是早就存在的。远在唐代"伶正之师"，见于记载的有陆羽其人。到宋代则有"引戏色""戏头""色长"之类，据王国维的推测，看来从事的亦是导演的职责。到了元代，关汉卿"驱梨园领袖，总编修师首，捻杂剧班头"，甚至"躬践排场，面敷粉墨，以为我家生活，偶倡优而不辞"①，更是以剧作家从事导演工作。在明代剧作家中，家养戏班，自编自导的则更多。我们从汤显祖的"玉茗堂开春翠屏，新词传唱《牡丹亭》，伤心拍遍无人会，自掐檀痕教小伶"②一类诗句中，也可以看出，他也是一位口授身导的戏曲导演家。然而在我国古代的戏曲论著中，关于这些戏曲导演们的活动却很少记载，从理论上对导演技巧进行阐述的著作更是罕见。这不能不是很大的缺陷。而用自己较为系统又富有卓识的理论，最早来填补这一空白的，正是李渔。

李渔一生自编自导，带领自己的剧团卖艺于四方数十年，积累极其丰富的戏曲导演经验，并提出了许多宝贵的意见。

（一）选择、处理剧本的意见

在李渔看来选剧授歌，当从古名本如《琵琶》《荆钗》《幽闺》《寻亲》等开始。因为这些名本是经过长期考验而且经常演出的，稍有破绽，就容易被观众发现。只要熟练地教好这些戏曲，就能打好根基。但另一方面，新曲也必须学习，因为新曲可以一新耳目，观众必多。但新戏本繁多，导演者必须以自己精明的眼光去选择，否则，"牛鬼蛇神，塞满氍毹之上"③，那是很不好的，也失去了教育观众的意义。更重要的是，他想到应演怎样的剧本才能使观众乐于接受。他认为一般观众大都爱看闹场，而不喜欢看文静的戏曲，所以想出了调剂冷热和雅俗的办法。他有这种见地是很难得的。他要选择情节动人的剧本，以优秀的演员去表演，以艺人真实的音容笑貌去拨动观众的心

---

① 齐森华：《曲论探胜》，华东师范大学出版社1985年版，第146页。
② 许渊冲、许明：《宋元明清诗选》，五洲传播出版社2018年版，第248页。
③ 李渔：《闲情偶寄全鉴（典藏诵读版）》，中国纺织出版社2019年版，第92页。

灵，使观众叫绝之声震天动地，以代替战争杀伐的闹场，这是何等不平凡的导演手段。

（二）处理剧本的办法

为了适应观众的需要，李渔又创造了"缩长为短"和"变旧成新"的办法。这就是"变调"，是谈如何对原作进行必要的导演处理。他一针见血地指出："剧本不佳，则主人之心血，歌者之精神，皆施于无用之地。"[①] 但剧目虽佳，如果没有导演对剧本进行创造性的处理，同样不可能使演出获得成功。因为导演所从事的毕竟是一项艺术的再创造的工作。

（三）演员的训练

在戏曲演出中，剧本是基础，演员却是关键。所以在李渔的演习理论中，对于遴选演员、分派角色，同样给予了高度的重视。在"声容部"的"歌舞"一项中，有"取材"一款，就专论此事。"正音""习态"二款，则专论演员的基本训练。李渔明确指出，即使有好的剧本，如果选择演员不适当，教导不得方，都会导致演出的失败。

（四）散曲与说白

李渔谈到散曲与说白问题。他认为戏曲作家们"究竟于声音之道未尝尽解，所能解者，不过词学之章句，音理之皮毛，比之观场矮人，略高寸许，人赞美而我先之，我憎丑而人和之，举世不察，遂群然许为知音。噫，音岂易知哉？"[②]

关于唱法，他认为歌者除应懂得平仄阴阳外，还应熟练出口收音的窍门，字音切忌模糊不清，分唱合唱不要搅乱。关于说白，他也有创见。他认为说白也同曲词一样，有正字，有衬字。遇正字必须声高而气长，遇衬字只须声低气短，疾忙带过就是。他谈到了点脚本的方法，念上场诗的高低音调以及语调的抑扬顿挫，这些都是以他自己的实践经验传授给后学者的。

（五）指导演出

戏曲是一种综合艺术，导演应该创造出演出的整体形象。所以对于戏剧

---

① 李渔：《闲情偶寄全鉴（典藏诵读版）》，中国纺织出版社2019年版，第93页。
② 徐寿凯：《李笠翁曲话注释》，安徽人民出版社1981年版，第125页。

艺术中其他各种表现手段，李渔也同样给予了足够的重视。在"锣鼓忌杂""吹合宜低""衣冠恶习"诸款中，对于演出中的音乐伴奏与衣冠服饰等问题，也提出了不少好的意见和建议。特别关于伴奏音乐与演员演唱之间的关系，他明确提出，应主行客随。

总之，远在17世纪，李渔已就导演学中的许多基本问题进行了理论上的探索，条分缕析，其内容之完备，其见解之精湛，实在是前无古人的。

第七讲　中国古代文学的浪漫与守望主题

从本质上讲，文学主题是广泛而普遍的，任何创意写作都有主题，这包括诗歌、小说、剧本、游戏和动漫脚本、歌词以及非虚构写作。文学可以说是创作主体对现实与自身的一种超越，文学作品中的主题的魅力就在于此，这得益于主题的抽象性。本讲从两个角度进行了专题论述，分别是中国古代文学的浪漫主题和中国古代文学的守望主题。

专题一　中国古代文学的浪漫主题

一、中国古代文学浪漫主题的成因

（一）先秦两汉浪漫主义主题的文学叙写与形成原因

《诗经》是我国第一部现实主义诗歌总集。但是，《诗经》里也有一些带有浪漫主义色彩的作品。如《小雅·斯干》是祝贺周朝贵族宫室落成的歌辞，里面写周宣王梦到熊、罴、虺、蛇，占梦观表示这是生男和生女的喜兆。《小雅·无羊》中牧官梦见蝗虫变成鱼，龟蛇旗变成鹰隼旗，这分别预兆着丰收和子孙多。根据《周礼·占梦》，占梦官将这种吉梦献给了宣王。《斯干》和《无羊》都带有浓厚的浪漫主义色彩，这主要体现在将梦境写入诗歌，以此表达情感。

在《诗经》之后，中国文学史上第一部浪漫主义诗歌总集《楚辞》出现了。屈原在《九章·惜诵》写到了梦中的景象，以此反映诗人怀才不遇、报国无门的现实苦闷。诗人在梦中飞游苍天，魂悠悠中途遇河却无渡船，并询问占梦者。尽管此处有占梦的内容，但是并非以占梦论吉凶，而是以此创造了一个充满隐喻的梦境，以此表现诗人的现实。后代的辞赋中也有很多关于梦境的描述，如宋玉的《高唐赋》《神女赋》，他塑造的神女梦，更赋予了神女朦胧之美，十分细腻，令人魂牵梦绕。

《尚书》是我国第一部古典散文集，其中《说命上》开篇就简单地描述了武丁因梦得到傅说，"高宗梦得说，使百工营求诸野，得诸傅岩"。

《尚书》之后，先秦历史散文对浪漫主义主题表现出较大的青睐，《穆天子传》、《春秋》三传、《国语》、《战国策》、《晏子春秋》等均有相关描写。历史散文中的浪漫主义叙述受限于宗教职事，显示了史官的文化责任意识，同时也体现文学性的剪裁。《左传》很具代表性，其中浪漫主义的叙述数量最多，一共有二十七则。这些故事并非附赘，而是与表现时局或重要人物紧密相关的。作者将浪漫主义作为值得记录的史料编入了历史事件中。《左传》中既有应验的梦事，也有没应验或不遵循梦中所示的。这时期，"天道暗昧，故推人道以接之"①，作者的关注点不仅是梦的预兆作用，还包括各种通灵和梦境中浪漫主义背后的历史真相。

先秦说理散文《庄子》《韩非子》《列子》等书也有一些浪漫主义记叙。较有代表性的是《庄子》中的六则，分别是庄周梦蝶、栎树见梦、髑髅见梦、文王见梦、宋元君梦神龟、郑缓托梦。《庄子》是浪漫主义文学中一朵奇葩，其中浪漫主义的描写更加自由不羁、不落窠臼，带有寓言的意味。和同时期的其他浪漫主题不同，《庄子》中少有占梦信仰的体现，是脱离了原始思维的，更加具有思辨性的，以新奇浪漫的想象和幻想，来论证、阐释作者的理念，思想内容可谓是超凡脱俗。庄子在创作中充分地发挥了他的形象力，发挥了他的形象思维，少有苍白无味的说教，他用一种遨游于自然的、不受拘束的、跳跃式的表达，忽而对话神灵，忽而回归现实，极目纵横，神游天下，引人入胜。用刘熙载的话来说，就是"意出尘外，怪生笔端"②。梦和通灵本就诞生于原始神秘主义，是一种天然的浪漫主题，庄子虚己以游世，物我合一，获得启迪，他不再沿袭前人路径，而是独创空间。他的哲学沉思很难用一般的俗世语言来阐释，就以浪漫主义的故事来传达。

战国《吕氏春秋》一书历来被视为"杂家"著作，班固在《汉书·艺文志》中将它分列到"诸子略"的"杂家"一类。刘大杰说它"内容综合诸子，兼

---

① 虞伟：《中国古代文学理论与典型主题研究》，天津人民出版社2021年版，第162页。
② 《复旦学报》（社会科学版）编辑部：《庄子研究》，复旦大学出版社1986年版，第344页。

收并蓄,所以称为杂家"①。就其中的六则用浪漫主义手法的叙说记事来说,都为说明道理而成言,现实针对性很强,言之有物,不作空言。

到了汉代,《史记》受《左传》影响,也将实录精神融会贯通到对浪漫主义这一叙事题材的记载中,将和事件相关的传闻载录以备"后有君子,得以览焉"。《史记》中一共有二十二则浪漫主义故事(包括《龟策列传》中的诸先生所补的二则),其中有来自《尚书》《左传》《庄子》等典籍的。比如《殷本纪》武丁梦得傅说来自《尚书》。据可永雪先生《史记文学成就论衡》,《史记》的资料来源大体上有三个方面:先秦及汉初的典籍、国家的文献档案、游历交往所得及亲身的观察体验。其余的浪漫主义之事的来源可能是司马迁在游历当中所闻和在朋友交往中搜集。《史记》继承了《左传》"好奇"的一面,其中的浪漫主义叙事手法颇为有趣。

《汉书》一共有十八则通灵主题的浪漫主义主题故事。其中六则源自《史记》,且基本抄用原文,相差无几。

《汉书》不像《左传》《史记》那样追求情节的奇异,除了引述《史记》中的浪漫主义作品,其余的大都深稳平易,不似《左传》《史记》那样铺张渲染,但却自有一种平实富赡的风格。比如在《霍光金日磾列传》中,由于霍氏泰盛日久早为汉宣帝所忌,在霍光过世后其子孙愈发骄奢不逊,无礼犯法,汉宣帝借机打压,霍氏子孙因此惶恐不安。"山、禹等甚恐,显梦第中井水溢流庭下,灶居树上,又梦大将军谓显曰:'知捕儿不?亟下捕之。'第中鼠暴多,与人相触,以尾画地。鸮数鸣殿前树上。第门自坏。云尚冠里宅中门亦坏。巷端人共见有人居云屋上,彻瓦投地,就视,亡有,大怪之。禹梦车骑声正讙来捕禹,举家忧愁。"三个梦境相组,梦中之奇景承上说明了霍氏"甚恐",启下说明霍氏即将被灭门的结局。《汉书》相比《左传》《史记》的此类文章更显简洁,篇幅较短,读起来虽然不够生动活脱,但也别具风味。

梦境和通灵主题的浪漫主义在汉代的辞赋中也有很多体现。《李夫人赋》是汉武帝刘彻所作。李夫人是汉武帝的宠妃,"一顾倾人城,再顾倾人国"。李夫人病逝后,汉武帝对其念念不忘,自作赋以寄相思悲感。"神茕茕以遥思兮,精浮游而出畺……欢接狎以离别兮,宵寤梦之芒芒。忽迁化而不反兮,魄放逸以飞扬。何灵魄之纷纷兮,哀裴回以踌躇。势路日以远兮,遂荒忽而辞去。超兮西征,屑兮不见。"汉武帝和李夫人在梦中相聚,又忽然分离,相

---
① 刘大杰:《中国文学发展史·第1册》,上海人民出版社1973年版,第98页。

见时短，别离却是无限的，这种模糊虚幻的梦加深了生死两茫茫的痛苦。在梦的面前，皇帝和平民是一样的，汉武帝就算是一代雄主，也会做梦，也不能控制自己的梦境，这种浪漫主义的描写展现了这位帝王身上有着普通人情感的一面。我们可以看出，浪漫主义是情感表达的一种重要方式。

班固《幽通赋》是一篇言志之作。弱冠之年，初蒙父丧，夙夜不休的思虑，使得班固在梦中与神相遇。作者在梦中登山的过程中，见到了一位神灵。他持葛藟而来，并将它交付给作者，劝谏他万万不可堕落懈怠。颜师古注曰："言入峻谷者当攀葛藟，可以免于颠坠，犹处时俗者当据道义，然后得用自立。故设此喻，托以梦也。"颜师古指出班固并非真的做了这个梦，而是借梦抒怀，是一种假托。这一看法得到了普遍的认同，然而不论是不是假托，浪漫主义作为一种文学思维方式，所表达的是作者内心世界的情感和思绪。

（二）灵魂崇拜是通灵浪漫主题文学作品形成的最初动力

我国古代文学浪漫主题的形成和发展，是基于灵魂崇拜之上的。特别是古代，文学和宗教意识有一种统一的内在联系。先秦两汉的梦境和通灵浪漫文学，就是灵魂崇拜的一种延伸，是对前民的神秘观念和思想的融汇。

早在山顶洞人时期，人类就已经给逝者随葬物品，会在逝者的尸体上撒上红色的赤铁矿粉末，以此代表血液，愿逝者永生，这反映了旧石器时代就存在灵魂崇拜。这种观念形成后，先民在不断接触和认识自然界的过程中，认为人和自然之间有着深刻紧密的联系。人以人的视角去看待自然力量，赋予了其人化的特性，并形成了万物有灵的理念。认为人、神、自然是合一的。在人类和自然之间构建了一种联系，任何自然的变化都是对人类祸福的一种反应。在这种基于万物有灵理念而形成的同身类比中，原始宗教诞生了，种种浪漫的想法诞生了。

灵魂崇拜、万物有灵、占梦问卜等，尽管充满了神秘主义色彩，不是用明确清晰的概念认识和解释现象、事物，然而却传达了原始先民对于自然、生命的虔诚的情感体验，随着文学的出现和发展，这种原始思维也就渗入其中，很多文学作品中都使用了梦和通灵的意向，这不仅增添了神秘浪漫色彩，还丰富了情感表现的方法。此类浪漫主题的文学作品，就是诞生于中国原始社会就有的特殊宗教心理和由此而生的占梦信仰，并且这也加快了浪漫主义的形成。

二、中国古代文学浪漫主题的创作方向分析

汉代及以前的浪漫主题的散文作品在题材和内容上十分丰富,涵盖了现实生活的很多方面,其故事情节曲折生动,各具特色,形成了鲜活的文本。也因为其内容上的多样和复杂,对其分类就成了一件难事。从作品的内涵和情感主旨,这些作品主要分为如下五种。

(一)忧心家国灾祥

"建久安之势,成长治之业"[①],是中国人最美好的愿景之一,上至君主,下及百姓,无不祈盼王朝之稳固,家族之长兴。古人对于家国的灾祥之兆十分重视,这也反映在早期的浪漫主义文学作品中,故而此类题材的作品最多。

《左传》哀公七年载:"初,曹人或梦众君子立于社宫,而谋亡曹,曹叔振铎请待公孙彊,许之。旦而求之曹,无之。戒其子曰:'我死,尔闻公孙彊为政,必去之。'"这一段安插在宋国包围曹国之后,解释宋国出兵的原因。曹国有人曾梦到许多人商量着灭亡曹国,曹叔振铎(曹国始封君)请求等到公孙彊(亦作公孙强)当政之后,君子们也答应了。天亮后,这个人把梦中的情况上报给了曹国国君。国君下令寻找公孙彊这个人,遍寻全国不见公孙彊。这个曹国人就嘱咐儿子,自己死后听到公孙彊执政,一定要离开曹国。之后就写到曹伯阳继位以后,公孙彊因为擅弋而得到曹伯阳的宠信,曹伯阳听信了公孙彊称霸的策略,背晋攻宋。宋景公讨伐曹国,曹国从而走向灭亡。曹人的通灵梦有预示的作用,其家躲过一劫。曹叔振铎在梦中直接点出公孙彊的名字,指明他是罪魁祸首。曹伯阳不求德行天下,而妄图推行霸权政治,最后导致了曹国的灭亡。司马迁谈及此事曾说,"及振铎之梦,岂不欲引曹之祀者哉?如公孙强不修厥政,叔铎之祀忽诸"[②]。除此,《左传》中那些预示战争胜败的梦也都反映了家国灾祥的内容。

《国语·晋语》中记载,虢国将亡的时候,国君梦到国将灭亡。虢公梦到了一个神人,神人面部长着白毛,有老虎一样的爪子,虢公吓得要逃跑,还给神人下拜磕头,虢公醒后召太史占卜。太史说这是西方神蓐收,传达上

---
① 申笑梅、王凯旋:《诸子百家名言名典》,沈阳出版社2004年版,第546页。
② 张大可、丁德科:《史记论著集成·第4卷》,商务印书馆2015年版,第166页。

帝让虢国灭亡之令，主管刑杀。虢公面对灾祸即将降临的局面，没有反思自己的行为，反而掩耳盗铃，囚禁太史，让国人祝贺这个梦。大夫舟之侨判断："今嘉其梦，侈必展，是天夺之鉴而益其疾也。"虢公不知警醒，毫无悔改之心。过了六年，虢国就灭亡了。

（二）慨叹个人命运

人生在世，任何人都要经历生老病死、悲欢离合。出于对自然界的敬畏和对命运的思虑，梦境中经常感应到这些内容。

孔子有两则和个人运命有关的浪漫主义故事。其一，《论语·述而》："甚矣吾衰也！久矣！吾不复梦见周公。"这是孔子晚年的状态。孔子心中的圣人是周公，他一心想复周公之道，回到礼乐熏习、天下大治的状况，所以他做梦都梦到周公。没有梦到周公，说明他欲行周公之道已经心有余而力不足了。孔子周游列国不被重用，内心深处的悲凉都用这个梦境道了出来。周公之世是他的梦想，眼见无法实现，久不梦周公诉说了理想与现实的差距。其二，《史记·孔子世家》记载了"夫子梦奠"的故事。孔子病了，子贡来探望他。孔子正拄着拐杖在门口散步，说子贡来得太晚了。孔子因而叹息，随即唱道："太山坏乎！梁柱摧乎！哲人萎乎！"说着流下了眼泪，对子贡说："天下无道久矣，莫能宗予。夏人殡于东阶，周人于西阶，殷人两柱间。昨暮予梦坐奠两柱之间，予始殷人也。"孔子说自己是殷人之后，殷人死了棺木停放在厅堂的两柱之间，他梦到自己坐在两柱中间受人祭奠。七天后，孔子就去世了。孔子感叹垂垂临老不复梦见周公，与梦坐两柱间自知大限，均在感叹自身命运的同时，也伤感理想之幻灭。

（三）了却因果祸福

先秦两汉时期，人们十分重视君子之德，尤其是儒家学派，以仁、义、礼、智、信、温、良、恭、俭、让等道德标准来克制自己的言行，同时还认为善恶终有报，自己的道德行为会影响现实生活。会产生什么样的恩怨报应主要取决于世俗的伦理道德。人们将此升华至天的高度，以天地或者鬼神的权能使恩怨报应实现，并以梦境作为预知这种恩怨报应的途径。

结草报恩是中国中代的一个著名的感恩故事。《左传·宣公十五年》记载，晋国的魏颗在辅氏击败了秦军，俘获了秦国大力士杜回。而在此之前，魏颗的父亲魏武子有一个宠妾，后来魏武子得了重病，在清醒时嘱咐魏颗将宠妾改嫁，病危时又改命魏颗让宠妾殉葬。后其父过世，魏颗经过权衡，认为病重时神志不清的命令不能听从，于是遵循父亲初病时的前命将那个宠妾改嫁了。在辅氏之役中，魏颗看到有个老人用打结的草绊倒了杜回，这使得魏颗获胜，生擒杜回。当天晚上，魏颗梦到那位老人自称是宠妾的父亲，所做的事情是为报答他采用魏武子神志清醒时候的命令，没让女儿殉葬的善行。杜预说："传举此以示教。"揭示作者记录这一故事的目的在于标榜善有善报的观念，宣扬教化温暖人心。

梦见厉鬼复仇的故事，读来令人栗栗危惧，如《左传》记载了卫庄公与浑良夫的故事。浑良夫是孔文子的仆人，孔文子的妻子是卫庄公的姐姐。浑良夫因长相俊美成为卫庄公姐姐的情夫，后来拥立卫庄公成为卫国主君。当初二人密谋时，卫庄公曾经许诺"苟使我入获国，服冕乘轩，三死无与"，特许浑良夫拥有大夫的待遇，并且可免死三次。可是后来卫庄公和太子疾设计杀害浑良夫，仅仅用"紫衣、袒裘、带剑"三项罪名轻易杀死了浑良夫。没过多久，卫庄公就在梦中和浑良夫相见了。浑良夫披散着头发，朝着卫庄公的方向大喊："登此昆吾之虚。绵绵生之瓜。余为浑良夫。叫天无辜。"浑良夫用类似于歌谣的方式表白内心的冤屈和愤怒。卫庄公醒后占卜，显示的乃是噩兆。当年十一月，他就被己氏杀人夺玉，梦中索命的征兆得到了应验。

梦中昭示天地鬼神对恩怨的感知，即便没在行为主体自身显现，还是会在行为主体的子孙后代身上显现。《晏子春秋》记载了齐景公的一个故事。一次，齐景公在打猎的时候打了个瞌睡，梦到五个男子说自己没有罪过。齐景公惊醒后召见晏子，他自我反省，询问晏子自己是否杀过无辜的人，才会感通这样的梦境。晏子回答，先君灵公曾经杀了五个吓跑猎物的男子，把他们的头砍下埋在了一起，起名叫"五丈夫之丘"，可能就在这附近。齐景公命人掘地，果真见五头同穴。齐景公叹息了一声，命人将五个人头重新厚葬。景公本是替其父安葬白骨，赎滥杀之罪。国人不知道梦中五人喊冤的事，反而称赞齐景公仁爱，所以文章结尾感慨"君子之为善易矣"。

（四）歌颂高洁美德

从浪漫主义作品中看到先秦两汉人至诚真挚、尚德尚美的心态。《斯干》之梦见熊、罴、虺、蛇四种动物，是由于周宣王时道德盛行，后经众力和合，建成宫殿，宣王在新宫殿内安然宴寝。如果没有对于美好德行的持守，是无法入于吉梦中的，如果没有诚心，无法在梦中得到感应。《无羊》之梦见众人共捕鱼和旗帜飘扬，也是因为宣王恢复牧人的举措合民心、顺天意，所以从神灵那里接收到丰收和多子的暗示。《惜诵》开篇即说："惜诵以致愍兮，发愤以抒情。所非忠而言之兮，指苍天以为正。"己意清白愿请苍天鉴察，这是内心世界最深沉的意念。继而又说："言与行其可迹兮，情与貌其不变。"言行中可见忠诚，表里如一，也正是崇德向美。宋玉赋中，被如此这般"徊肠伤气，颠倒失据，黯然而瞑，忽不知处"倾心思慕的神女，拥有得天独厚的美质，"夫何神女之姣丽兮，含阴阳之渥饰"。李善注："言神女得阴阳厚美之饰。"既受天地化育的厚爱，也有"怀贞亮之清兮"美好庄重的品德。汉武帝哀戚李夫人的逝去，以致"神茕茕以遥思兮，精浮游而出畺"。他的深情不仅仅是因为李夫人的倾城倾国，也缘于对"嫉妒阘茸"之辈的鄙夷。无论是宋玉还是汉武帝，对女性倾吐衷肠的实质都是一种对美的追求。

张衡作《思玄赋》，思谋全身之事，那日日夜夜郁积在他胸中的块垒，依然是仁与义，"匪仁里其焉宅兮，匪义迹其焉追""志团团以应悬兮，诚心固其如结"，诚心坚固。班固突遭家庭变故之际思索人生，用他自己的话说就是"精诚发于宵寐"，神灵要他"眷峻谷曰勿坠"，遵守礼仪不要堕落。

先秦两汉的文学里体现的情思与意念，至诚而真挚。《中庸》云："诚者，天之道也。诚之者，人之道也。"诚是宇宙的内在真理，人处天地间，是"三才"之一，遂要仿效天道，为人亦要诚才能符合天道。既然愿通神灵，就一定要至诚方可感通。在朱立元、王文英《真的感悟》中说这种创作观"提出了另一种意义上的艺术真实，即创作主体的真情实感""这种表述有一定的合理性，但却是一种简约化和现代化的解释"。事实上，古人所言之真诚与今日之真诚有很大的差异，其内涵更为厚重，意蕴更为丰富，不仅仅是指"真实的情感"，而是对宇宙运行、人生大道的一种感悟。

当人的至真至诚不仅是对于某个人类个体，而是对于宇宙万物，其所向往和能够到达的就是美和德的境界。先秦两汉时期，人们的文学观并非仅限于关于文学的观念，而是涵盖了一切物质表现形态。这些都需合乎美的规范，合乎德的规范，才能够顺应天地。作者的情思志趣凝结于胸，产生了强大的心理能量，必须通过文学才能得以释放。但是这一主题的文学不是对一般的情志的表达，而是对真善美的永恒追求，充满了诗性的智慧，充满着感人的力量。作者在浪漫主义的创作中,将关于强大的精神力量的构想,以及高洁的美德、炙热的真诚完美融为一体。

(五)主张齐物无为

庄子主张"齐物逍遥"和"清净无为",他以浪漫主义的描写来表达自己的哲思。他的文学作品是建立在人的生理和精神上的深刻体验,精妙地发挥了浪漫主义的特质,以此展现了作者深刻的哲学思考和智慧。庄子创造出一个天马行空、梦幻缥缈的浪漫主义艺术世界,在其中寄寓物我合一的逍遥之境。

庄子的哲学思想在中国文学和哲学中都是独树一帜的、高妙绝伦的,他站在道的高度,思考、认识和对待包括生死在内的万事万物,认为道蕴含于万事万物之中。《庄子·至乐》中描写了庄子与骷髅的一则故事。庄子在去往楚国的路途中,看到路边有一个骷髅,他用马鞭敲着骷髅问他为什么死,并列举了人世间的种种死亡原因,说完就枕着骷髅睡着了。"夜半,髑髅见梦曰:'子之谈者似辩士,诸子所言,皆生人之累也,死则无此矣。子欲闻死之说乎?'庄子曰:'然。'髑髅曰:'死,无君于上,无臣于下,亦无四时之事,从然以天地为春秋,虽南面王乐,不能过也。'庄子不信,曰:'吾使司命复生子形,为子骨肉肌肤,反子父母、妻子、闾里、知识,子欲之乎?'髑髅深矉蹙额曰:'吾安能弃南面王乐而复为人间之劳乎?'"世界上的多数人贪生怕死,认为死亡为世间痛苦之最,但是,在梦中骷髅却说死亡没有人世间的种种劳累,顺应自然,比做君王还要快乐。庄子以梦中和骷髅的对话表达了自己的死亡哲学,阐述了死为至乐的思想。

三、中国古代文学浪漫主义的审美特征

(一)亦梦亦幻超逸浪漫

随着文学的发展,梦感通灵的主题逐渐超越了以梦占卜祸福的束缚,其原本带有的原始思维和占梦色彩逐渐弱化直到消除。不过,梦感通灵主题仍旧和占梦有着一个共同点,即叩问宇宙天地的浪漫主义精神,超凡脱俗。

宋玉的《高唐赋》和《神女赋》是在内容上相互衔接的姊妹篇,两篇赋都是写楚王与巫山神女梦中相会的爱情故事。黄侃先生在《文选平点》中说:"《高唐》《神女》实为一篇,犹《子虚》《上林》也。"此说极当。

闻一多先生曾著有《高唐神女传说之分析》和《高唐神女传说之分析补记》，对高唐神女的神话传说做了一些探源研究。他认为，涂山、简狄、高唐，应该都是一位女性远祖的化身。降雨对农业社会的生产至关重要，作为天神配偶的先妣能行云致雨。朝云这个名字也就是这么来的。先妣也就是高禖，高禖亦作高媒。闻一多先生的研究是很有道理的。如果既知高唐神女是楚民族的女先祖，《高唐赋》所写"王将欲往见，必先斋戒。差时择日，简舆玄服。建云旆，蜺为旌，翠为盖"，是和祭祀高禖的风俗相关的。宋玉描述的这位神女究竟是梦中所见，还是幻想出来的，很难说个究竟。她的来去如同大自然变化不定的美丽影像，瑰姿玮态，富有诗意。梦中神灵的意象，与同神灵交通造成的幻境完美结合，使得作品呈现出浪漫超逸的玄妙色彩。就是在这种情形下，王与神女相互交流着彼此的爱恋，心里充满激昂和欢乐的情绪，引发了后代文人无穷的遐思。

作者在文学创作中使用梦感通灵，是一种艺术构建。例如，屈原的《九章·惜诵》中作者梦到凌云登天，灵魂在中途没有飘渡云汉的航船，天水茫茫，使人孤立无助，读者能够很清晰地通过作品看到作者一腔爱国之情，却不为君王所知，被奸佞诋毁，于是作者向天盟誓，愿各方神灵听取自己的申诉。文章中，作者描写自己蒙受不白之冤，表达自己的忠贞。在中间插入了梦境和占梦，以浪漫主义的描写，为作者的苦闷、沉郁增添的一种奇幻的色彩，使之进入一种浪漫的氛围。司马迁探讨过屈原心中充满强烈的忧愤，并梦感通灵求问上天的原因，"夫天者，人之始也；父母者，人之本也。人穷则反本，故劳苦倦极，未尝不呼天也；疾痛惨怛，未尝不呼父母也。"[①]作者扎根于现实，发掘、运用和提炼了占梦中的浪漫主义文学因素。再如，《思玄赋》中通过梦感通灵，构建了新奇的、梦幻的、充满深意的情节，使作者的苦闷和愤怒不陷于低沉，反而带有超逸之感，消解了政治斗争的血腥，以善意的、令人乐于接受的口吻评价政局。

梦感通灵构建了一个奇幻的、开放的精神空间，增加了文章的曲折跌宕，对梦境的铺陈描写，构建了一种超凡脱俗的浪漫的艺术境界。梦境通灵犹如雾里看花，展现了作者的内心世界、情感思想，但是这种展现并非直白地诉说，而是朦胧的、隐约的、委婉的、含蓄的。对于现实中身陷困境的士人而言，这种浪漫主义的表现手法，创造出了一个自由的、诗意的空间，使他们疲劳

---

① 周啸天：《唐诗鉴赏辞典》，商务印书馆国际有限公司2012年版，第698页。

的身心能够稍得解放。傅正谷先生甚至将这种梦幻主义视为独立于现实主义、浪漫主义之外的文学。

（二）文浮于质成巧生趣

先秦两汉散文中，将梦感通灵融入叙事，增添了文采，更具感染力。这种浪漫、高妙的表现形式超过了内容，使故事并非直白叙说，而是使故事波澜曲折，新奇有趣，提升了作品的可读性。

《国语·晋语七》："昔克潞之役，秦来图败晋功，魏颗以其身却退秦师于辅氏，亲止杜回，其勋铭于景钟。"显然，这是一段质朴论说，文辞简质，内容一眼明了，同前文已引魏颗梦结草老人之事对比，既没有传奇色彩，也看不到魏武子前嘱治命、后遗乱命的曲折，更看不到魏颗经过权衡，遵从先父治命的理性和仁德，较《左传》的描写逊色了不少。《史记·赵世家》："初，赵盾在时，梦见叔带持要而哭，甚悲；已而笑，拊手且歌。盾卜之，兆绝而后好。"赵盾梦见先祖叔带扶着腰痛哭，非常悲伤，一会儿又笑了起来，还拍手唱歌。这个描写非常富有层次感，读罢仿佛能看到叔带大哭大笑的模样。如果只说梦到叔带先哭后笑，表达效果会差很多。

《列子·周穆王》中有一则故事："周之尹氏大治产，其下趣役者侵晨昏而弗息。有老役夫，筋力竭矣，而使之弥勤。昼则呻呼而即事，夜则昏惫而熟寐。精神荒散，昔昔梦为国君。居人民之上，总一国之事。游燕宫观，恣意所欲，其乐无比。觉则复役。人有慰喻其懃者。役夫曰：'人生百年，昼夜各分。吾昼为仆虏，苦则苦矣；夜为人君，其乐无比。何所怨哉？'尹氏心营世事，虑钟家业，心形俱疲，夜亦昏惫而寐。昔昔梦为人仆，趋走作役，无不为也；数骂杖挞，无不至也。眠中啽呓呻呼，彻旦息焉。尹氏病之，以访其友。友曰：'若位足荣身，资财有余，胜人远矣。夜梦为仆，苦逸之复，数之常也。若欲觉梦兼之，岂可得邪？'尹氏闻其友言，宽其役夫之程，减己思虑之事，疾并少间。"

文中有两个推动情节转折的人物。一个是看到仆役年老力衰，每天被主人使唤得精疲力尽而可怜安慰他的人，对此，仆役却回答，白天和黑夜各一半，白天劳作疲累，晚上却梦见自己做国王享乐，不需抱怨。另一个是尹氏的朋友，听到尹氏抱怨自己晚上梦见自己做仆人十分劳累，以此为苦，劝他不要太执着白天的富贵。尹氏听从了朋友的劝告，他和役夫的苦都减轻了。作者宣扬的这种不分别、不计较的人生态度，便同"君乎、牧乎、固哉"想要传达的是一样的，作者用淋漓畅快的笔墨，综缉辞采，将观点表达得既生动又显豁。文章通过铺陈对比富人与奴仆的现实与梦境，将深邃的思想和美妙的艺术表现融合，使深奥的哲理变得情趣盎然，耐人寻味。

（三）虚实相间模式灵活

带有神秘色彩的梦感通灵文学往往虚实结合，且具有灵活多变的叙事模式。

第一，叙事视角上，梦感通灵文学主要选取的是第三人称全知视角，然后是第三人称限知视角，很少使用第一人称限知视角。此三类视角中，第一种就像摄像机一样，是一种冷静的、客观的记录。史传和哲理类散文，以及多数梦感通灵文学作品均具备这种冷静、客观的特点，在此不一一列举。第二种视角，就是从故事主要人物视角出发叙事，读者以此人物之眼，看到故事的发展。如《吴越春秋·勾践伐吴外传》中，越军即将攻破敌城时，"来至六七里，望吴南城，见伍子胥头巨若车轮，目若耀电，须发四张，射于十里。越军大惧，留兵假道。即日夜半，暴风疾雨，雷奔电激，飞石扬砂，疾于弓弩。越军坏败，松陵却退，兵士僵毙，人众分解，莫能救解"。读到此，不仅感到越军未占天时，不和上天旨意。这种第三人称限知视角，增加了读者阅读的紧张感，能够激发读者的好奇心和阅读兴趣。"范蠡、文种乃稽颡肉袒，拜谢子胥，愿乞假道。"之后就是两人夜晚梦到伍子胥的一段梦感通灵的描写，伍子胥解释自己不忍故国破亡才悬首城门，制造风雨阻挠越军，但是越国攻打吴国符合天意，因而可让越军从东门进，他愿意为越军开辟道路。这样一个意外情节的设置，增加了故事发展的悬念，使作品更令人寻味。第三种视角，就是以"余""予"的视角来叙事。庄周梦蝶就是这种视角，作者自己经历梦境，亲身体验，提升了故事的说服力，使读者更易认同作者的感悟，和作者形成共鸣。

第二，叙事时间上，梦感通灵文学作品的叙事时间比较灵活多样，往往综合使用顺叙、预叙、补叙、插叙等多种手法。顺叙手法重视次序，以时间为线索，线性地叙事。如《左传》中晋景公梦大厉、晋景公梦二竖子、小臣梦负晋景公登天，三个梦感通灵时间就是按照事件发生的时间顺序来串联描写。预叙手法就是设置具有预示、预言性的情节，尤其在占梦文化中，梦感通灵本身就是一种预兆，因而梦感通灵文学中有很多预叙描写。如《史记》中王美人梦到太阳落到了自己的肚子里，预示了她的孩子刘彻继承皇位。又如《吕氏春秋》中妺喜梦见天上有两个太阳分别位于东方和西方，相互争斗后，西方太阳胜出。后文又叙述了商汤自西方而来打败夏朝，两者形成了对应关系。插叙手法在《史记·赵世家》中有所应用，作者先是叙述了晋景公三年，大夫屠岸贾想诛杀赵氏家族，再用一个"初"字插叙，赵盾梦见叔带扶着腰痛哭，非常悲伤，一会儿又大笑，拍手唱歌，赵盾占卜这个梦，龟甲裂纹断裂后又复合。赵国史官认为这个梦是凶兆，会应验在他儿子身上，到了他孙子这一代，赵氏将更加衰微。接着又将视线重新回到屠岸贾身上。补叙如结草老人梦中言报，便是对魏颗掳获杜回的情节补充，塑造了魏颗明礼敦厚的形象。此种叙述有"余音绕梁，三日不绝"之感，令人回味无穷。

第三，叙事组构上，梦感通灵属于创意的组织构架，从整个文章上看，就是"现实—入梦通灵—现实"的圆形闭合结构，在故事结构的组织安排上有很大作用。如《李夫人赋》中，李夫人逝后，汉武帝倍感思念，终于在梦中和李夫人短暂相会。回到现实后，汉武帝又看到李夫人的兄弟儿子，表示自己会好好对待他们，不负李夫人的临终愿望。此处，梦感通灵就是连接两个现实的桥梁，做梦前和做梦后都是现实，反映了现实世界和作者内心世界的复杂的矛盾关系，形成了一种感性和理性的互动，展示了作者巧妙深刻的构思。《庄子·列御寇》中，郑国人缓是一个有名的儒者，他让自己的弟弟学习墨家，又和自己的弟弟进行了一场儒家和墨家的辩论，他的父亲支持墨家。十年后，缓自杀了，托梦给他的父亲，说："使而子为墨者，予也。阖尝视其良，既为秋柏之实矣？"这展现了缓的自以为是，将弟弟的成才看作自己的功劳，全没有认识到这是因为弟弟天生有墨家的才华，由此很自然地从叙述故事变为对有道之士的自然天性的赞美。这一篇章字数少，故事也不复杂，但是通过梦感通灵创造了曲折的情节。从文章的微观上看，就是一个线性的结构。线性结构可以是简单明了的，就像刚刚的例子；也可以有着丰富的语言、行为、心理方面的描写，从而构造出鲜活的生命意识，使文章中透露出一股生机。如《东观汉记·张奂传》载："奂为武威太守，其妻怀孕，梦见带奂印绶登楼而歌。讯之占者，曰：'必将生男，复临兹邦，命终此楼。'"简单叙述张奂妻子的梦境后就是占梦结果，后文写到占梦结果应验就很自然。使得此处情节很自然地连接到另一个情节：张奂的儿子后来也成为武威太守，反叛后，被韩遂攻打，知道自己必死无疑，不愿被擒，登楼自焚而死。梦感通灵将单个的事件串联起来，从不同的方面表现人物，将人物塑造得十分生动。

（四）寓意褒贬入道见志

梦感通灵意蕴深刻，耐人寻味，寓意褒贬。作者以自己所搜集的故事素材以及个人想象力，将自己的真实观点巧妙地蕴藏于梦境之中，可以充实历史事件，也可以生动地阐述哲学理念，生动而鲜活地表达自己的观点，语短意丰。

《左传》中记载了成公十年，三个相连的梦感通灵事件——晋景公梦大厉、晋景公梦二竖子、小臣梦负晋景公登天，堪称妙绝，看似是作者"好奇"的自我发挥。具体情况是：此前，赵同、赵括因为赵庄姬的陷害蒙冤，被晋候所杀，两年之后晋景公梦到了赵氏祖先前来索命报仇。晋景公醒后找桑田巫占卜，桑田巫占断鬼魂一定要索命才会罢休，他吃不到新收的麦子了。随后，晋景公染病，医生说他已经病入膏肓，不可救药。六月麦子新熟，晋景公觉得自己明摆着能吃到新麦子，桑田巫的占卜眼看着没有应验，便召见桑田巫，故意让他看煮好的麦子，然后把他杀了。就在晋景公要吃饭的时候，肚胀如厕，结果掉进茅厕死了。有个小臣早晨梦到背着晋景公登天，中午把晋景公背出茅厕，于是就用他来殉葬了。三个梦境相连得非常奇妙，极能引起人的兴趣。看似是玄言幻语，实则用梦感通灵穿针引线来叙说史实，并且隐晦地表达自己的感情和思想。晋候草菅人命被报复，并且无药可救，他不得善终，是因为"不义"。这个故事中隐含着简单的因果报应思想。作者娓娓讲述，旨在全面揭示历史事件的来龙去脉，并试图从中找到事情发生的规律，从而指导后人如何行事。

专题二　中国古代文学的守望主题

一、中国古代文学作品中守望主题的呈现

（一）中国古代文学作品中守望主题的类型总结

虽然很多文学作品同样以守望为主题，但守望的原因和目的各不相同，因此导致了守望性质的差异。概括地说，中国古代文学作品中的守望主题呈现出以下几种类型。

第七讲 中国古代文学的浪漫与守望主题

1. 执着于爱情的守望

爱情的守望是政治意义及伦理以上的守望，指的是有关女性主体的守望，其中包含少女怀春、深闺怨妇式的守望。古代女性在社会之中的依附地位使得她们的存在意义只有在被"守望"的人面前，才能展现出来。所以，她们的社会生存意义是与男性相关的，也因此一直期望男性出场。

（1）守望情郎：少女的守望

女子在古代的社会语境中，由于社会地位低下，所以她们的一言一行、一举一动都受到"礼"的严格限制，因而话语权都掌握在男性手中。即便是在象征精神自由的恋爱中，女性也经常处于被动地位。所以，当男女在谈恋爱时，女性往往是守望的一方。一位痴情守望却害羞不敢露面、躲避意中人的美丽女子在《风·静女》中就有所体现。《诗经》中的《子衿》也表现了一位处在恋爱期间的少女对男子爽约的不满。《卜算子·我住长江头》是李之仪最被广为传颂的一首词："我住长江头，君住长江尾。日日思君不见君，共饮长江水。此水几时休，此恨何时已。只愿君心似我心，定不负相思意。"描绘了一位渴望得到爱情的女子对心上人的深切思念和等待。屈原的《九歌》之中有《湘君》和《湘夫人》两篇，描写的是湘水之神的恋爱故事。《湘君》中的"望夫君兮未来，吹参差兮谁思？"与《湘夫人》中的"帝子降兮北渚，目眇眇兮愁予。袅袅兮秋风，洞庭波兮木叶下。登白薠兮骋望，与佳期兮夕张"，生动展现了恋爱期间湘君与湘夫人的互相守望，形象地刻画了湘君和湘夫人等待守望对方的焦急心态，以及对方久久不至的失落心境。

（2）守望归人：少妇的守望

爱情中美好的开始与期待并不意味着结局的美好、圆满。《氓》中"士之耽兮，犹可说也。女之耽兮，不可说也"便说明了这一点。男子在恋爱中非常容易变心，而痴情女子总是苦苦守望着，这样的故事总是一遍又一遍地上演。有时，女子的守望并不能换来男子的回心转意，反而会落得一场空，即便是幸运地与意中人修成正果，步入婚姻，也依然摆脱不了守望的命运。具体而言，守望归人有以下几种。

①离妇的守望。在经历了待字闺中的守望之后，痴情女子终于可以和心上人修成正果，正是情意绵绵、你侬我侬的时候，却面临着分别：丈夫需要去完成社会赋予的任务，不得不出门远行。因为儒家讲求大丈夫不应沉浸于儿女私情，应当出门立世，做出一番成绩，才能光耀门楣、报效朝廷。于是

男子们为了能够实现理想、获得更高的社会地位，离家远赴京城赶考；又或是外出漫游获得名誉；或者拜谒名流争取举荐；又或者是中举后独自去往异乡任职。上述所列举的情况在当时并不少见，造成许多妇女长期在家独守空房，等待丈夫归来。妇女们婚后的生活大都局限于狭小、有限的庭院楼阁之中，这种封闭、不与外界交流的空间使得她们的视野变得狭小，心灵受到束缚，只有通过"中介"——夫君（包括君王）才能与外界联系。因此，女性自身存在的价值与意义必须通过"中介"来感受，所以她们往往深情而偏执、确定但又盲目地去依赖男性。当丈夫长期在外时，留给闺中人的依然只有独守空房以及日复一日地守望。《王风·君子于役》中通过描写黄昏时牛羊都按时回家，但女子最盼望归来的丈夫却迟迟不归，于是，守望的女子便触景生情，黯然神伤。李白的《菩萨蛮》中写道："暝色入高楼，有人楼上愁。玉阶空伫立，宿鸟归飞急。"也是黄昏时，宿鸟都早早归巢，但高楼却有人痴痴凝望着，她想等待的人一直不曾归来。温庭筠在《忆江南》中写尽了许多守望丈夫归来的痴情思妇形象，"肠断白蘋洲"便生动地刻画出思妇的失望和怅惘情怀。王昌龄《闺怨》中"忽见陌头杨柳色，悔教夫婿觅封侯"，描写了天下离妇苦苦守望的悲哀与无奈。

②征妇的守望。古时战争频发，许多男人由于军事的需要便出发去征战沙场或驻守边疆，这一去便是多年，甚至可能永远回不去。古代的通信与交通条件较差，对于那个时代不幸沦为征妇的女子而言，苦苦守望丈夫归来便成为她们唯一的盼望。《诗经》中便记载了最早的关于征妇情感的诗，《卫风·伯兮》中"自伯之东，首如飞蓬。岂无膏沐，谁适为容？"描写了一位思念在外征战的丈夫而悲伤痛苦的征妇形象，所爱之人不在身边，梳洗打扮已没有了乐趣，于是便任由自己蓬头垢面、慵懒颓废。

"燕草如碧丝，秦桑低绿枝。当君怀归日，是妾断肠时。春风不相识，何事入罗帏。"李白的《春思》描述了一位少妇在家中等待丈夫归来的兴奋以及丈夫迟迟未归的焦急心态。这种指日可待的守望是有盼头的，所以诗中的少妇还有面对生活的勇气与信心，虽然采用了"断肠"这样绝望的词语，但是却给人一种少妇眼见等待丈夫不归而故意说"断肠"，以此来打动丈夫的柔肠，少妇对"不相识"的"春风"无动于衷，也是在表明自己的忠贞与坚定。所以尽管她在痛苦，在埋怨，但是她又充满着希望与期待。而在李白的另一首征妇诗《秋思》中，春日的场景依然还在："春阳如昨日，碧树鸣黄鹂。芜然蕙草暮,飒尔凉风吹。天秋木叶下,月冷莎鸡悲。坐愁群芳歇,白露凋华滋。"今日的春光如同昨天一样明媚,碧树成荫,绿草青青。但一转眼,已是寒秋景象,落叶纷纷凋零,秋花也已凋谢。就连黄鹂婉转欢快的啼唱也变成了莎鸡秋日凄惨的鸣叫,在这无穷无尽的守望与期盼中,日子悄无声息地溜走,闺中女子便在无尽的守望中耗尽了自己的青春年华。"望夫处,江悠悠,化为石,不回头。山头日日风复雨,行人归来石应语。"唐代王建的《望夫石》描写了悲壮而凄惨的征妇形象。更为悲惨的是"可怜无定河边骨,犹是春闺梦里人"(唐·陈陶《陇西行》),丈夫战死沙场,而春闺征妇仍然在痴痴等待丈夫归来。

③弃妇的守望。古代伦理对女性有很强的约束,要求女子遵循三从四德,从一而终。在当时社会强大的舆论指导下,女性也逐渐将这些约束化为自己的价值取向,将丈夫视为人生唯一的依靠。对于男性而言,社会的要求则相对宽松,男性不仅可以拥有三妻四妾,还拥有休掉妻子的权利。因此,在某些男性看来,妻子如衣服,可以随意丢弃,也可随意换掉。这是时代和社会赋予女性的人身依附性,导致她们被丈夫抛弃之后并不是首先开始独立自主生活,而是甘愿苦苦等待丈夫回心转意。

《诗经》中《邶风·谷风》里的女子,她任劳任怨,并没有什么过错,但是却因为丈夫喜新厌旧而惨遭遗弃。于是她为了使丈夫回心转意而不断忍让,面对丈夫在情感上的故意疏离而不断让步,而当丈夫迎娶新人,并带给她不可忍受的屈辱时,她依然幻想丈夫会回心转意。最终她明白丈夫不可能回心转意时,走投无路回到娘家,依然盼望丈夫可以送行,并故意将步伐放缓,哪怕是已经走出大门,也"行道迟迟,中心有违。不远伊迩,薄送我畿"。丈夫的背叛与抛弃并没有使她产生分离的想法,潜意识里仍然希望丈夫回心转意。

曹植的《七哀诗》中,痴情女子独守空房十余年,只为守望在外漂泊的丈夫。"君行逾十年,孤妾常独栖",但是最终的结局并不美好,"君若清路尘,妾若浊水泥。浮沉各异势,会合何时谐?"面对被抛弃的婚姻,这位妇人并没有反抗,而是期待丈夫回心转意,残存着希望:"愿为西南风,长逝入君怀。"《孔雀东南飞》中的刘兰芝在被婆家赶出家门之后,依然坚定"君既若见录,不久望君来"。因为她相信"君当作磐石,妾当作蒲苇,蒲苇韧如丝,磐石无转移",所以她宁愿与夫君在黄泉结伴,也不愿另嫁他人。

2. 政治意义上的守望

守望情节不但只是常常用来展现人的情感追求，对人生价值的追求也经常通过期待、守望某个人或某一类人的具体情境来表现，以此来抒发作者处于这种情境模式中的复杂情绪和矛盾心境。这种表现常常在中国古代文学的创作中看到。"玉在椟中求善价，钗于奁内待时飞"，这类守望的主体主要是男性。封建社会的国家制度使得男性文人实现自己的人生理想需要获得上级和皇帝的认可，而这种依赖是单向的。因此，他们将夫妻关系比作君臣，甚至不惜自称臣妾，通过闺怨的形象自喻来与君王沟通，表达自己作为臣子的臣怨，以此来让君主赏识自己，从而实现自身的远大抱负。

男性文人们创作诗文，探讨"守望"现象的心态，有着长远的历史渊源。这一现象最初可以追溯到秦汉时期，随着唐朝的到来而逐渐形成，并在宋代以后得到进一步的发展。秦汉时期，随着大一统国家的形成和发展，以及封建王朝对政治和思想文化的专制控制，再加上儒家伦理观念的影响，这种臣妾心态在文人士大夫中逐渐形成了一种共识。《周易·坤卦·文言》中说："地道也，妻道也，臣道也。"将臣子在君主面前的地位与妻妾在丈夫面前的地位放到一起来讨论，表明这种观念存在已久。就文学作品而言，西汉司马相如的《长门赋》在此方面首开先河。唐代之后，文人的心态进一步变得柔和，臣妾的心态逐渐渗入整个民族的心理。

由于儒家的理论构建了中国传统文化的基础，深受其影响的文人处于这一文化环境中。在传统的男权社会中，文人的人生理想一直是追求功成名就，想要最大限度地实现个人在社会中的价值。自唐朝以来，科举制度的推行打破了社会阶层的壁垒，使大量知识分子有了展示才华的机会。他们将儒家的思想和责任感融入个人的存在方式中。然而，由于他们入世的愿望只能通过君王和朝廷实现，因此他们不得不依附于统治集团。所以，他们是悲哀的，因为他们没有独立的资本，更没有完整的人格。大批有识之士不能进入仕途或者惨遭仕途的坎坷，都是由君主专制的局限造成的。所以，文人们内心的远大抱负与惨淡的现实形成矛盾，这种巨大的落差使得他们无法衡量自身的价值，于是便逐渐失去主观能动性，在被现实隔绝的封闭空间里消极地守望。

即便是历经重重困难，终于踏进仕途的文人们依然会面临惨淡的现实。因为依赖君主的现实依旧不曾改变。即使有幸可以官至宰相，从表面上看拥有强大的身份和地位,但在家国一体的封建制度中,君臣之间的关系却处于畸形的状态。掌握生杀大权的君主很可能一时兴起便置人于死地。所谓"伴君如伴虎",文人们一直处于被动地位。除此之外,文人们的仕途很大程度上依赖于君主的宠爱,是予是夺、是兴是辱往往都在君主的一念之间。

因此,当文人们走上仕途之路,便时刻能感受到对生命的两种威胁:一是生命能否延续下去;二是社会地位能否得到承认。最致命的是,这两种威胁时时刻刻都使文人们处于被动地位,无能为力。进而他们只能表现出单向的对君主的依恋,任凭君主决定自身的仕途及命运。由此看来,无论是居庙堂之高还是处江湖之远,守望一直是古代文人的状态。

3. 伦理意义上的守望

不管是"多年的媳妇熬成婆"的忍耐,还是"三十年河东,三十年河西"的期盼,抑或是"不是不报,时候未到"的淡然,注重伦理道德的中国人始终在守望。

(1)对于身份认同的守望

中国的古代妇女一直没有社会地位,家庭是她们生活的天地,所以她们没有别的选择,只能守望。无论她们自愿与否,男尊女卑以及纲常伦理观念一直束缚着她们。中国的传统伦理观对男女之间的关系提出了基本价值定位,即男主女从。传统思想认为男性一直处于主导地位,无论是社会地位还是家庭地位,女性都只能处于从属地位。《礼记·郊特牲》中说:"妇人,从人者也。"认为女性是男性的附属品,应当遵从三从四德。"三从"最先见于《仪礼·丧服·子夏传》:"妇人有三从之义,无专用之道。故未嫁从父,既嫁从夫,夫死从子。"这个标准对我国传统古代女性的社会地位及家庭地位作了清晰的规定,同时也规定了女性的价值衡量标准——夫贵妻荣、母以子贵。女性的价值体现在其丈夫、儿子社会地位的高低与价值大小,而不是女性自身对家庭的贡献值,所以女性作为妻母的价值标准便是丈夫与儿子的功绩大小。

在这样的伦理条件下,通过守望来完成女性的身份认同及价值实现,是被迫的行为,并且需要借助他人来完成。"待字闺中"常常用于古人对少女的形容,其中"待"字完美体现了女子的生存状态,即等待父母为自己安排一位如意郎君;嫁为人妇也必须代替丈夫服侍公婆,生儿育女,守望公婆作古;等到儿女成人,这时才能取得在家庭方面的身份认同。同时,只有当丈夫功成名就或者儿子金榜题名,妇女们才能在旁人的羡慕与夸奖中得到社会身份的认同，实现人生价值。《红楼梦》里的李纨，便是这类女性的典型代表，她的人生在成为寡母的那天起，便只有通过守望才能获得生活期望和人生价值。

（2）道德层面的守望

中国古代推崇德治，强调通过道德来劝导人们弃恶向善。这种道德伦理与佛教中的因果报应理念相结合，逐渐形成了善有善报、恶有恶报的道德观念。中国的儒学伦理观有其悠久的历史渊源，对中国古代文化进行了长期浸染，于物质之外，儒家伦理观提供了宝贵的精神追求。在《荀子·宥坐》中，描述了孔子在去南方的途中遇到困境，饥寒交迫。子路进而问之曰："由闻之：为善者天报之以福，为不善者天报之以祸。"佛教在道德方面强调了因果报应，并揭示了善恶必有回报的规律。蒲松龄的《果报》中就说明了这一点。某书生品德败坏，不检点。一天，他突然患病，无论服用多少药物，病情都不见好转。并且他的眼睛突然失明，两只手也无缘无故自行折断。某甲占有三家财产，违反盟约，最终遭受剖腹自尽之刑，其子亦莫名离世，财产被人夺走。因此，古人受到儒家伦理道德和佛家果报的双重影响，他们在道德选择上常信奉"人在做，天在看"，善恶终有报。

《喻世明言》中的《蒋兴哥重会珍珠衫》一文，展现了善恶有报的思想。故事梗概是：商人陈大郎利用不当手段得到了蒋兴哥的妻子王三巧，自此以后，他陷入了一系列的不幸，首先是遭遇财物被劫，接着身体沉疴不起，妻子被迫改嫁，而所嫁之人正是蒋兴哥。这一系列的事件实现了恶有恶报的道理。与陈大郎的命运截然不同，蒋兴哥则是善有善报。发现妻子的奸情后，他选择了宽容，并未直接挑明，写下休书一封任其改嫁，结果在生死关头巧遇了王氏，幸运地得到了救援，最终实现了夫妻和好。在这一系列过程中，故事的主角并未刻意采取行动或改变事态，然而，结果似乎被某种无形力量操控，每个人都以相应得到了他们应得的结果。正如俗语所说，"殃祥果报无虚谬，咫尺青天莫远求"，当正义的一方蒋兴哥遭受恶人侵害时，他没有诉诸法律，也没有与其对抗，然而在上天的安排下，恶人最终受到了惩罚，而善良的人则得到了应有的回报，实现了道义上的公正。因此，虽然善恶终有报，实质是对普通民众的心理补偿和苦难人生的一种美好的愿望，是一种面对现实无可奈何之时的安慰。然而，人们甘愿相信、守望，即便是在现世没有得到兑现，也相信来世会得到应验。如《醒世姻缘传》中所表达的一样，冥冥中正义审判的存在带给人们一个永恒的依赖和希望。

（3）亲情层面的守望

在古代，礼法特别重视宗族血缘亲情，讲求承欢膝下之孝。《诗经·小雅·蓼莪》写道："父兮生我，母兮鞠我。拊我畜我，长我育我。顾我复我，出入腹我。欲报之德，昊天罔极！"于是，"父母在，不远游"的说法一直延续至今。于独自在外漂泊的游子而言，他们始终将亲情的守望和召唤看成游历途中的心结。

中国一直以来是一个安土重迁的国家，对于那些社会中下层的人来说，远游是一种无奈之举，背井离乡要不就是为了躲避灾难，要么是为了寻求衣食，抑或是寻找出路，这些都是迫不得已的原因。在他们心中，出门是一件不幸的事情，所以他们出门在外时总是盼望着落叶归根，重回家乡。

《诗经》的《小雅·小明》咏官吏久役思乡："昔我往矣，日月方奥。曷云其还？政事愈蹙""岂不怀归？畏此反覆"。《小雅·四牡》也是采用设问的手法，情感激烈，彰显了无法解脱的乡愁。来自外部的政治压力与社会劳役，束缚了行役者的自由，使其无法享受亲情和天伦之乐，但是却无法阻止他们的思想，他们拥有无限的思乡之情。《小雅·北山》中"工事靡靡，忧我父母"体现了在外服役而担心、思念父母的思乡之情。

文人在外为官时都怀念家乡，更不用说那些被强行抓去服役的劳苦百姓了。《盐铁论·繇役》指出："今中国为一统，而方内不安，徭役远而外内烦也。……今近者数千里，远者过万里，历二期。长子不还，父母愁忧，妻子咏叹，愤懑之恨发动于心，慕思之积痛于骨髓。"《诗经·豳风·东山》中描绘了征夫的"东山之哀"，"我徂东山，慆慆不归。我来自东，零雨其濛。我东曰归，我心西悲"，表达了游子在异乡的孤独无依和对家乡的思念之情。《陇头歌辞三首》中的"陇头流水，鸣声呜咽。遥望秦川，心肝断绝"，以"遥望"和"断绝"来突出离家之遥远和对想要归家之强烈。

此外，思归人中还有那些漂泊无依的游子。对于他们而言，理想无法实现，想要回乡却不愿意让别人看见自己落魄的模样。现实与理想之间的巨大差距使他们倍感痛苦。夕阳西下，落日余晖，倦鸟归林，行人思归。在这个时刻，异乡的游子常常产生最强烈的思乡之情，因而夕阳和余晖便成为表达离愁的最佳象征。元代马致远在《天净沙·秋思》中以"夕阳西下，断肠人在天涯"描绘了天涯游子守望归乡但无法确定归期的无奈。宋代李觏在《乡思》中写道："人言落日是天涯，望极天涯不见家。"或许，家乡会随着岁月的流逝，而变得愈发模糊。《古诗十九首·涉江采芙蓉》中的"还顾望旧乡，长路漫浩浩"，抒发了游子独自忍受无法归乡的痛苦心境，天涯游子最终只能守望而不得归去。

（4）知己的守望

遇见与生命都是偶然，每个生命都需要依赖另一个生命，互相依靠、结伴而行。人类作为群居动物，无法离开其同伴而独自生存。没人分享的快乐是孤独的，不是真正的快乐；无人分享的痛苦也是可怕的。所有的快乐与痛苦都需要有人分享和分担，即使不能感同身受，但至少有人理解。永远不被人知道的痛苦是绝望，快乐也是如此。于是，人类需要另一颗相似的灵魂靠近、陪伴和注视，一起互相扶持，共同前进。因此，从古至今追求知己的守望从未停止，其中可以具体分为对知音的守望和对知己的守望。

有关知音的历史典故最早在《列子·汤问》中出现："伯牙善鼓琴，钟子期善听。伯牙鼓琴，志在高山。钟子期曰：'善哉！峨峨兮若泰山！'志在流水，钟子期曰：'善哉！洋洋兮若江河！'"优美动听的琴声可使钟子期察觉到伯牙的心声，感悟到其情感，他是伯牙在世界上的另一个灵魂。于是"高山流水遇知音"便传唱至今。《列子·力命》中也有管仲和鲍叔的知己之交。管仲慨叹："生我者父母，知我者鲍叔也！"人生拥有了知己，便有了情感与心灵的寄托，更能使自身价值得到肯定。

从《九歌·少司命》中的"乐莫乐兮新相知"到《留别同年索士岩经历》中的"人生所贵在知己，四海相逢骨肉亲"，对知己的渴望在文学中早已有展现。知己的相逢往往带着幸运与喜悦，如"酒逢知己千杯少"。然而在现实中却是知己难求，等不来知音。古有诗云："摔碎瑶琴凤尾寒，子期不在对谁弹！春风满面皆朋友，欲觅知音难上难。"司马迁在《史记》中写道："仆诚以著此书，藏之名山，传之其人，通邑大都，则仆偿前辱之责，虽万被戮，岂有悔哉！然此可为智者道，难为俗人言也！"知己难求的现实使得文人们不得不选择退而守望。

（二）守望主题在文学作品中的体现

1. 在诗词中的体现

守望是中国古代文学作品中长久不衰的主题，从《诗经》的《蒹葭》和《子衿》，楚辞的《离骚》和《湘君》，到唐诗中的春思秋怨，宋词中的怀人之思、离别之情，再到《红楼梦》中黛玉执着的守候，都给我们展示了这一主题的持久魅力。

说到诗歌，《诗经·东门之杨》描写了典型的"守望"情景："东门之杨，其叶牂牂。昏以为期，明星煌煌。东门之杨，其叶肺肺。昏以为期，明星晢晢。"这首诗描绘了一种常见的候人场景。两人约好见面，一个人未至，另一个人守候直到天明。《楚辞·山鬼》描绘了山鬼在高山之巅孤寂地守望恋人时的忧虑："表独立兮山之上，云容容兮而在下。杳冥冥兮羌昼晦，东风飘兮神灵雨。留灵修兮憺忘归，岁既晏兮孰华予。"此外，李白的《待酒不至》中的"玉壶系青丝，沽酒来何迟"，赵师秀《约客》的"有约不来过夜半，闲敲棋子落灯花"，都描绘了守望的情景。

从李白到敦煌曲子词，从《花间集》到宋元易代之际的遗民诗歌，女性形象作为守望者几乎在每位作家的作品中活跃着。例如，李白在《菩萨蛮》中写下了"暝色入高楼，有人楼上愁。玉阶空伫立，宿鸟归飞急"，孙光宪在《河渎神·江上草芊芊》中写下了"独倚朱阑情不极，魂断终朝相忆"，等等，在文学史上可谓是数不胜数，更有许多成为经典。这些句子普遍传达了作者对守望者女性形象的情感赞赏，也给我们留下了对守望者形象深刻的感性印象。不论是登高望远，还是凭栏思念，都能呈现出一种独特的孤寂之感。这一形象甚至突破了派别之间的界限，成为苏轼、辛弃疾等那些放荡不羁的文豪笔下的常见形象。如苏东坡《虞美人·冰肌自是生来瘦》："冰肌自是生来瘦。那更纷飞后。日长帘幕望黄昏。及至黄昏时候、转销魂。"辛稼轩《东坡引·君如梁上燕》："君如梁上燕。妾如手中扇。团团青影双双伴。"这些守望的女性既有春花的绚丽又有秋花的娴静，她们一样的执着无比，一样的清丽绝尘，经过千年的岁月沉淀，依然散发着浓郁的芬芳。

2. 小说、戏曲中的表现

关于守望在小说中的故事，最早出自《庄子·盗跖》："尾生与女子期于梁下，女子不来，水至不去，抱梁柱而死。"讲述了名叫尾生的男子与心爱之人约在桥下见面，然而等到尾生赴约时，心上人却迟迟未来。不幸的是，河水上涨，而尾生信守约定一直未曾离开，最后抱柱而亡。诗人洛夫在《爱的辩证》一诗中变相表达了尾生的心声："水来，我在水中等你；火来，我在灰烬中等你。"在之后的文学作品中，无论是情谊深长的爱情故事，还是侠肝义胆的传奇，抑或是惩恶扬善的市井小说，都有守望的痕迹。

《红楼梦》中清冷柔弱、执着追求爱情的黛玉守望外祖母为自己做主，求得与宝玉的良缘；温婉大方、处事不惊的宝钗守望着能脱离家族困境；青春不在、清心寡欲的李纨守望着儿子金榜题名；处心积虑的赵姨娘守望着凤姐的倒台……《寒窑记》里的王宝钏，"柳绿曲江年复年，七夕望断银河天。八月中秋月明见，久守寒窑等夫还"，用十八年的时间与煎熬守望丈夫归来。《西厢记》中的崔莺莺在与张生长亭别后，面对其"一春鱼雁无消息"，也是"眼底空留意，寻思起就里，险化做望夫石"，在焦虑与无助中守望着。《牡丹亭》中的杜丽娘，由梦而死又因梦而生，守望着爱情的到来。《白蛇传》中白娘子等待千年，守望着能与许仙再续前缘，报答恩情。《水浒传》中，水泊梁山的一百零八位好汉，虽然各有所长，身手不凡，但是大部分人却守望着诏安，与朝廷对抗之后被朝廷招安、利用，最终走向失败。《三国演义》里诸葛亮隐于隆中，守望着济世明主的到来，从而大展宏图。《窦娥冤》中含冤而亡的窦娥守望着"六月飞雪"来洗尽自身的冤屈，留得清白在人间。《赵氏孤儿》中，即使对尽杀赵家老少的屠岸贾恨不得杀之而后快，程婴也不得不将此恨置于心中，潜于屠岸贾身边，经过二十年的守望，终换来长大成人的赵武报仇雪恨。

二、中国古代文学守望主题的审美分析

守望者作为主人公，他们看似是守望的静态形象，实际上内心是剧烈斗争的精神探险。他们对自己的价值观念坚持不懈，并且当守候变成一种长时间的坚守时，就上升到一种高度，这种高度是关于价值层面的。它使人把探知世界的感觉延伸到人本身，所以这种守望是以感性而又诗意的方式唯美地呈现出来。

（一）时间易逝，变化沧桑

审美时间是审美主体对客观时间的主观体验。在中国古代文学作品中，守望过程中的审美主体对时间的态度表现出一种矛盾情感。由于守望的特性，守望者无所作为导致审美时间在个人主观感知上被无形延长，从而产生了一种漫长的感觉，这种情况使得守望者觉得时日流逝得很慢，难以让人消磨。然而，与此同时，守望者的生命意识又让他们对时间和季节变化异常敏感，经常会感叹"逝者如斯夫"，展现了对逝去时间的无限悲叹与追忆。两

者互相补充,充分表达了守望者无法实现理想并且无法放弃希望的矛盾美学体验。

在关于守望的文学作品中,作者将对时间的感受融入其中,注入了浓厚的个人情感,使时间在人们的感觉维度上延长,从而使其成为文学审美意象。例如,王昌龄的《西宫春怨》:"西宫夜静百花香,欲卷珠帘春恨长。斜抱云和深见月,朦胧树色隐昭阳。"春天本来是美丽而短暂的,然而在这首诗中,女主角因为等待的守望,感觉春天变得无比漫长。李益的《宫怨》中以夸张手法表达了守望的夜晚漫长而痛苦:"似将海水添宫漏,共滴长门一夜长。"张仲素在《秋夜曲》中写道:"丁丁漏水夜何长,漫漫轻云露月光。"在黑夜中独自躺卧,听着漏水声,感觉夜晚漫长得令人难以忍受,时间变得沉重且无法消磨。

不只是恋人之间,友人之间也会因期待而有这种漫长感,比如《诗经·子衿》中说:"挑兮达兮,在城阙兮。一日不见,如三月兮。"

对于追求仕途的男性而言,面临相同的处境和体验。他们只能依靠职业晋升来实现自己的理想与抱负。一旦这扇升官之门关闭,他们将被动地陷入无聊和厌倦的状态,进而产生逃避和隐匿的心理。古代文人常把取得成就视作生命价值的实现。如果理想不能实现,那么即便是再长的生命,也变得孤独、郁闷。现实面前只有无尽的守望,希望被明君贤臣慧眼识珠,予以重用,实现自己的理想抱负。在这个过程中,他们深刻地感受到了个体的无力和对现实社会与环境的无奈,感受到时间的漫长。

守望生命意识的觉醒促使人们产生对于时间流逝的恐慌。柏格森认为,时间是自我意识的表现,只有人才拥有时间[①]。无论是作为意识还是生命,自我一直处在不断的变化发展之中,并且拥有时间的人是相对不变的。表面上日常生活在一起的人们在一段时间内是没有明显变化的,婴儿、少年、青年、中年与老年总是被用来划分人的一生。实际上,这是表层而又虚幻的自我,是人们的知性截流取波,然后是人为的串联起来的结果。而真正的自我是不断变化的,每分每秒都处在永恒的变化之中。

所以,处在时间之流的自我不断变化着。当我们主动时,可能会遗忘时间的流逝,于是便超越了时间;而当我们被动地守望时,便面对漫长的时间

---

① 张勤:《论〈没有人给他写信的上校〉中"等待"主题的审美内涵》,《文教资料》2017年第32期,第14—16页。

流逝本身。守望的人一直面对、直接体验着时光的飞逝，所以更容易察觉到自身以及所处的空间的时间变化，从而产生了一种对时间流逝的恐慌。

《古诗十九首》中的《行行重行行》描写了一位思妇的心理感受："行行重行行，与君生别离。相去万余里，各在天一涯。道路阻且长，会面安可知？胡马依北风，越鸟巢南枝。相去日以远，衣带日已缓。浮云蔽白日，游子不顾反。思君令人老，岁月忽已晚。弃捐勿复道，努力加餐饭。"其中"思君令人老，岁月忽已晚"一句显示了处于守望之中的时间流逝——在日复一日的守候中，年华不复，朱颜已逝，脆弱的生命也在走向尽头。"令人老""忽已晚"令人备感惆怅。清代吴淇在《六朝选诗定论》中评价这首诗说："妙在'已晚'上着一'忽'字。彼衣带之缓曰'日已'，逐日抚髀，苦处在渐；岁月之晚曰'忽已'，陡然惊心，苦处在顿。"可谓精彩之论。一"渐"一"顿"，带给人非常强烈的时间流逝感。而在面对飞逝时间和生命流逝的恐慌时，主人公只能以"努力加餐饭"来安慰自己。

主体守望中体会到的是宇宙时间、个体生命时间、守望时间三种时间互相交错。宇宙时间是过去、现在、未来的绵延不绝，在浩大的宇宙时间里，个体生命时间被无情地吞噬和淹没，为了与生命时间的短暂抗争，人只有增加个体生命的意义和分量。但这种对生命意义的追求却被陷入守望的泥沼而无法施展，无疑是生命的最大痛苦。因此，那些期待建功立业而又不得施展的文人士子，也常会感到年华已去而功业未就，进而产生诸如"人生天地间，忽如远行客""人生寄一世，奄忽若飙尘"之类的感慨。

总之，守望中的时间，由于守望主体的百无聊赖而显得悠长，却又因为主体的生命意识而变得短暂而易逝，这两种截然不同而又并存的意识杂糅在一起，衍生出别样的美学意味。

（二）结局莫望，岁月静好

由于守望结局的未知，所以守望便是一个过程。这个过程是生命所依赖的、充满美的过程，虽然其中会充斥着不完美。内部的超越是人永恒的体现，这种永恒可以使守望者成为桥梁，成为没有尽头的悬线的一弧，并随着超越而成为过程，并达到无终无始的永恒的美的救赎。

守望是一个漫长的过程，是相对静止的动态过程。不断蔓延的时间构成了守望的过程。当守望的对象未到时，主体感受到的是漫长的时间；而当守望的对象离开时,空虚的时光便围绕着主体。因为有了期望,守望才令人喜悦,而守望过程的漫长又使人枯燥乏味。

因此,守望是混合了兴奋与无聊的一种心境。即便是守望的结果希望很小,但是守望等待的过程是有意义的,它见证了主体的喜悦、兴奋、焦虑、期待、希望、失望等情感,也见证了主体的存在。

第八讲　中国古代文学的惜时与怀古主题

受中国传统儒家文化的影响，文人多将积极入仕列为人生的首要选择，争取在有生之年实现自己的理想和人生价值，但理想免不了与现实政治冲突，许多文人受道家思想影响，转而顺其自然，超脱世俗名利，追求内心的自由与平静，加之岁岁年年物候更移，于是在文学作品中免不得会有惜时与怀古的意味。惜时与怀古是中国文学史上的重要主题，惜时与怀古不仅有建功立业、完成社会使命的一面，还有保存天年、及时行乐的一面。中国古代文学作品中惜时与怀古主题的表达，表现了古人对人生无常的感慨、对人生意义的哲学意蕴思考、对青春易逝的哀怨情怀的抒发。本讲从两个角度进行了专题论述，分别是中国古代文学的惜时主题和中国古代文学的怀古主题。

专题一　中国古代文学的惜时主题

在传统的民族文化心理中，重视人在宇宙自然中的位置，形成了"天人合一"的普遍观念；重视人在社会生活中的遭际，形成了以人为本位、以天命为形式的实际立身行事原则。盛极衰至，物有竟时的自然规律，使作为社会实践主体的人，很早就对其自身生命历程的有限性有所体认。于是，一个以人、人生为中心的惜时文学主题很早便滥觞于中国文学发端。在纷繁复杂的文学现象中，它虽只是中国文学诸多主题中的一个，但却于现世人生最切近相关，可谓中国文学的百川之始，其凝聚力、冲击力经久不息，形成了自身相对稳定的思想主旨与表现形式。

一、《诗经》《楚辞》中的主题发端

永恒而神秘的时间令人向往又使人害怕，往不可见，来不可测，每个人

都在时间变化中出生、衰亡,没有人能够穷尽。西周金文中就有"祈眉寿"这样的说法,并且几乎在西周的每篇铭文中都有不可缺少的内容展现。宋代出土的西周晚期《楚公逆镈》铭文:"楚公逆其万年寿,(用)保其邦,子孙其永宝。"吴器《者减钟》铭文:"用祈眉寿繁釐,于其皇祖皇考,若召公寿若参寿……子子孙孙,永保是尚。"①《诗经》中该主题也微露端倪。

通过对外界的认识,人才有自己的自我意识,惜时感也是在对外界变化的感知逐渐萌生出的。《曹风·蜉蝣》从蜉蝣短暂的生命的中联想到人的生命的短暂,虽然久暂有别,可是有生必有死,最终人类的归宿无一例外都是死亡,写出了人生苦短、盛时不再的凄凉。《唐风·蟋蟀》的"今我不乐,日月其除"等,从自然外物联想到人生短暂,生命的迟暮将要来临,在内心深处思虑过深、忧患外显的同时产生了珍惜时间、及时行乐的感慨与行为指导。

"惜时"与"及时行乐"在中国古代文学中联系紧密。许多学者将及时行乐归结为贵族阶级的专属的论断有些片面,因为人们共有的正常生理、生存需要是不关乎阶级的。《说文》曰:"乐,极也,欢也。"《尚书·大禹谟》言:"罔淫于乐。"《周易·系辞上》谓:"乐天知命,故不忧。"《吕氏春秋·谕大》称:"然后皆得其乐。"可见,"乐"有适性、因性、欢极等多重含义。"适"是被动的,"因"则带有较多的主动成分。"乐"不仅仅指主体个人的享受,更有主体尽其最大能力而及时生活,与时间赛跑的进取精神。这是建立在不盲目依赖客观规律、努力发挥人内在潜能的基础之上,不能简单地归纳为消极颓废。时间没有阶级之分,对每个人都是公平的,所以不愿虚度光阴、苟且度日的人拥有着对人生积极的态度。这种为了生存而努力所体现出的惜时感,带有两种不同的内在流向:及时行乐和及时立业。例如,同是一首曹操的《短歌行》,唐代诗人吴兢在《乐府古题要解》中指出这是"言当及时为乐";清代张玉榖则认为"此叹流光易逝,欲得贤才以早建王业之诗"②。两种内在流向之间又有着密切的联系。

毫无疑问,以生理性本能为主的"食""色"等内容是及时行乐的内容。马克思认为:"人作为对象性的、感性的存在物,是一个受动的存在物;而由于这个存在物感受到自己的苦恼,所以它是有情欲的存在物。情欲是人强烈

---

① 郭沫若:《殷商青铜器铭文研究》,科学出版社1961年版,第129页。
② 河北师范学院中文系古典文学教研组:《三曹资料汇编》,中华书局1980年版,第39页。

追求自己的对象的本质力量。"① 人类文明在不断进化着，贪欲和禁欲便是这种本质力量所异化的两个极端。前者如恩格斯在《费尔巴哈论》中所说的："自从阶级对立产生以来，正是人的恶劣的情欲——贪欲和权势欲成为历史发展的杠杆。"无数的罪恶便在人们对过分的享受的追求中产生，这便是"恶"，这是现在的伦理价值系统所评价的。然而，正是这样的观念促使人们去努力追求，在人类社会历史发展中的价值不能被低看。以前我们对及时行乐进行了否定，强取豪夺、损人利己这类行为是应该得到否定，但是不能因为否定这些行为而否定享乐。将包含着主体主动努力追求的，以恶为手段求得的及时行乐的因素除去，自己劳动所创造的乐又有什么罪呢？

无数价值扭曲的灵魂、不平衡的心态以及畸形的人在千百年来的内在阻抗力与外在的压抑之中被制造出来，这是对人的本质真正占有的一种异化表现。然而，传统文化却逃避着两性间的情欲，认为这是"不净"，必须对其进行毁灭与化解。对此，鲁迅认为，食欲和性欲都是人存在的本能，食欲是自身存在的保障，是关于现在生命保存的事情；性欲是后裔存在的保障，是以后永恒保存生命的事情。他还强调：人首先要生存，其次是温饱，最后才是发展；那些经受长久压抑的人，被社会逼迫着，于是不得不表面上装作纯洁，然而内心却一直不能逃掉本能的桎梏。将这些虚假的、表面的禁欲主义去除，对行乐之欲予以适当引导与节制，是发扬马克思主义人道主义，实现价值观与文学观焕然一新的重要举措。

《思维方式》一书的作者怀特海指出："生命这个概念暗含有某种自我享受的绝对性。这必然意味着某种直接的个性，它乃是一种吸收自然界物理过程所提供的许多有关材料使之成为一种存在的统一体的复合过程。生命就暗含着从这种吸收过程产生的绝对的、个体的自我享受。……这种'过程'包含一种属于每一'机会'的真正本质的创造性活动的概念。它乃是把宇宙间的这样一些因素吸引出来使之变为现实存在的过程，这些因素在这个过程以前只以未实现的潜能的状态存在着。自我创造的过程就是将潜能变为现实的过程，而在这种转变中就包含了自我享受的直接性。"② 对惜时主题的价值判断重点在于这种情感对人的潜能的激发。

---

① ［德］马克思：《1844年经济学哲学手稿》，刘丕坤译，人民出版社1983年版，第122页。
② ［美］M·怀特：《分析的时代》，杜任之译，商务印书馆1981年版，第83—84页。

第八讲 中国古代文学的惜时与怀古主题

自我享受不仅仅是人本身的基本需求，这是古人们早已认识到的一点，人们对寻求欢乐的更高要求促使他们在对象化满足中实现自己的存在价值，从而产生了对生活的更高的、更强烈的需求以及对其所处的现阶段文化的不满，于是他们不断地去进行改进、创新、激发潜能，从而在这个过程中不断推进历史前进和社会发展。《诗经》对上述以人的生理欲求为驱动力的及时行乐进行了主题基调的确定，蕴含着后代惜时主题作品的积极趋势与质素，为后世文人们的奋发向上、珍惜时光、及时有为和自强不息的积极心态奠定了基础，成为后世文学创作主体最突出的、时常关注的重大题材和情趣思想之一。

《诗经》惜时出于人们对生时的有限认知而追求及时行乐，《楚辞》则与之不同，对时间的紧迫感要强烈、自觉一些。由于时代限制，古时人们面对有限的人生，更多是无可奈何，《楚辞》则对这种无可奈何展现出极大的痛苦。《湘君》《湘夫人》中有"时不可兮再得""时不可兮骤得"，表现出屈赋集注的对精神追求的急迫与不满足。《离骚》中的"汩余若将不及兮，恐年岁之不吾与""恐鹈鴂之先鸣兮"，时间与政治理想的实施有着直接关系。诗人眼看着时光流逝，担心着时机错过，想要日轮驻足，白昼永昶，但时间的流逝促使诗人更加急切地寻找出路。在这时，惜时便超越了物质上的自我，崇高的使命感便充盈着诗歌。因为渴望积极用世，诗人将自己的高尚品质进行修饰，于是屈赋的一个重大主题便是"好修"，"好修"的本质又正在于惜时。急迫紧切的惜时与美政观念的实施以及奉献自己的才华休戚相关，屈原的"好修"是自我实现的一种方式，并不是对自我的泯灭。

《九辩》的"岁忽忽而遒尽兮，恐余寿之弗将""岁忽忽而遒尽兮，老冉冉而愈驰"，自我的位置愈益突出。宋玉将自我价值这种随时有可能陨落的苦楚明确化，他笔下的事物变迁和人物心理的联系格外使人警醒，后世的人在他的基础之上几乎没有任何思考地在惜时情感驱动下撰写文学作品。年轻的贾谊在《惜誓》中疾呼："惜余年老而日衰兮，岁忽忽而不反。"诙谐的东方朔在《七谏》中连连哀叹："年滔滔而自远兮，寿冉冉而愈衰。"刘向也在《九叹》中苦苦行吟："欲容与以俟时兮，惧年岁之既晏"。宋人范晞文在《对床夜语》中指出，《楚辞》'沅有芷兮澧有兰，思公子兮未敢言'，……'惟草木之零落兮，恐美人之迟暮'，皆爱君惜时之词"，察觉了该主题在文学史中的第一个高峰。

满足有限的人生生理欲望体现在《诗经》中的惜时，浑然天成，古朴平实，野趣横生；《楚辞》则展现了创作主体对社会的强烈的欲求，乘机而动，清新脱俗。从惜时这个宏大的主题来看，《诗经》侧重于物质与社会生活系统，《楚辞》侧重于政治和精神生活系统。所以，后续惜时主题便更多地沿着后者的规定性发展，直至明中叶以后才有所逆转。

二、先秦散文中的时间意识

惜时之作广泛存在于早期抒情文学中绝非偶然，其与先民的诸多理性观念是互为生发的。

《说文》曰："时，四时也。"《释名》云："时，期也，不失期也。"《广雅》谓："时，期也，物之生死各应节期而止也。"可见"时"的观念源自农业生产劳动。季节递移，农时催人，客观规律迫使人们为了生存去思考。《尚书·舜典》说："食哉惟时！"意思是要解决民生问题，最重要的是注意人民耕作的时令。

武王伐纣作《泰誓》，鼓励军队勇往直前，"永清四海，时哉弗可失"，战争中的时机稍纵即逝，且变动不居，不像自然之"时"的恒常往复。《论语·阳货》有"好从事而亟失时，可谓知乎？"孟子称赞孔子善权变应时则曰："孔子，圣之时者也。"《孟子·万章下》由自然时间的特质还可以解悟一切时机的把握，如《易传·象传上·随》曰："天下随时。随时之义大矣哉！"人，除了当机立断，平时也要克勤克俭，应时用事。《尚书·洛诰》中周公训诫召公："汝乃是不蘉（勉力），乃时惟不永哉！"见出人们开始自觉利用机遇，力避统治之时"不永"。总之，这是要在时间、时机这一自然规律面前，发挥"应时"勿过的主动精神。

孔子感叹"逝者如斯夫，不舍昼夜""日月逝矣，岁不我与"。惜时在儒家积极用世态度下，又体现为抓紧农业生产中的"时"，落实为对民力、劳动价值的珍重。"节用而爱人，使民以时"，这是孔子仁学思想的核心。《大戴礼记》引《牅之铭》有："随天之时，以地之财，敬祀皇天，敬以先时。"《孟子》中说："不违农时，谷不可以胜食也""鸡豚狗彘之畜，无失其时""百亩之田，勿夺其时"。《荀子》中讲："望时而待之，孰与应时而使之！""积微，月不胜日，时（一季）不胜月，岁不胜时"，提倡让人民"务其业而勿夺其时，所以富之也"。这种同国计民生联系起来的惜时，带有变革外部世界的积极性，成为先秦"民本"思想的组成要素之一。其对后世影响既深且巨。

《庄子》的惜时则是将时间、生死观念淡化，着意将人的价值说得无足轻重。基于对自身本体的高度重视，庄子认为人应超越物我之分、是非之分、大小之分、生死之分，说："莫寿于殇子，而彭祖为夭。"可毕竟"人生天地之间，若白驹之过隙"。明知"吾生也有涯"的庄子，并不是无视自然规律，而是力图阐释得更为合理，采取抗争无望下"外求不得，反求诸己"的曲通之术。在"不乐寿，不哀夭"的背后，实为一种无可奈何后的伤极至恨。这与《周易》"君子进德修业，欲及时也""君子见几而作，不俟终日"有别。庄子认为："操有时之具，而托于无穷之间，忽然无异骐骥之驰过隙也。不能说其志意、养其寿命者，皆非通道者也。"① 他是以守代攻，以养图存，在有限中企求无限。从精神主体心理建构角度看，借助浓郁的文学性，庄子独标一格的惜时深植于民族文化心理的深层结构中，完善与补充着儒家的惜时观。

　　可见，先秦时代的惜时是一种哲理与情思、体验与认识交汇的意识结晶。就惜时文学主题来看，《诗经》多"随"，明为忧生惜时，而实愿安稳度过有限的人生时日；《楚辞》多"乘"，竭诚尽智，跃动着诗人追求美政，完善人格理想的拳拳之心；而《庄子》则凝结为"待"，苦苦探觅最佳方式，让主观顺应客观，自我融于外物，求得时间、生命与精神的保全与永恒。

三、"天人合一"与惜时主题的再次高峰

　　人的存在和大自然的运作息息相关，先人们通常会感觉到有一种外来事物（天然与现实的）否极泰来、乐极生悲的生物规律。英国人类学家弗雷泽准确地表达了某些周而复始的理念是传统的巫术论的进步演变："经过一定的时间，知识逐渐增长，排除了许许多多一厢情愿的幻想，使得至少是富于思想的一部分人相信：春夏秋冬、节序更迭，并非他们巫术仪式的结果，而是由于在自然景象转换的后面有着更深刻的原因、更强大的力量在起作用。他们这时为自己描绘出植物生长和衰朽、生物诞生和死亡的形象，是有神性的东西，是神和女神的力量消长的影响。"但是，"虽然人现在把每年的循环变化基本上归诸他们的神祇的相应的变化，他们还是认为通过进行一定的巫术仪式可以帮助生命本原的神反对死亡本原的斗争"②。由此可以看出，正是人类的自身需要与理性思维促进了其对生态万物的认知。

---

① 陈鼓应：《庄子今注今译》，中华书局1983年版，第71页。
② ［英］弗雷泽：《金枝》，徐育新译，中国民间文艺出版社1987年版，第472页。

客观的生态规律是以人的思想感情为媒介的，之后再变化为一种古老的能量。在西方，因此创作了一些以上帝的婚姻、逝世、复活来说明生来、死去、荣誉、衰落的种种巫术戏剧的内容；但是在中国，因为传统文化的实际理论意识，这种观念不能用感情式的模拟来展现，更多的是充斥在理论名言中的训诫。人的自身价值、感情变化的重要性一定需要依靠天然的能量——"天"的个性，古人诲人不倦地劝诫："盈而荡，天之道也"[①]"盈必毁，天之道也"[②]。凡是这种类型的词语句子，都可以看出，不管是治理国家、救济民众还是独善其身，"乐极生悲，物极必反"的自然法则都吸引人们去高度重视，而秦以较快速度灭亡的事实又让人深入地去反思。

秦亡汉兴，人们珍惜来之不易的机会，随机应变的认知影响着当时人们的思想变化，比如蒯通劝诫韩信："时者难得而易失也。时乎时，不再来。"但是，很多汉代的人们用的是"天人合一"的天地化形式与传统性的归纳伸展惜时。在《史记·范雎蔡泽列传》中，蔡泽劝诫应侯："语曰：'日中则移，月满则亏。'物盛则衰，天地之常数也。进退盈缩，与时变化，圣人之常道也。"几乎全承《战国策·秦策》之说。而"酒极则乱，乐极则悲，万事尽然。言不可极，极之而衰"，则见出外在现实探讨启悟人寻究心理活动流程。直到《汉书·窦田灌韩传》亦有"夫盛之有衰，犹朝之必莫（暮）也"。这种带普遍性的情绪规律体认总结颇持续了一段时间。《礼记·乐记》中有"乐极则忧""乐不可极"；而由汉武帝《秋风辞》"欢乐极兮哀情多"，竟延续到曹丕"乐极哀情来，寥亮摧肝心"；[③]直至《抱朴子·畅言》还在申明"乐极则哀集，至盈必有亏。故曲终则叹发，燕罢则心悲也"。《文选》载张华《女史箴》："专实生慢，爱极则迁。致盈必损，理有固然。"这样的认知是人类各民族的共识。比如，荣格提出赫拉克利特察觉到了心理学规则中最优异的一条，就是对立物的调整机制，荣格称之为物极必反（enantiodromia），他的想法是：每件事物倾向于迟早转向它的反面[④]。

自汉末以后，渲染了浓郁、沉重、悲哀气氛的惜时内容又营造了魏晋时期悲美的氛围。反省、观察人们的实际生活，不管是现有的快乐经历，还是

---

① 杨伯峻：《春秋左传注》，中华书局1981年版，第163页。
② 杨伯峻：《春秋左传注》，中华书局1981年版，第1665页。
③ 逯钦立：《先秦汉魏晋南北朝诗》，中华书局1983年版，第393页。
④ 张术祖：《西方心理学家文选》，人民教育出版社1983年版，第415页。

第八讲 中国古代文学的惜时与怀古主题

依靠求仙服药来寻找长生之道的风气，都被渲染了爱生惜时的悲伤气氛。战争频繁发生，文人历经坎坷，常常对艰难的局势感到忧虑，所以常感叹人生的艰辛，生命的可贵："人生天地间，忽如远行客""浩浩阴阳移，年命如朝露。人生忽如寄，寿无金石固"。一代又一代的人生来死去，品德高尚、有超凡才智的人也可能流落到荒山丘岭，所以为了使自己的人生不再忧愁哀伤，文人就会想到"何不策高足，先据要路津"，珍惜有限的生命，珍惜每一寸时光。

对于"伤彼蕙兰华，含英扬光辉。过时而不采，将随秋草萎"①，前人体会出女子自喻年华不永，韶华难再之外的理性意义。缘其在物候盛衰规律中突显了时的观念，启示人们及时行事，免得事过而悔，时逝徒憾。其实这同"为乐当及时，何能待来兹"②"不如饮美酒，被服纨与素"③一样，是在迅速流逝的时光、亟需等待的自然规则面前人们的自我理解的顿然生机勃勃，在不朽、无边界的时空点缀下妄自菲薄的感叹。这其中掺杂着人类与自然喜怒共伴的遗憾，这就是一种梦寐以求，又不想自由放任的愤慨之语，让人感触到诗人谨慎重视人生后那种积极生活，爱惜自我的内心纷扰。

在惜时主题内容进展的第二个顶峰，《古诗十九首》又超过了《诗》《骚》，重点描述在某个物质的实际效用性、精神具体发展的惜时，萦绕着人生的进步、人的价值观念来进行自省的宽泛探究。它以人的生理需要为基础，从人的社交关系逐渐进入灵魂深处，思想感情的针对性却又异曲同工，使美感产生的效应深沉而悠久。这与"人的觉醒"阶段协调发展。以"天人新义"为重点的玄学思辨对人生进步的再次核实，使得相似的文学主题相互促进。《淮南子·原道训》中有"日回而月周，时不与人游，故圣人不贵尺之璧而重寸之阴，时难得而易失也"，而在《典论·论文》中又有了"古人贱尺璧而重寸阴，惧乎时之过矣"。文中的这个"惧"，就是惜时现象出现的原因，这是人的自我感觉在刹那间的兴奋、触动心灵的颤动，因此构建领悟自我与对象、现实与传统、社会人生与自然现象、再次审判人生观念的思想感情。《古诗十九首》等作品同样是在"惧"的基础上，反映了鲜明的生命感伤论的主题，对惜时主题的进步有着承上启下的作用。《庄子·天运》写黄帝答北门成问乐："一死

---

① 魏源：《魏源全集·12》，岳麓书社2011年版，第278页。
② 许渊冲：《汉魏六朝诗选》，五洲传播出版社2018年版，第243页。
③ 王国维：《人间词话》，万卷出版公司2018年版，第62页。

一生，一愤一起，所常无穷，而一不可待。汝故惧也。"将"惧"作为乐曲来吸引听众心理效应三阶段中的第一步："乐也者，始于惧，惧故祟；吾又次之以怠，怠故遁；卒之于惑，惑故愚；愚故道，道可载而与之惧也。"因此，惜时主题发展到一种与天道水乳交融的境地。文人们转向老庄玄理去寻找出路，使个人私情的表达慢慢地代替了社会伦理感情和群体认知的针对性传达，之后就成了魏晋文学自觉时代的美学重点内容。

四、循环观念、道释思想与主题余脉

现实社会中的人既然生活在动态化的宇宙时空中，感受着自然社会人生万象纷呈的现象，体验着客观外界生命律动与自身交错相通的情感，也就或迟或早有着某种所谓辩证运动的观念产生。列宁曾说："运动和生成可以不重复，不回到出发点，在这样的情况下，这种运动就不是'对立面的同一'。但是，无论天体运动，或机械运动（地球上的），或动植物和人的生命——它们都不仅把运动的观念，而且正是把回到出发点的运动即辩证运动的观念灌输到人类的头脑中。"① 因而，惜时不仅与盛衰悲喜、情绪哲思相关，还附带着一种周而复初的循环观念。《庄子·秋水》有言："年不可举，时不可止，消息盈虚，终则有始。"《荀子·王制》有云："始则终，终则始，若环之无端也。"《史记·高祖本纪》中说："三王之道若循环，终而复始。"观此，其影响到文学上的惜时主题势所难免。

阮籍每多惜时之慨："壮年以时逝。朝露待太阳。愿揽羲和辔。白日不移光。"② 但现实严酷，其惜时追求又不得不动摇，在一种绵里藏针的柔弱中找寻复归自然的蹊径。陶渊明也直呼惜时："盛年不重来，一日难再晨。及时当勉励，岁月不待人。"③ 但他又自我感觉着或可超越人生现世，返璞归真："纵浪大化中，不喜亦不惧。应尽便须尽，无复独多虑。"④ 由感时惜时的"惧"，到超逸飘远的"不惧"，见出实践主体同时又是精神主体的人，在理想愿望被现实无情否定时，精神主体不顾实践主体的现实景况，竭力捕捉建构一种超然

---

① ［俄］列宁：《哲学笔记》，中共中央马克思恩格斯列宁斯大林著作编译局译，人民出版社1957年版，第319页。
② 余江：《中国古代文学三百题》，商务印书馆国际有限公司2016年版，第167页。
③ 陈才俊：《增广贤文全集》，海潮出版社2011年版，第33页。
④ 伍德：《人间诗话》，敦煌文艺出版社2020年版，第20页。

物表的情感归宿来自我补偿。如恩格斯指出的："事物在前进中所没有的无限，在循环中却有了。"①永恒的一切在身与物化的旷达中实现，于是主体的惜时焦虑便有所宽释。

然而，从传统文化心理上看，中国人虽通晓循环观念，但更相信的还是盛极衰至、乐极悲生的单维性。且"人情乐极生悲，自属寻常，悲极生乐，斯境罕证……转乐成悲，古来惯道"②。在这以自我为本位，极度惜时又不可得之际，庄子的超脱玄妙与思孟学派的循环观念交织。值此，佛教渐入中土，迎合了人们的企盼。佛家开释人们看破红尘，尘世凡俗被看作过眼烟云。佛教观念为儒道两家所同化吸收，增强了人对自然的亲和感。时人指出：儒道两者虽大有区别，却有其共通点："庄生之所以藏山，仲尼之所以临川，斯皆感往者之难留。"③因为两汉后儒家虽然重视艺术的外部规律即社会联系和社会功用，一定程度上阻遏性情抒发，但是其对有限人生的珍视却诱发作家去表现人与社会的关系；被玄学改造了的道家较重视艺术的内部规律，把人类本能推衍到物质的自然界中，推衍到人生哲理发掘上，深悟人生的肃穆。而道教则用惜时效应招收门徒，"人之处世，一失不可复生。况闻寿限之促，非修道不可以延生也"④。此亦见出道教与道家的差异。道家是顺应自然，而道教是不遗余力求生惜时："世之谓一言之善，贵于千金然，盖亦军国之得失，行己之臧否耳。至于告人以长生之诀，授之以不死之方，非特若彼常人之善言也，则奚徒千金而已乎？"⑤在求生惜时上，道教徒修身服食的招数也被佛门弟子吸收了。六朝惜时主题在这高峰后趋于平缓，但仍有"盛壮不留，容华易朽，如彼槁叶，有似过牖"⑥"忽念奔驹促，弥欣执烛游"⑦之咏。

初盛唐诗人作家笔下的惜时，具有廓大的宇宙感和豪迈情怀。这同佛教超越生死的意识有很大关系。王勃感于物候更迭而作《春思赋》："此仆所以抚穷贱而惜光阴，怀功名而悲岁月也。"李白在《惜余春赋》中写下春天的狂想："恨不得挂长绳于青天，系此西飞之白日。"中晚唐惜时历史感渐盛，多苍

---

① 恩格斯：《自然辩证法》，人民出版社1971年版，第216页。
② 钱钟书·《管锥编》，中华书局1979年版，第884页。
③ 僧肇：《中国佛教思想资料选编·第1卷》，中华书局1981年版，第143页。
④ 罗争鸣：《杜光庭道教小说研究》，巴蜀书社2005年版，第113页。
⑤ 杨洋：《道教医世思想溯源》，巴蜀书社2016年版，第288页。
⑥ 逯钦立：《先秦汉魏晋南北朝诗》，中华书局1983年版，第1780页。
⑦ 逯钦立：《先秦汉魏晋南北朝诗》，中华书局1983年版，第2648页。

凉凄怆之情，如"百年能几日，忍不惜光阴"①。李贺诗中的惜时更是打破了时空界限。《文苑英华》卷六二还载有蒋防的《惜分阴赋》、王起的《重寸阴于尺璧赋》等。

歌舞升平的北宋多围绕人生声色犬马、感官享受的惜时，但也有《前赤壁赋》中的达观。苏轼亦在禅语入诗风气中以此咏惜时之感，如"两手欲遮瓶里雀，四条深怕井中蛇"，谓人体如瓶，精神如雀，极言四时之流逝不可抗拒。

元人散曲中也不乏惜时精品，如："想人生七十犹稀，百岁光阴，先过了三十。七十年间，十岁顽童，十载尪羸。五十岁除分昼黑，刚分得一半儿白日。风雨相催，兔走乌飞。子（仔）细沉吟，都不如快活了便宜。"②

元曲中许多剧目的楔子、上下场诗常见到"花有重开日，人无再少年"③"月过十五光阴少，人到中年万事休"的套语，反映了时代重压下人们苦无展志而本性不泯，惜时在悲观的沉吟中有些冷落。明中叶人的思潮勃兴，这之后惜时广泛渗透到戏曲、小说中，渐隆起主题的第三个高峰。如《琵琶记·中相教女》中的"光阴似箭催人老，日月如梭趱少年"，《红楼梦》三十八回"秋光荏苒休辜负，相对原宜惜寸阴"等等，也都以不同内在流向的惜时反映了人物各自丰富的内心世界。

直视古时期文学创作中的惜时作品，上面描述勾画的自然是举一废百，尤其是唐代之后文学创作浩浩荡荡，思想感情范畴可谓三教九流，要表现惜时主题这样一个内容烦琐的文学迹象，特别容易顾此失彼，但仍然有着主题的文化观念。

由于惜时之作浓郁的哲理性，不可避免地给其表现上带来了明显的抽象化、议论化倾向。主题的原型意象不多，常见的无非是流水、落日等，通常是主体在对此观照、感知时反省自身，痛感在时间之流中行进于人生之旅。宋人葛立方曾在《韵语阳秋》卷四中恰切地指出："古人诗勉人行乐，未尝不以日月迅驶为言。谢惠连云：'四节竞阑候，六龙引颓机。'沈约云：'驰盖转祖龙，回星引奔月。'陆机云：'出西门，望天庭，阳谷既虚嵫崎盈。逝者若斯安得停。'司空图云：'女娲只解补青天，不解煎胶粘日月。'孟郊云：'生随昏

---

① 刘兰芳、钟廷贞：《唐诗箴言警句》，漓江出版社1992年版，第139页。
② 隋树森：《全元散曲》，中华书局1981年版，第114页。
③ 唐文标：《中国古代戏剧史》，中国戏剧出版社1985年版，第196页。

晓中，皆被日月驱。'皆佳语也。至卢仝《叹昨日》诗则曰：'上帝板板主何物，日车劫劫西向没。自古贤圣无奈何，道行不得皆白骨。'则又以不得行道为叹，非止欲行乐而已也。"这里不仅看出了主题内在的两种流向，还注意到惜时的原型意象。其实"日月"一语重点在"日"，始自古老的日神崇拜，又经《离骚》"吾令羲和弭节兮，望崦嵫而勿迫"诸语强化之，同孔子的"川上之叹"等意象一道，汇成了惜时主题不够壮观的原型意象群。

五、惜时之于文人心态和文化心理

惜时主题在历史发展的进程中，慢慢地演变成了追寻绝对时间与追求相对时间两大类别。前者在忧国忧民、多愁善感中讲究人的精神主体观念，追寻恒久的时间，因此充实了文人珍惜自我感情抒发、珍视表达的特征，例如屈原、庄子超越时间，在以往历史与空幻神游中提取意象，来供自己使用。后者则追寻仅限的人生观念，在自我鼓励中重点践行主体物质欲望的充足，力争正确有效地驾驭人生，充盈、发扬重视名利世俗、文艺与实际亲近的主体文化趋势，如《诗经》《古诗十九首》和元曲、明清言情小说的某些内容就是这种情愫缩影。

《大暮赋》云："夫死生是失得之大者，故乐莫甚焉，哀莫深焉。"文学要表现出人们千变万化的感情认知，表现出人们经历世态炎凉、人情冷暖的心理过程，这就离不开人们对惜时意识的揭露。因此，对惜时的感叹是每个中国文人遭遇困境时内心世界主要的"定律"。喜气洋洋，意得志满，惜时关键是丰富提升自身的价值，建立功勋，成就大业；失落窘迫，落魄失望，惜时则纵情于山明水秀，秉烛夜游。但魏晋、中唐之后都发展了一种新的趋势，就是人们关注精神的圆满，在人们与外在事物交往中对客体的调整，协调为人生美感的形式。功利的紧迫、虚度后的豪迈处处表现了在片刻中追求恒久、在相对中追求绝对的努力。前面叙述的两大类别，在创造主体生活的不同进程和文学进步的各个时代都跌宕起伏地触碰着，成为传统文学意象与现实的联系，重点在写意，是表达自我感情的传统特征的原因之一。惜时主题在中国各种文学体裁中若即若离。男子济世助人的刚强之气多数出现在诗里，女子的风情月思或将此当作比喻的惜时感叹多数出现在词中，但是曲中的惜时通常是人们寻常本性需要的迫切呐喊。小说戏曲中的惜时一般融入原作者——中国文人自身经历的升迁荣辱的感觉。描述的人物，男子大多表现为追寻成功时的勉励，遭遇困境时的长叹；女子大多是对盛世难持久的惋惜与随波逐流、秋毫见捐的怨恨。中国叙事文学大多是人物自己抒发情感，诗词与散文、小说、戏曲缺一不可。

惜时主题展现了中国文人对"计时终点"时间的关切。"预计或希望将来发生的事件，根据到这个事件的时间来计算最近的时间"①，这就是计时终点的时间。前人很早就明晰时间是单向流动的，例如苏轼在《赤壁赋》中描述的"逝者如斯，而未尝往也"，因此对眼前与仅限的将来特别关切。屈原虽然在《天问》中提出"遂古之初，谁传道之？"对恒久时间有回想性的质疑，但是要想使梦想真正实现，就要"曰黄昏以为期"，对将来充满预期。

《左传》对人物事件也是多方预见。《诗经》《楚辞》《古诗十九首》中对生命终极点的惶恐忧虑，均体现了这种文化心理。一个有趣的事实是连名字称谓上也透露出类似的信息。仅以《汉书》略言，元帝时的画师"毛延寿"是一个众所周知的人物，《酷吏列传》有"田延年""严延年"，《佞幸传》有"李延年"，《匈奴传》有"公孙益寿""甘延寿"，《外戚传》有"许延寿"，《儒林传》有"焦延寿"，等等，均不离"延"，无非是希冀着生命终极迟些到来，因而文学中叹老嗟卑之语便绵绵不断。惜时主题含蕴着充实的人性价值能量，具有多层面的人性内涵，前人也通常以此来自我鼓励，但是，因为灵魂深处的充裕和感情表达形式的多元化，一些诗人作家遭遇困境时故弄豪迈调侃态，发达时以困处凄凉的语句来鼓励自己，所以不能过分固执拘泥，不知变通。主题的内在本质是对人、人生价值的珍视，它浓缩了创作主体的自我认知。于是惜时除了带给中国文学重表现、擅长抒情等特征之外，还形成了以主观印象形式来讲评作品的习惯，这也是增加中国文人自我中心化认知且不能打破这种限制的内在文化的原因之一，在一定程度上又阻碍了其在新出发点上的艺术演变。

惜时主题也推动了中国文人心中对事物乐极生悲、喜怒哀乐相悖的领悟。如孙绰《兰亭后序》深切体会到的"耀灵纵辔，急景西迈，乐与时去，悲亦系之。往复推移，新故相换，今日之迹，明复陈矣。原诗人之致兴，谅歌咏之有由"。如此感受着时间，让人惯于"兴尽悲来，识盈虚之有数"。叙事文学亦受此影响，如唐传奇《霍小玉传》写霍小玉"但虑一旦色衰……极欢之际，不觉悲至"。叶燮《原诗》云："诗之为道，未有一日不相续相禅而或息者也。

---

① [苏]鲁宾斯坦：《知觉心理学研究》，王铎安译，科学出版社1958年版，第363页。

但就一时而论，有盛必有衰；综千古而论，则盛而必至于衰，又必自衰而复盛。"王世贞《艺苑卮言》也说："衰中有盛，盛中有衰，各含机藏隙。盛者得衰而变之，功在创始；衰者自盛而沿之，弊繇趋下。……此虽人力，自是天地间阴阳剥复之妙。"

惜时主题还有力地作用于民族审美接受心理。文人通常在兴盛时忧虑衰败、在衰败时悼念兴盛的感慨来审阅大自然；在多愁善感、由表及里的感情脉络中建造自然化了的人生与生命化了的自然间关联；用聚集时担忧分别、分别时回忆见面之悲来看待人、事间的联系，在依依惜别、以己度人的伦理观念中加强亲戚与自身间的感情联络；用兴盛时忧虑衰败、衰败时思念兴盛的热衷直视社会上的变化。文人有对自然万物盛衰的感叹，有对社会时事流离下亲朋好友分离的惋惜，有不遇于君、不见知于世的忧郁愤慨，又有一种不愿意碌碌无为，共度有限人生的惜时感觉。各种成因使人的自我实质不能得到确证，惜时感煎熬着多数有识之士的精神，他们忧虑、愤懑，因此这其中充满了深切的道德理念与强大的理性能量。

"贱尺璧而重寸阴"的价值观念和"惧乎时之过已"的警示，都使除了荒淫无度、混混沌沌者外的大多数人，在惜时感叹下触发共想，回想起主题系列中表现的潜在比喻和意象。惜时感跟随着忧国忧民的伤感气氛，其美感信息的存在扩大了后世作品中客观的思想感情与艺术气魄，这种完整的美感效应将现实、自然万物与寰宇人生的喜悲兴衰感历史化，让人在动态的外界图像面前陡然生出凄凉艰深之感觉。根据人们某些生理机制，这种效应更充满本质性和历久性。久而久之慢慢形成追寻"言外之意""韵外之旨"，经过文艺载体表面的构造探索深层次内涵的鉴赏形式。这种感慨下的"诗无达诂"论最适宜中国文学。

除此之外，需要注意的是，中华民族的内向特征也因此得到了熏陶。小农经济对人们的限制，君主专制制度对人身的控制，以往的人格理想对人们本能追寻的桎梏，将中国文人珍贵的惜时惯例压缩、框定在自己内心世界中异常发展。就如同马克思提出的："专制君主总把人看得很下贱""君主政体的原则总的说来就是轻视人、蔑视人，使人不成其为人"[①]。在中国的悠久历史上，除了极少数时期之外，公元7世纪之后封建社会知识分子博施济众的必经道路是"攻读—科举—仕途"，因此惜时只是庄子那种自我勉励惜时的伸展而已。

---

① 王元明：《人性的探索》，南开大学出版社2019年版，第305页。

固执地恪守惜时惯例，过分地看重惜时而苦不堪言或不可多得，对将来神往、惊慌，对理想的追寻凝聚着梦寐以求的悲痛，因此一种外在事物的厚重压迫感与内心欲念的剧烈冲击，产生并加强了内省式思维与沉稳内向的民族特征。

完整、深刻地讨论惜时主题，归纳其内在构建、审美机制、运动准则及其与中国文学、中国文化的联系，对传播文学中人的主观能动性，促进文学理念更新进步有着重大意义。

专题二　中国古代文学的怀古主题

人类，是历史中的存在。文学不仅仅是现实社会诸事的反映，也是以往历史及创造主体印象的审美机制判定与形象情绪的再次回顾。在传统的文学中，咏史怀古之叹不绝于耳，稽古拟古之作层出迭现；概览中国文学发展史，复古文学思想波澜壮阔，思念着以往情感的气氛经久不衰。这一切，激励地表达为一种尝试重生逝去价值或运用以往追寻现实变化的坚持、努力。这种吸引人们去关注的文化现象进一步促进我们扩大视线，在传统文化心理与大文化背景上对此进行勘察、追求。

一、怀古主题开端的价值取向

居于文学史长河之端的《诗经》，就开始回荡着经历式的怀古波浪。它可以分成三种：自我中心式、代言式和陈述式。

以抒发主人公私人感情为脉络的，除了《王风·黍离》之外就很少有整个篇幅来怀古的。如《小雅·小弁》："踧踧周道，鞠为茂草。我心忧伤，惄焉如捣。"由眼前衰败景象联想昔日通往京师的坦途，一种失去凭恃的孤独感自然而生。《小雅·小宛》的"我心忧伤，念昔先人"，虽怀亲念祖，亦道出了情感指向既往时特定的忧伤意绪，这与怀古感不无相通。此类怀古形式多抒发个人牢愁，表现为先忧而后思古或怀古后添愁。而代言式怀古则多诉诸理性。如《大雅·荡》借文王指斥殷纣王来告诫厉王"殷鉴不远，在夏后之世"，直启"赋诗言志"之先，又开后世史书论赞之端绪。至于叙述式怀古，可以《大雅·文王》为例，"无念尔祖，聿修厥德""宜鉴于殷，骏命不易"，从正反两方面总结历史经验,训诫周成王。其他如《生民》《公刘》《绵》《大明》《皇矣》诸周人史诗,也都不同程度地表达并唤起时人与后世怀古念旧情怀。

经历春秋时期政治外交上宽泛的"引诗明义""赋诗言志",虽然在用原著上望文生义,却加强了名著、古时训诫的圣洁性,构造成文字符号的文化成果跟随着圣人的神化而被尊崇和多元化推行。因此,以讨论古人古事来宣传讲授自家的观点,就形成了"百家争鸣"时期的普遍风尚。

《诗经》的教育功能及其实践为怀古主题的起步提供了完美的文化环境。《国语·楚语上》载申叔时说:"教之《诗》,而为之导广显德,以耀明其志。"《诗经》的交往功能与心理重组功能,不仅仅给赋诗者本人构造了思维结构,也构造了能够接受主体的心理程序——向以往悠久的历史中实行感情与价值观念的扩大认证。且在表达传播新义时再次回顾了以前的情感记忆,是对以往感情生活有着一种真诚的亲切感。诗以道志的谨慎性离不了美感重味的喜悦性,其连锁现象一定会深化人们的价值理念。

《论语》每每谓"尧曰""周公曰",足见儒家始祖对古贤的敬重。具有鲜明的"法先王"历史观的孟子,更是言必称古人——"古之人,得志,泽加于民"[①]"禹思天下有溺者,由己溺之也;稷思天下有饥者,由己饥之也"[②]。《孟子》一书中尧二十四见,舜四十见,禹十见,汤十七见,文王二十一见,武王十三见。《庄子》于此更变本加厉,其假托孔子之名,实为重造另塑了一个孔子。这种大胆的改造已同厚古薄今、是古非今思想倾向相得益彰。《缮性》篇称古今"得道者""治道者"的价值观念是对立的;《大宗师》篇写天道体现者为"古之真人"等等,都益发见出美化古人、怀古崇古之意。尽管《天运》篇中也有"六经,先王之陈迹"的指斥,但总体上庄子还是对先人之行一往情深,一再借前人之口喻事明理。正如《韩非子·显学》中归纳的:"孔子、墨子俱道尧舜,而取舍不同,皆自谓其真尧舜……"其实孟子、庄子等又何尝不是如此!根本原因在于深层结构中的取法于古。

与散文中的引古述古,让哲理意念合理化、合法化、通俗化有别,屈赋中的称颂先人、赞美前代,更多的是为举贤授能、修明法度,实现自己的政治理想。因此,他在对尧舜禹汤文武周王称美的同时,激愤地贬损夏桀、殷纣、周幽王等君主的荒淫。作为纯文学创作的第一个正宗诗人,屈原握管之始便

---

① 杨伯峻:《孟子译注》,中华书局1960年版,第304页。

② 杨伯峻:《孟子译注》,中华书局1960年版,第199页。

与怀古结下了不解之缘。《离骚》在"及前王之踵武"时,追忆"三后之纯粹""尧舜之耿介",将古人更为明确地性格化。再如"謇吾法夫前修兮,非世俗之所服"等,都见出其认同心理之烈,甚至连服饰穿戴都效法前贤。又如"依前圣以节中兮""伏清白以死直兮,固前圣之所厚",前贤的伦理标准,即诗人自己的立身行事原则。有关夏殷的传说史实,很大部分在屈原作品中(主要为《天问》)才得以较翔实地保全下来。而怀古,确为遭遇政治挫折的诗人的精神支柱之一。

本质上屈原是中国诗歌史第一个用历史来对实际作出判定的人,因此他的作风明确地有着与当年散文密切关联的迹象。这种隐藏在光怪陆离、巍峨雄壮的神话叙述背后的价值取向,不仅仅只是屈原的著作,而是整个先秦时代充斥在中国学术与文化范畴内的正常现象,其改变了人们感情表达的主体与形式,甚至构造了人的思维导图。只是屈原加强了其文学化、艺术化的发展。屈原不仅仅重视人物的历史发展:"周幽谁诛?焉得夫褒姒?"① 还尝试推断观察历史事件发生的始因:"齐桓九会,卒然身杀。"② 厚重的历史与传说人物在笔尖流传,这种情境在《九章·惜往日》等篇中更为详细。

"'价值'这个普遍的概念是从人们对待满足他们需要的外界物的关系中产生的。"③ 既往历史之所以显出其价值,也是由于其对现实中的人具有特殊的需要。文艺复兴时的一位意大利学者指出:"诗人应当用真实的外衣来瞒过读者,不只使他们相信,他所叙述的故事确是实有其事,而且使这些故事产生这样的效果,让读者觉得自己不是在阅读故事,而简直是亲身参与了故事写的事件,是亲眼所见,亲耳所闻。需要在读者的心灵里赢得这样的真实感;而借助历史的权威是很容易做到这一点的。"怀古主题先驱者也正是在重经验、重历史的民族文化心理氛围中体会出了这一点,其是以历史为一种价值尺度,权威性地对一切现实文化现象作出主体自身的评判。如果说,《诗经》怀古还只是带有血缘亲族感的朴直咏叹,诸子散文引古多是对自家理论的理性证同,那么,屈赋怀古述古则正式地将这种指向既往的价值观文学化,在人们心中确立了一个情感与理性并俱的参照系。亲古恋旧,厚古薄今,至此成为中国文学中几难移易的审美坐标。如刘向、贾谊、庄忌、东方朔等人,均由仰慕

---

① 王国维:《人间词话》,万卷出版公司2018年版,第72页。
② 徐仁甫:《广释词》,四川人民出版社1981年版,第329页。
③ 包心鉴:《制度自信与制度之治》,济南出版有限责任公司2021年版,第229页。

屈子风范,惜其不得志来倾诉己之郁怀。此风又反馈于散文,突出表现为"尚奇"的司马迁的《史记》创作。

作为我国第一部纪传体通史的《史记》,其写作之旨已明显地不同于此前的编年史《春秋左氏传》。《史记》的"究天人之际,通古今之变,成一家之言",其主要情感推动力之一即是怀古。作者年轻时便曾广为考察古人行踪,并想见孔子、屈原的为人,对他们的高风亮节倍加称颂。而对孔子、老子等言行的多次征引,又向来是引起全书宗儒还是宗道的聚讼起因。扬雄指出:"说天者莫辩乎《易》,说事者莫辩乎《书》,说体者莫辩乎《礼》,说志者莫辩乎《诗》,说理者莫辩乎《春秋》。舍斯,辩亦小矣。"①对《史记》等名言也应该展开多面审判与详细层次的探究。中国自古就有"文史不分家"的传统,而怀古情绪是文史作品创作的潜在动力。伴随着对文学作用的社会功名性的强化,怀古主题价值趋势形成的心理态势,遂普及中国文学创作主体的感情机制中,终于发展为由形式到内容的共性创作特征。

二、怀古主题发展的基本轨迹

《石林诗话》云:"尝怪两汉间所作骚文,初未尝有新语,直是句句规模屈、宋,但换字不同耳。至晋宋以后,诗人之辞,其弊亦然。"②该论述虽然有点不谨慎,但客观地提出了那时模拟之风的兴盛。汉初的"规模屈、宋",实际稍微露出利用古人古事来感叹自己怀抱的头绪。如贾谊《鵩鸟赋》以史明祸福无常,东方朔《答客难》以史言权变之术,扬雄《解嘲》以《周易》、老庄之理述处世之道等。汉初骚体赋兴起,其后逐渐演变为汉大赋,后者又借助怀古意绪来宣扬声威,烘托氛围,怀古主题因此发扬光大。枚乘《七发》称述古贤、良工巧匠,还真是争奇斗艳。这种仿古趋势是强化汉赋堆砌弊端的一个成因,且引经据典来解决表达自我的坚持与表达能力间步伐不一致的问题。

自班固"质木无文"的《咏史》诗首次将"咏史"冠之于题,值汉末魏晋的战乱、频仍、农民起义等在物质层面上打破了旧的伦理体系,人与人生的意义价值开始得到重新审估。咏古怀古愈益带着浓重的今不如昔感。面对当时文人的运命无常,曹植、王粲、阮瑀等对古代秦国"三良"感慨弥深的诗

---

① 汪文学:《扬雄与六朝之学》,贵州人民出版社2019年版,第155页。
② 蒋祖怡、陈志椿:《中国诗话辞典》,北京出版社1996年版,第274页。

作自不必说，阮籍《咏怀十三首》更明确地喊出"感往悼来，怀古伤今"。主题自此与个体人生际遇心态的联系更为密切。尤为引人注目的是怀古与游仙常常并提，如"昔有神仙士，乃处射山阿""昔有神仙者，羡门及松乔"①等等。游仙之咏的感时伤己企冀超越，总是要标明取材昔日，似乎历史上原本的确存在过一个非现实世界，于是眼前的求仙慕道便显得并非虚妄而现实可行。

明代胡应麟说："《咏史》之名，起自孟坚（班固），但指一事。魏杜挚《赠毌丘俭》，叠用八古人名，堆垛寡变。太冲（左思）题实因班，体亦本杜，而造语奇伟，创格新特，错综震荡，逸气干云，遂为千古绝唱。"②清代张玉穀于此别有番深切体会："太冲《咏史》，初非呆衍史事，特借史事以咏己之怀抱也。"③这些，都恰切地指明了左思《咏史》的重要历史地位，其宣告了怀古主题在本质意义上的实现及其在新层次上的历史盘旋。石崇《王明君辞》，陶渊明《咏三良》《咏二疏》《咏荆轲》，袁宏《咏史诗》，直至颜延之《五君咏》，鲍照《蜀四贤咏》，这种怀念古人，以历史人物事件寄寓自我情思的作品，汇成了文人乐府就古题咏古人古事的文坛热潮。刘宋时袁淑《效曹子建白马篇》，南平王刘铄拟古作三十余首，鲍照《拟古诗八首》《绍古辞七首》，以及齐梁时江淹《效阮公诗十五首》，萧衍、范云诸作，更是袭用古人题材、情调与抒情结构，以古人自况自比。正是在崇古仿作这一加工改制的艺术工程建造中，诸效作者更深入地对前人作品风神感悟理解，其仿作是以特殊形式对古人及古作得出的一种审美评价，从中亦不同程度地吐露了拟作者自身的牢愁叹怅。这种文学现象当然与魏晋后盛行的文人唱和之风有关，但其基本点仍为怀古情浓。

假如说，春秋战国时代，"礼崩乐坏，瓦釜雷鸣；高岸为谷，深谷为陵"，因而形成了怀古主题的第一次高峰；汉代初期对秦朝快速灭亡的寂静时期反省与奋发图强的上进心难以实现造成了立身处世与借怀古鸣不平，就是主题的第二次高峰；那么，魏晋南北朝时期的第三次怀古主题高峰就更为热烈地专注实际，因此更烘托了悲伤激昂的历史气氛；而中晚唐时期的第四次怀古主题高峰，就是转向以咏史怀古来展开深重的理性思考，尝试探究归纳历史的某种必然准则。韩愈提议"文以载道"，强调以古文运动来拯救唐祚的衰败

---

① 逯钦立：《先秦汉魏晋南北朝诗》，中华书局1983年版，第510页。
② 胡应麟：《诗薮外编·卷二》，上海古籍出版社1979年版，第147页。
③ 王宏林：《乾嘉诗学研究·上》，百花洲文艺出版社2017年版，第269页。

倾向；许浑、杜牧、李商隐等人同样是在无能为力的哀伤中，"读史见古人成败，感而作之"①。而五代词人特别是李后主的怀旧作品更触动人的感情。

理学发达的北宋，由于外患阴云不散，蒿目时艰，以古刺今、借古抒情的呼声甚为高涨。诗文革新运动的领袖欧阳修主张："为道必求知古，知古明道，而后履之以身，施之于事，而又见于文章而发之以信后世"②；江西诗派则主张涵泳古人之作而后独出机杼。不论是强调文学的社会功能还是美的创造技巧，都离不开主体对既往的无限倾心。怀古之作如李纲咏史词之激励高宗，叶梦得《八声甘州·寿阳楼八公山作》之"想乌衣年少"，现实旨归显示出其社会性的增强。南宋词人在家国危亡之际，又掀起了怀古主题的第五次高峰，而其几乎与元曲作家在民族情绪支配下的念旧怀故融为一体。忠愤者如辛弃疾《永遇乐·京口北固亭怀古》、袁去华《水调歌头·定王台》，低沉者如白朴《梧桐雨》、马致远《汉宫秋》，同是借古人吐不平之气，南宋词指向多为报国之志难展，元曲多为终天之恨不甘。至于明清两代感伤主义文学思潮更离不开怀古情感惯性助推。诗文中的几次复古运动，戏曲小说中的故国之思，都可以找出怀古主题的胎记。怀古念故，可以说既是文学史的贯穿性主题，又是中国文学艺术表现形式上一大特色。如李商隐《无题》所言："人生岂得长无谓，怀古思乡共白头。"毫无疑问，怀古也是中国文人对心灵故乡的追念与回归。

三、怀古的文化与心理成因

怀古主题的产生、继承与发展，是以崇拜、念想古旧的传统文化心理为基础。在民族大文化背景下的民族心态，构造并调整着创造主体的价值观念趋势与审美机制。

第一，中原的文化及其主要生产形式、思维惯例令人重视既往。成长在土地肥饶、物产丰富的黄河流域且向外延伸又被山海阻隔，得天独厚的地理位置造诣了炎黄子孙以农业为主的生产方式；而一岁一年循环反复垦殖，又慢慢地让民族文化心态朝着内向、务实的方向发展，且加强以经验为主的认知机制。基于家族的血缘关系，又将传种视为盛况，家谱延续视为光彩，人的认识越来越固执于感受再次温习，重视回顾与还原再现以往、玄妙、有着

---

① 王利器：《文镜秘府论》，中国社会科学出版社1983年版，第298页。
② 陈新：《欧阳修选集》，上海古籍出版社1986年版，第269页。

亲切感的认同式回忆。因此，我国自古以来就特别珍重历史经历的归纳记载。从周代起即设置史官，以史为镜；春秋时更有"秉笔直书"，将职责放在第一的准则。现存古史是世界上最完整的，这就要归纳到怀古心理风尚。

第二，在中国悠久封建历史中的专制制度，及其严苛政治风气下的"文字狱"，让人在开口动笔时考虑结果，为了不遭受贬谪流放之苦、斧钺之灾，中国文人必须有意地避开君王的禁忌，用借助以往讽刺当下、曲折奇妙的手法来利用诗去表达怨愤。《诗经》的"美刺比兴"、《春秋》的"微言大义"和汉赋讽谕劝善等等都表现了中国文人踊跃用世、重视文学社会功能的惯例，而表现这种民族传统离不开众人所认可的古人古事重新塑造、再次出现。特别是古代文学后期，随着君权的深化，专制严苛与文化限制的加深，怀古之叹曲通往现实的路更为奇妙多变。中国文人坚持借怀古来传达自我，如元代的包公戏、明清历史题材的戏曲小说的兴盛等等。陈衍在《小草堂诗序》中指出："道、咸以前，则慑于文字之祸……决不敢显然露其愤懑，间借咏物咏史，以附于比兴之体，盖先辈之矩镬（规则法度）类然也。"① 吴伟业在《北词广正谱序》中说："因借古人之歌哭笑骂，以陶写我之抑郁牢骚。"② 儒家的诗学深化了文学要干涉的社会政治，而真的做了，政治就要干涉文学，文学就会祸及人。所以怀古主题内容上的规章制度（借咏古表达自我价值观念判定）就限制了其形式上的精巧性；形式上好像远离实际的特别之处又保存、继承了内容上的规章制度，由此形成了主题内在调整机制，使之充满生机勃勃的朝气。

第三，务实尚圆、贵古贱今的民族心理趋向，亦成为怀古主题内在驱动力之一。中国古代社会"重本抑末""重农抑商"的思想源远流长，由此衍生出注重既得、既往的实体实事，而对现实正在发生发展的事物重视不足。故王充《论衡》说："述事者好高古而下今，贵所闻而贱所见""俗儒好长古而短今……信久远之伪，忽近今之实""夫俗好珍古不贵今，谓今之文不如古书"。桓谭亦言："世咸尊古卑今，贵所闻贱所见也。"③ 刘勰也指出："夫古来知音，多贱同而思古，所谓'日进前而不御，遥闻声而相思'也。昔《储说》始出，《子

---

① 周薇：《传统诗学的转型陈衍人文主义诗学研究》，上海三联书店2006年版，第94页。
② 姚曼波、王锡九：《中国古代文学实用教程·下》，南京师范大学出版社2006年版，第236页。
③ 郭丹：《先秦两汉文论全编》，上海远东出版社2012年版，第645页。

虚》初成，秦皇汉武，恨不同时；既同时矣，则韩囚而马轻，岂不明鉴同时之贱哉！"① 人的自我欲望是永远得不到满足的，但现实是总要追寻一个又一个新的需求，难以在面前出现的事中寻求满意。利用回忆缅怀古代，人们还最便于内在地超越现实。如颜延之《庭诰》便指出了贫士失志落魄时的精神超越方式："欲蠲忧患，莫若怀古。怀古之志，当自同古人，见通则忧浅，意远则怨浮，昔有琴歌于编蓬之中者，用此道也。"如此精妙的以不变应万变的精神平衡法为后世纷纷认同采用。《艺文类聚》卷三五和《初学记》卷一八就引用了这段话，作为精英文化思想武库中的珍品奇货。怀古内容是什么似乎并不怎么重要了，重要的是有这种"向后看"的价值追索意向。基于这种价值选择，我们就并不奇怪：为什么许多怀古之作并非理性的实事求是，而是情感式的执着眷恋或先入为主的咎归一责。主体实际上是按自己的意志去理解和阐发"心中的历史"。所以大凡怀古之作，一部分是将历史完美化；另一部分则是以古鉴今，利用重塑了的记忆，将特定的史实成因一元化处理，绝对化地归纳，将复杂多元的历史事件始末缘由归功或归咎于某一个人或某一事件，进行单一的线性因果联系。既以古为鉴，自圆其说，又在艺术表达上取得一种言约意丰、余味不尽的效果。清人赵翼从使事用典角度分析道："诗写性情，原不专恃数典，然古事已成典故，则一典已自有一意，作诗者借彼之意，写我之情，自然倍觉深厚，此后代诗人不得不用书卷也。"② 正由于意识到贵古贱今等民族的文化习尚，历代创作主体在艺术表现上亦投其所好，借古事古语来填补现实种种缺憾。其艺术表现力趋于圆熟的一个重要标志也在于此。

第四，是热爱读背、承继师门的学习形式。当代文化人类学将个人的人格归纳为是每个带有特别遗传特色的个人所经过的产物，所以，尽管一个人学习什么对于人格的提升十分重要，但多数人类学家觉得一个人如何学习也一样重要。以《诗经》《楚辞》等为主的"根文学"在中国文人的心里从年少开始就产生了一种审美的"先结构"，同时，固定的学习形式又明确了经典作品的圣洁和严肃，制定了后世百代文人的接受形式和文化的"濡化"形式。文学的发展离不开接受的进程，一部文学作品从诞生开始，如果没有人们的踊跃参与是不堪设想的。因为只有经过读者的传达过程，作品才能步入一种

---

① 宋瑞芳：《中国古代文论的艺术透视》，吉林出版集团股份有限公司2020年版，第167页。
② 郭绍虞：《清诗话续编》，上海古籍出版社1983年版，第1314页。

不断演变的视线中,文学与读者之间有着密切的关系,包括美学关系以及有着相似的历史内涵。美学蕴含存在于这一现象之中:一部作品被读者第一次接受,包括同阅读过的著作展开对比,对比中就容纳了对著作审美功能的一种测验。其中最明确的历史内涵是:第一个读者的了解将在代代相传上被充足和丰富,一部作品的历史价值就在这进程中得到确认,它的审美功能也是在这进程中得到认证。而中国文学接受主体(又是创作主体)的"先有""先见""先结构"所产生的"期待视线",有着根文学所产生的重大的依附性与独占性。

前文已经提到,以古为美的价值趋势在中国文学中是根深蒂固的,其不仅仅作用了对作品的美学含义的解释,也作用到著作费时性的"接受之链"。古代经纶之才幼年如果没有受到好的教育,其以"读书破万卷""《文选》烂""书读百遍""出经入史"为才能;再加上汉字作为象意的象征,凭借象形、会意等形式来传递消息,联想的准则是《说文》以及"六经"等,重视小学功底的中国学术又加强练习、强化文人的宗古稽古惯例,大家都以引经据典为荣,最不能忍受数礼忘文。因此,形成、保留与发扬了深层次构造中的"美感黑洞",凡是接受新的著作一定要受"根文学"制裁的"黑洞"同化。由此形成的心理趋势就局限了主体的憧憬视线,怀古宗古惯例也就更显得合情、合理而相沿成习。

第五,还可以从创作进程中来看怀古心理变化。弗洛伊德提出,人有着修复事物初期进程的一种本事。而心理器官最重要的作用之一,就是将那些攻击它的本能冲动联系起来,用继发进程来取代这些在冲动中占据胜势的原发性进程,并且把它们的动态的精神力量贯穿转变成一种大体上安稳的(有张力的)精神力量。怀古之作,正是用语言艺术的符号化形式来存续主体的"继发过程",使其自身在现实中感受到的"精神能量"稳态化、有序化,凝结为符号图式。这是因为,怀古与记忆联系密切,有着相似的心理动态进程,容易给予创作主体艺术思想的萌发机会。诗,来源于在寂静中记忆起来的感情。诗人思考这种感情,直到出现一种反映使寂静慢慢消失,就产生一种与诗人所思虑的感情类似的感情在慢慢发酵。这种"继发过程"中产生的回忆情感是主体将外在信息心灵化了的产物,这巨大的心理动源之一即是怀古。昔日温馨的记忆,又有效地解决了艺术表现力贫弱的难题。如刘勰所言:"方其搦翰,气倍辞前,暨乎篇成,半折心始。何则?意翻空而易奇,言徵实而难巧也。"① 当浸满殷切情意的古人古事等原型意象有意无意之中流注纸面时，这给了经历悲痛的中国文人多少勉励！难怪民族审美机制要一再地专注、扩展延续，以此形成一种撰写于笔端、表达自我思想感情的"心史"。

四、怀古主题常见的表现特点

尽管实际生活与人的审美指向多变而多样，但怀古主题在其发展进程中慢慢地形成了比较恒久的表达形式。而正因为怀古本身就是文学中感情传达形式的一种，所以怀古主题一般的表达特征又不被自身的机制所控制。虽然如此，它的特征还是很有学习的意义的。

现在的某些学者认为，"怀古"就其在诗中的位置来说，在"咏怀"和"咏史"两者之间，"咏史诗是有感于某一历史事实，怀古诗是有感于某一历史遗迹。但历史事实或历史遗迹如果在诗中不占主要地位，只是用作比喻，那就是咏怀诗了"②。这种严格的区分，在前人那是没有分别的。从这里可以看出，萧统《文选》中只有"咏史"类，实为咏怀；方回《瀛奎律髓》有"怀古""感旧"类，而又无"咏史""咏怀"。至清人袁枚更谓："咏史有三体：一借古人往事，抒自己之怀抱：左太冲之《咏史》是也。一为隐括其事，而以咏叹出之：张景阳之《咏二疏》、卢子谅之《咏兰生》是也。一取对仗之巧：义山之'牵牛'对'驻马'，韦庄之'无忌'对'莫愁'是也。"③ 这里，咏史与咏怀是不分的。而吴乔谈咏史诗时，举杜牧《赤壁》："折戟沉沙铁未销，自将磨洗认前朝。东风不与周郎便，铜雀春深锁二乔。"言其"用意隐然，最为得体"④，但是这首诗实际上又是怀古诗。所以，应该更多地将重点放到咏史、怀古、咏怀这三者的共同之处上，且不对它们进行严苛的区分。实际上，这三者通常也不易作出清晰的区别。因为很多的史料都带有历史的痕迹，而后者又离不开固定的史料记载，它们都因主体的情感而有了历史文化价值，被创作者所注视、珍惜，因而都应该将其归纳到比较广泛价值上的怀古主题一系列，尽管其主体思想感情的进入程度能够作出某些区分。

看见古迹，思念故国，寄情以物最能引起前人发出怀古的感叹。人们在

---

① 周振甫：《文心雕龙今译》，中华书局1986年版，第248页。
② 施蛰存：《唐诗百话》，上海古籍出版社1987年版，第239页。
③ 袁枚：《随园诗话·卷六》，人民文学出版社1962年版，第187—188页。
④ 杨世友：《唐诗品读六百首》，崇文书局有限公司2021年版，第685页。

其生活境况中流下了自己一代又一代的文化标记，而沧海桑田，风侵水蚀，尤其是兵乱等人为因素造成的故国破灭的痕迹，美景不再像以前那么壮观，让人不由自主地产生怀古情感。所谓"怀古诗，乃一时兴会所触，不比山经地志，以详核为佳。"① 因此，这种感叹常常汇集到一人一事上，且基本上是凄凉豪爽情调。显然怀古不仅仅是感伤，比如"过秦、汉之故都，恣观终南、嵩、华之高，北顾黄河之奔流，慨然想见古之豪杰"②。但这种类型豪言壮语不是真正的怀古之情，一去不返的遗憾悔恨与自我感情表达的需求，一同中国文学忧患的特征，断定了怀古者眼中常常有着泪花。

以朝代进行叙述，怀古的对象大多是春秋战国、六朝等，重点是在悲痛哀伤或深深斥责君王的淫荡，因此导致邦国殄瘁。这些国家灭亡的事例自古就有史料记载且有闻必录，而记忆的丝网又过滤了亡国的其他因素而将责任归到一方，重点是告诫君主不要纵情声色，说话间通常蕴含感叹、惋惜的忧虑。例如，白居易写道："大业年中炀天子，种柳成行夹流水……后王何以鉴前王，请看隋堤亡国树。"③ 这种类型的作品，在内外交困严峻，君王治理国家不力之际为多。

以地点进行论述，怀古的对象大多以君主曾建立国都的地方为哀悼的中心，比如姑苏（吴宫）、咸阳、长安（汉宫、渭水）等等；自然也包括曾出现过著名历史事例的地点，如骊山、赤壁、新亭、华清宫等等；然后就是君主与名人的陵墓、祠庙，如湘妃祠、乌江亭、苏武庙等等。从贾长沙的《吊屈原赋》讲起，历代悼念怀古的作品大多数是以在故地看见旧景来表达自己的忧愁，因为前人重视的是咏史以不著议论为最上，例如刘禹锡的《西塞山怀古》，"似议非议，有论无论，笔着纸上，神来天际，气魄法律，无不精到"。咏史怀古的人大多出现在"国将不国"或朝代变换之际。这其中也有更深入的文化惯例方面的因素，那就是喜欢在名山胜川的地点创作，谈论风景逸事、历代名人以标示雅致。比如宋代李周《华清怀古》："吾家居处本关西，旧记遗踪事不迷。屡过华清无一字，恐人笑我不留题。"④ 又比如《诗话总龟》前集在按门类辑录诗话时，还特于第十五卷、第十六卷设立了"留题"一门。

---

① 袁枚：《随园诗话·卷六》，人民文学出版社1962年版，第187页。
② 牛宝彤：《三苏文选》，四川人民出版社1983年版，第242页。
③ 白居易：《白居易集》，中华书局1979年版，第86—87页。
④ 厉鹗：《宋诗纪事》，上海古籍出版社1983年版，第810页。

前文两方面的时间、空间连接，通常构造了怀古作品的详尽篇幅的内在感情网。每一个亡国君主、旧邦胜景，前朝名人、前尘旧事，都有着自己悲哀又引人深思的历史与文化内涵。所以说怀古并不是依然如故地再次重现史料，而是在主体意义系别中提取其所需要的，记忆的同时展示着希冀与憧憬。怀古的关键是记忆，在同一文化背景下，在创作者这里是重现经过其选择重新塑造的历史，在接受者那里是依据文字代码的转化翻译重现内心的"历史"，都不是历史的原本样子，而具有经过主体在现实中介入加工的明确标记。

"古人咏史，但叙事而不出己意，则史也，非诗也。"① 在主客消息联系的相互构造进程中，主体者通常有着对将来憧憬的"期待视野"，依据这种憧憬来挑选与重现回忆。而以往的"兴象"，就是怀古主题且特别珍重。"蓁苓思美人，风雨思君子，凡登高吊古之词，须有此思致，斯托兴高远，万象皆为我用，咏古即以咏怀矣。"② 怀古主题中出现的人名、地名、逸事等也就成了具有相对恒久的含蕴，又能够引起多方遐想，给予新的意义和特色趣味的原型意象。这种看起来好像一时兴起而介入作品的原型意象，时空相连，历时性与共时性连接，让怀古的作品的创作与鉴赏有着更为深入、宽泛的文化价值与审美功能。

西方比较文学研究界中的主题学流派认为："只有在那些历史的特殊性被放弃，普遍的人性突出地表现出来的地方，主题才可能有较为广泛的基础。正因为如此，希腊悲剧的主题（神话的或传说的）才在整个西方广为人知，而较近代的主题（例如唐璜或浮士德）……至于拿破仑和希特勒的主题，从我们的角度看也太分散、太短暂，也许正是因为它们在历史上离我们较近，使它们无法获得主题学家感兴趣的那种内聚力。"③ 比如，希腊的传说故事如在西方历史的上空映照一般，而在中国悠久的历史中，保留完整且为文人所熟悉的史料，其事其人能够给予创作者检索归类，选择对比的实在是太多了，仅限创作者所到之处、创作因素及旋律等等，又具有很大的随机性。历史稍微远于创作者所在时期的原型大多被人们所承认，含义比较明确，因此其较强大的"内聚力"吸发后代怀古创作者蜂拥而来。这些以往意象原型的循环

---

① 郭绍虞：《清诗话续编》，上海古籍出版社1983年版，第558页。
② 唐圭璋：《词话丛编》，中华书局1986年版，第4057页。
③ [美]乌尔利希·韦斯坦因：《比较文学与文学理论》，刘象愚译，辽宁人民出版社1987年版，第138页。

利用，又极力明确了传统心态中对传导中介的喜爱，旧物光景的文化遗址也引起了怀古文化现象出现。

宋代方回说："怀古者，见古迹，思古人，其事无他，兴亡贤愚而已。"①这一观点加深了怀古的社会价值，而忽视了怀古又往往是伤感自己。怀古思旧的悲哀气氛往往领先对其他私事的悼念之叹，而联系起从古到今各种情事能够触动之处："既伤即事，追悼前亡，唯觉伤心……婕妤有自伤之赋，扬雄有哀祭之文，王正长有北郭之悲，谢安石有东山之恨，岂期然矣。至若曹子建、王仲宣、傅长虞、应德琏，刘韬之母，任延之亲，书翰伤切，文辞哀痛，千悲万恨，何可胜言！"相似的由自己人生哀愁别绪转化为完整性的悼念过去、感伤当下，对所有流逝的完美人、事的无际吝惜。因此，创作者出乎意料地到记忆宝地中追寻感情的相对物、适合点，在与前人深有同感的遐想中寻求精神依靠。

狄尔泰提出，了解历史人物及其事物需要依靠再次领悟心理同化进程，"它由两个因素组成，每当我们想起一种环境和一种情况，我们就重新体验了它。想象能加强或减少我们自己生活整体中的行为模式、力量、感情、欲望与观念。这样，异己的内在生活就在我们中再次产生了。"②除了上面所讲的两种怀古形式之外，"重新体验"前人境界又明确呈现在读书怀古之中。作为怀古创作者的中国文人，都有着较强的传统文化素质，阅览古代书籍，眼到心知，通常有一种读其书，可以见其人的亲切感觉，因此很多"读史有感""读书偶作"就联翩而至。比如，陶渊明的《读山海经》感于晋宋易代，辛弃疾的《八声甘州·故将军饮罢夜归来》感于李广英雄末路，等等。"重新体验"不仅仅有着认知意义，特别能够借以反映自己的存在价值。因此，怀古又往往导致创作者感叹年已老大而犹未显达。

屈原、贾谊等人都曾经感叹年老而未显达，叹老嗟卑，实质上是以贬斥自我意义来表示对这种意义的重视。通常来说，年龄段不同的人自我评估的准则应该有区别的。特别是"将老年人的时间形象同比较年轻的人的时间形象加以比较可以看到，越是接近老年，一方面越觉得时光流逝得太快，另一方面越觉得时间'无所作为'和缺少多种多样的事件。尽管如此，积极参与

---

① 方回：《瀛奎律髓汇评》，上海古籍出版社1986年版，第78页。
② 张汝伦：《意义的探究——当代西方释义学》，辽宁人民出版社1986年版，第47页。

生活的人更关注未来,以隐退反应为主的消极者则更关注过去。"① 但是在中国古代感叹年老的人年龄通常并不大,却要沉醉在年老的心理中,来追寻"穷而后工"的最好创作环境。怀古叹老心理每次都在创作者落魄而又不甘心的时候表现出来,在怀古感叹中达到了一定程度的心理弥补。社会历史与人生进程的追忆兴致就成了勉励思绪抑塞的理想的实质与形式。

作用于创作者心中的怀古情意,往往是共时性实际引发的衰落感、破灭感与历时性记忆中的向往、仰望相互贯通。怀古思想及创作最多的时候,往往又恰好是实际准则最不适合心中愿望形式的时候。对以往在多大程度上进行称赞,对实际就在多大程度上进行批判;而对以往的否定哀婉,又是对现实的揭发规诫。怀古主题的文学标记,表示了现实给人的一种历史反省。

五、怀古主题的余绪余弊

怀古主题具有强大的伸展性,其为传统文化中"史"文化的一个重要组成成分。"法先王"历史观与价值观的文学展现,极大地影响了中国文人的文化心态与价值理念,成了很多文学现象出现的直接与间接因素之一。

第一,主题"以古鉴今"的惯例加深了中国文学的实际性,且在驻足与干扰实际时大多以以往为价值参考体系。古典文学理论家陈伯海提出:"以文而言,'明道''征圣''宗经'的口号统治了整个封建社会;以诗而言,'言志''美刺比兴''温柔敦厚'之类说法贯串着古代历史的始终;以时而言,'诗骚''秦汉''唐宋'等时代一直作为后人追求的理想;以人而言,'屈宋''李杜''韩柳'诸大家长期被奉为不可逾越的楷模。"② 这些惯例在中国文学不同层次上的定型与继承追本溯源,离不开怀古主题对人们思想感情的渲染。理念只有在感情的协助下才会变成形象与艺术,而形象化了的艺术本质又保留、扩大了理念。怀古主题艺术实操使得文学的语言标记尽可能在现有的范畴之内流淌变化,像诗词言语的多义性、论文术语的多解性等也均与此有联系。

与此有联系的是古代文艺思想中的复古趋势通常比较明显。由陈子昂极力提倡"汉魏风骨",韩柳与欧阳修等人的唐宋古文运动,元诗中的"宗唐法古",至清代的宋诗运动、骈文中兴等,虽其中有的不无借复古形式以求通变

---

① [苏]伊·谢·科恩:《自我论》,佟景韩译,生活·读书·新知三联书店1986年版,第336页。

② 陈伯海:《民族文化与古代文论》,《文学评论》1984年第3期,第95—102页。

之意，但总体上讲仍是以古为正、以古约今的。所谓"物不古不灵，人不古不名，文不古不行，诗不古不成"①，在这时有很多论列，在此就不一一描述了。问题就出在怀古作品的实质与形式都非常适合复古潮流。怀古实质帮助了复古形式的发展，因为二者是协调进步的。复古形式及内容又扩大了怀古主题的范畴。

清人汪师韩在《诗学纂闻》中区分"杂拟"与"杂诗"之别时指出："拟古类取往古名篇，规摹其意调，其止一二首者，既直题曰拟某篇，而其拟作多者则虽概题曰拟古，仍于每篇之前，一一标题所拟者为何篇，此所以别于《咏怀》《咏史》《七哀》《百一》《感遇》《游仙》《招隐》杂诗也。"但是这种仿拟规则逐渐为人不识，"今观唐以后诗，凡所谓古风、古意、古兴、古诗与夫览古、咏古、感古、效古、绍古、依古、讽古、续古、述古者，都不知其所分别"②。他也指出鲍照、陶渊明等人有这样"漫然为之"的例外，毕竟是个别的。这之中一个重要原因就是怀古主题文化上的原因。"古之模范"将文学、美学等价值尺度稳定化。另一表现是喜好追溯诗人创作出自何宗。钟嵘在《诗品序》中说："取效《风》《骚》，便可多得。"唐人李德裕有言："譬诸日月，虽终古常见，而光景常新，此所以为灵物也。"③明杨慎的《词品》也屡屡将词作家与六朝诗作对应。古代文论老是热衷向前代寻究评论对象的渊源，直到吴梅《词学通论》评温庭筠词亦谓："其词全祖风骚，不仅在瑰丽见长……尤有怨悱不乱之遗意。"④这种寻根讨源的评论方式有赖怀古心理的温床才得以滋长。

在怀古潮流的弥漫下，中国古代的种种文学创作，其题材都不期而同地喜欢借用历史上曾发生过的事例、旧情境、意象等等，甚至连类型含蕴都去模仿。小说戏曲中的历史题材多如牛毛，改编原型母题也较西方普遍得多。比如唐明皇与杨玉环故事，都在不同的时期、不同题材中流传。又如元杂剧中有包公戏10余种，水浒戏30余种，三国戏60余种。在那个时代的气氛下，人们的情感需求让怀古有着明确的指向性：思包公求的是明公正气、为民诉冤的廉官；念李逵求的是铲奸除恶、为民除害的好汉；颂刘备求的是仁慈忠

---

① 李开先：《李开先集》，中华书局1959年版，第580页。
② 金融鼎：《陶渊明集注新修》，华东理工大学出版社2017年版，第191页。
③ 罗根泽：《中国文学批评史》，商务印书馆2017年版，第547页。
④ 陈文忠：《文学评论文选》，安徽师范大学出版社2012年版，第160页。

诚、选贤任能的君主。又比如《赚蒯通》的借用古代讽刺当下，《王粲登楼》的以古来发泄愤懑等，虽然捏造了历史的理想状态年轮，毕竟是借用重视怀古心态充实了创作。至于《封神演义》《说岳全传》《三国演义》《水浒传》等长篇小说，也都是在怀古文化心态中创作与被鉴赏、被接受。很多小说戏曲作品都好像一定要有史的构造、史的实质，以史为鉴，以古引今，才凸显出艺术的魄力及意义。但是这些，又反映在怀古主题上，到了后期，中国文学的怀古复古之风愈演愈炽。而戏曲中的定场诗、小说中的套语等等，都离不开怀古主题情绪记忆的深刻作用。

　　文化的发展是一个连续的链条，在心理上是不可割断的。但中国文化过于迷恋、执着于既往，怀古文学主题突出地反映出中国文人的这种普遍心态。怀古主题在咀嚼回味民族的历史、文化，借历史的记忆咏怀吐怨的情感表露过程中，客观上起了凝聚民族向心力的情感场作用。中国文人的记忆力好像特别好，不仅痴迷于国家、民族、时代的历史，也频频反顾个人人生的历历行迹，大家老是"向后看"。当然，漫长的封建社会中，也有一些识见卓异的学者从不同角度觉察到这点，并采用较为客观的态度审视："所谓好古者，非谓古之必胜乎今也。正以今不殊古，而于因革异同求其折衷也。古之糟魄，可以为今之精华。非贵糟魄而直以为精华也，因糟魄之存，而可以想见精华之所出也。古之疵病，可以为后世之典型。非取疵病而直以之为典型也，因疵病之存，而可以想见典型之所在也。"[①] 但能持此类理性、允正的态度注目既往的，在文学创作中实不多见。怀古文学主题有赖传统文化的特质机制植生蕃盛，而其焕发出的文化效应又借助于文学自身的审美功能而沁人心脾，弥漫于中国文人的潜意识层次之中，这往往是不能由主体清醒意到并自觉矫正克服的。

　　以古为高为美也好，以古为鉴为戒也好，都脱不开传统观念中的价值取向的因循性。由此派生出文学题材、内容和表达中常见的意象、技巧、模式的渐趋固定僵化，甚至影响到中国文人的整个精神形态、思维方式。对此连现代作家们也累累提及，如闻一多指出："文化是有惰性的，而愈老的文化，惰性也愈大。"[②] 怀古主题的存在与繁荣正是加剧了中国文人的怀故念旧心理，加剧了传统文化的僵化、保守、封闭机制。

---

① 章学诚:《文史通义校注》，中华书局1983年版，第351页。
② 闻一多:《闻一多全集·第3卷》，生活·读书·新知三联书店1982年版，第461页。

波兰美学家培代恩·潘尤斯基在第九届国际美学会上提出:"积累愈是丰富多样,就愈难于生产出新奇的东西。"[①] 文学艺术的根本出路在于创新,我们今天的艺术品,有许多只具备一次性的审美效应,这恐怕也是从艺术生产与消费角度,对怀古主题所作的历史结论与巨大反拨。

---

① 滕守尧:《第九届国际美学会议管窥(续)》,《国内哲学动态》1985年第10期,第37—42页。

参考文献

[1] 师帅:《中国古代文学的发展》,中国大地出版社 2019 年版。

[2] 张群芳:《中国古代文学》,世界图书出版有限公司 2021 年版。

[3] 李浩:《中国古代文学研究方法导论》,高等教育出版社 2011 年版。

[4] 曲宗瑜:《中国古代文学千题解》,作家出版社 1985 年版。

[5] 傅斯年:《中国古代文学史讲义》,安徽人民出版社 2019 年版。

[6] 赵则诚、张连弟:《中国古代文学理论词典》,吉林文史出版社 1985 年版。

[7] 李莎、王玉娥:《文化传承与古代文学》,吉林文史出版社 2019 年版。

[8] 梁晓云:《中国古代文学纲要》,旅游教育出版社 2016 年版。

[9] 李蕾、王艳梅、王家超:《中国古代文学与历史文化的研究》,吉林文史出版社 2021 年版。

[10] 郭预衡:《古代文学探讨集》,北京师范大学出版社 1981 年版。

[11] 陈薛俊怡:《中国古代文学》,中国商业出版社 2015 年版。

[12] 张建均:《中国古代文学心理学》,天津古籍出版社 2017 年版。

[13] 张文勋:《中国古代文学理论论稿》,上海古籍出版社 1984 年版。

[14] 冯雪娟、胡海燕:《中国古代文学审美视角与当代价值》,延边大学出版社 2017 年版。

[15] 万光治、徐安怀:《中国古代文学史》,电子科技大学出版社 1994 年版。

[16] 杨立群:《中国古代文学专题》,对外经济贸易大学出版社 2015 年版。

[17] 徐潜:《中国古代文学巨匠》,吉林文史出版社 2014 年版。

[18] 赵晖、宫淑芝、石滴水:《古代文学散论》,山东大学出版社 2013 年版。

[19] 顾实:《中国文学史大纲》,安徽文艺出版社 2020 年版。

[20] 宁稼雨、张峰屹:《中国文学通识》,河南人民出版社 2003 年版。

[21] 柯庆明:《中国文学的美感》,河北教育出版社2001年版。

[22] 李衍柱:《文学理论基础知识》,山东人民出版社1981年版。

[23] 钱中文:《现代性与当代文学理论》,山东文艺出版社2019年版。

[24] 陈汝倩:《中西方文学理论研究与实践》,吉林出版集团股份有限公司2020年版。

[25] 杜黎均:《文心雕龙文学理论研究和译释》,北京出版社1981年版。

[26] 曹瑞娟:《三教融合与宋代文学主题的演变》,《浙江学刊》2011年第1期。

[27] 陈海疆:《中国文学理论的民族文化特征分析》,《黑龙江教师发展学院学报》2022年第41期。

[28] 林娥:《中国古代文学在当代的价值探析》,《散文百家(理论)》2021年第6期。

[29] 潘晓玲:《课程思政背景下的中国古代文学教学》,《教书育人(高教论坛)》2021年第12期。

[30] 郑传鹏:《中国文学理论的民族文化特征研究》,《青年文学家》2021年第6期。

[31] 王立:《国学与文学主题学关系的几点思考》,《广东社会科学》2012年第3期。

[32] 祝亚峰:《文学经典的人文主题阐释》,《阜阳师范学院学报(社会科学版)》2009年第1期。

[33] 杨守森:《文学理论的功能与指向》,《中国文学批评》2022年第1期。

[34] 宋银霞:《古代文学经典的"新阐释"》,《焦作大学学报》2021年第4期。

[35] 常新旋:《中国古代文学研究的理论和方法问题》,《散文百家(理论)》2020年第5期。

[36] 戴伟华:《视野·方法:中国古代文学研究70年》,《广州大学学报(社会科学版)》2019年第18期。

[37] 李夏鹏:《文学理论与中国现当代文学研究》,《文学教育(上)》2021年第5期。

[38] 南帆:《探求中国文学理论的民族文化特征》,《中国社会科学评价》2019年第4期。

[39] 夏环举:《刍议中国古代文学传播方式》,《青年文学家》2021年第9期。

[40] 刘超:《中国特色文学理论的三种表述形式》,《江淮论坛》2019年第6期。

[41] 吕超:《论比较文学主题学的研究范畴》,《湖南人文科技学院学报》2011年第5期。

[42] 夏哲尧:《两汉魏晋南北朝文学的任侠主题》,《宁夏大学学报(人文社会科学版)》2002年第2期。

[43] 夏子:《本世纪中国乡土文学的主题变奏》,《中国文学研究》1998年第2期。

[44] 刘忠:《二十世纪中国文学主题的生成与对位》,《中共浙江省委党校学报》2005年第6期。

[45] 王立:《情物意象与中国古代相思文学主题》,《山东师大学报(社会科学版)》1999年第1期。

[46] 周水涛:《试论文学主题的有限性》,《孝感师专学报》1998年第2期。

[47] 何贵才:《对文章主题与文学主题异质的探讨》,《通化师院学报》1995年第3期。

[48] 王立:《中国文学主题学研究反思》,《民族艺术》1998年第3期。

[49] 谈墨:《中国古代文学主题的原型与流变》,《文学遗产》1989年第4期。

[50] 王德华:《东晋文学的主题变迁与地域分布》,《浙江大学学报(人文社会科学版)》2006年第1期。

[51] 吴妍:《南北朝文学黍离主题研究》,江南大学2019年硕士学位论文。

[52] 杨菊芳:《中国古代文学作品中的等待主题研究》,南京师范大学2012年硕士学位论文。

[53] 郭力菁:《中国古代文学花喻象研究》,湖北民族大学2020年硕士学位论文。

[54] 洪文莺:《两晋文学版图的演变及其文学史意义》,浙江师范大学2019年博士学位论义。

[55] 梁伟伟:《朱自清的古代文学批评研究》,安庆师范大学2020年硕士学位论文。

[56] 张靖奎:《宋代侠文学主题研究》,南京师范大学2020年硕士学位论文。

[57] 阮思雨:《汉魏六朝文学绝交主题与士风变迁》,辽宁大学 2017 年硕士学位论文。

[58] 张蓉:《中国古代文学思潮与意境演变》,西北师范大学 2013 年硕士学位论文。

[59] 阎霞:《试论中国古代文学批评文体的特征及其成因》,华中师范大学 2003 年硕士学位论文。

[60] 李亚梅:《中国当代文学史上的"中间人物"问题研究》,南京大学 2016 年硕士学位论文。

[61] 杨景顺:《古诗文教学中文学史观的建立与思考》,辽宁师范大学 2016 年硕士学位论文。

[62] 佟永波:《〈文心雕龙〉的文学史观及其接受研究》,牡丹江师范学院 2014 年硕士学位论文。

[63] 曾广酬:《刘勰的文学史论》,复旦大学 2013 年硕士学位论文。

[64] 孔琦:《中国当代文学史编纂史论纲》,四川师范大学 2012 年硕士学位论文。

[65] 周琼琳:《论杨义的文学观及其文学研究方法》,中南大学 2011 年硕士学位论文。

[66] 明海英:《开拓当代文学研究新视角》,《中国社会科学报》2021 年 2 月 26 日第 1 版。

[67] 张清俐、张杰:《做好文学主题出版讲好现代中国故事》,《中国社会科学报》2022 年 5 月 13 日第 5 版。

[68] 文渊:《2022 年文学研究发展报告》,《中国社会科学报》2023 年 1 月 9 日第 6 版。

[69] 汪芦川、赵惠俊:《古代文学研究的最终目的,是帮助我们更好地在今天生活》,《文学报》2022 年 7 月 14 日第 4 版。

[70] 王小宁:《文学研究开拓全方位视角》,《人民政协报》2001 年 8 月 28 第 4 版。

[71] 李永杰:《探索古代文学的本原性问题》,《中国社会科学报》2014 年 8 月 22 日第 A02 版。

[72] 陈素璧、李楠:《中国文学的核心主题:生命焦虑》,《珠海特区报》2010年12月5日第8版。

[73] 孙美娟:《中国古代文学研究迈向新阶段》,《中国社会科学报》2019年6月24日第2版。

[74] 党圣元:《中国古代文学批评中的"进步观"》,《中国社会科学报》2008年1月29日第6版。

[75] 吴楠:《探寻俗文学研究的时代价值》,《中国社会科学报》2021年1月8日第2版。

[76] 左东岭:《古代文学研究四十年回顾》,2021年6月,光明网(https://m.gmw.cn/baijia/2021-06/17/34929556.html)。

[77] 傅刚:《文献研究的意义及如何开展文献研究》,2022年12月,搜狐网(http://theory.people.com.cn/n/2014/1106/c390494-25985818.html)。

[78] 文学遗产:《古代文学的功能定位与研究思路》,2018年10月,搜狐网(https://www.sohu.com/a/259951491_672023)。

[79] 孙美娟:《中国古代文学研究迈向新阶段》,2019年6月,中国社会科学网(https://baijiahao.baidu.com/s?id=1637190121453514635&wfr=spider&for=pc)。

[80] 刘扬忠、王达敏、陈才智:《中国古代文学研究取得重要成果》,2021年7月,好角网(https://m.wang1314.com/doc/webapp/topic/21437029.html)。

[81] Fong S G,"The Chinese Virago: A Literary Theme (review)", *China Review International*, Vol. 4, 2011.

[82] Rozenchan N,"Cintia Moscovich's Brazilian View on Jewish Literary Themes", *Journal for the Study of Religion*, Vol. 19, 2007.

[83] Larson W, "Chinese Literature in the Second Half of a Modern Century: A Critical Survey", *The Journal of Asian Studies,* Vol. 61, 2002.

[84] Hayward C, "LITERARY THEME DEVELOPMENT IN THE NURSERY", *Early Years*, Vol. 2, 1982.

[85] Bluestein G, "The Blues as a Literary Theme", *The Massachusetts Review*, Vol. 8, 1967.

[86]A S A, "Memory as overt allusion trigger in ancient literature", *Journal for the Study of the Pseudepigrapha*, Vol. 32, 2022.

[87]Minkov S, "Review: PLATONIC RESONANCES:The Archaeology of the Soul: Platonic Readings of Ancient Poetry and Philosophy", *The Review of Politics*, Vol. 75, 2013.

[88]Smith H B, "What Was 'Close Reading' ?: A Century of Method in Literary Studies", *Minnesota Review*, Vol. 87, 2016.

[89]Sharon K, "Introduction to Theory and Theology in Chinese Literary Studies: An Early Map", *Christianity & Literature*, Vol. 68, 2020.

[90]G. B, "'book-review' Fair Rosamond: A Study of the Development of a Literary Theme", *The Modern Language Review*, Vol. 44, 1949.